U0153346

凝煉知識品味閱讀

科大經典文選

基本篇

吳奕蒼、吳璧如、李燕惠、周明華
林桐城、張靜宜、郭美玲、曾潔明
楊惠娥、劉玫瑛、蔡秀采、霍晉明
編著

編輯大意

一、本書為針對科技大學大一國文或類似課程而編製之教材。

二、本書分為兩冊，分別為「基本篇」與「特色篇」。此冊為「基本篇」，共分八個單元。第一單元「文明的迸發」，內容為經書選讀，由蔡秀采老師主編。第二單元「先民的智慧」，內容為先秦諸子選讀，由林桐城老師主編。第三單元「文化的傳承」，內容以史傳文選為主，由楊惠娥老師主編。第四單元「情理的融合」，內容以古代散文選為主，由郭美玲老師主編。第五單元「心靈的跫音」，內容為古典詩詞曲，由張靜宜老師主編。第六單元「人情的寄託」，內容為古代小說，由李燕惠老師主編。第七單元「時代的面貌」，為當代小說，由霍晉明老師主編。第八單元「性情的春光」，為當代散文與新詩，由吳璧如老師主編。而另冊「特色篇」之四個單元，則分別由曾潔明老師、吳奕蒼老師、周明華老師與劉玫瑛老師負責編撰。

三、本書每一單元皆有「單元大意」，略述該單元之編輯旨趣及相關知識。每一單元有若干課，每課分作「概說」、「課文」、「註釋」與「綜合討論」四大部分。「概說」約略相當於傳統課本之「題解」與「作者」，凡與該課相關之背景資料，皆融入「概說」之中。而「綜合討論」則是編者就該課主題與讀者溝通的橋樑；透過「綜合討論」，讀者可以更加明白該課之意趣，以及編者所以編成此課之用意。

四、各課之後或設有「附錄」，皆為與該課有關之原典白文，供老師上課時作為選用教材。

五、本書雖力求要言不煩，言之有物，避免陳言套語；然多數編者皆缺乏編書經驗，疏漏訛誤恐在所不免，尚望讀者賢達不吝指正。

序(一)：我們需要怎樣的國文課本？

本書是由景文科技大學通識教育中心國文組的十二位老師共同編撰而成。這十二位老師，至少都有十年以上的教學經驗；長期的教學經驗，讓我們對國文這門課，都有一些自己的看法。

「國文」有其特殊的地方。首先，它是一門通識課，也就是說，它不是一門專業的科目。為什麼要強調這一點呢？但凡專業的科目，基本上，都有一定的知識結構。也就是說，它有固定的上課內容，也有大略固定的教授次序，由淺入深循序漸進；隨便誰來講授這門課，就內容而言，都不會有太大的差異。

但「國文」就非常不同了，它不是以傳授知識為主；雖然它也會教一些語文、文化方面的知識，但那不是最主要的。國文最主要的功能在於，透過文學（廣義，含文史經典）而陶冶性情，開啟生命的自覺與對文化的探索，最終指向自我人格的塑造與完成。這純是一個以「啟發」為主的課程，其學習與完成，是一輩子的事情。（想想看，有誰能不思想、不說話、不看書報、不看電視電影或不與人溝通？有誰不是生活在文學之中？）國文課不可能（也不該）越俎代庖地代替學生完成這一切。國文課的功能，應當是為學生奠定一個基礎，盡可能地讓學生對文學、文化與人生有一個比較適切的體會與認識；若能進而開啟他們對文學的興趣，往後能自行閱讀、觀賞與思索，那就是功德圓滿了。凡執「知識教學」的標準而要求「國文」在一年課程結束後當有若何之具體成效者，皆為對「國文」性質之誤解。

既然國文並無固定之內容，那麼國文課當使用什麼教材呢？我們認為，凡能夠引發學生興趣的，能夠讓老師盡情發揮的，就是好教材。因為多年的教學經驗，讓我們了解到，只要老師能藉著適當的教材將其對文學的感悟與熱愛表現出來，就比較容易激起學生的興趣與共鳴。於是，從這個角度來說，每一位國文老師，都應當有一本自己的課本。然而，這又談何容易！因為編教科書是一件頗為累人的事，各方的考慮非常的複雜；所以，我們決定採取折中的辦法，由全體老師合編一本書。這在許多學校都已如此做了，並不稀奇；比較特別的是，這本由多人一起編的書，我們並不求其風格一致，反而樂意見到其間的不同。每一個單元的體例雖然是一樣的，但內容取向、編輯方針都各有不同；我們希望這是一本有「個性」的書，每位老師除了在講授自編單元可盡情發揮外，在講授其他單元時，也等於觀摩了其他老師的風格。我們也希望當同學自修或他校老師採用本書為課本時，亦可感受到這是一本有熱情、有溫度的書，而不僅僅是材料的堆砌而已。

由於考慮到同學的興趣，我們有一個新的嘗試，決定將課本一分為二，分別為「基本篇」與「特色篇」。基本篇比較顧及大一國文教學的共同性與傳統，既希望能帶給同學關於中國文學比較完整的概念，但又不希望內容過深；故選材以盡量貼近同學程度為主；共分為八個單元。特色篇則針對各學院同學不同的興趣偏好來編寫，選材以作者具相關專業背景的現代散文為主，輔以少量文言；首先出版的是「電資學院」部分，編有四個單元。

非常感謝景文科技大學行政主管對「國文」特色之理解，使本課程從未要求老師用統一的教材，更遑論統一的進度與命題。如此，所有老師均得到最大自由的空間，可以有各種可能的試驗來強化並改進國文教學。此次由所有國文專任老師共同合編新課本的出版，可算是我們的一次集體嘗試，在傳承與創新之間，我們走得十分謹慎。藉由新書的出版，希望大家可以看到我們的用心與努力；若能因此而理解國文教學的理想與使命，那更是我們所衷心企盼的。

郭美玲（景文科技大學通識教育中心主任）

序㈡：爲什麼要念國文？

「讀國文有什麼用？」不只是學生，恐怕很多成人，乃至老師、家長等，都有這樣的疑問。在回答這個問題之前，我們不妨想想，學別的專業科目又有什麼用呢？我想，很務實的回答是：「那可以讓我們學到一技之長。」有了一技之長，就可以找工作；有了工作，就可以賺錢；有了錢，就可以做我們想做的事，過我們想過的幸福人生。

那麼，好，什麼是我們想要的幸福人生呢？舉例來說，很多年輕人的夢想，就是要環遊世界。但讓我們想想，你在環遊世界的時候，都在做些什麼呢？你大概在參觀一些歷史遺跡，要不就是看一些名人的故居，或者看他們的墳墓（金字塔、泰姬瑪哈陵、兵馬俑……），再來就是參觀各種博物館、美術館、紀念館……，最後就是看看天地間的壯闊美景，以及了解一下各地的風土民情。如果你對歷史文化一無所知，對自然與文明毫無了解，那麼，這旅遊還有什麼好玩的？環遊世界幹什麼？找個「度假村」待著，坐坐「雲霄飛車」也就行了。

賺了錢，除了環遊世界，你一定還想到買房。「富潤屋、德潤身」，有錢買豪宅，自古就如此。但你買了豪宅，你要不要在裡面擺點什麼呢？字畫？古董？這將顯示你的品味。同樣地，你對歷史文化一無所知，對自然與文明毫無了解，那麼，你只好任由別人唬弄，任由別人騙你的錢了。還有，有了一幢漂亮的房子，你也不能一個人孤零零地住著，你總要請朋友來玩。你都交些什麼樣的朋友？你與朋友間聊些什麼？這些，說到底，都叫做文化。文化水平差，生活再富足，恐怕也難免精神上的空虛無聊。

當然，聰明的你絕不可能這麼快就被說服了。因為你看到，有錢的成功人士，生活得很好啊！健身房、高爾夫……，還有無數的俊男美女圍繞，穿金戴銀珠光寶氣，風流富貴花柳繁盛，哪有什麼精神空虛？再退一步來講，就算沒有賺到大錢，至少我靠我的專業找到工作，下了班盡可打電動看韓劇，逛夜市吃美食，關起門來過我的「小確幸」，又與你國文有何干係？

說得一點不錯，如果人生真的如此幸福，就如同住在伊甸園裡的亞當夏娃，學不學什麼，純屬興趣，而無「必要」了。然而，不幸的是，世界畢竟不是天堂，隨便你有多強的專業能力，多麼富足優渥的環境，你還是很難避免有些煩心事，如夫妻、情人間的爭吵、變心，家人間的隔閡，朋友間的誤會，乃至職場上的勾心鬥角，或事業發展方向的某個艱難抉擇……，更不要說種種的不順、挫折與打擊。凡此種種，你要依靠哪個專業？心理學？各種「處世之道」的書籍？恐怕沒有現成的解決方案；就算有，要選取哪一個？也要看你「道行」的高低。你可以想想「聖人處此，更有何道？」（王陽明語），你能具備什麼樣的解決能力？能找到什麼樣的解決之「道」，就看你距離「聖人」有多遠了。

不錯，國文（以及其他的通識科目）就是培養你人生的「道行」（不敢說「教」，只是「培養」）。怎麼培養？不是教你理論，而是提供你一大堆古今人物的親身示範。若你搞懂了這些示範，神遊古今，思遍中外，實為人生之一大樂事。當然，要能享受此樂，也得通過一些基本的訓練。你曾看過那些在公園裡玩溜滑板的小朋友嗎？左拐右彎，躍上跳下，時而迅疾伶俐，時而優雅從容，身輕如燕自由自在，好不令人羨慕。然而，所有的出神入化，沒有不從摔得鼻青臉腫中得來。就這一點來說，國文與其他科目沒有不同；你得先接受一些感覺有些不好玩的訓練，才能享受到其中的「好玩」。所不同者，你看到別人溜滑板的自由自在，心生羨慕而不怕鼻青臉腫；你看到別人的事業成功賺大錢，於是你甘心忍受專業科目的嚴苛要求；至於國文呢？你可曾看到過腹有詩書而舉止華貴、意態雍容的雅士？可曾看見過因嫻熟經史而氣度豪邁、見識遠大的高人？不是沒有這樣的人，記載傳聞，斑斑可考。問題是，媒體不報導，你視而不見。為什麼？因為他們丘壑藏於腹內，韜略隱於胸中；羚羊掛角而不顯山露水，豈能如電影明星、體壇健將一般一望即知？當然有這樣的人，只是你若不追求人生的深度，必與這樣的人物失之交臂！然而，若要探尋人生的真諦，除了就正有道、問津古人，還有其他的途徑嗎？

現在，我們可以回答開頭的問題：「讀國文有什麼用？」原來所有的「有用的科目」，都是對別人有用。我們以自己的一技之長滿足了別人的需要，於是別人付給我們酬勞，我們就賺到了錢（當然，如果我們也能樂在其中，那就更好了）。但國文，則是直接對我們自己有用，它讓我們的生命有文化，有品質，有深度，有廣度；對自己有用，讓你快樂幸福不必花錢買（花錢也買不到），何樂而不為？

所以，如果再有人以懷疑的態度問你：「讀國文有什麼用？」你不妨回答他：「那你活在世上又有什麼用？」因為這兩個問題的答案，是一樣的。

霍晉明（景文科技大學通識教育中心老師，本書主編）

目錄

單元一

文明的迸發——經書選讀

單元大意

讀書的目的，是所謂「修己安人」，內而成為一個堂堂正正、俯仰無愧的人，外而經世濟民，兼善天下。這樣的人生智慧，在中國最早出現的經書中，就已顯露無遺。

經典蘊藏著美好的人生智慧，能撫慰我們的心靈、淬鍊我們的智慧，更激發我們擁有「為天地立心，為生民立命，為往聖繼絕學，為萬世開太平」的終極人生目標，讓我們樂於去踐行生命的崇高價值，亙古而彌新。就文化價值而言，經書中不難見出古代聖哲對人世的深情感性與洞明；就文學價值而言，經書已展現高度的修辭藝術，文字精鍊、音韻諧暢而易於記誦；書中如精金美玉般文辭，若能熟讀記誦，存藏於心，自可供我們隨時印證，提供應世指導，進而觸處成春，點化萬物。

經，古文字作巠，象織布機上縱線。因其有條不紊，輾轉假借為「法」與「常」的解釋。劉勰說：「經也者，恆久之至道。」意指經為恆常不變的真理，足為日常言行法則之古書。至漢武帝獨尊儒家，專研傳承以孔子為中心之儒家書籍，設立五經博士，故經書成為地位最高的古書。

隨著時代不同，經書的範圍不斷演變，南宋合刊《十三經注疏》，從此十三經便定名下來。除《詩》、《書》、《易》外，《禮》分為《周禮》、《儀禮》、《禮記》，《春秋》分為《左傳》、《公羊傳》、《穀梁傳》，外加《論語》、《孟子》、《孝經》，以及《爾雅》。

清代段玉裁主張應加上《史記》、《漢書》、《資治通鑑》、《說文解字》、《算經》、《算術》等，亦有學者認為對中國文化傳統產生巨大影響如道教經典及佛教經典亦應列入經書類。然本單元限於篇幅，僅列數種，供讀者略嘗鼎之一臠。《論語》、《孟子》，允稱最重要之經典，然同學在高中、職時期「中國文化基本教材」課程將其編入，故本單元不再重複。

經的價值，古人早有認識。莊子說：「《詩》以道志，《書》以道事，《樂》以道和，《易》以道陰陽，《春秋》以道名分。」《禮記．經解》說：「溫柔敦厚，《詩》教也；疏通知遠，《書》教也；廣博易良，《樂》教也；絜靜精微，《易》教也；恭簡莊敬，《禮》教也；屬辭比事，《春秋》教也。」六經可看作是六種教程，是周朝對諸侯國子的教化，作為指導人生的教本。

五經在漢代，漢武帝作為長治久安的治國方略，有所謂「以《春秋》決獄，以〈禹貢〉（《尚書》一篇）治河，以《三百篇》當諫書」之說。漢代以後，五經逐漸以文化根源為人所遵奉。南宋朱熹為表彰孔子、曾子、子思、孟子一脈相傳的儒學特別抽出《論語》、《孟子》、《大學》、《中庸》四本書，為之作章句集注，元代仁宗皇慶二年（西元一三一三年）規定科舉考試以四書五經為題，四書且以朱注為根據。四書五經，成為國人習用的熟語，其在中國文化的影響力自不待言。

自清末廢科舉後，西方船堅砲利帶來的新觀念與制度的衝擊，使學者激烈排斥中國傳統文化，在社會風潮影響下，全盤以西學為用，揚棄固有的文化價值；追新而忘本，所得必膚淺，其病遺害至今。

現今中國乃至全球的人文世界處於極嚴重的內在危機之中，最主要的是「傳統權威的失落」，因而導致個人精神世界的空虛。當代學者林毓生指出，我們必須根據傳統權威（實質的權威，非形式的權威）來學習，從理解產生敬佩，進而找尋「轉化」與「創造」的契機，來發展新時代的精神內涵。試觀今日之社會，傳播發達、知識擴張、價值多元，每個人輕易擁有大量資訊，但在思考的深度和感受的敏銳度以及言行的博雅斯文方面，恐尚不及古代受過教育的菁英。儒家經書乃是中華文化的核心價值，是個人生命修養的指針，以及從事高深學識、經世致用的厚實基礎，是幾千年來智慧者所共同遵奉認可的經典，確實值得我們珍重傳承。

第一課　詩經選

《詩經》是我國最早的一部文學總集，蒐集了中國西周初年至東周春秋時期的作品，距今約三千一百年至兩千六百年。周天子經由派樂官採詩與貴族獻詩，以知風俗得失。太史公說：「古詩三千餘篇，即至孔子，去其重，取可以施於禮樂……三百五篇。孔子皆弦歌之。」

《詩經》，原稱《詩》或《詩三百》，至南宋始尊稱《詩經》。《詩經》有六義，為風雅頌賦比興。前三者為內容分類，風分為十五國風，為民間歌謠；雅分為大雅、小雅，大雅為朝會歌謠，小雅為宴饗歌謠；頌為宗廟祭祀歌謠。賦比興則為詩之體裁作法，賦則敷陳其事而直言之，為純敘述法；比則以比狀此，喻其情事，為純比喻法，興即託物興起，抒寫情意，為半比半賦之象徵法。

秦火後，書籍亡缺，漢朝初年，《詩經》以易為記誦故，最先復元。當時研究解說者，最著名為齊、魯、韓、毛四家。三家詩先後亡佚，獨毛傳以其嚴簡平實，鄭玄為之作箋，孔穎達作《毛詩正義》，定於一尊。宋朱熹作《詩集傳》，成為科舉考試範本，其後各代學者，勇於疑古辨妄，獨抒己見，成就輩出。

《詩經》是今人研究上古史的最可靠典籍，包含文字、聲韻、訓詁，以及山川文物、社會禮俗、思想觀念等，都可以從《詩經》中得到最可靠的資料來源。

先秦時期，詩除作為國子教本外，在實際作用上，考諸史傳，當時詩歌在口語靈動中，一、可作為周天子觀諸侯國理政得失，是對諸侯的教化，二、可作為諷諫、頌美的獻詩，三、作為祭祖、宴客、出兵、打獵等典禮的詩，四、外交場合賦詩道志，富含政治意味的外交辭令。孔子引詩與學生論學，在群經中達數十次。孔子以為：「詩可以興、觀、群、怨，邇之事父，遠之事君，多識於草木鳥獸之名。」「興」即意志的振奮，「觀」為觀摩前人的德業，「群」講的是朋友之道，「怨」即不平之鳴。所以孔子說：「不學詩，無以言。」「興於詩，立於禮，成於樂。」又說：「詩三百一言以蔽之，曰：思無邪。」

《禮記・經解》篇記載：「孔子曰：入其國，其教可知也，其為人也，溫柔敦厚，詩教也。」《詩經》所教化出來的人格特質「溫柔敦厚」，成為中國文學表現的標準，也成為處世的人格典範。

《詩經》是文化之母，也是文學之母，形式上雖以四言為主，也有押韻之規範，音調和諧、語言精鍊、情感質樸而豐富，在藝術上達到極高的自然天成的境界，為後代詩詞、曲文、戲劇對聯之祖。四言的形式更成為國人日常語法，詩句也成為口語咀嚼的成語精華。

課文

關雎（周南）

關關雎鳩❶，在河之洲❷。窈窕淑女❸，君子好逑❹。

參差荇菜❺，左右流之。窈窕淑女，寤寐求之❻。求之不得，寤寐思服❼。悠哉悠哉❽，輾轉反側❾。

參差荇菜，左右采之。窈窕淑女，琴瑟友之。

參差荇菜，左右芼之❿。窈窕淑女，鐘鼓樂之。

❶關關雎鳩：雌雄雎鳩鳥和鳴關關的聲音。

❷洲：河中的沙洲。

❸窈窕淑女：窈窕，幽閒。淑：善也。揚雄《方言》：「美心為窈，美狀為窕。」

❹好逑：好配偶。逑，匹偶。

❺參差：長短不齊。

❻寤寐：寤，醒。寐，睡。

❼思服：思，語助詞。服，思念。

❽悠哉悠哉：悠，深長。

❾輾轉反側：反覆轉動不能成眠。

❿芼：取也，或煮熟之意。

【附錄】

桃夭（周南）

桃之夭夭，灼灼其華，之子于歸，
宜其室家。

桃之夭夭，有蕡其實，之子于歸，
宜其家室。

桃之夭夭，其葉蓁蓁，之子于歸，
宜其家人。

漢廣（周南）

南有喬木，不可休思。漢有游女，不可求思。漢之廣矣，不可泳思。江之永矣，不可方思。

翹翹錯薪，言刈其楚。之子于歸，言秣其馬。漢之廣矣，不可泳思。江之永矣，不可方思。

翹翹錯薪，言刈其蔞。之子于歸，言秣其駒。漢之廣矣，不可泳思。江之永矣，不可方思。

摽有梅（召南）

摽有梅，其實七兮；求我庶士，迨其吉兮！

摽有梅，其實三兮；求我庶士，迨其今兮！

摽有梅，頃筐既之；求我庶士，迨其謂兮！

柏舟（邶風）

汎彼柏舟，亦汎其流。耿耿不寐，如有隱憂。微我無酒，以敖以遊。

我心匪鑒，不可以茹；亦有兄弟，不可以據。薄言往愬，逢彼之怒。

我心匪石，不可轉也；我心匪席，不可卷也。威儀棣棣，不可選也。

憂心悄悄，慍于群小，覯閔既多，受侮不少。靜言思之，寤辟有摽。

日居月諸，胡迭而微？心之憂矣，如匪澣衣。靜言思之，不能奮飛。

擊鼓（邶風）

擊鼓其鏜，踊躍用兵，土國城漕，我獨南行。
從孫子仲，平陳與宋，不我以歸，憂心有忡。
爰居爰處，爰喪其馬，于以求之，于林之下。
死生契闊，與子成說，執子之手，與子偕老。
于嗟闊兮，不我活兮，于嗟洵兮，不我信兮。

凱風（邶風）

凱風自南，吹彼棘心；棘心夭夭，母氏劬勞！
凱風自南，吹彼棘薪；母氏聖善，我無令人！
爰有寒泉，在浚之下。有子七人，母氏勞苦！
睍睆黃鳥，載好其音。有子七人，莫慰母心！

靜女（邶風）

靜女其姝，俟我於城隅，愛而不見，搔首踟躕。
靜女其孌，貽我彤管；彤管有煒，悦懌女美。
自牧歸荑，洵美且異，匪女之為美，美人之貽。

相鼠（鄘風）

相鼠有皮，人而無儀？人而無儀，

不死何為！

相鼠有齒，人而無止？人而無止，不死何俟！

相鼠有體，人而無禮？人而無禮，胡不遄死！

碩人（衛風）

碩人其頎，衣錦褧衣。齊侯之子，衛侯之妻，東宮之妹，邢侯之姨，譚公維私。

手如柔荑，膚如凝脂，領如蝤蠐，齒如瓠犀，螓首蛾眉。巧笑倩兮，美目盼兮。

碩人敖敖，說于農郊。四牡有驕，朱幩鑣鑣，翟茀以朝，大夫夙退，無使君勞。

河水洋洋，北流活活，施罛濊濊，鱣鮪發發，葭菼揭揭，庶姜孽孽，庶士有朅。

氓（衛風）

氓之蚩蚩，抱布貿絲。匪來貿絲，來即我謀。送子涉淇，至於頓丘。匪我愆期，子無良媒。將子無怒，秋以為期。

乘彼垝垣，以望復關；不見復關，泣涕漣漣。既見復關，載笑載言。爾卜爾筮，體無咎言。以爾車來，以我賄遷。

桑之未落，其葉沃若。于嗟鳩兮，無食桑葚；于嗟女兮，無與士耽。士之耽兮，猶可說也；女之耽兮，不可說也。

桑之落矣，其黃而隕。自我徂爾，三歲食貧。淇水湯湯，漸車帷裳。女也不爽，士貳其行。士也罔極，二三其德。

三歲為婦，靡室勞矣。夙興夜寐，靡有朝矣。言既遂矣，至于暴矣。兄弟不知，咥其笑矣。靜言思之，躬自悼矣！

及爾偕老，老使我怨。淇則有岸，隰則有泮。總角之宴，言笑晏晏，信誓旦旦，不思其反，反是不思，亦已焉哉！

伯兮（衛風）

伯兮朅兮，邦之桀兮。伯也執殳，為王前驅。

自伯之東，首如飛蓬。豈無膏沐，誰適為容？

其雨其雨，杲杲出日。願言思伯，甘心首疾！

焉得諼草？言樹之背。願言思伯，使我心痗！

木瓜（衛風）

投我以木瓜，報之以瓊琚。匪報也，永以為好也。

投我以木桃，報之以瓊瑤。匪報也，永以為好也。

投我以木李，報之以瓊玖。匪報也，永以為好也。

黍離（王風）

彼黍離離，彼稷之苗。行邁靡靡，中心搖搖。知我者，謂我心憂，不知我者，謂我何求。悠悠蒼天，此何人哉？

彼黍離離，彼稷之穗。行邁靡靡，中心如醉。知我者，謂我心憂，不知我者，謂我何求。悠悠蒼天，此何人哉。

彼黍離離，彼稷之實。行邁靡靡，中心如噎。知我者，謂我心憂，不知我者，謂我何求。悠悠蒼天，此何人哉。

采葛（王風）

彼采葛兮，一日不見，如三月兮。

彼采蕭兮，一日不見，如三秋兮。

彼采艾兮，一日不見，如三歲兮。

將仲子（鄭風）

將仲子兮，無踰我里，無折我樹杞。豈敢愛之？畏我父母！仲可懷也，父母之言，亦可畏也。

將仲子兮，無踰我牆，無折我樹桑。豈敢愛之？畏我諸兄！仲可懷也，諸兄之言，亦可畏也。

將仲子兮，無踰我園，無折我樹檀。豈敢愛之？畏人之多言！仲可懷也，人之多言，亦可畏也。

女曰雞鳴（鄭風）

女曰雞鳴，士曰昧旦。子興視夜，明星有爛。將翺將翔，弋鳧與雁。

弋言加之，與子宜之。宜言飲酒，與子偕老。琴瑟在御，莫不靜好。

知子之來之，雜佩以贈之。知子之順之，雜佩以問之。知子之好之，雜佩以報之。

遵大路（鄭風）

遵大路兮，摻執子之袪兮，無我惡兮，不寁故也。

遵大路兮，摻執子之手兮，無我醜兮，不寁好也。

狡童（鄭風）

彼狡童兮，不與我言兮，維子之故，使我不能餐兮。

彼狡童兮，不與我食兮，維子之故，使我不能息兮。

褰裳（鄭風）

子惠思我，褰裳涉溱。子不我思，豈無他人？狂童之狂也且！

子惠思我，褰裳涉洧。子不思我，豈無他士？狂童之狂也且！

子衿（鄭風）

青青子衿，悠悠我心，縱我不往，子寧不嗣音？

青青子佩，悠悠我心，縱我不往，子寧不來？

挑兮達兮，在城闕兮。一日不見，如三月兮。

出其東門（鄭風）

出其東門，有女如雲，雖則如雲，

匪我思存，縞衣綦巾，聊樂我員。

出其闉闍，有女如荼，雖則如荼，
匪我思且，縞衣茹藘，聊可與娛。

野有蔓草（鄭風）

野有蔓草，零露漙兮，有美一人，
清揚婉兮，邂逅相遇，適我願兮。

野有蔓草，零露瀼瀼，有美一人，
婉如清揚，邂逅相遇，與子皆臧。

綢繆（唐風）

綢繆束薪，三星在天。今夕何夕？
見此良人。子兮子兮，如此良人何！

綢繆束芻，三星在隅。今夕何夕？
見此邂逅。子兮子兮，如此邂逅何！

綢繆束楚，三星在户。今夕何夕？
見此粲者。子兮子兮，如此粲者何！

蒹葭（秦風）

蒹葭蒼蒼，白露為霜，所謂伊人，
在水一方。溯洄從之，道阻且長；溯游
從之，宛在水中央。

蒹葭淒淒，白露未晞，所謂伊人，
在水之湄。溯洄從之，道阻且躋；溯游
從之，宛在水中坻。

蒹葭采采，白露未已，所謂伊人，
在水之涘。溯洄從之，道阻且右；溯游
從之，宛在水中沚。

晨風（秦風）

鴥彼晨風，鬱彼北林，未見君子，
憂心欽欽。如何如何？忘我實多！

山有苞櫟，隰有六駮，未見君子，
憂心靡樂。如何如何？忘我實多！

山有苞棣，隰有樹檖，未見君子，
憂心如醉。如何如何？忘我實多！

月出（陳風）

月出皎兮，佼人僚兮，舒窈糾兮，
勞心悄兮。

月出皓兮，佼人懰兮，舒懮受兮，
勞心慅兮。

月出照兮，佼人燎兮，舒夭紹兮，
勞心慘兮。

采薇（小雅．鹿鳴之什）

昔我往矣，楊柳依依。今我來思，
雨雪霏霏。行道遲遲，載渴載飢。我心
傷悲，莫知我哀。（六之一）

蓼莪（小雅．谷風之什）

蓼蓼者莪，匪莪伊蒿。哀哀父母，
生我劬勞！

蓼蓼者莪，匪莪伊蔚。哀哀父母，
生我勞瘁！

缾之罄矣，維罍之恥。鮮民之生，
不如死之久矣！無父何怙？無母何恃？
出則銜恤，入則靡至。

父兮生我，母兮鞠我，拊我畜我，
長我育我，顧我復我，出入腹我。欲報
之德，昊天罔極！

南山烈烈，飄風發發。民莫不穀，
我獨何害！

南山律律，飄風弗弗。民莫不穀，
我獨不卒！

綜合討論

詩的源頭是歌謠，自有先民以來，沒有文字，先有說唱的歌謠，當人高興或悲哀時，常不自禁地將心情嘆唱出來，嘆唱不夠，便手也舞起來，腳也蹈起來了。歌謠越唱越多，存在人的記憶裡。有現成的歌，便可借他人酒杯澆心中塊壘，唱著來消愁解悶。時日既久，經過眾人修飾，隨著文字發展，歌謠記錄下來，便有了詩歌。

自周公制禮作樂以來，詩歌便與禮樂政治制度密切地結合了起來，同時，里巷歌謠也在民間生活中傳誦著。在朝會的典禮儀式上，在宴會的觥籌交錯間，唱奏著詩歌，來烘托隆重或輕鬆氛圍，增進情誼；祭祀時，或歌頌祖先的聖德，或稱頌豐功偉業以昭告祖先臣民，也在廟堂雅唱著。

男女間戀愛過程的酸甜苦辣，難熬的等待，甜蜜的愛慕，失戀的痛苦，相思的酸楚，詩歌是最能幽幽道盡莫名的情懷；而政治紊亂，當政者無道，要用詩歌來諷刺其黑暗面，時局動盪，民不聊生，也要用詩歌來進行批判，藉以「主文而譎諫，言之者無罪，聞知者足以戒」；其他如爭戰時所受的驚恐與疲憊，對於偶像的讚美，都要靠詩歌來抒發，言語都不足以道之，非得要手舞足蹈，配合長詠短嘆的詩歌，才能將心裡那抒發澎湃洶湧抑鬱不堪的情感，一股腦兒宣洩出來。

〈關雎〉是興體詩。這首小詩以雎鳩和鳴起興，展現了摹聲、雙聲、疊韻、疊字、押韻、類疊、頂真、排比、遞進等修辭技巧；在結構上，又如小說般之講求，有開頭，有結尾，中間有發展、衝挫、高潮，始以鳥鳴聲而終以鐘鼓樂聲作結前後呼應；詩中「參差荇菜，左右流之」，一唱三嘆，吟哦曼詠中，江上清波，小舟晃蕩，君子追慕遐思，晃晃悠悠，歲月靜好，詩情畫意，絲絲入扣人心，一首圓滿歡樂的戀曲，在歌詠頌讚中，餘韻裊裊。

〈關雎〉是國風的頭一篇，毛詩稱：「風之始也，風有風化、風刺之義。」風化是上位者之風範感化臣民，風刺是下位者，用諷刺的方法規諫在上的君主，毛詩評賞此篇為「詠后妃之德……，以關雎樂得淑女以配君子，愛在進賢，不淫其色；哀窈窕，思賢才，而無傷善之心焉。」謂后妃思賢德女子以輔文王齊家治天下之意；而孔子曰：「〈關雎〉樂而不淫，哀而不傷。」清崔述曰：「常女易得，賢女難求。」今人有以為婚禮頌歌，或認為是君子追慕淑女的戀歌。所謂：「詩無達詁」，自古以來，《詩經》之詮釋有作詩者、採詩者、刪詩者、編詩者、頌詩者，還有吟詩者，每個立場不同，與時代背景有關，解釋也不同。賞析者不妨以多元觀點，用一種調和的態度，玩味各家心得與自己體會的趣味。要之，不能忽視、曲解字詞，偏離文意。

本課課文簡短，卻列了大量的附錄，旨在提醒同學，對「詩」的吟詠體會，其重要性高於對詩作逐字逐句的求解。當同學（在老師指導下）讀過課文及附錄後，是否可以找出，在日常生活中，有哪些成語是出自或轉化自《詩經》？除本章提到的之外，你還可以找到哪些常用的詩句？你認為在今天的生活中，「詩教」還有作用嗎？你給它何種評價？凡此，皆為同學在讀過本課之後，可以進一步思考的。

第二課 書經選

概說

「書」一詞最早見於《墨子》：「故尚者夏書，其次商周之書。」孔穎達說：「尚者，上也，言此上代以來之書，故曰尚。」所以《書經》又名《尚書》，就是上古的書。《尚書》傳錄久遠，最早為三千多年前，又經秦火、戰亂，至漢朝傳本有《今文尚書》與《古文尚書》異本。

《尚書》作者是史官，《漢書・藝文志》說：「左史記言，右史記事。」書中蒐集唐虞夏商周五代聖君賢臣的懿言，也記錄史實，包括治國大法、政治制度、行政事務、禮制、地理等是上古政事彙編，共有五十八篇，依據朝代，分別為虞書五篇、夏書四篇、商書十七篇和周書三十二篇。

所記錄的公文書分為典、謨、訓、誥、誓、命等體裁，是周代的教本，《史記・孔子世家》記載，孔子教弟子「以詩書禮樂教」；《論語》也說：「子所雅言，詩書執禮」；在《禮記・經解》說：「孔子曰：『入其國，其教可知也。』……疏通知遠，書教也。」意即國人如通達博古，乃是得力於《書經》的教育了；可見孔子對《書經》的重視，其珍貴而又豐富的史料可作為現今考古的依據。

《尚書》所傳達的可貴思想，如政教理想包括人道思想、民本思想如「天視自我民視，天聽自我民聽」、「百姓有過，在予一人」等，都是在上者言行的參考，施政的指南；至於平常人所謂：「天作孽，猶可違；自作孽，不可逭」、「自求多福」、「五行」、「五福」等也都語源於

《尚書》。

尚書 大禹謨選讀

帝曰：「來，禹！降水儆予[1]，成允成功[2]，惟汝賢。克勤于邦，克儉于家，不自滿假[3]，惟汝賢。汝惟不矜[4]，天下莫與汝爭能。汝惟不伐[5]，天下莫與汝爭功。予懋乃德[6]，嘉乃丕績[7]，天之歷數[8]在汝躬，汝終陟元后[9]。人心惟危，道心惟微，惟精惟一，允執厥中[10]。無稽之言勿聽，弗詢之謀勿庸[11]。可愛非君[12]？可畏非民？眾非元后，何戴[13]？后非眾，罔與守邦[14]？欽哉！慎乃有位，敬修其可願[15]。四海困窮，天祿永終[16]。惟口出好興戎[17]，朕言不再。」

禹曰：「枚卜[18]功臣，惟吉之從。」

帝曰：「禹！官占，『惟先蔽志[19]，昆命于元龜[20]。』朕志先定，詢謀僉同[21]，鬼神其依，龜筮協從，卜不習[22]吉。」

禹拜，稽首固辭。

帝曰：「毋！惟汝諧。」

正月朔旦，受命于神宗㉓；率百官，若帝之初㉔。

註釋

❶降水儆予：「降」亦作「洚」，洚水，即洪水，大水。儆，警告。
❷成允成功：實踐諾言完成功業。
❸滿假：滿，盈滿；假，誇大。
❹矜：自以為賢。《孔傳》：「自賢曰矜。」
❺伐：自誇有功。《孔傳》：「自功曰伐。」
❻懋：嘉獎。
❼丕績：大功。
❽歷數：指帝王相繼的次序。
❾陟元后：陟，音陟ㄓˋ，升。元，大。后，君。大君，指天子。
❿人心四句：危，險。微，精微。精，精研。一，專一。《孔傳》：「危則難安，微則難明，故戒以精一，信執其中。」人心危險不安，真理幽微難明，只有精誠專一，才能把握中庸之道。
⓫詢：問。庸，用。
⓬可愛非君：人民可愛戴的不就是君王嗎？
⓭眾非元后，何戴：人民如果不擁戴君王，還能擁戴誰？
⓮后非眾，罔與守邦：君王沒有人民，就無人和他一起保衛國家。
⓯慎乃有位，敬修其可願：謹慎才能守住職位，恭敬修治才能達成願望。
⓰四海困窮，天祿永終：否則百姓困窮，天賜你的福祿將永遠終結。
⓱出好興戎：口既能說善言，也會引起爭戰。或《孔傳》：「好謂賞善，戎謂伐惡。」
⓲枚卜：歷卜，逐一個地占卜。
⓳蔽志：蔽，斷。蔽志，決斷志向。
⓴昆命於元龜：昆，后也。元龜，大龜也。
㉑詢謀僉同：僉，音ㄑㄧㄢ，皆也。諮詢謀議都贊同。
㉒習：重複。《說文》：「鳥數飛也。」
㉓神宗：堯之宗廟，尊稱之。
㉔若帝之初：一如舜當初繼位時之局面。

【附錄】

周書 泰誓 中

惟十有一年，武王伐殷。一月戊午，師渡孟津，作〈泰誓〉三篇。

惟戊午，王次于河朔，群后以師畢會。王乃徇師而誓曰：「嗚呼！西土有眾，咸聽朕言。我聞吉人為善，惟日不足。凶人為不善，亦惟日不足。今商王受，力行無度，播棄犁老，暱比罪人。淫酗肆虐，臣下化之，朋家作仇，脅權相滅。無辜籲天，穢德彰聞。

惟天惠民，惟辟奉天。有夏桀弗克若天，流毒下國。天乃佑命成湯，降黜夏命。惟受罪浮于桀。剝喪元良，賊虐諫輔。謂己有天命，謂敬不足行，謂祭無益，謂暴無傷。厥監惟不遠，在彼夏王。天其以予乂民，朕夢協朕卜，襲于休祥，戎商必克。

受有億兆夷人，離心離德。予有亂臣十人，同心同德。雖有周親，不如仁人。天視自我民視，天聽自我民聽。百姓有過，在予一人，今朕必往。我武維揚，侵于之疆，取彼凶殘。我伐用張，于湯有光。勖哉夫子！罔或無畏，寧執非敵。百姓懍懍，若崩厥角。嗚呼！乃一德一心，立定厥功，惟克永世。」

綜合討論

〈大禹謨〉是舜和大臣益、皋陶、禹議論政務的紀錄，文中頌揚堯帝的文德善政、治國功績，以及舜之傳位事件，皐陶和大禹互相謙讓之事。〈大禹謨〉出自孔壁《古文尚書》，其後內容於漢代逸失，今本經學者考定，為偽出。然其文中個別句子散見於先秦古籍，通篇仍甚有閱讀價值。

本文節錄舜讓位給夏禹時，君臣之對話。對話之先，舜首肯禹之功績，次讚許禹德，繼而託命天下，終則訓勉為帝之德。文中「可愛非君？可畏非民？眾非元后，何戴？后非眾，罔與守邦」展現政治上的以民為本的思想，從「克勤于邦，克儉于家，不自滿假，惟汝賢。汝惟不矜，天下莫與汝爭能。汝惟不伐，天下莫與汝爭功。予懋乃德，嘉乃丕績。」顯見古人對君王道德修養的重視，舜殷殷勸勉夏禹要謹慎治國乃有位，持敬修德才可達成願景。最後更以堯傳天下於舜戒勉「四海困窮，天祿永終」之詞，告誡禹，傳承天下為公的政治原則。大禹甫聞之，辭之再，而舜志向堅定告知已多方考量諮詢、卜筮，顯現出舜作為領袖的周密思慮與剛毅決斷，對揀選繼位者之慎重；其對大禹的諄諄告誡，語重心長，亦見出舜帝心繫天下，視遠胸宏，親愛精誠。大禹讓辭再三，態度謙讓謹從，表現不以名位為念之德。本篇言詞鏗鏘有力，氣勢磅礴，帝威嚴然，呈現典雅厚重的恢宏氣象，令人感思讚嘆。

「人心惟危，道心惟微，惟精惟一，允執厥中」也成為儒學的心傳（見朱子《四書集註》之〈中庸章句序〉），意謂人我之心多變，而道心隱微，故必須修身自省，靜心澄慮，才能得其中道。此意對後代學人在為學作人方面有莫大之啟發。

在讀完本課之後，你認為大禹為何會被舜遴選為帝君？而作為一個政治領袖，除了要具備必要的知識外，在個人品德方面，需要什麼修養？

第三課　易經乾卦

概說

《易》是中國最古老的文獻之一，《禮記．經解》：「孔子曰：『入其國，其教可知也。……絜靜精微，《易》教也。』」據稱是孔子整理《易經》時所作的評論，意思是學了《易經》，心靈情緒都會非常地寧靜、澄潔；思考會細密精確：唐太宗宰相虞世南曾說：「不讀《易》，不可為將相。」可見得《易經》之受推崇。

《易經》談天人性命等重大道理，無一不和先秦其他經部書籍所闡述的條理一貫、息息相通，構成中國文化學術的整體性。易學深究宇宙自然之理，因而中國的哲學思想、倫理道德，文學藝術及自然科學等諸多領域，無不受其影響，《四庫全書．總目提要》即提到：「《易》道廣大，旁及天文、地理、樂律、兵法、韻學、算數，以逮方外之爐火皆可援《易》以為說。」由此可知。自十七世紀開始，《易經》被介紹到西方，更廣泛引起研究熱潮，至今在書店及網路上可找到成千上百的《I-Ching》（《易經》外文音譯））相關西文書籍。

《易經》原稱《周易》或《易》。包括《易經》經文和《易傳》。經文分為《上經》三十卦，《下經》三十四卦，成書約在西周時期。春秋戰國時代的人撰寫了《十翼》，意即「傳之於經，猶羽翼之於鳥也」，又稱為《易傳》，以解讀經文闡發《易》理。凡七種，即〈文言〉、〈彖傳〉上下、〈象傳〉上下、〈繫辭〉上下、〈說卦傳〉、〈序卦傳〉、〈雜卦傳〉，共十篇。

《周易》之名，「周」為周代、周普、周旋、周而復始的變化觀；《易》，是說宇宙的事物存在「簡易」、「變易」和「恆常不變」的狀態。

《易經》的經文由卦爻組成。卦爻以一套符號系統來描述狀態，《易》共有六十四卦。每一卦由六層組成，每一層稱為「爻」。每一爻以一條長的橫線「一」代表陽，稱為「陽爻」；或以兩條斷開的橫線「--」代表陰，稱為「陰爻」；陰陽交替的變化代表世間萬物的相對變化。

六爻可以分為上半部分和下半部分，而每一部分的三個「爻」以不同的陰、陽配搭，形成多種不同的組合，稱為卦。六爻由下而上為：「初、二、三、四、五及上」，由三爻所生的卦「由上而下」為之（上卦）或「外卦」、在下方為之「下卦」或「內卦」。每一卦代表一種狀態或過程，六十四卦表現了中國古典文化的哲學和宇宙觀。

《易經》原是占卜用的書，經文王、周公作卦爻辭，孔子研究闡發其精微義理作《繫辭》、《文言》等，其後學擴充，使《易》學理論系統更為周密完備。漢朝後《易》學分成「象數」及「義理」兩大派，「象數」派主要以八卦卦象與陰陽奇偶之數來解釋《易》理；而「義理」派主要從宇宙、社會與人事吉凶來闡發《易》學之大義。宋程頤說：「凡六爻人人有用，聖人自有聖人用，眾人自有眾人用，學者自有學者用，無所不通。」歷代儒學家、道學家和玄學家從中引申其理論與智慧，從而給人以啟示和指引。近世以來，隨著各種學科的研創與興起，甚至如經濟、企業、物理、天文、軍事、預測學等等紛紛引進《易》學，將以注入了新的體驗，使古老的《易經》煥發出奇異的光彩。

課文

乾卦第一

䷀ 乾：元，亨，利，貞[1]。

初九：潛龍，勿用[2]。九二：見龍在田，利見大人[3]。九三：君子終日乾乾，夕惕若，厲，无咎[4]。九四：或躍在淵，无咎[5]。九五：飛龍在天，利見大人[6]。上九：亢龍有悔[7]。

用九：見群龍无首，吉[8]。

彖曰：大哉乾元，萬物資始，乃統天。雲行雨施，品物流形。大明終始，六位時成，時乘六龍以御天。乾道變化，各正性命，保合太和，乃利貞。首出庶物，萬國咸寧[9]。

象曰：天行健，君子以自強不息[10]。

潛龍勿用，陽在下也。見龍在田，德施普也。終日乾乾，反復道也。或躍在淵，進无咎也。飛龍在天，大人造也。亢龍有悔，盈不可久也。用九，天德不可爲首也[11]。

文言曰：「元者，善之長也，亨者，嘉之會也，利者，義之和也，貞者，事之幹也。君子體仁，足以長人；嘉會，足以合禮；利物，足以和義；貞固，足以幹事。君子行此四德，故曰：乾，元亨利貞。」[12]

初九曰：「潛龍勿用。」何謂也？子曰：「龍德而隱者也。不易乎世，不成乎名；遯世无悶，不見是而无悶；樂則行之，憂則違之；確乎其不可拔，潛龍也。」[13]

九二曰：「見龍在田，利見大人。」何謂也？子曰：「龍德而正中者也。庸言之信，庸行之謹，閑邪存其誠，善世而不伐，德博而化。《易》曰：「見龍在田，利見大人。」君德也。」[14]

九三曰：「君子終日乾乾，夕惕若，厲，无咎。」何謂也？子曰：「君子進德修業，忠信，所以進德也。修辭立其誠，所以居業也。知至至之，可與言幾也。知終終之，可與存義也。是故，居上位而不驕，在下位而不憂。故乾乾因其時而惕，雖危而无咎矣。」[15]

九四：「或躍在淵，无咎。」何謂也？子曰：「上下无常，非爲邪也。進退无恆，非離群也。君子進德修業，欲及時也，故无咎。」[16]

九五曰：「飛龍在天，利見大人。」何謂也？子曰：「同聲相應，同氣相求；水流濕，火就燥；雲從龍，風從虎。聖人作，而萬物睹，本乎天者親上，本乎地者親下，則各從其類也。」[17]

上九曰：「亢龍有悔。」何謂也？子曰：「貴而无位，高而无民，賢人在下而无輔，是以動而有悔也。」[18]

潛龍勿用，下也；見龍在田，時舍也；終日乾乾，行事也；或躍在淵，自試也；飛龍在天，上治也；亢龍有悔，窮之災也；乾元用九，天下治也[19]。

潛龍勿用，陽氣潛藏。見龍在田，天下文明。終日乾乾，與時偕行。或躍在淵，乾道乃革。飛龍在天，乃位乎天德。亢龍有悔，與時偕極。乾元用九，乃見天則[20]。

乾元者，始而亨者也。利貞者，性情也。乾始能以美利利天下，不言所利。

大矣哉！大哉乾乎？剛健中正，純粹精也。六爻發揮，旁通情也。時乘六龍以御天也。雲行雨施，天下平也[21]。

君子以成德爲行，日可見之行也。潛之爲言也，隱而未見，行而未成，是以君子弗用也[22]。

君子學以聚之，問以辨之，寬以居之，仁以行之。《易》曰：「見龍在田，利見大人。」君德也[23]。

九三，重剛而不中，上不在天，下不在田。故乾乾因其時而惕，雖危無咎矣。

九四，重剛而不中，上不在天，下不在田，中不在人，故或之。或之者，疑之也，故无咎[24]。

夫大人者，與天地合其德，與日月合其明，與四時合其序，與鬼神合其吉凶。先天而天弗違，後天而奉天時。天且弗違，而況於人乎？況於鬼神乎[25]？

亢之爲言也，知進而不知退，知存而不知亡，知得而不知喪。其唯聖人乎？知進退存亡，而不失其正者，其唯聖人乎[26]？

註釋

❶乾：元，亨，利，貞。　此卦辭言天體現了初始、通達、和諧、貞正四種德行。

❷初九：潛龍，勿用。　此為初九爻辭，以潛龍為象，說明陽剛處於初始階段，須養精蓄銳，等待時機，不可盲動。

❸九二：見龍在田，利見大人　此為九二爻辭，陽剛漸次增進，時機開始有利。

❹九三：君子終日乾乾，夕惕若，厲，无咎。　此爻言君子當效法天的剛健精神，發憤自強，並小心謹慎從事，方能處險境而無危害。

❺九四：或躍在淵，无咎。　此爻以龍處淵中為象，說明陽剛在達到最高潮之前的蓄積待發狀況。

❻九五：飛龍在天，利見大人。　此爻以飛龍上天為象，說明陽剛已達最完美的境界。

❼上九：亢龍有悔。　此爻以龍飛至極點為象，說明陽剛若一味亢進，必將導致盛極而衰的後果。

❽用九：見群龍无首，吉。　用九，只有乾卦除六爻外尚有用九的變爻。此爻以群龍無首為象，說明雖然剛健有力，也要謙虛持重，不強居首位，故吉祥。

❾彖曰：大哉乾元以下一段　此彖辭闡釋乾卦所象徵的天德和陽剛之氣統率天地萬物的偉大力量和重要作用。

❿象曰：天行健二句　象即《象傳》，闡釋卦象、爻象的文辭。此〈象〉辭勉勵君子效法天道，自強不息。

⓫潛龍勿用以下一段　此〈象〉辭分別解釋各爻與「用九」的象徵意義。

⓬文言曰：「元者，善之長也：」一段　此〈文言〉首段，解釋乾卦卦辭。

⓭初九曰：「潛龍勿用。」一段　此則〈文言〉解釋初九爻辭，闡釋不為世俗所累、確然不拔的德性。

⓮九二曰：「見龍在田，利見大人。」一段　此則〈文言〉解釋九二爻辭，闡述中正誠信、改善世俗的德行。

⓯九三曰：「君子終日乾乾」一段　此則〈文言〉解釋九三爻辭，闡述進德修業、不驕不憂的德行。

⓰九四：「或躍在淵，无咎。」一段　此則〈文言〉解釋九四爻辭，闡述上下進退、待機而動的德行。

⓱九五曰：「飛龍在天，利見大人。」一段　此則〈文言〉解釋九五爻辭，闡述聖人興起、天下相從的德行。

⓲上九曰：「亢龍有悔」一段　此則〈文言〉解釋上九爻辭，闡述高居無輔、盲動致悔的德行。

⓳「乾龍勿用，下也。」一段　此則〈文言〉再次解釋六則爻辭和「用九」之辭，多以人事言之。

⓴「潛龍勿用，陽氣潛藏。」一段　此則〈文言〉再次解釋六則爻辭和「用九」之辭，多以氣候言之。

㉑「乾元者，始而亨者也。」一段　此則〈文言〉又一次解釋乾卦卦辭，讚美乾卦所象徵的陽剛之氣乃天地萬物之本原的作用。

㉒「君子以成德為行」一段　此則〈文言〉又解釋初九爻辭，無妄動。

㉓「君子學以聚之」一段　此則〈文言〉解釋九二爻

辭。要努力學問，寬厚仁愛。

㉔「九三，重剛而不中」一段　此則〈文言〉解釋九三爻辭。要勤奮不懈，還要隨時警惕戒懼，才能處險而無害。

㉕「九四，重剛而不中」一段　此則〈文言〉解釋九四爻辭。要抱著疑惑的態度審察時勢，待機而動。

㉖「夫大人者，與天地合其德」一段　此則〈文言〉解釋九五爻辭，要不違背天理。

㉗「亢之為言也」一段　此則〈文言〉解釋上九爻辭。要知進退存亡之理。

綜合討論

《易經》文辭美妙，兼具排比、對句、簡約之美。然「修辭立其誠」，《易經》奧妙處更在聖人誠摯表出的哲理中。日常用語常說：「該不會變卦吧？」、「窮則變，變則通」等，都是出於《易經》的詞語。《易經》是古聖哲從觀察自然現象而領悟到許多自然原理，再進而探求人類生存與適應社會變化的法則。宇宙情境充滿未知與變化，人處在不時生變的世相危機中，時而迷茫不安恐懼；而自身又言行粗忽，無明愚癡種種更易造成行事失誤，追悔不及。無怪乎《繫辭》說：「作《易》者其有憂患乎？」顯然古聖哲聰明睿智，洞悉人世，心憂天下，作《易》以警人世，以解世惑。

《易經》乾卦，六個爻都是「陽」，為純陽之卦，全都充滿陽剛氣質，「乾」是「天」象，自宇宙至今，「天」始終運轉不息而變化無窮，《易經》開宗明義把人比喻天，教導人們終日勤勉，效法天道運行之理。

乾卦爻辭以「龍」作為象徵天地的生命力與主動力，用以表示一切動能，鼓舞放發之現象。

從潛龍、見龍、淵龍、飛龍、亢龍的現象，象徵自然現象的運行變化，也代表萬物萌生、發展、成長、衰落的過程，從中可知人事行為得失和吉凶斷語。對人而言，乾卦的精神啟動作用，鼓勵人應勤奮不懈，戒慎恐懼，審時度勢，待機而動，知時而與之進退存亡，則能趨吉避凶。

就象數而言，乾卦本身是個吉象之卦，然乾卦中隨處可見到德性的提醒，如信、謹、誠、德、不伐、剛健中正、寬、仁等等，所有的成功作為都本乎乾卦的積極精神，但不能得意忘形，有恃無恐，而應以更謹慎、小心的心態來面對。在佈滿危機、憂疑茫然的人生行旅中，如不戒慎恐懼，是無法洞燭機先以應變化；如無智慧德業，則行事作人常令悔憾不已甚而禍害臨身，是以運用《易經》的智慧來趨吉避凶，連孔子都說：「假我數年，五十以學《易》，可以無大過矣。」

宇宙現象都是是陰陽互相摩盪變化產生，而人自身也是陰陽共生的小宇宙，既行乾卦「自強不息」的精神動力；亦須以坤卦之「厚德載物」的道德穩定力量，才能剛柔並濟。讀通《易經》的人，德智增長，對宇宙現象了然於胸，知天下萬事萬物的變動現象，則無須占卜，如《荀子·大略說》：「善為《易》者不占。」是以《易經》最主要的精神，不只是消極地寡過知機而已，而應積極培養能力，淬鍊德性，提升智慧，達到「夫大人者，與天地合其德，與日月合其明，與四時合其序，與鬼神合其吉凶」的陰陽合德、天人合一的境界。

在閱讀本課之後，你曾在哪個領域上遇過與《易經》內容相關的語詞？在課文中，你是否發現有哪些詞語對你有激勵作用？或有警示作用？若說「逢凶化吉」的主要關鍵在「進德修業」，那麼，請指出乾卦中有關進德修業的詞語，並以實例印證它們的意義。

第四課 禮記選

概說

《禮記》為《三禮》之一。所謂《三禮》，指的是《周禮》、《儀禮》、《禮記》。儒家認為個人隨著自我的人情、人欲發展，若沒有分際、沒有界線，容易你爭我奪、社會混亂，於是周公為先民制禮作樂，以禮節制，以樂調和，使貴賤尊卑有序，人人各安其分，各負其責，樂得其所。禮儀創建於政治、宗族、家庭當中，形成政治制度、宗教儀式、風俗習慣，有些甚而浸染成生活的藝術，國人也頗自詡為禮儀之邦。

《周禮》，相傳為周公所作。漢代原稱《周官》，西漢劉歆始稱《周禮》。《周禮》的內容是在記載周王朝以天地四時序列的六部官制，六篇分載天、地、春、夏、秋、冬六官，在官制條文敘述中，隱含以禮樂為中心的政治理想，具有發揚禮治的意義。

《儀禮》相傳是孔子門人子夏所作。商、周時有名目繁多的典禮，素有「禮儀三百，威儀三千」之稱，《儀禮》記載著先秦的各種禮儀，詳盡地記述了古代宮室、服飾、飲食、喪葬之制，其中以記載士大夫的禮儀為主，漢初稱為《禮》，又稱「士禮」。

《禮記》是孔子的學生及戰國時期儒學學者的作品。漢朝學者戴德將劉向蒐集的一百三十篇綜合簡化，共得八十五篇，稱為《大戴禮記》，後來其姪戴聖又將《大戴禮記》簡化增減為四十九篇，稱為《小戴禮記》。《大戴禮記》至隋、唐已散逸大半，現存三十八篇；而《小戴禮記》則成為今日通行的《禮記》。

《禮記》是雜述禮制及其變遷歷史，或禮論之作。包含當時社會生活情景的內容，如冠、昏、鄉、射、朝、聘、喪、祭諸禮，並對諸禮的精神實質和用禮之目的加以闡述。

《禮記》為研究先秦儒學史提供了充分的資料，尤其是蘊含的禮學思想最為豐富，從孔子首創禮學思想，經孟、荀的發展，體系大備，書中探討禮之源，從人情、人欲、人類自身發展以及從天地神等抽象信念中，對儀節之創行提出種種推理，以配合人性應乎世用。

禮記　曲禮篇（節選）

〈曲禮〉曰：毋不敬❶，儼若思❷，安定辭❸，安民哉！

敖不可長，欲不可從，志不可滿，樂不可極。

賢者狎❹而敬之，畏而愛之。愛而知其惡，憎而知其善。積❺而能散，安安而能遷❻。臨財毋苟得，臨難毋苟免。很❼毋求勝，分毋求多。疑事毋質❽，直而勿有❾。

若夫坐如尸❿，立如齊⓫。禮從宜，使從俗。

夫禮者所以定親疏，決嫌疑，別同異，明是非也。禮，不妄說人，不辭費。禮，不逾節，不侵侮，不好狎。修身踐言，謂之善行。行修言道，禮之質也。禮聞取於人[12]，不聞取人[13]。禮聞來學，不聞往教。

道德仁義，非禮不成[14]，教訓正俗，非禮不備。分爭辨訟，非禮不決。君臣上下父子兄弟，非禮不定。宦學事師，非禮不親。班朝治軍，蒞官行法，非禮威嚴不行。禱祠祭祀，供給鬼神，非禮不誠不莊。是以君子恭敬撙節退讓以明禮。

鸚鵡能言，不離飛鳥。猩猩能言，不離禽獸。今人而無禮，雖能言，不亦禽獸之心乎？夫唯禽獸無禮，故父子聚麀[15]。是故聖人作，爲禮以教人，使人以有禮，知自別於禽獸。

太上貴德，其次務施報[16]。禮尚往來，往而不來，非禮也；來而不往，亦非禮也。人有禮則安，無禮則危，故曰禮者不可不學也。夫禮者，自卑而尊人。雖負販者，必有尊也，而況富貴乎？富貴而知好禮，則不驕不淫；貧賤而知好禮，則志不懾[17]。

禮記 檀弓篇（節選）

陳子車死於衛，其妻與其家大夫謀以殉葬，定，而後陳子亢[18]至，以告曰：

「夫子疾，莫養於下，請以殉葬。」子亢曰：「以殉葬，非禮也；雖然，則彼疾當養者，孰若妻與宰？得已，則吾欲已；不得已，則吾欲以二子者之爲之也。」於是弗果用。

❶毋不敬：自我警惕約束。
❷儼若思：端莊持重好像在思考的靜定。
❸安定辭：語詞安定。
❹狎：親近。
❺積：積財。
❻安安而能遷：安於安逸也安於變化，能屈能伸。
❼很：違逆，與人相反之意。
❽疑事毋質：不明白的事，不亂作證明。
❾直而勿有：已明白的事，不自誇占有。
❿坐如尸：尸為古代祭祀時，代表受祭祀者，一直端正地坐著。
⓫立如齊：持敬地站立。
⓬取於人：以身下人，取法別人。
⓭不聞取人：不屈人從己。不以人的高下取人。
⓮非禮不成：成，效驗。沒有禮的行為表現就顯現不出。
⓯聚麀：父子共妻。麀，音ㄧㄡ，母鹿。
⓰施報：報答恩惠。
⓱懾：畏怯困惑。
⓲陳子亢：齊國大夫陳子車的弟弟。

綜合討論

《禮記・經解》說：「恭簡莊敬，禮教也。」禮的教化是對自我要求，約束自己，莊嚴自己，以嚴謹的態度禮敬之。亦即是對某一人、某一事物，從內心發出真正恭敬的那種至誠。所謂：「恭之謂己，敬之謂他。」是也。

〈曲禮〉篇之「曲」指微小的事，「禮」為行事的準則，合稱「曲禮」，意思相當於「幼儀」二字。〈內則〉篇云：「十年，朝夕學幼儀。」蓋古代士大夫子弟，到了十歲就要學習這些禮節，與今天的國民生活須知相似。〈曲禮〉篇中有禮義也有禮儀，禮義上甚廣大，禮儀上極精微，具有我國文化現象的特徵，文中富有大量哲理的格言、警句，精闢而深刻。在修辭藝術上有排比、對比、譬喻、類疊等精鍊簡約而意涵豐富之美。

孔子說：「禮也者，理也。君子無理不動。」所以禮的儀文必須合乎道理。《淮南子・齊俗訓》：「禮者，體也。」又說：「禮者，體情制文者也。」其意思就是一切儀文節目的制定，都要體察人情。禮俗教化是立身治人，和諧社會，安協上下的根本。〈檀弓〉篇陳子車一則，敘述陳子亢巧妙消除殉葬陋俗，說明了禮須切合天理人情方能履行。文章篇幅短小，當中有人物事件及對話過程，且暗含人物心理描寫和刻畫，意味雋永，令人嘆服。

第五課 大學選

《大學》原為《小戴禮記》中之第四十二篇，漢鄭玄序、唐孔穎達疏，到北宋司馬光，才把《大學》從《禮記》中抽出來；至朱熹，作《大學章句》，與《中庸》、《論語》、《孟子》合稱「四書」，成為元後八百年學人士子科舉考試之必讀經典，在中國思想文化發展史上占有極其重要的地位。

《大學》的作者和成書年代，有不同的看法。班固《漢書．藝文志》中認為《大學》是「七十子後學」所作，宋二程認為：「《大學》，孔氏之遺書。」朱熹《大學章句》則謂：「經一章，蓋孔子之言，而曾子述之。凡二百五字。其傳十章，則曾子之意而門人記之也。」清崔述在《洙泗考信錄》中，認為《大學》不應該是孔子、曾子所著，因為孔子、曾子時代文簡而隱、義多兼用，《大學》應該是戰國時期的作品。一般而論，以為係先秦至戴聖以前之儒者所作，餘則無從詳考。

「大學」之名，有二義，一則根據《禮記》〈王制〉、〈學記〉、〈樂記〉、〈文王世子〉等篇，以及《大戴禮記．保傅》篇看起來，所提之「大學」，似乎都是指學校而說。大學係對小學而言，朱子《大學章句》云：「《大學》之書，古之大學所以教人之法也。……人生八歲，則自王公以下，至於庶人之子弟，皆入小學，而教之以灑掃、應對、進退之節，禮樂、射御、書數之文；及其十有五年，則自天子之元子、眾子，以至公、卿、大夫、元士之適子，與凡民之俊秀，皆入大學，而教之以窮理、正心、修己、治人之道。此又學校之教、大小之節所以分也。」二則「大學者，大人之學也。」大人小人在《論語》中孔子曾勉勵子夏：「女為君子儒，無為小人儒。」孟子也稱：「體有小大，養其小者為小人，養其大者為大人。」孔孟所謂小人者，為隨一己私欲之人，大人者乃擴其我以善群眾之人。故大學之道，是古代大學教育的綱領，博大精深，上可以教帝王，下可以教百姓，本於修身，達於天下也。

《大學》的重要性，西漢劉向認為《大學》是通論聖人之道，韓愈認為《大學》中的「修齊治平」，是歷代聖人相傳的道統精神。至今日社會、政治、經濟、自然、環保議題，亦莫不切乎修齊治平的道路。

課文

經一章　大學之道

（「子程子曰：『大學，孔氏之遺書，而初學入德之門也。』於今可見古人為學次第者，獨賴此篇之存，而《論》、《孟》次之。學者必由是而學焉，則庶乎其不差矣。」）❶

大學之道❷，在明明德❸，在親民❹，在止於至善❺。

知止而后有定❻，定而后能靜❼，靜而后能安❽，安而后能慮❾，慮而后能得❿。

物有本末，事有終始，知所先後，則近道矣[11]。

古之欲明明德於天下者[12]，先治其國；欲治其國者，先齊其家[13]；欲齊其家者，先脩其身[14]；欲脩其身者，先正其心[15]；欲正其心者，先誠其意[16]；欲誠其意者，先致其知[17]，致知在格物[18]。

物格而后知至，知至而后意誠，意誠而后心正，心正而后身脩，身脩而后家齊，家齊而后國治，國治而后天下平。

自天子以至於庶人[19]，壹是[20]皆以脩身爲本。其本亂而末[21]治者否矣，其所厚者薄，而其所薄者厚[22]，未之有也！此謂知本，此謂知之至也。

第六章　釋誠意

所謂誠其意者，毋自欺也，如惡惡臭，如好好色，此之謂自謙[23]，故君子必愼其獨也！

第七章　釋正心修身

所謂脩身在正其心者：身有所忿懥，則不得其正；有所恐懼，則不得其正；有所好樂，則不得其正；有所憂患，則不得其正。心不在焉，視而不見，聽而不聞，食而不知其味。此謂脩身在正其心。

第十章 釋治國平天下

所謂平天下在治其國者：上老老而民興孝，上長長而民興弟，上恤孤而民不倍，是以君子有絜矩之道[24]也。所惡於上，毋以使下；所惡於下，毋以事上；所惡於前，毋以先後；所惡於後，毋以從前；所惡於右，毋以交於左；所惡於左，毋以交於右。此之謂絜矩之道。

是故君子先愼乎德：有德此有人，有人此有土，有土此有財，有財此有用。德者本也，財者末也，外本內末，爭民施奪。是故財聚則民散，財散則民聚。是故言悖而出者，亦悖而入；貨悖而入者，亦悖而出。《康誥》曰：「惟命不于常！」[25]道善則得之，不善則失之矣。《楚書》曰：「楚國無以爲寶，惟善以爲寶。」舅犯曰：「亡人無以爲寶，仁親以爲寶。」

生財有大道。生之者眾，食之者寡，爲之者疾，用之者舒，則財恆足矣。仁者以財發身，不仁者以身發財。未有上好仁而下不好義者也，未有好義其事不終者也，未有府庫財非其財者也。

註釋

❶「子程子曰」：本段為朱子章句序。子即夫子，猶現在稱先生；程子即程頤；此為朱子對程子的尊稱。

❷大學：依名稱而言係指學校，依內容而言係指大人之學也。孟子所稱之大人也。

❸明明德：上一明是動詞，下一明是形容詞。明德，光明的德性。明明德，發揚光明的德性。

❹親民：親愛民眾。一說親當作新，革其舊的意思。

❺止於至善：達到最完美的境地而不變遷。言明明德、新民，皆當至於至善之地而不遷。此三者，大學之綱領也。

❻知止而后有定：定，確定志向。知曉至善的所在，則志有定向。

❼靜：心不妄動、清靜、虛靜、平靜如鑑，以靜制動。

❽安：安心、安適、安舒、安何、安於所處，隨處而安。

❾慮：處事周密。

❿得：得以達於至善。

⓫「物有本末」四句：明德為本，新民為末。知止為始，能得為終。指能洞察輕重先後，依次而進，即可接近大學之道。

⓬明明德於天下者：使天下之人皆有以明其明德也。

⓭齊其家：整飭好自己的宗族。

⓮脩其身：修養自身。

⓯正其心：端正自己的心。

⓰誠其意：誠實自己的意念。

⓱致其知：發揮其良知。一說：增長知識，使其達於極致。

⓲格物：格，至也。物，事也。窮至事物之理，欲其極處無不到也。一說：格者，正其不正。脩身以上，明明德之事也。齊家以下，新民之事也。物格知至，則事物所到，隨即格其不正，以發揮良知。謂研機於心意初動之時，窮理於事物始生之處。

⓳庶人：平民。

⓴壹是：一切。

㉑末：指家、國、天下。

㉒其所厚者薄而其所薄者厚：所該親厚的反而疏薄，所該疏薄的反而親厚。即本末倒置。

㉓自謙：謙通慊，音ㄑㄧㄝˋ，愜意也，自心愜意。謂

發自內心自然而出，自心當然快足。

㉔絜矩：絜，度也。矩，作方形的工具。以矩來度天下方形，即推己之心以度人之意。

㉕惟命不于常：天命（帝王）不是常在那一家的。

《大學》在早期儒家典籍中稱得上是一篇結構嚴謹、體系完整的作品，是熔儒家道德哲學與政治哲學於一爐的博大學問。本章雖為哲學論理之文，然在寫作形式上卻呈現奇巧美麗的修辭藝術，有排比、轉品、譬喻、頂真、層遞、映襯、連鎖、對偶、成套等巧慧。

《大學》經一章開宗明義，肯定人人內在本具有的明德善性，首述三綱領，次述定靜安慮得之五程序，三述本末終始，四逆敘格致誠正修齊治平八條目，五順敘八條目，六論一切以修身為本。

人生存世上，不是一個形而下的身體而已，而是一個能體現價值、踐形出道德價值的主體。通篇所闡釋的是一種修己治人之道，義旨宏妙深遠，是儒家思想一以貫之的內聖外王之道。由個人自我人格的內在修養，進而推擴充之家國天下，最終臻於全人類整體融合之境。

程序簡單易明，重要的是實踐功夫。曾國藩致其弟家書中說：「蓋人不讀書則已，亦既自名曰讀書人，則必從事於大學。大學之綱領有三，明德、新民、止於善，皆我份內事也。若讀書不能體貼到身上去，謂此三項，與我身毫不相涉，則讀書何用？雖使能文能詩，博雅自詡，亦只算是牧豬奴耳！」

故《大學》不唯記憶讀誦文章之美，且為日常檢束身心，修煉之心法。吾人倘能日新又新、安處靜定的格物誠正，長養精粹之明德，雖處物欲橫流、人事紛雜之社會，終能欣喜自我得以圓成自利利他之境。

第六課　中庸選

概說

《中庸》是儒家經典的《四書》之一，篇幅最小，但卻是其中最富形上意蘊、最具理論系統和宗教氣象的著作，最能淋漓盡致地展現我們中國人人生智慧和哲學洞見的著作。原是《禮記》第三十一篇，作者一說是孔伋（子思）所作，另一說是秦漢學者所作。漢儒從中抽出作《中庸說》二篇，梁武帝廣加闡揚，朱熹貫串四書，提出：「學問須以《大學》為先，次《論語》，次《孟子》，次《中庸》。」提倡把《大學》作為框架，用《論語》來體會，進而領會《中庸》。從《大學》到《中庸》的修道就是「先致知而後誠意」，從修養人性達到「天人一理」的境界。

「中庸」字面上意義，鄭玄謂：「中和之為用也。庸，用也。」程頤：「不偏之謂中，不易之謂庸。中者，天下之正道，庸者，天下之定理。」朱熹：「中者，不偏不倚，無過無不及之名；庸，平常也。」所以「中庸」即是用中道；以平常、中道為用；不走極端，無過與不及；而「中和」則是使萬物達到中和、恰好的狀態。《中庸》書中論心性語多精要，宋明理學家多奉為先儒的心傳，所述人生哲理，意味深長，國人日常「中庸之道」、「平常心是道」朗朗上口，可見入人之深。

課文

第一章

天命之謂性[1]，率性之謂道[2]，脩道之謂教[3]。道也者，不可須臾離也；可離非道也。是故君子戒慎乎其所不睹[4]，恐懼乎其所不聞。莫見乎隱，莫顯乎微[5]，故君子慎其獨也。

喜怒哀樂之未發，謂之中[6]；發而皆中節，謂之和[7]。中也者，天下之大本也。和也者，天下之達道也。致中和[8]，天地位焉[9]，萬物育[10]焉。

第十四章（節選）

君子素[11]其位而行，不願乎其外[12]。素富貴，行乎富貴；素貧賤，行乎貧賤；素夷狄，行乎夷狄；素患難，行乎患難。君子無入而不自得焉。在上位不陵下。在下位不援上。正己而不求於人，則無怨；上不怨天，下不尤人。故君子居易以俟命[13]，小人行險以徼幸[14]。（以上選自第十四章）

第二十章（節選）

天下之達道[15]五，所以行之者三。曰：君臣也，父子也，夫婦也，昆弟也，朋友之交也；五者，天下之達道也。知、仁、勇三者，天下之達德[16]也。所以行之者一也：或生而知之，或學而知之，或困而知之；及其知之一也。或安而行之，或利而行之，或勉強而行之；及其成功一也。子曰：「好學近乎知，力行近乎仁，知恥近乎勇。知斯三者，則知所以修身；知所以修身，則知所以治人；知所以治人，則知所以治天下國家矣。」

……

誠[17]者，天之道也；誠之者[18]，人之道也。誠者不勉而中，不思而得，從容中道，聖人也。誠之者，擇善而固執之者也。

博學之，審問之，慎思之，明辨之，篤行之。有弗學，學之弗能弗措也[19]；有弗問，問之弗知弗措也；有弗思，思之弗得弗措也；有弗辨，辨之弗明弗措也；有弗行，行之弗篤弗措也。人一能之，己百之；人十能之，己千之。果能此道矣，雖愚必明，雖柔必強。

第二十一章

自誠明，謂之性[20]；自明誠，謂之教[21]。誠則明矣，明則誠矣[22]。

第二十二章

唯天下至誠，為能盡其性[23]；能盡其性，則能盡人之性；能盡人之性，則能盡物之性；能盡物之性，則可以贊[24]天地之化育；可以贊天地之化育，則可以與天地參矣。

第二十五章

誠者，自成也[25]；而道，自道[26]也。誠者，物之終始。不誠，無物[27]。誠者，非自成己[28]而已也，所以成物[29]也。成己，仁也；成物，知也；性之德也，合外內之道也，故時措之宜[30]也。

第二十六章（節選）

故至誠無息[31]；不息則久，久則徵[32]，徵則悠遠，悠遠則博厚，博厚則高明[33]。博厚所以載物[34]也，高明所以覆物[35]也，悠久所以成物也。博厚配地，高明配天，悠久無疆。如此者，不見而章[36]，不動而變[37]，無爲而成[38]。

第二十七章

大哉聖人之道，洋洋乎！發育萬物。峻[39]極於天，優優大哉。禮儀三百，威儀三千，待其人然後行。故曰：「苟不至德，至道不凝[40]焉。」故君子尊德性而道問學[41]，致廣大而盡精微[42]，極高明而道中庸[43]。溫故而知新，敦厚以崇禮。是故居上不驕，爲下不倍[44]。國有道，其言足以興。國無道，其默足以容。詩曰：「既明且哲，以保其身。」其此之謂與！

註釋

❶天命之謂性：天命，天所賦予的，即自然的稟賦。性，人的本心、本性、德性、覺性。

❷率性之謂道：率，遵循。道，人道。遵循天命之性，就是人所應走的正路。

❸脩道之謂教：修行自身之道，亦即是教化天下。

❹戒慎乎其所不睹：警戒謹慎人所看不到的地方。

❺莫見乎隱，莫顯乎微：越隱微的地方越顯露出來。

❻喜怒哀樂之未發，謂之中：人的喜怒哀樂情感未動時，心是寂然的，故無過與不及的弊病，所以叫做「中」。

❼發而皆中節，謂之和：人的喜怒哀樂情感發動時恰中節度。管子：「故君子怒則返中，而自悅以和；喜則返中，而收之以正；憂則返中，而舒之以意；懼則返中，而實之以精。夫中和之不可不返如此。」

❽中和：圓融、周全、和諧之意。

❾天地位焉：天地皆安居正位。
❿育：生長。
⓫素：平素、現在所處。
⓬願：希冀、羨慕。
⓭居易以俟命：守著本位等待天命。
⓮行險以徼幸：冒險以圖份外的好事。
⓯達道：古人人共行的道路。
⓰達德：人人應有的德性。
⓱誠：真實無妄，真理的本然，是天道。
⓲誠之：行誠，做到「誠」，真誠、誠實、誠懇、誠信、持敬：人性德之全體也。
⓳措：停歇、放棄。
⓴自誠明，謂之性：自然明白能做到誠，即是天性。
㉑自明誠，謂之教：經過教育、學習、經驗過程，而能做到誠。
㉒誠則明矣，明則誠矣：誠心就明悟道理，明悟道理，就做到誠。
㉓盡其性：竭盡自己的本性。
㉔贊：幫助。
㉕自成也：天然具足，本自圓成，真實無妄，備在於我，不假外求者也。
㉖自道也：自己引導、率性而行。
㉗不誠無物：物指萬事萬物而言。凡道德事功，如出虛偽，則終歸泯滅。
㉘成己：成就自己，徹底完成十足的自己。
㉙成物：許多事物都受其感染而有所成就。
㉚時措之宜：措，施行。隨時施行都合宜。
㉛無息：無歇息，不間斷。
㉜徵：徵驗於外。
㉝博厚則高明：博厚即孟子所謂「充實之美」，高明即孟子所謂「有光輝之大」。
㉞載物：地承載萬物。
㉟覆物：天覆蓋萬物。
㊱不見而章：不待顯露而自然彰明。
㊲不動而變：不必有所動作而自然變化入神。
㊳無為而成：不必有所作為而自然成就遠大。
㊴峻：高大。
㊵凝：聚斂，成功。
㊶尊德性而道問學：尊天命之性，講求學問。
㊷致廣大而盡精微：致力於道體的廣大，盡心於道體的精微。
㊸極高明而道中庸：雖進至最高明的境地，仍遵循中庸的一貫法度。
㊹倍：同「背」，悖逆。

《中庸》本文在結構上採用演繹法，首段先述明全文主旨，簡明扼要，包舉一切，後面文字則是論證的延伸和開展。

中庸的「中」，是指對事情的掌握無過無不及，恰如其分。非特外在的操持如此，其「心中」對「應然」之掌握，亦是恰如其分，代表內心修持的功夫之純任天理，而無一私一毫之個人意氣。中庸的「庸」，作為用、平常之意。既然平常，則處於不憂不貪之心、無得無失之慮，從容中道，達於中正平和之境。

《中庸》以「誠」為重心，「誠」是人與世界得以真實溝通的最根本要素，也是人先天的本性。以平常日用之間，有意識地力求察知內在自我的精細微妙的意念，隨時以「誠」為準則，戒慎之恐懼之，從而實現本性中固有的人道。所謂「不誠無物」，至誠的人才能充分地發揮本性而與人、物相感。而體現「誠」的程序是博學、審問、慎思、明辨、篤行等等，藉著人倫的規範「五達道」，以知仁勇「三達德」的貫行，做到「至誠無息」的修養最高境界。

《尚書・大禹謨》記載帝舜訓勉夏禹說：『天之歷數在汝躬，汝終陟元后。人心惟危，道心惟微，惟精惟一，允執厥中。』所謂的「允執厥中」，就是指稱「要適當地持守此一『中』的心性功夫」。《大戴禮記・五帝德》也記載孔子論述帝嚳說：「執中而獲天下。」而孟子《孟子・離婁下》則論述商湯謂：「湯執中，立賢無方。」可見「中」的心性功夫，乃是理想帝德所應具備。只因人性很容易陷溺偏誤於世事的危迷之中，孔子的中庸之道，正是要發顯「正中」的微妙道心，以致君子持心能夠精粹專一，而允當適切地執持「中心」的覺知觀照以應變世事，「仁智勇」備於內，由「成己」進而推己及人外顯於「成物」。

就學習《中庸》者而言，朱熹曾說：「讀書，不可專就紙上求禮義，需反來就自家身上推究。」徐復觀也說：「研究中庸文化應在功夫、體會、實踐方面下手，但不是要抹煞思辨的功夫，思辨必須從前三者下手，然後思辨的作用才可以把體驗實踐加以反省、貫通、擴充，否則思辨只是空想。」總之，讀書目的是為提升自己，雖然孔子體認：「庸德之行，庸言之謹；有所不足，不敢不勉；有餘不敢盡。」「中庸」之道此一思辨、踐形過程漫長而無終極，但孟子說：「萬物皆備於我，反身而誠，樂莫大焉。」誠然，吾人能苟日新又日新，那麼樂在其中矣。

單元二

先民的智慧——先秦諸子文選

單元大意

春秋戰國時期是我國學術思想眾苗並發的黃金時代，有所謂「諸子百家」或「九流十家」之說，大抵根據《漢書‧藝文志》，泛指先秦所盛行之儒、道、墨、法、名、縱橫、陰陽、農、雜、小說等各種學派。

為什麼各種家派學說會在此時興起呢？最主要的原因，便是周代後期的「禮壞樂崩」。原來，周公可謂是中國歷史上的第一個政治天才，他在政治制度上的設計，所謂的「制禮作樂」，使周朝平穩地繁榮成長了三百多年。但到了東周時期，由於貴族的過度繁盛，也因為生產力的提高，民間勢力興起，漸漸王命不行，列國內亂，諸侯兼併……。於是，在諸侯，希冀有一種新的學說可以助其政治發展，進而一統天下；而在平民，則反思社會動亂與人生悲苦，進而探討宇宙人生的真理，希望得君行道而致天下太平。兩種力量相互需要、相互激蕩，創造了春秋戰國各種思想勃興的黃金時代。

孔子

在先秦諸子中，最先興起也是最重要、對後世影響也最大的，自非儒家莫屬。儒家由孔子開啟，而孟、荀繼之。孔子仰慕周公，嚮往周代禮樂文明的粲然大備。然孔子非常清楚地認識到，「禮」隨著時代的變遷，有「因革損益」的必要，而非一味拘泥守舊。而一切的因革損益，其標準，就在於我們必須明白「禮之本」，這就是孔子所點明的「仁」。

孔子所點明的「仁」，有如平地一聲雷，開啟了中華民族的智慧，奠立了中華文化的價值根源。環顧全球各大文明，在肇造之初，未有不假借宗教神力而建立人間行為標準者，唯有孔子直指人心，點明了人人具有「仁」性，只要躬行實踐，自能達到自由與道德的整體和諧。所謂「仁」，用最簡單的話來說，就是「愛人」（子曰：「仁者愛人。」），或說只是一種「愛心」，對親人、對家族、對朋友、對社會、對環境，乃至對整個宇宙、歷史文化、一切的一切之關懷。這樣的關懷本身，也就能使我們與所關懷的對象達到一種和諧的一體感（其最高境界也就是後人所說的「天人合一」），從而消解了我們對個體小我生命注定會消失的恐懼，而得到一種人生價值上的滿足。任何一個人，只要實踐發源於自己心中之「仁」，就都能夠有這樣的體會，感受到「不憂不懼不惑」的充實；不需要靠神來規定我們的行為道德。

孟子

到了孟子，則更是指出只要人人反躬自省，必能肯定內在於我們生命之中的「仁」性，所謂：「反身而誠，樂莫大焉。」這種「自反」「自省」的修養途徑，開啟了「盡心、知性、知天」的中國哲學之特色。如果說，孔子是從人性自然流露來肯定「仁」，則孟子更進一步，提出了「人性本善」的哲學體系。

孟子所謂的「性」，指的是人之所以為人的最重要的特質，也就是「人之所以異於禽獸者幾希」的那一點「幾希」。這就是指所有人都有與生俱來的知是知非、好善惡惡的能力。換言之，就是說人之具有分辨善惡的能力，並不是因為有別人告訴我們什麼是善、什麼是惡，而是我們的內心，也就是良知良能，在具體的情境中，自然能感知（或判斷）好或不好，對或不對。是非善惡的最高標準，就在具體情境之中當機流露，乃出自人之本性，而非依據其他的外在標準。

一般人乍聞性善之說，不免會問：那人為什麼會做壞事？既然人性本善，那惡從何來？孟子以為，依照人的本性，人皆可以為善（「乃若其情，則可以為善矣」），之所以為不善，那是因為做了錯誤的選擇。人過度誇大五官感受的經驗，誤以為滿足身體五官的享受比較重要（「從其小體」），忽略了良知的滿足才能真正使人心安理得（「從其大體」），因而捨棄本性，做出了錯誤的選擇，也就是為惡。然而這種錯誤的選擇，看來好像可以滿足人於一時，但因為耳目感官之欲望無窮，「物交物則引之而已矣」，人只有越來越沉迷而無法得到真正的滿足。反過來說，只有做出正確的選擇，才能「理義之悅我心」，符合人之本性，讓人從根本上得到價值的滿足，從而心安理得，天鈞泰然，精神舒暢，四肢百骸亦隨之各得其所。作為一個人的尊嚴感與價值感油然而生，此之謂「踐形」，此之謂「四體不言而喻」。

荀子

荀子也是戰國時期的大儒，與孟子共同為儒家代表人物。孔子之學，最重要的可謂「仁」「禮」兩端並立。孟子承繼了孔子的「仁」學，內而樹立心性之本，外而上通天地化育，建立了儒家哲學的骨幹。荀子則主要承繼了孔子重「禮」的一面，專注於合於仁義之道的「禮制」之建立。然荀子忽視了孔子「禮之本在仁」的提示，不免在哲學的建構上不如孟子之「上下貫通，內外一體」。故自宋代後，皆以為孟子是繼承孔子之正宗。

荀子與孟子的最明顯差異，就在於其「性惡說」。孟子之「性善」，乃是從「建立價值」的根源處立說。孟子發現了人有一嚮往理想、企慕無限的自由之心，如果走對了方向，即可「盡心知性知天」，煥發出無限的道德光輝；但如果用錯了方向，把中性的生理欲望放大為無限的貪欲，則便造成自然欲望無限膨脹，結果永遠不能滿足（亦可說：因永不能滿足，故知其為錯），變成禽獸不如的「惡」了（禽獸的自然欲望是很容易滿足的）。這樣的「惡」，在理論上不是必然的，但在現實之中卻是普遍存在，隨處可見的；而荀子就是對如此的現象有較深的體會，故而有「性惡」的主張。

荀子有極強的現實責任感與歷史使命感，故不忍見到人文世界遭到人性之惡的毀壞，所以主張「隆禮義」；認為只有透過學習「禮義」，才能「化性起偽」（「偽者人為也」），消除人之惡性。而人又為什麼要遵從禮義呢？那是因為人有心，能明辨是非，能明白輕重利害。所以，荀子所說的「心」是一個「認知心」，透過對客觀事理的認知，人才可以自我改造並進而改造世界。可以說，荀子是我國第一位看到「認知」功能之重要的「主智主義」者。如果生在今日，荀子當為一傑出的科學家。

老子

先秦諸子學說，都是有鑑於當時周室衰微天下大亂，因而各自提出救民救世的方略。孔子發現了人性中的「仁」，認為只有透過「仁」，才能找回禮樂的核心精神，以建立合於人性的外在社會秩序。與孔子重視人之內在不同，老子所發現的，則是外在世界的運行有一客觀的原理，名之曰「道」。人也是自然世界的一部分，所以人的行為本也是應該合於「道」的，但由於人又有「心」，有心就有欲望、有想法，於是人為實現自己的欲望，按照自己的想法去做，結果違背了自然之「道」，於是天下大亂，人也備受苦難折磨。如果人能去掉這個「心」，恢復到自然而然的狀態，這自然之「道」也就會滿足人之出於自然本性的欲望，那社會自然沒有戰亂紛爭，人生就只有和樂而沒有痛苦了。

所以，老子的「道」，一言以蔽之，就是「順其自然」；不要有一分一毫的「用心」或「設想」，一切都不「刻意」，不要任何的人為操作，這也就是「無為」。「無為」，「道」自然引領你走到一個最恰當的位置，做最恰當的事，得到最恰當的結果，這就是「無為而無不為」。俗話說：「有心栽花花不開，無心插柳柳成蔭。」可以為老子的「道」做一個生活化的註腳。

由此推論，要實現「道」，人應有一種修養，即「無」的功夫。「無」就是「不要」、「不爭」，或「致虛」、「守靜」等等。關於此點，《老子》書中有很多描述，如：「致虛極，守靜篤，萬物並作，吾以觀復。」「絕聖棄知，民利百倍。」「不自見，故明；不自是，故彰……夫唯不爭，故天下莫能與之爭。」「上德不德，是以有德。」「聖人不積，既以為人己愈有，既以與人己愈多。」等等。當然，反過來說，若缺少「無」的功夫，就會導致不良結果。老子說：「天下皆知美之為美，斯惡已；皆知善之為善，斯不善已。」「金玉滿堂，莫之能守；富貴而驕，自遺其咎。」「五色令人目盲，五味令人口爽，馳騁畋獵令人心發狂。」「吾所以有大患者，為吾有身。」「甚愛必大費，多藏必厚亡。」「大道廢，有仁義；智慧出，有大偽；六親不和，有孝慈；國家昏亂，有忠臣。」等等。一心於「無」，不爭不求，我們只是失去一個「名號」，但得到實質。反之，一心於「有」，爭名奪利，則我們只得到一個空名或一時之快，但卻要失去實質。這種辯證的關係，正是《老子》一書的精華所在。

一般人都認為《老子》是一本十分高深的書；如果我們要為「老子」做哲學性的說明，確實如此。但老子的睿智畢竟可以碰觸到所有人的心靈，因此在日常生活之中，亦隨處可以體認到老子之智慧。以我們常引用的俗話為例，諸如：「吃虧就是占便宜」；「退一步海闊天空」；

「凡事當留餘地，得意切莫再往」；「安莫安於知足，危莫危於多言，貴莫貴於無求，賤莫賤於多欲」；「塞翁失馬，焉知非福」；「有心為善，雖善不賞；無心為惡，雖惡不罰」；「大難不死，必有後福」；「置之死地而後生」；「於無聲處聽驚雷」；「樹大招風」；「韜光養晦」；「寧拙勿巧」；「平常心是道」；「能捨才能得」；「知足常樂」；「物極必反」；「樂極生悲」；「見好就收」等等數不勝數。大抵中華民族比其他的民族更富於韌性，更能夠在逆中求生苦中作樂，更懂得持盈保泰不強出頭的道理，不能不歸功於道家的智慧。

莊子

不同於老子對於社會政治的關心，《莊子》一書，其重心，主要便落在自我境界的表露上。莊子的核心精神是自由。所謂「自由」，即不受限制的意思；但《莊子》書中的「自由」，與我們今天慣用之「自由」略有不同。今天所說的自由，是指一項項具體的權利而言；比如說，指人在身體行動上不受限制，在表達思想的言論上不受限制，在宗教信仰上不受限制等等，此之謂「人權」（人應享有的權利）。權利是可以具體描述的，也是客觀的，可操作的，其本質是屬於政治性的，有一定的範圍界線。在現實的生活世界中，人是不可能享有絕對地不受限制之自由。

而《莊子》書中所顯示的自由，則是一種主觀的境界，亦即是絕對地不受限制。因為在行動中的自由，它僅僅是一項權利，本身並不代表價值。人之所以會認為「自由」是人生的重要價值，那是因為在自由的行動中，所體會到的那一份「自由感」，即不受任何限制，有一種充分自我實現之可能的滿足感；這個「自由無限感」的境界，才是人生所嚮往的價值。

莊子認為，所有人本來都是自由的，都可以享有絕對自由之境界。當然，莊子並未使用「自由」一詞，而是以「逍遙」、「無待」等來表達此一境界。大鵬鳥摶扶搖而上者九萬里，是不依賴任何條件的。然而，一般人離此境界甚遠。是什麼使我們失去自由的？正是許許多多的「以為」，許許多多的觀念。莊子發現，人們已經脫離了真實的生活感受，而逐漸活在一個由語言觀念所構築的世界之中。於是，我們「以為」一定要有錢才能快樂，「以為」一定要功課好才會有出息，「以為」一定要瘦才算美麗，「以為」一定要出名才是成功，「以為」升官一定是好事……，太多的「以為」，太多的是非觀、價值觀，使我們生活在一個語言概念的牢籠之中，而失去體會生命之中本有的無限之可能。

莊子要破除的就是「語言」（觀念）這個執迷。例如莊子提出了關於「人籟」、「地籟」、「天籟」的寓言。其實除開人籟、地籟之外，並無單獨的「天籟」；天籟也是要透過人與萬物來表現的。所不同者，有我無我，執與不執之別而已。人一旦執著於某個「觀念」來表現自我，來看待萬物，則只能聽到人籟、地籟；一個人放棄所有名言概念，無執著的讓天意透過自我而表現，並因此觀看世界，則所聞無非天籟。萬物本都可以是天道的表現，都含蘊了無限之可能；然吾人一有執著，以為某物為好、某物為不好，於是各自形成自己封閉的價值體系，再加之以言語、思維概念來強化這一體系（如某某主義之類），結果「此亦一是非，彼亦一是非」，各是其所是而非其所非，則相爭永無已時，而真實的天籟卻早已隱沒不見，真實的生命也早已枯萎而鬱悶了。

莊子之學與老子之道是一貫的。因為有了莊子，道家之「道」才成為一種具體的生命修養方式，才呈現為一生命的境界與生活的情調，並且深深地影響了此後二千年的中國之文學、藝術、生活情態與中國人對自我精神面貌的期許。

墨子

墨家在戰國時期，是一支非常有影響力的家派。然而進入戰國後期，墨家便迅速地衰敗了。此後二千多年，在中國歷史上幾乎沒有什麼影響。清代末期因整理舊籍的學風，《墨子》一書重回到讀書人的眼光之中，書中的一些關於科學的記載與初步的邏輯思想，因受西學東來的時代風氣影響，頗受研究者矚目。如今，《墨子》成為我們了解先秦時代社會文化實況的重要參考。

與先秦的其他家派一樣，墨子鑑於天下紛亂，而提出了救世的主張。墨子基本看法很簡單，他認為天下之亂起於人們的不相愛，所以救治之道就是要「兼相愛、交相利」，創造最多的利益給世人共享，就是兼愛；而世間最不利的事，莫過於戰爭，所以必須反戰。「兼愛非攻」就是墨子最重要的主張。然如何能夠讓人們兼相愛呢？墨子認為人們的不相愛起於各自有私，各有各的標準，彼此相爭。如果有一共同的標準，服從共同的秩序，則紛爭自無從起。所以要兼相愛，必須「尚同」。「尚同」即向上服從一共同的標準。層層向上，最後服從於「天志」。而天志亦仍然是「兼相愛」。

墨子的學說有比較明顯的缺失，即他既以「不相愛」為天下紛亂的原因，而「人各有私」又是不相愛的來源，那就應該進一步追究「私」在事實上或理論上的產生根源。而墨子又既以「兼相愛」為藥方，就應說明為何「相愛」是人性上的應然。但墨子缺乏這些理論上的說明，而逕以「功利」為誘餌，以「兼相愛」為強迫命令，以向上認同權威來強迫人們服從。這都是吃力不討好的事，但墨子卻能掀動一時風潮，成為一大家派，這不能不歸功於墨子的苦行精神。墨子以其摩頂放踵不辭勞苦的精神為天下止戰，又極盡節約自苦之能事，以為天下興利；這都是很可感人的舉動。然而感人歸感人，卻不是人人都可以做得到的。待墨子死後，這個在先秦諸子中最有組織性、最有行動力的家派，只傳了兩代，便漸漸消聲匿跡了。

韓非子

在先秦諸子中，幾乎所有的家派，都是站在人民的立場來著書立說，唯有法家是站在統治者的立場，以富國強兵為唯一的目的。而富國強兵則又是為了要一統天下。然而一統天下又為了什麼呢？政治的本質、法律的本質是什麼？法家都沒有給出答案。所以說，法家學說可說是為了一個特殊的目的而設計的，並不具有永恆性的理想追求。

法家雖無意於創造一完整的思想體系，然其思想觀念在歷史上所造成的影響卻不可小覷。其中影響最大的便是法家在戰國時期產生的推進歷史進步之作用。原來前述國君個人的「富國強兵、天下一統」的願望，事實上也可說是整個時代的願望。因為當戰國之時，社會已進展到一定的程度，各種力量興起；而「天下」若一直處在分裂的狀態下，彼此爭戰，則各種力量不免相互抵消耗損，不能促進社會的進步。若說讓各國各自為政老死不相往來（如老子所說），則在事實上不可能。若說讓各國和平相處相互溝通貿易，一如今日之世界（理想中的），則當時無論在物質還是精神方面，都不可能有此條件。是故歷史的唯一發展方向，就是尋求統一。而法家在這方面的貢獻，就是壓制貴族、開阡陌、廢井田、廢封建、行郡縣。因法家的目的很明確，就是「富」與「強」；要富強，就必須集中國家的力量；要集中力量，就要有有效的組織；要有有效的組織，就必須要有客觀化的組織結構以容納、安排、協調各種的社會力量。所以，法家一定要裁抑那擁有不受國家組織約束的私人權力，即貴族；法家一定要建立一個具有組織性，能依照客觀規則來運作的文官體制，即「郡縣制」。在這方面來說，表面上看，法家是為君王個人而服務；但在實際上，則是推動了時代的進步。而其推動的方式，就是以法律為根本（法），樹立法的無上權威（勢），建立法的運行規則（術）；這也就是法家思想的實質意義。

然而，法家的「客觀化」工程並沒有徹底完成，為最後還有國君一人不受客觀規律的約束。

國君可以不必守法，進而引進後宮、外戚、太監等皇帝私人的權力集團不受節制，成為歷代政治動亂的一大根源。以文化發展的角度來看，法家所主張的，其實就是將政治結構與權力運作「客觀化」；此即為「現代化」的主要內容之一。很可惜，法家的努力可謂功虧一簣；其中一個重要原因，不能不說是因為站在統治者的立場而產生的盲點。

本單元的選文

先秦諸子是中國傳統學問中非常重要的部分，但限於篇幅，本單元的課文無法兼顧諸家。由於孔子的《論語》在同學們高中階段多有涉獵，本書就不再重複。《孟子》雖已列入十三經之中，但基於其在先秦諸子中與中國哲學中的重要性，本書還是設為一課。另外節選《莊子》、《墨子》各若干段落，供讀者管窺豹之一斑。

第一課 孟子選

孟子名軻，戰國時期思想家，生於戰國中期，約西元前三七二年至西元前二八九年。鄒（今山東省鄒縣）人。他曾受業於子思（孔子之孫）的門人。孟子一生，先遊於齊之稷下，後於列國間推行仁政，未能見用，於是收徒講學；世傳《孟子》一書。

孟子之學繼承孔子，認為人性本善，人人具有良知良能，操之則存，捨之則亡。人人皆可為堯舜，若未做到，「是不為也，非不能也」。孟子提出了「人禽之辨」、「義利之辨」、「王霸之辨」三大命題，成為日後中國哲學的人性論、道德論、政治論的基礎。簡單地說，孟子認為人之所以異於禽獸者，即在於良知良能，或曰「仁義禮智四端之心」。而仁義內在，重於生死，故曰「捨生取義」。而政治本為行仁政之工具，以不忍人之心行不忍人之政，才能天下大治，「以德行仁者王」。此外，孟子還提出「養氣知言」的修養之方，以期建立真正的「大丈夫」之人格氣象。

《孟子》一書計有七篇，一般認為多出於孟子自著，但經門人弟子整理編定。宋代始列《孟子》於「經」；南宋朱熹編《論》、《孟》、《學》、《庸》為《四書》，地位更高於五經之上。本課選《孟子》兩章，分別出自〈離婁篇〉與〈滕文公篇〉。

課文

橫逆之來（離婁下・第二十八章）

孟子曰：「君子所以異於人者，以其存心也。君子以仁存心，以禮存心。仁者愛人，有禮者敬人。愛人者人恆愛之，敬人者人恆敬之。

有人於此，其待我以橫逆❶，則君子必自反也：『我必不仁也，必無禮也，此物❷奚宜至哉？』其自反而仁矣，自反而有禮矣，其橫逆由❸是也，君子必自反也：『我必不忠。』自反而忠矣，其橫逆由是也，君子曰：『此亦妄人❹也已矣。如此則與禽獸奚擇❺哉？於禽獸又何難❻焉？』

是故，君子有終身之憂❼，無一朝之患❽也。乃若所憂則有之：舜人也，我亦人也。舜爲法於天下，可傳於後世，我由未免爲鄉人也，是則可憂也。憂之如何？如舜而已矣。

若夫君子所患則亡❾矣。非仁無爲也，非禮無行也。如有一朝之患，則君子不患矣。」

此之謂大丈夫（滕文公下・第二章）

景春[10]曰：「公孫衍[11]、張儀[12]豈不誠大丈夫哉？一怒而諸侯懼，安居而天下熄[13]。」

孟子曰：「是焉得爲大丈夫乎？子未學禮乎？丈夫之冠[14]也，父命之[15]；女子之嫁也，母命之[16]，往送之門，戒之曰：『往之女家[17]，必敬必戒，無違夫子[18]！』以順爲正者，妾婦之道也。居天下之廣居[19]，立天下之正位[20]，行天下之大道[21]。得志與民由之[22]，不得志獨行其道[23]。富貴不能淫，貧賤不能移，威武不能屈。此之謂大丈夫。」

註釋

❶橫逆：不合理的無禮或暴戾之行為。

❷物：在此作「事」解。

❸由：同「猶」。

❹妄人：無知而盲目行為之人。

❺擇：分別。

❻難：責怪。

❼終身之憂：如「人生觀是否確立？」「人格是否堅強？」等有關安身立命的根本問題。

❽一朝之患：現實上偶然發生，不可預知的意外。

❾亡：同「無」。

❿景春：與孟子同時之人，學縱橫之術者。

⓫公孫衍：戰國時魏人，曾入秦為官。為縱橫家。

⓬張儀：魏人，受學於鬼谷子。曾相秦惠王，破六國合縱，使六國與秦連橫。

⑬一怒而諸侯懼，安居而天下熄：謂有權勢者能因自己的情緒喜怒而影響、改變政治生態。
⑭冠：冠禮。古代男子二十歲行冠禮，表示成人。
⑮父命之：由父親告訴他做一個男人應明白的道理。
⑯母命之：由母親告訴她做一個妻子應明白的道理。
⑰女家：女即「汝」，女家即夫家。古時以嫁為歸，以夫家為己家。
⑱夫子：即「丈夫」。
⑲廣居：指「仁」。
⑳正位：指「禮」。
㉑大道：指「義」。
㉒與民由之：和人民一起走那仁義之道。
㉓獨行其道：獨自堅持走自己認為對的道路。

綜合討論

「橫逆之來」一章中，孟子首先指出，一個有修養的君子與一般人的差別，主要在於有無「以仁存心」的自覺。有此自覺，則能主動地愛人（關懷、包容等）、敬人（尊重、謙敬等），且也能得到他人善意的回應；此乃基於「人性本善」之自然。若他人以「橫逆」待我，一個君子，不會立即動怒，反而會反省自己是否不禮不仁以招致對方的反彈。反省的結果若覺得自己並無錯誤，則還應該再想想自己是否真的虛心反省了（盡己之謂忠；「我必不忠」，即懷疑自己是否真誠地盡到了「反省」的本分）。如果仍然覺得自己並無問題，則可心安理得，更不必生氣動怒了。至於對方為何以「橫逆」待我，則原因在他不在我；基於對對方的尊重，我們亦無必要去責難他，或是與他爭辯了。

此處孟子說：「此亦妄人也已矣！如此，則與禽獸奚擇哉？於禽獸，又何難焉？」很容易引起誤解，好像孟子認為，此時就可以把對方視為「妄人」，視為「禽獸」；如此一來，豈非是一種「道德的傲慢」?我們縱觀孟子全書,孟子只有「雖千萬人吾往矣」的道德自信,絕無「道德的傲慢」。所以,此句應解作「這人充其量最多就是一個糊塗人」。所謂「禽獸」,並無後代罵人的意思,而是強調其生命缺乏自覺與修養的「自然狀態」;為了強調這一點,特以動物來比喻。動物缺乏「仁」「禮」之自覺,但動物也不是「惡人」、「壞人」。孟子故意要如此說,目的在推出最後一句:「對於這樣的人(像動物一般的自然人),有什麼好計較的呢?」重點放在「不要去責備人」(又何難焉?),而非放在「對方是禽獸」上。

進一步說,孟子的思想,其實認為人有兩個狀態,一個是自然狀態,此時,人就是「動物界」的一員而已;另一則是「具有仁心的自覺狀態」,於此才有人的特質與尊嚴。所以,孟子特別強調「人禽之辨」,認為「人之異於禽獸者幾希」,人與動物百分之九十九都相同,差別就在於那麼一點點的仁心。人人都應自覺「仁心」並存養擴充,以盡到人之性;若捨棄不顧,則人頂多是個會說話的動物而已。

接下來,依孟子之意繼續申論:一切橫逆,不論來自他人或社會,依前述之思路,其實皆可不必在意,故「君子無一朝之患」。此亦「仁者不憂」之意。然「我必不仁」、「我必不忠」之自反,則非一勞永逸,而是必須永不懈怠的,故曰「君子有終身之憂」,即憂己之懈怠也。孟子說「舜為法於天下,……我由未免為鄉人也,是則可憂也。」不是憂鄉人之地位不如舜,而是憂「鄉人」只是「仁心日月而至」,不能持之以恆,終不免為渾渾噩噩之自然人,而無法如舜一般以堅定光明的人格感化他人。歷史記載,舜所處的環境是「父頑、母嚚、弟傲」,可謂天天都是「橫逆」,然舜不怨不尤,不以為意,繼續自行其是,終於感化家人,因而名聲遠播。故孟子特舉舜為例以勉人。

「此之謂大丈夫」一章,主旨是「大丈夫」真假之辨。一般人以為,凡權勢薰天,令人害怕者,可謂之為「大丈夫」。然孟子卻指出,此類人物,其權勢之來源,不過是「投君王之所好」、「諂媚君王」而得（在今天，就是「投民眾之所好」、「媚俗」）。不過是「以順為正」的「妾婦之道」，根本沒有獨立的人格可言。其所「順從」者，不是真理，而是私欲；不只是自己的私欲，更蠱惑他人的私欲，藉以操控玩弄，而形成自己的權勢。真正的大丈夫，對此是不屑一顧的。真正的大丈夫，要有「仁」的自覺與「愛人」的堅定信念，不論得意與否皆不改其志，哪怕是威逼利誘乃至貧病交迫，皆無分毫之動搖，才是真正的可敬可佩的大丈夫。

【附錄】

孟子見梁惠王。王曰：「叟不遠千里而來，亦將有以利吾國乎？」孟子對曰：「王何必曰利？亦有仁義而已矣。王曰：『何以利吾國？』大夫曰：『何以利吾家？』士庶人曰：『何以利吾身？』上下交征利而國危矣。萬乘之國弒其君者，必千乘之家；千乘之國弒其君者，必百乘之家。萬取千焉，千取百焉，不為不多矣。苟為後義而先利，不奪不饜。未有仁而遺其親者也，未有義而後其君者也。王亦曰仁義而已矣，何必曰利？」（梁惠王上・第一章）

齊宣王問曰：「湯放桀，武王伐紂，有諸？」孟子對曰：「於傳有之。」曰：「臣弒其君，可乎？」曰：「賊仁者謂之賊，賊義者謂之殘，殘賊之人謂之一夫。聞誅一夫紂矣，未聞弒君也。」（梁惠王下・第八章）

孟子曰：「人皆有不忍人之心。先王有不忍人之心，斯有不忍人之政矣。以不忍人之心，行不忍人之政，治天下可運之掌上。

所以謂人皆有不忍人之心者，今人乍見孺子將入於井，皆有怵惕惻隱之心。非所以內交於孺子之父母也，非所以要譽於鄉黨朋友也，非惡其聲而然也。

由是觀之，無惻隱之心，非人也；無羞惡之心，非人也；無辭讓之心，非人也；無是非之心，非人也。惻隱之心，仁之端也；羞惡之心，義之端也；辭讓之心，禮之端也；是非之心，智之端也。人之有是四端也，猶其有四體也。有是四端而自謂不能者，自賊者也；謂其君不能者，賊其君者也。

凡有四端於我者，知皆擴而充之矣，若火之始然，泉之始達。苟能充之，足以保四海；苟不充之，不足以事父母。」（公孫丑上‧第六章）

孟子曰：「子路，人告之以有過則喜。禹聞善言則拜。大舜有大焉，善與人同。捨己從人，樂取於人以為善。耕、稼、陶、漁以至為帝，無非取於人者。取諸人以為善，是與人為善者也。故君子莫大乎與人為善。」（公孫丑上‧第八章）

孟子曰：「自暴者，不可與有言也；自棄者，不可與有為也。言非禮義，謂之自暴也；吾身不能居仁由義，謂之自棄也。仁，人之安宅也；義，人之正路也。曠安宅而弗居，捨正路而不由，哀哉！」（離婁上・第十章）

孟子曰：「君子深造之以道，欲其自得之也。自得之，則居之安；居之安，則資之深；資之深，則取之左右逢其原，故君子欲其自得之也。」（離婁下・第十四章）

孟子曰：「人之所以異於禽獸者幾希，庶民去之，君子存之。舜明於庶物，察於人倫，由仁義行，非行仁義也。」（離婁下・第十九章）

孟子曰：「牛山之木嘗美矣，以其郊於大國也，斧斤伐之，可以為美乎？是其日夜之所息，雨露之所潤，非無萌櫱之生焉，牛羊又從而牧之，是以若彼濯濯也。人見其濯濯也，以為未嘗有材焉，此豈山之性也哉？雖存乎人者，豈無仁義之心哉？其所以放其良心者，亦猶斧斤之於木也，旦旦而伐之，可以為美乎？其日夜之所息，平旦之氣，其好惡與人相近也者幾希，則其旦晝之所為，有梏亡之矣。梏之反覆，則其夜氣不足以存；夜氣不足以存，則其違禽獸不遠矣。人見其禽獸也，而以為未嘗有才焉者，是豈人之情也哉？故苟得其養，無物不長；苟失其養，無物不消。孔子曰：『操則存，捨則亡；出入無

時，莫知其鄉。』惟心之謂與？」（告子上・第八章）

孟子曰：「魚，我所欲也；熊掌，亦我所欲也，二者不可得兼，捨魚而取熊掌者也。生，亦我所欲也；義，亦我所欲也，二者不可得兼，捨生而取義者也。生亦我所欲，所欲有甚於生者，故不為苟得也；死亦我所惡，所惡有甚於死者，故患有所不辟也。如使人之所欲莫甚於生，則凡可以得生者，何不用也？使人之所惡莫甚於死者，則凡可以辟患者，何不為也？由是則生而有不用也，由是則可以辟患而有不為也。是故所欲有甚於生者，所惡有甚於死者，非獨賢者有是心也，人皆有之，賢者能勿喪耳。

一簞食，一豆羹，得之則生，弗得則死。呼爾而與之，行道之人弗受；蹴爾而與之，乞人不屑也。萬鍾則不辨禮義而受之。萬鍾於我何加焉？為宮室之美、妻妾之奉、所識窮乏者得我與？鄉為身死而不受，今為宮室之美為之；鄉為身死而不受，今為妻妾之奉為之；鄉為身死而不受，今為所識窮乏者得我而為之，是亦不可以已乎？此之謂失其本心。」（告子上・第十章）

公都子問曰：「鈞是人也，或為大人，或為小人，何也？」孟子曰：「從其大體為大人，從其小體為小人。」曰：「鈞是人也，或從其大體，或從其小體，何也？」曰：「耳目之官不思，而蔽於物，物交物，則引之而已矣。心之官則思，思則得之，不思則不得也。此天之所與我者，先立乎其大者，則其小者弗能奪也。此為大人而已矣。」（告子上．第十五章）

孟子曰：「萬物皆備於我矣。反身而誠，樂莫大焉。強恕而行，求仁莫近焉。」（盡心上．第四章）

孟子曰：「人之有德慧術知者，恆存乎疢疾。獨孤臣孽子，其操心也危，其慮患也深，故達。」（盡心上．第十八章）

孟子曰：「廣土眾民，君子欲之，所樂不存焉。中天下而立，定四海之民，君子樂之，所性不存焉。君子所性，雖大行不加焉，雖窮居不損焉，分定故也。君子所性，仁義禮智根於心。其生色也，睟然見於面，盎於背，施於四體，四體不言而喻。」（盡心上．第二十一章）

孟子曰：「養心莫善於寡欲。其為人也寡欲，雖有不存焉者，寡矣；其為人也多欲，雖有存焉者，寡矣。」（盡心下．第三十五章）

第二課　莊子選

概說

莊子（約西元前三六九～西元前二八六年），戰國時期思想家，名周，宋國蒙（今河南商丘東北）人。關於莊子生卒年月，學術界有不同說法，未有定論。《史記》中記載，莊子曾在家鄉做過管理漆園的小官，在職不久就歸隱了。楚威王聞知以厚幣禮聘，被莊子拒絕。在當時學者名人中，他和惠施經常往來，《莊子》書中有不少他和惠施進行討論、爭辯的故事。

莊子繼承和發展了老子「道法自然」的觀點，認為人不當執著於任何主張（甚至不可執著於「不執著」），任性自然，則得逍遙自在。莊子思想對後代文學藝術及中國人的人生觀影響極大，使道家思想與儒家並稱，成為中華文化的重要支柱。

《莊子》一書今存三十三篇，晉人郭象將全書分為「內篇」、「外篇」、「雜篇」三部分，其中「內篇」七篇一般認為是莊子自著，其他則為莊子門人與後來道家之徒所作。今通行本有晉郭象注、清末王先謙之《莊子集解》與清代郭慶藩之《莊子集釋》。

課文

堯讓天下（選自〈逍遙遊〉）

堯讓天下於許由[1]，曰：「日月出矣，而爝火不息[2]，其於光也，不亦難乎！時雨降矣[3]，而猶浸灌[4]，其於澤也[5]，不亦勞乎[6]！夫子立而天下治[7]，而我猶尸之[8]，吾自視缺然[9]。請致天下[10]。」許由曰：「子治天下[11]，天下既已治也，而我猶代子，吾將爲名乎？名者，實之賓也[12]，吾將爲賓乎？鷦鷯巢於深林[13]，不過一枝；偃鼠飲河[14]，不過滿腹。歸休乎君[15]，予無所用天下爲[16]！庖人雖不治庖[17]，尸祝不越樽俎而代之矣[18]。」

莊周夢蝶（選自〈齊物論〉）

昔者莊周夢爲胡蝶，栩栩然胡蝶[19]也。自喻適志與[20]！不知周也。俄然覺[21]，則蘧蘧然[22]周也。不知周之夢爲胡蝶與？胡蝶之夢爲周與？周與胡蝶則必有分矣。此之謂物化[23]。

庖丁解牛（選自〈養生主〉）

庖丁爲文惠君解牛[24]，手之所觸，肩之所倚，足之所履，膝之所踦[25]，砉然嚮然[26]，奏刀騞然[27]，莫不中音[28]，合於〈桑林〉之舞[29]，乃中〈經首〉之會[30]。

文惠君曰：「譆[31]，善哉！技蓋至此乎[32]？」庖丁釋刀對曰：「臣之所好者道也[33]，進乎技矣[34]。始臣之解牛之時，所見无非全牛者；三年之後，未嘗見全牛也；方今之時，臣以神遇而不以目視[35]，官知止而神欲行[36]。依乎天理[37]，批大郤[38]，導大窾[39]，因其固然[40]。技經肯綮之未嘗[41]，而況大軱乎[42]！良庖歲更刀[43]，割也；族庖月更刀[44]，折也[45]；今臣之刀十九年矣，所解數千牛矣，而刀刃若新發於硎[46]。彼節者有閒而刀刃者无厚[47]，以无厚入有閒，恢恢乎其於遊刃必有餘地矣[48]。是以十九年而刀刃若新發於硎。雖然，每至於族[49]，吾見其難爲，怵然爲戒[50]，視爲止，行爲遲，動刀甚微，謋然已解[51]，如土委地[52]。提刀而立，爲之而四顧，爲之躊躇滿志[53]，善刀而藏之[54]。」

文惠君曰：「善哉！吾聞庖丁之言，得養生焉[55]。」

❶堯：我國歷史上傳說時代的聖明君主。許由：古代傳說中的高士，字仲武，隱於箕山。相傳堯要讓天下給他，他自命高潔而不受。

❷爝火：炬火，木材上蘸上油脂燃起的火把。爝，音ㄐㄩㄝˊ。

❸時雨：按時令季節及時降下的雨。

❹浸灌：灌溉。

❺澤：潤澤。

❻勞：這裡含有徒勞的意思。

❼立：位，在位。

❽尸：廟中的神主，這裡用其空居其位，虛有其名之義。

❾缺然：不足的樣子。

❿致：給與。

⓫子：對人的尊稱。

⓬賓：次要的、派生的東西。

⓭鷦鷯：一種善於築巢的小鳥。

⓮偃鼠：鼴鼠。

⓯休：止，這裡是算了的意思。

⓰為：句末疑問語氣詞。

⓱庖人：廚師。

⓲尸祝：祭祀時主持祭祀的人。樽：酒器。俎：盛肉的器皿。「樽俎」這裡代指各種廚事。成語「越俎代庖」出於此。

⓳胡蝶：亦作蝴蝶。

⓴喻：通作「愉」，愉快。適志：合乎心意，心情愉快。

㉑俄然：不久。

㉒蘧蘧然：驚惶的樣子。

㉓物化：事物自身的變化。根據本段文意，所謂變化即外物與自我的交合，推進一步，一切事物也都將渾而為一。

㉔庖：廚房。庖丁即廚師。庖，音ㄆㄠˊ。文惠君：舊說指梁惠王。解：剖開、分解。

㉕踦：用膝抵住。踦，音ㄧˇ。

㉖砉然：皮肉分離的聲音。砉，音ㄏㄨㄛˋ。嚮：通作「響」，聲響。「嚮然」，多種聲音相互響應的樣子。

㉗奏：進。騞然：以刀快速割牛的聲音。騞，音ㄏㄨㄛˋ。

㉘中音：合乎音樂的節奏。

㉙桑林：傳說中的殷商時代的樂曲名。「〈桑林〉之舞」意思是用〈桑林〉樂曲伴奏的舞蹈。

㉚經首：傳說中帝堯時代的樂曲名。會：樂律，節奏。

㉛譆：通「嘻」，讚嘆聲。

㉜蓋：通作「盍」，講作「何」，「怎麼」的意思。一說為句中語氣詞，讀如「蓋」。

㉝好：喜好，音ㄏㄠˋ。道：事物的最終原則。

㉞進：進了一層，含有超過、勝過的意思。

㉟神：精神，心思。

㊱官：器官，這裡指眼。知：知覺，這裡指視覺。

㊲天理：自然的紋理，這裡指牛體的自然結構。

㊳批：擊。郤：音ㄒㄧˋ，通「隙」，這裡指牛體筋腱骨骼間的空隙。

㊴導。引導，導向。窾：空，音ㄎㄨㄢˇ。這裡指牛體骨節間較大的空隙處。

㊵因：依，順著。固然：本然，原本的樣子。

㊶技：通作「枝」，指支脈。經：經脈。「技經」指經絡結聚的地方。肯：附在骨上的肉。綮：骨肉連接很緊的地方。綮，音ㄑㄧㄥˋ。未：不曾。嘗：嘗試。

㊷軱：大骨。軱，音ㄍㄨ。

㊸歲：每年。更：更換。

㊹族庖：指一般的廚師。

㊺折：斷；這裡指用刀砍斷骨頭。

㊻發：出，這裡指剛從磨刀石上磨出來。硎，音ㄒㄧㄥˊ，磨刀石。

㊼間：縫，間隙；這個意義後代寫作「間」。

㊽恢恢：寬廣。遊刃：運轉的刀刃。

㊾族：指骨節、筋腱聚結交錯的部位。

㊿怵然：小心謹慎的樣子。怵，音ㄔㄨˋ。

51 謋：牛體分解的聲音。謋，音ㄏㄨㄛˋ。

52 委：堆積。

53 躊躇：悠然自得的樣子。滿志：滿足了心意。

54 善：這裡作「收拾好」、「擦拭好」的意思。

55 養生：其後省中心語，即「養生之道」。

「堯讓天下」一節，是說堯想將天子之位讓給許由。他所持的理由是：許由的光亮像太陽，他則只是蠟燭；許由的灌溉能力就像及時雨，而他只像水車。許由什麼事都不用做，天下就太平了！而他占著天子之位，再努力都還差很遠。那當然是請許由來做天子才最好啦！

但許由卻用一番道理反駁了堯。他認為在世俗（物）層次和在真理（道）層次的法則是不同的，應該各歸各。就世俗法則而言，事實上是堯在操作這政治機器，也確實呈現了維持群體秩序的效能，所以堯當天子是名實相副的。而我許由沒有當過一天公務員，也沒有遵循任何行政升遷任職的程序，忽然空降式地來取代堯當天子，這豈不只是個毫無實質的虛名嗎？這只會破壞體制倫理罷了！這又怎麼會合理呢？

當然許由也了解，堯想找他來當天子，是看中他身上有「道」。但這其實是一種層次的混淆，就像起意請全知全能的上帝來當我們總統一樣荒謬。乃因「道」雖然是萬物之本，但道本身純是精神，不是一物或一個角色，是無法以角色的身分來參與人間的。祂要參與人間，仍當寄寓在某一個人物的身上，然後藉此人物的角色身分去參與。但這就得遵循人間的法則去各安其位了！就此而言，我許由的人間身分只是個隱士，就老實做個隱士罷！我既無行政經驗，又不屬於行政體系，怎能當天子呢？你堯才配當天子呀！至於「道」，何止在我許由身上有？你堯自家身上也有呀！反求諸己就行了！何須找我呢？當然，你放著該做的天子不做（就如庖人不治庖），是你家的事，我這個隱士可是不會去替你做的（尸祝不越樽俎而代之）！（以上的引申解釋係依據曾昭旭教授的意見，未敢掠美，特此註明。）

「莊周夢蝶」一節，莊子則借用了人人都有的「作夢」的經驗，而點出吾人以為真實的事情，其實未必真實。

我們在夢中，其實是「不知在夢中」的；夢中亦同樣有喜怒哀樂等七情六欲，會痛會笑也會餓……，醒來之後，方知是夢。那麼，請問「夢」與「真實世界」差別何在？仔細想來，唯一的差別是：夢的世界中沒有邏輯。然而，「夢沒有邏輯」卻不是必然的。倘若吾人所夢之世界很有邏輯，則吾人真不能判斷「夢」到底是不是夢了。再換個角度說，真實世界之有一邏輯秩序，也未必是必然的。倘若人得了某種精神疾病，神智不清，則真實世界亦將失去邏輯性，則又與夢何異？

如此想來，我們對所謂的「真實世界」，還有必要將其執著為「真」嗎？豈不一切都可放手？一切皆可當機領略，何苦斤斤於真實虛幻！

「庖丁解牛」一節，是藉著庖丁將「解牛」完全藝術化的表演，而引出一段「養生命之主」的道理。

庖丁為何能將「解牛」這件事做到出神入化呢？首先，他還是要有一段訓練的過程，從「始臣之解牛之時，所見無非牛者」到「官之止而神欲行」，是經歷了相當長的時間，而非一蹴可幾。這說明人生在世上，要能謀生，要具有生存的能力，技術性的訓練還是不可缺的。技術性的訓練，最重要的是要「純熟」，然後要求專心。但僅如此還是不夠的，頂多是一「良庖」。要能「進技於道」，則必須在純熟、專心之後，再進入「無心」，使個人與對象合而為一，進入一片化境，才能做到「依乎天理」「因其固然」的境界，遊刃有餘，物我兩不傷（相信牛被庖丁所解，也一定是一點痛苦也無）。

莊子哲學的要義，在於完全放下感官層面的物我對立關係與外求心態，讓物我自然相融為一體。此即由「專心」而「無心」，由無掉（取消掉）感官之心（大腦）而呈現出（屬於宇宙的）真心。這既是一種「跳躍」，也是一種人性回歸，因為一切嬰兒初臨人間原都是如此人我不分的。但是嬰兒沒有「技術」，人為了謀生而要學會種種技術，於是產生種種分析性的概念與學問，但也因此憑空增添了人與自然和人與他人的隔閡與鬥爭。莊子以為，人在學會了種種技術之後，當要有一種「回歸人性」的修養，即忘卻種種原則概念，由專心回到無心，回到生命自然實存的原始情境！

於是，莊子進一步利用庖丁解牛的寓言來比喻。庖丁能夠讓牛「謋然已解，如土委地」，在於他能「以無厚入有間」。刀刃，就象徵每一個人的生命。所謂「無厚」，就是生命沒有負累，自由自在。什麼是生命的負累呢？「欲望」、「成見」、「自以為是」等等就是生命的負累；欲望越多，成見越深，人活得就越累，負擔越重。人生之修養，就在於去除欲望、化除成見，使生命輕鬆，復歸於「無厚」。然後，我們就會發現，天地間自是「有間」的，天寬地厚，任我敖遊；哪有什麼放不下的事、化不開的結，來阻滯我們的生命呢？

當然，這放下的功夫不是一蹴可成的，即使一度達到自由無累的境界，未來的考驗依然隨時會出現。所以常保警惕是必要的。因此，庖丁說：「雖然我解牛的功夫已經達到行雲流水的地步，但每遇到筋骨糾結的地方，我仍會意識到它的難處，而心存警惕，再一次放下對感官形體的習慣性依賴，而訴諸心靈的敏銳感應。讓刀找到該落刀的關鍵點，輕輕一挑，問題就解決了。自己也覺得身心舒暢，快然自足。」至此，文惠君也領悟了生命修養的道理！

第三課　墨子選

墨子，墨家學派創始人。《史記．孟子荀卿列傳》稱其為宋國大夫，姓墨名翟。據孫詒讓（清）考定，墨子生年約為西元前四六八年，卒年則為西元前三七六年。司馬遷《史記》並未替墨子作傳記，關於墨子的生平事蹟，則分別記載於《荀子》、《韓非子》、《莊子》、《呂氏春秋》與《淮南子》等書。

據諸書所記，墨子曾習儒家學術，因不滿儒家禮樂煩苛，於是棄周道而用夏政，特別稱頌夏禹。墨子也如孔子一樣聚徒講學，從屬者眾多，弟子滿天下。墨子為宣揚其學說，四處奔走遊說，「上說諸侯，下說列士」，並常與人辯論。曾到過東方的齊國，西方的鄭、衛，南方的楚、越。其思想則主要保存在墨家後學《墨子》一書中。此書為墨子及墨家學派的著作彙編。西漢劉向整理為七十一篇，六朝以後漸佚，今本《墨子》五十三篇。

墨子的哲學思想，主張兼愛、非攻、尚賢、尚同等。所謂「兼愛」，意指「泛愛天下人」，或「愛別人如同愛自己」。這與儒家的「推己及人」有所不同。儒家是「愛有差等」，而墨家則是「愛無差等」。「非攻」以「兼愛」為基礎，論說戰爭百害無益，只是浪費民力物力，禍國殃民而已。墨子的「尚賢」是承襲儒家思想理論，他指出古代賢明君主，如堯、舜、禹、湯及周文王，因能任用賢能，故而政治清明，天下太平。至於「尚同」，乃因天子是上天所選出的賢能，全國上下應尚同於天子之「義」；並且「上有過，規諫之」。使天子與臣民的「義」能相同，從而實現「天下治」。

本課選自《墨子》第十四篇。〈兼愛〉分上中下三篇，為墨子學說的核心思想，他認為天下之混亂，如臣不忠君，子不孝父，弟不尊敬兄長，或者君不愛臣，父不慈子，兄不慈弟，皆起於「不相愛」。假如天下人能「交相愛」，盜賊不起，國與國不相攻，家與家不相侵，君慈臣忠，父慈子孝，而天下太平。

兼愛（上）

聖人❶以治天下爲事❷者也，必知亂❸之所自起，焉❹能治之，不知亂之所自起，則不能治。譬之如醫之攻❺人之疾者然，必知疾之所自起，焉能攻之；不知疾之所自起，則弗能攻。治亂者何獨不然？必知亂之所自起，焉能治之；不知亂之所自起，則弗能治。

聖人以治天下爲事者也，不可不察亂之所自起，當察：亂何自起？起不相愛。臣子之不孝君父，所謂亂也。子自愛不愛父，故虧❻父而自利；弟自愛不愛兄，故虧兄而自利；臣自愛不愛君，故虧君而自利，此所謂亂也。

雖父之不慈子，兄之不慈弟，君之不慈臣，此亦天下之所謂亂也。父自愛也不愛子，故虧子而自利；兄自愛也不愛弟，故虧弟而自利；君自愛也不愛臣，故虧臣而自利。是何也？皆起不相愛。雖至天下之爲盜賊者亦然，盜愛其室[7]不愛其異室[8]，故竊異室以利其室；賊愛其身不愛人，故賊人以利其身。此何也？皆起不相愛。

雖至大夫之相[9]亂家[10]，諸侯之相攻國者亦然。大夫各愛其家，不愛異家，故亂異家以利其家；諸侯各愛其國，不愛異國，故攻異國以利其國，天下之亂物[11]，具[12]此而已矣。察此何自起？皆起不相愛。

若使天下兼相愛，愛人若愛其身，猶有不孝者乎？視父兄與君若其身，惡[13]施[14]不孝？猶有不慈者乎？視弟子與臣若其身，惡施不慈？故不孝不慈亡有，猶有盜賊乎？故視人之室若其室，誰竊？視人身若其身，誰賊？故盜賊亡有。猶有大夫之相亂家、諸侯之相攻國者乎？視人家若其家，誰亂？視人國若其國，誰攻？故大夫之相亂家、諸侯之相攻國者亡有。

若使天下兼相愛，國與國不相攻，家與家不相亂，盜賊無有，君臣父子皆能孝慈，若此則天下治。故聖人以治天下爲事者，惡得不禁惡而勸愛？故天下兼相愛則治，交相惡則亂。故子墨子曰：「不可以不勸愛人者，此也。」

註釋

❶聖人：對帝王的尊稱。
❷事：引申為職守、責任。
❸亂：動亂。
❹焉：連詞。表示承接。相當於「則」、「於是」。
❺攻：治療。
❻虧：辜負、虧待。
❼室：家。
❽異室：別人的家。
❾相：指執政大臣。
❿家：卿大夫或卿大夫的采地食邑。
⓫物：事務，事情。
⓬具：全部。
⓭惡：音ㄨ，如何。
⓮施：對待他人。

綜合討論

「兼愛」是墨子的重要思想。但對於「兼愛」意涵的了解，必須綜觀墨子〈兼愛〉上、中、下三篇，然後可以有整全的概念。可惜原文過長，且中、下篇文字多有重出，行文又不如上篇精鍊；限於篇幅，本課只收錄上篇，而將中、下篇列為附錄，請讀者自行參考。

在上篇中，墨子指出「亂」的來源，乃出於人之各愛其私而「不相愛」，故以「兼愛」為對症之藥方。其文反覆申論，邏輯清晰而文字流暢，頗有「先聲奪人」之勢。

當然，這樣的論述在理論根據上還是太單薄了，所以在中篇，墨子引入了反對者的意見而加以辯論。反對者認為兼愛難以做到，墨子則以為，只要君王重視，則難者亦易。有何為證？請看「死亡」本為人人所懼者，唯因君王的獎勵，則士兵奮勇爭先而不顧死生。「兼愛」與「赴死」

相較，豈不順人本性而易為之？可見只要君王獎勵，沒有難行的道理。

在下篇中，墨子更申述了「兼」與「別」的重要差異。「兼」即是「視他國若己之國」，則天下一國；視他人之家若己之家，則天下一家；視他人若自己，則人人愛人如己，天下豈能不大治？「別」則是反其道而行，不斷地分別「他人」和「自己」，結果必定陷於自私與孤立，你爭我奪，天下大亂，而人人不得幸福。

墨子又以「孝順父母」為例，他說一個人若真孝順父母，必定也希望他人對自己的父母好。如何讓他人也對你自己的父母好呢？只有你先對別人的父母好，別人才會同樣地報答你，於是，你孝順父母的目的就達到了。這就是「兼」的作用。反之，你只愛自己的父母而不愛別人的父母，那麼別人也不會對你的父母好，則你愛自己父母的願望就會落空，此即是「別」的緣故。

對於懷疑他的兼愛學說的人，墨子問他們說：當一個國君實行「兼」的政策，愛民如子；而另一個國君實行「別」的政策，人人各自顧自己，那麼你們會投奔哪一個國家呢？如此看來，「兼愛」還有什麼好懷疑的呢？古代聖王無不是實行「兼愛」政策的。

綜觀〈兼愛〉三篇，可以看到墨子冷靜的分析與滔滔的雄辯，確實具有感人的熱力。從「仁者愛人」的角度看，墨子的主張與儒家幾無二致，唯墨子主張「苦行」以求平等，而儒家認為在現實上基於「愛的能力」之有限，所以「愛有差等」；此為兩家主要的差別。所以錢賓四先生說：「儒墨兩派，有他們共同的精神，他們全是站在全人類的立場，來批評和反對他們當時的貴族生活。儒家精神比較溫和，可說是反對貴族的右派，墨家較激烈，可說是左派。」（見《國史大綱》第二編第六章。）

【附錄】

兼愛（中）

子墨子言曰：仁人之所以為事者，必興天下之利，除去天下之害，以此為事者也。然則天下之利何也？天下之害何也？子墨子言曰：今若國之與國之相攻，家之與家之相篡，人之與人之相賊，君臣不惠忠，父子不慈孝，兄弟不和調，此則天下之害也。

然則察此害亦何用生哉？以不相愛生邪？子墨子言：以不相愛生。今諸侯獨知愛其國，不愛人之國，是以不憚舉其國，以攻人之國。今家主獨知愛其家，而不愛人之家，是以不憚舉其家，以篡人之家。今人獨知愛其身，不愛人之身，是以不憚舉其身，以賊人之身。是故諸侯不相愛，則必野戰。家主不相愛，則必相篡。人與人不相愛，則必相賊。君臣不相愛，則不惠忠。父子不相愛，則不慈孝。兄弟不相愛，則不和調。天下之人皆不相愛，強必執弱，富必侮貧，貴必敖賤，詐必欺愚。凡天下禍篡怨恨，其所以起者，以不相愛生也。是以仁者非之。

既以非之，何以易之？子墨子言曰：以兼相愛、交相利之法易之。然則兼相愛、交相利之法將奈何哉？子墨子言：視人之國，若視其國。視人之家，若視其家。視人之身，若視其身。是故諸侯相愛，則不野戰。家主相愛，則不相篡。人與人相愛，則不相賊。君臣相愛，則惠忠。父子相愛，則慈孝。兄弟相愛，則和調。天下之人皆相愛，強不執弱，眾不劫寡，富不侮貧，貴不敖賤，詐不欺愚。凡天下禍篡怨恨，可使毋起者，以相愛生也。是以仁者譽之。

然而今天下之士君子曰：「然！乃若兼則善矣。雖然，天下之難物於故也。」子墨子言曰：天下之士君子，特不識其利、辯其故也。今若夫攻城野戰，殺身為名，此天下百姓之所皆難也。苟君說之，則士眾能為之。況於兼相愛、交相利，則與此異！夫愛人者，人必從而愛之。利人者，人必從而利之。惡人者，人必從而惡之。害人者，人必從而害之。此何難之有？特上弗以為政、士不以為行故也。

昔者晉文公好士之惡衣，故文公之臣皆牂羊之裘，韋以帶劍，練帛之冠，入以見於君，出以踐於朝。是其故何也？君說之，故臣為之也。昔者楚靈王好士細要，故靈王之臣皆以一飯為節，息然後帶，扶牆然後起。比期年，朝有黧黑之色。是其故何也？君說之，故臣能之也。昔越王句踐好士之勇，教馴其臣，和合之，焚舟失火，試其士曰：「越國之寶盡在此！」越王親自鼓其士而進之，士聞鼓音，破碎亂行，蹈火而死者，左右百人有餘，越王擊金而退之。是其故何也？君說之，故臣為之也。

是故子墨子言曰：乃若夫少食惡衣，殺身而為名，此天下百姓之所皆難也。若苟君說之，則眾能為之。況兼相愛、交相利，與此異矣！夫愛人者，人亦從而愛之。利人者，人亦從而利之。惡人者，人亦從而惡之。害人者，人亦從而害之。此何難之有焉？特士不以為政而士不以為行故也。

然而今天下之士君子曰：「然！乃若兼則善矣。雖然，不可行之物也。譬若挈太山越河濟也。」子墨子言：是非其譬也。夫挈太山而越河濟，可謂畢劫有力矣。自古及今，未有能行之者也。況乎兼相愛、交相利，則與此異，古者聖王行之。何以知其然？古者禹治天下，西為西河漁竇，以泄渠孫皇之水。北為防原泒，注后之邸、珕池之竇，洒為底柱，鑿為龍門，以利燕、代、胡、貉與西河之民。東方漏之陸，防孟諸之澤，洒為九澮，以楗東土之水，以利冀州之民。南為江、漢、淮、汝，東流之，注五湖之處，以利荊、楚、干、越與南夷之民。此言禹之事，吾今行兼矣。昔者文王之治西土，若日若月，乍光於四方，於西土。不為大國侮小國，不為眾庶侮鰥寡，不為暴勢奪穡人黍稷狗彘。天屑臨文王慈，是以老而無子者，有所得終其壽。連獨無兄弟者，有所雜於生人之間。少失其父母者，有所放依而長。此文王之事，則吾今行兼矣。昔者武王將事泰山隧。傳曰：「泰山，有道曾孫周王有事。大事既獲，仁人尚作，以祇商夏、蠻夷醜貉。雖有周親，不若仁人，萬方有罪，維予一人。」此言武王之事，吾今行兼矣。

是故子墨子言曰：今天下之士君子，忠實欲天下之富而惡其貧，欲天下之治而惡其亂，當兼相愛、交相利，此聖王之法，天下之治道也，不可不務為也。

兼愛（下）

子墨子言曰：仁人之事者，必務求興天下之利，除天下之害。然當今之時，天下之害，孰為大？曰：若大國之攻小國也，大家之亂小家也，強之劫弱，眾之暴寡，詐之謀愚，貴之敖賤，此天下之害也。又與為人君者之不惠也，臣者之不忠也，父者之不慈也，子者之不孝也，此又天下之害也。又與今人之賤人，執其兵刃、毒藥、水火，以交相虧賊，此又天下之害也。姑嘗本原若眾害之所自生。此胡自生？此自愛人、利人生與？即必曰非然也，必曰從惡人、賊人生。分名乎天下，惡人而賊人者，兼與？別與？即必曰別也。然即之交別者，果生天下之大害者與？是故別非也。

子墨子曰：非人者必有以易之，若非人而無以易之，譬之猶以水救水也，其說將必無可焉。是故子墨子曰：兼以易別。然即兼之可以易別之故何也？曰：藉為人之國，若為其國，夫誰獨舉其國以攻人之國者哉？為彼者由為己也。為人之都，若為其都，夫誰獨舉其都以伐人之都者哉？為彼猶為己也。

為人之家，若為其家，夫誰獨舉其家以亂人之家者哉？為彼猶為己也。然即國都不相攻伐，人家不相亂賊，此天下之害與？天下之利與？即必曰天下之利也。姑嘗本原若眾利之所自生。此胡自生？此自惡人、賊人生與？即必曰非然也，必曰從愛人、利人生。分名乎天下愛人而利人者，別與？兼與？即必曰兼也。然即之交兼者，果生天下之大利者與？是故子墨子曰：兼是也。且鄉吾本言曰：「仁人之事者，必務求興天下之利，除天下之害。」今吾本原兼之所生，天下之大利者也。吾本原別之所生，天下之大害者也。是故子墨子曰：別非而兼是者，出乎若方也。

今吾將正求與天下之利而取之，以兼為正。是以聰耳明目相與視聽乎！是以股肱畢強相為動宰乎！而有道肆相教誨。是以老而無妻子者，有所侍養以終其壽。幼弱孤童之無父母者，有所放依以長其身。今唯毋以兼為正，即若其利也。不識天下之士，所以皆聞兼而非者，其故何也？然而天下之士，非兼者之言猶未止也，曰：「即善矣，雖然，豈可用哉？」子墨子曰：用而不可，雖我亦將非之。且焉有善而不可用者？姑嘗兩而進之。誰以為二士，使其一士者執別，使其一士者執兼。是故別士之言曰：「吾豈能為吾友之身若為吾身？為吾友之親若為吾親？」是故退睹其友，飢即不食，寒即不衣，疾病不侍養，死喪不葬埋。別士之言若此，行若此。兼士之言不然，行亦不然。曰：「吾聞為高士於天下者，必為其友之身，若為其身，為其友之親，若為其親，然後可以為高士於天下。」是故退睹其友，飢則食之，寒則衣之，疾病侍養之，死喪葬埋之。兼士之言若此，行若此。若之二士者，言相非而行相反與？當使若二士者，言必信，行必果，使言行之合，猶合符節也，無言而不行也。然即敢問：今有平原廣野於此，被甲嬰冑，將往戰，死生之權，未可識也。又有君大夫之遠使於巴、越、齊、荊，往來及否未可識也。然即敢問：不識將惡也家室、奉承親戚、提挈妻子而寄託之？不識於兼之有是乎？於別之有是乎？我以為當其於此也，天下無愚夫愚婦，雖非兼之人，必寄託之於兼之有是也。此言而非兼，擇即取兼，即此言行費也。不識天下之士，所以皆聞兼而非之者，其故何也。

然而天下之士，非兼者之言，猶未止也。曰：「意可擇士，而不可以擇君乎？」姑嘗兩而進之。誰以為二君，使其一君者執兼，使其一君者執別。是故別君之言曰：「吾惡能為吾萬民之身若為吾身？此泰非天下之情也。人之生乎地上之無幾何也，譬之猶駟馳而過隙也。」是故退睹其萬民，飢即不食，寒即不衣，疾病不侍養，死喪不葬埋。別君之言若此，行若此。兼君之言不然，行亦不然，曰：「吾聞為明君於天下者，必先萬民之身，後為其身，然後可以為明君於天下。」是故退睹其萬民，飢即食之，寒即衣之，疾病侍養之，死喪葬埋之。兼君之言若此，行若此。然即交若之二君者，言相非而行相反與？常使若二君者，言必信，行必果，使言行之合，猶合符節也，無言而不行也。然即敢問：今歲有癘疫，萬民多有勤苦凍餒，轉死溝壑中者，既已眾矣。不識將擇之二君者，將何從也？我以為當其於此也，天下無愚夫愚婦，雖非兼者，必從兼君是也。言而非兼，擇即取兼，即此言行拂也，不識天下所以皆聞兼而非之者，其故何也？

然而天下之士，非兼者之言也，猶未止也，曰：「兼即仁矣，義矣。雖然，豈可為哉？吾譬兼之不可為也，猶挈泰山以超江、河也。故兼者，直願之也，夫豈可為之物哉？」子墨子曰：「夫挈泰山以超江、河，自古之及今，生民而來未嘗有也。今若夫兼相愛、交相利，此自先聖六王者親行之。」何知先聖六王之親行之也？子墨子曰：「吾非與之並世同時，親聞其聲，見其色也。以其所書於竹帛，鏤於金石，琢於槃盂，傳遺後世子孫者知之。」《泰誓》曰：「文王若日若月，乍照，光於四方，於西土。」即此言文王之兼愛天下之博大也，譬之日月，兼照天下之無有私也即此文王兼也。雖子墨子之所謂兼者，於文王取法焉！且不惟《泰誓》為然，雖《禹誓》即亦猶是也。禹曰：「濟濟有眾，咸聽朕言！非惟小子，敢行稱亂。蠢茲有苗，用天之罰。若予既率爾群封諸君，以征有苗。」禹之征有苗也，非以求以重富貴，干福祿，樂耳目也。以求興天下之利，除天下之害。即此禹兼也。雖子墨子之所謂兼者，於禹求焉。

且不惟《禹誓》為然，雖《湯說》即亦猶是也。湯曰：「惟予小子履，敢用玄牡，告於上天后曰：『今天大旱，即當朕身履，未知得罪於上下有善不敢蔽，有罪不敢赦，簡在帝心。萬方有罪，即當朕身。朕身有罪，無及萬方。』」即此言湯貴為天子，富有天下，然且不憚以身為犧牲，以祠說於上帝鬼神，即此湯兼也。雖子墨子之所謂兼者，於湯取法焉。

且不惟《誓命》與《湯說》為然，周《詩》即亦猶是也。周《詩》曰：「王道蕩蕩，不偏不黨，王道平平，不黨不偏。其直若矢，其易若底。君子之所履，小人之所視。」若吾言非語道之謂也？古者文、武為正，均分賞賢罰暴，勿有親戚弟兄之所阿。即此文、武兼也。雖子墨子之所謂兼者，於文、武取法焉。不識天下之人，所以皆聞兼而非之者，其故何也？

然而天下之非兼者之言，猶未止。曰：「意不忠親之利，而害為孝乎？」子墨子曰：姑嘗本原之孝子之為親度者。吾不識孝子之為親度者，亦欲人愛利其親與？意欲人之惡賊其親與？以說觀之，即欲人之愛利其親也。然即吾惡先從事即得此？若我先從事乎愛利人之親，然後人報我愛利吾親乎？意我先從事乎惡人之親，然後人報我以愛利吾親乎？即必吾先從事乎愛利人之親，然後人報我以愛利吾親也。然即之交孝子者，果不得已乎？毋先從事愛利人之親者與？意以天下之孝子為遇，而不足以為正乎？姑嘗本原之。先王之所書《大雅》之所道，曰：「無言而不讎，無德而不報。投我以桃，報之以李。」即此言愛人者必見愛也，而惡人者必見惡也。不識天下之士，所以皆聞兼而非之者，其故何也？意以為難而不可為邪？嘗有難此而可為者。昔荊靈王好小要，當靈王之身，荊國之士飯不踰乎一，固據而後興，扶垣而後行。故約食為其難為也，然後為而靈王說之，未踰於世而民可移也，即求以鄉其上也。昔者越王句踐好勇，教其士臣三年，以其知為未足以知之也。焚舟失火，鼓而進之。其士偃前列，伏水火而死，有不可勝數也。當此之時，不鼓而退也，越國之士可謂顫矣。故焚身為其難為也，然後為之，越王說之，未踰於世而民可移也，即求以鄉上也。昔者晉文公好苴服。當文公之時，晉國之士大布之衣，牂羊之裘，練帛之冠，且苴之屨，入見文公，出以踐之朝。故苴服為其難為也，然後為，而文公說之，未踰於世而民可移也，即求以鄉其上也。是故約食、焚舟、苴服，此天下之至難為也，然後為，而上說之，未踰於世而民可移也，何故也？即求以鄉其上也。今若夫兼相愛、交相利，此其有利，且易為也，不可勝計也。我以為則無有上說之者而已矣。苟有上說之者，勸之以賞譽，威之以刑罰，我以為人之於就兼相愛、交相利也，譬之猶火之就上、水之就下也，不可防止於天下。

故兼者，聖王之道也，王公大人之所以安也，萬民衣食之所以足也。故君子莫若審兼而務行之。為人君必惠，為人臣必忠，為人父必慈，為人子必孝，為人兄必友，為人弟必悌。故君子莫若欲為惠君、忠臣、慈父、孝子、友兄、悌弟，當若兼之不可不行也。此聖王之道，而萬民之大利也。

單元三

文化的傳承——史傳文選

單元大意
第一課　鄭伯克段于鄢
第二課　蘇秦始將連橫說秦
第三課　管晏列傳
第四課　范滂傳

單元大意

「史傳」二字最早見於《文心雕龍》，劉勰是用它來囊括上起虞夏、下至東晉的所有各體史書。對於「史傳」，我們可以從字面上來理解：「史」即歷史，「傳」是傳記，而傳記又是文學的一種，因此，「史傳」就是一種歷史文學。作為歷史文學，它既要具備作為歷史著作的要素，又要具有作為文學著作的條件。一方面，它真實記錄著歷史，另一方面，它又運用了文學的手法來塑造人物和敘述事件。因為它是「史」和「傳」的結合體，因此，魏晉時期一些文學性很強的傳記文學，便不能屬於史傳文學了。那麼，史傳文學存在的下限就截止到魏晉六朝這個時期。

因此，如果我們要為「史傳文學」定義：意指史書中兼具文學之美，涉及真實人物刻畫，而能展現史家所欲傳達之意義，生動傳神地展現歷史人事神韻的作品。

循上定義，史傳文學的發展，可分幾個時期：

一、史傳文學的發軔：就史傳的發軔來說，首推記言為主的《尚書》；這是中國最早的正式史料彙編，作者可能是各個時代的史官，在流傳的過程中經過後人整理、編輯。《尚書》的文學特徵有：具有文采的記言形式、簡略的人物形象、充沛的感情色彩以及修辭技巧的運用。還有專於記事的《春秋》，是孔子根據魯國史書修訂而成。孔子作《春秋》，不但是開創私人修史先例，而且強化了史家的主體意識；這一特徵，使後來的史傳著作多少都帶有個人創作的成分。《春秋》敘事的特點有：簡潔嚴謹、凝煉含蓄；這種風格成為史傳文學的一大特色。

二、史傳文學的奠基：春秋戰國時期，社會發生激烈變化；史傳文學也擺脫了發軔期的形態，摒棄了言事分記的方式，朝著更加文學化的方向邁進，並形成了鴻篇巨製，奠基之作就是

《左傳》。這本書善於運用各種文學手段，把紛雜的歷史事件寫得條理清晰、脈落分明、聲情並茂。對重大事件和人物，又常能突破編年體的限制，嚴密組織各種材料，使故事結構完整，讀來扣人心弦。有些篇章還運用富有個性化的人物語言和細節描寫，塑造出非常生動鮮明的形象。清劉熙載《藝概》說：「《左傳》敘事，紛者整之，孤者輔之，板者活之，直者婉之，俗者雅之，枯者腴之。剪裁運用之方，斯為大備。」這些都說明了《左傳》的文學成就。另一本被稱為「春秋外傳」的《國語》，若從文學角度來看，記述比較瑣屑，議論比較支蔓，但所記載的言論和人物形象，也有其成功之處。

三、史傳文學的發展：如果說《左傳》這一巨著為我們真實地展現了春秋時期二百四十多年的歷史面貌，那麼《戰國策》這部奇書即為我們描繪出戰國時代縱橫捭闔的時代風貌與瑰麗恣肆的人文精神。《戰國策》也是在記事中表現人物個性；書中每件事都有相對的獨立性，故事完整，且富有戲劇性，因而人物形象鮮明突出。因此《戰國策》是由簡單記事向複雜寫人、由編年體的「借事明人」向紀傳體的「以人明史」發展的一個橋樑。

四、史傳文學的高峰：兩漢時期，隨著大一統時代而產生的《史記》，將史傳文學的發展推上了高峰。它完成了由編年到紀傳的轉變，形成以人物為中心的紀傳體例，是史傳文學史上的里程碑。上至帝王將相，下至平民百姓，各種人物湧現在司馬遷筆下。這些人，各有性情，各有特色。司馬遷在寫歷史人物時，一方面繼承了前代秉筆直書的優良傳統，另一方面也發展了「文」的部分，運用了更多的文學手法，因此成為記述真人真事的傳記文學作品。東漢時期的班固，在學習繼承《史記》風格的基礎上，積極創新，開創了紀傳體斷代史《漢書》。儘管《漢書》的思想比較保守，但寫人「不激詭，不抑抗」，注意精雕細刻中見性格，成為能與《史記》並駕齊驅的作品。

五、史傳文學的回落：魏晉南北朝期間，各種體裁的史籍蜂擁並出，成就最高的是被列為「四史」的《後漢書》、《三國志》。就文學觀點審視，這時候的史書往往片面講求「簡潔」、「凝煉」，不再在描寫情節、描寫場面、刻畫心理性格等方面下功夫，而是用一種敘述語言介紹性地粗陳梗概，因此讀起來千篇一律，給人留下的印象很淡。至此，文學與史學分別走向了不同的方向。

史傳文學有以下幾點特色：

一、敘事簡要：歷史事件繁瑣複雜，如果鉅細靡遺地敘述，不但史家之精力不足，閱讀者也白首不能明一代之史，因此史傳作者如何能「文約而事豐」「一言而句細咸該，片語而洪纖靡漏」就非常重要。從這個意義上來看，敘事是史傳文學的骨肉，敘事的方式、手段和態度直接決定著史傳的文學價值及所達到的程度。敘事又離不開寫人，寫人是史傳的中心目標，再現生動、鮮活、富有個性的人物形象是史傳文學的顯著標誌。

二、選材獨特：題材徵實是史傳文學之要求與限定，但在一堆材料中史家卻有選擇的自由，善於作傳的人，常能於細微處掌握最有關係的人情、事理，以表現人物之個性與作風、精神與味道。

三、結構特色：史傳文學每一篇固有其人、事，主題及作者所欲表現的史意，但必通觀全書，乃能對一代之史事人物及思想有通盤之了解。例如司馬遷《史記》就是透過本紀、表、書、世家、列傳五體，敷衍出歷史演進之長河，進而究天人之際，通古今之變，成一家之言。

四、省文之法：史傳中事涉多人，或事涉多方，作者常依其關係之深淺輕重安排於適當之處；如此一可減省文墨，二可避免重複。

文學可以虛構，歷史卻必須徵實，因此文學與歷史本質上有極大的歧異。但真要說歷史絕對真實，文學純然虛構，這又是絕無可能之事。歷史著作與文學不可能完全沒有交集，此交集處的著作除了從歷史的角度去閱讀，自然也有文學之美存在；史傳文學正是這交集的展現。

第一課　鄭伯克段于鄢

左傳

概說

本篇選自《左傳．隱公元年》。《左傳》記載春秋時期魯隱公元年（西元前七二二年）至魯哀公二十七年（西元前四六八年）共二百五十五年間的重大歷史事件和人物活動；是我國第一部敘事詳細完整的歷史著作。據傳此書是春秋末年魯國史官左丘明根據孔子《春秋》而加以史事鋪敘演繹所成；後之儒者尊《春秋》為六經之一，因而視左氏之書為解經之作，稱為《春秋左氏傳》，簡稱《左傳》。本書著重記敘當時各諸侯國之間的矛盾紛爭，尤其重視通過對戰爭起因和結果的描寫來分析戰爭中的政治因素，揭示戰爭的本質。敘事過程中，作者還善於通過對人物的言行及內心活動進行生動細緻的描述來刻畫人物形象。全書記敘線索明晰，詳略得當，語言生動，手法多樣，對後世的歷史著作和敘事散文的寫作產生了很大影響。今《十三經注疏》中之《左傳》為晉杜預注，唐孔穎達疏。

《左傳》除了在文學上的出色表現外，從文化史的角度看，也是一本很有價值的書。史學家錢賓四先生曾指出《左傳》的十大優點：一、《左傳》裡所講的天文曆法十分可靠，從中可探究古代的天文學。二、《左傳》是研究古代地理的寶庫，書中提到的諸侯國之「都」、「邑」非常多，後人寫「《左傳》地名考」的就有好幾家。三、要研究中國的氏族與春秋時貴族的生活，《左傳》提供了詳細的資料。四、《左傳》裡記載了各國的制度，使中國有關制度的研究可上推到春秋時代。五、諸侯國間的「盟會」，即當時的國際外交，《左傳》裡有詳實的記載。六、中國人取名之外，另有字與號。而「字」多半與「名」有一定的意義上的關聯（例如諸葛亮名為「亮」，字「孔明」，即「大光明」之意）。這樣的取「名」與「字」的習慣在春秋時就形成了。《左傳》中記載了大量的人名及其字號，為當時字義的訓詁提供了特殊之蹊徑。七、《左傳》對戰爭記錄得很好，對軍事學的研究相當有用處。八、《左傳》裡有許多當時人提到的鬼神、災異、祥瑞、卜筮、占夢等，成為研究禮俗、信仰等方面的重要社會史料。九、關於春秋時的經濟與工商業，《左傳》中亦有許多記載。十、《左傳》中提到許多關於蠻夷戎狄之事，成為研究民族史的重要史料。除此之外，《左傳》中記載了一些人物的重要言論，如子產關於鬼神、叔孫豹關於「不朽」等，可以成為中國思想史研究的開端。總之，根據錢先生的說法，一部好的史書所該有的內容，《左傳》幾乎都包括了，這使得我們不但可根據《左傳》了解春秋時代，更可依此而推斷上古的社會情狀；這比單靠出土文物來判斷，要更為合理得多。

「鄭伯克段于鄢」，乃《左傳》首篇之一段，今沿襲前人舊例，將第一句引為標題。本文乃寫鄭莊公平定弟共叔段的歷史事件，而重點在莊公兄弟母子違禮，以致釀成一場戰亂。主題本只是「鄭伯克段于鄢」，但作者卻在背景及亂源上用心著筆，所以故事顯得熱鬧精彩。文末藉「君子」的話做論斷，寄以褒貶，意味深長，很能引人體會玩味。

課文

（經）❶夏五月❷，鄭伯克段于鄢❸。

（傳）❹初❺，鄭武公娶于申❻，曰武姜❼，生莊公及共叔段。莊公寤生❽，驚姜氏，故名曰寤生，遂惡之。愛共叔段，欲立之。亟請[9]於武公，公弗許。及莊公即位，爲之請制[10]。公曰：「制，巖邑[11]也。虢叔[12]死焉，佗邑唯命[13]。」請京[14]，使居之，謂之京城大叔[15]。

祭仲[16]曰：「都城過百雉[17]，國之害也。先王之制，大都，不過參國之一；中，五之一；小，九之一[18]。今京不度[19]，非制也，君將不堪[20]。」公曰：「姜氏欲之，焉辟害[21]？」對曰：「姜氏何厭之有[22]？不如早爲之所[23]，無使滋蔓[24]。蔓，難圖[25]也。蔓草猶不可除，況君之寵弟乎？」公曰：「多行不義必自斃，子姑待之[26]。」

既而[27]大叔命西鄙、北鄙貳於己[28]。公子呂[29]曰：「國不堪貳[30]。君將若之何？欲與大叔，臣請事之。若弗與，則請除之，無生民心[31]。」公曰：「無庸[32]，將自及[33]。」大叔又收貳以爲己邑[34]，至于廩延[35]。子封曰：「可矣！厚將得眾[36]。」公曰：「不義不暱[37]，厚將崩。」

大叔完聚[38]，繕甲兵[39]，具卒乘[40]，將襲鄭；夫人將啟之[41]。公聞其期，曰：「可矣。」命子封帥車二百乘[42]以伐京。京叛大叔段。段入于鄢，公伐諸鄢。五月辛丑[43]，大叔出奔共[44]。

書曰：「鄭伯克段于鄢[45]。」段不弟，故不言弟[46]。如二君，故曰克[47]。稱鄭伯，譏失教[48]也。謂之鄭志，不言出奔，難之也[49]。

遂寘姜氏于城潁[50]，而誓之曰：「不及黃泉，無相見也[51]。」既而悔之。潁考叔爲潁谷封人[52]，聞之。有獻於公，公賜之食，食舍肉[53]，公問之。對曰：「小人有母，皆嘗小人之食矣。未嘗君之羹，請以遺之[54]。」公曰：「爾有母遺，繄我獨無[55]。」潁考叔曰：「敢問何謂也？」公語之故，且告之悔。對曰：「君何患焉？若闕地及泉[56]，隧而相見[57]，其誰曰不然？」公從之。公入而賦：「大隧之中，其樂也融融[58]。」姜出而賦：「大隧之外，其樂也泄泄[59]。」遂爲母子如初。

君子曰[60]：「潁考叔，純孝也，愛其母，施及莊公[61]。《詩》曰：『孝子不匱，永錫爾類[62]。』其是之謂乎！」

註釋

❶經：《春秋》的簡稱。

❷夏五月：此指魯隱公元年，即周平王四十年，西元前七二二年。《春秋》一書，編年記事，從本年開始。

❸鄭伯克段于鄢：鄭莊公在鄢地擊敗了他的弟弟共叔段。鄭，姬姓諸侯，伯爵，故《春秋》稱鄭國國君為「鄭伯」；此處鄭伯指鄭莊公。段，即共叔段。莊公胞弟，後因出奔共國，故稱共叔段。鄢，原是

妘姓國名，為鄭武公所滅，後來改為鄢陵，即今河南鄢陵。

❹ 傳：指《左傳》。以下即是《左傳》有關「鄭伯克段於鄢」的記敘文字。

❺ 初：起初。《左傳》敘事，依《春秋》編年，有時為說明主要事件的起因而追述往事，常用「初」字提示。

❻ 鄭武公娶于申：鄭武公娶了申國女子為妻。武公，名掘突，武是死後諡號。公是諸侯的通稱。申，姜姓侯爵之國，地在今河南南陽。

❼ 武姜：武公夫人，下文之「姜氏」「夫人」均指武姜。古代貴族婦女的名稱常標明父姓，武姜來自姜姓的申國，故稱「姜氏」；載諸史冊時，在父姓之上加配偶諡號，所以稱武姜。

❽ 寤生：難產。寤，通「牾」，逆也。莊公出生時腳先出母體以致難產，因而取名「寤生」。

❾ 亟請：屢次請求。亟，音ㄑㄧˋ。

❿ 請制：請求封共叔段在制地。制，又稱虎牢關，本屬東虢國，虢叔為鄭所滅，遂併其邑為鄭地，在今河南滎陽汜水鎮。

⓫ 巖邑：險要的城邑。

⓬ 虢叔：東虢國君。虢，姬姓國，有東西二虢；虢仲封於西虢，虢叔封於東虢。虢叔自恃地勢險要，不修德政，被鄭武公滅掉。

⓭ 佗邑唯命：其他地方唯命是從。唯命，但憑吩咐。

⓮ 京：地名，今河南滎陽東南，距當時鄭國國都新鄭很近。

⓯ 大叔：大，同「太」。《史記‧鄭世家》：「莊公元年，封弟段於京，號太叔。」當時莊公十五歲。

⓰ 祭仲：鄭國大夫，名足，祭為其采邑（今河南鄭州東北），因以為氏。祭，音ㄓㄞˋ。

⓱ 都城過百雉，國之害也：京都的城牆超過三百丈，是國家的禍害。古代城邑，大者稱「都」，小者稱「邑」。雉，長度單位；古人夯土為牆，高一丈、長一丈為「堵」，三堵為「雉」。

⓲ 大都，不過參國之一；中，五之一；小，九之一：大的都邑，不超過國都的三分之一；中等的，不超過五分之一；小的，不超過九分之一。古代城邑大小，以國都規模為基準。當時規定，侯伯的都城（鄭是伯爵）方五里，每面長九百丈，即三百雉。參國之一，就是國都的三分之一；五之一，即五分之一；九之一，即九分之一。

⓳ 不度：不合法度。

⓴ 不堪：受不了。堪，忍受。

㉑焉辟害：哪能避免禍害？辟，同「避」。

㉒何厭之有：怎會有滿足的時候？厭，同「饜」，滿足。

㉓早為之所：及早處置。所，處理、處置。

㉔滋蔓：滋長、蔓延。

㉕難圖：難謀、難辦。

㉖多行不義必自斃，子姑待之：多做不義之事，必然自取滅亡，你姑且等著這一天。斃，自取滅亡。姑，暫且。

㉗既而：不久。

㉘命西鄙、北鄙貳於己：命令西部和北部邊境同時聽命自己。鄙，邊境。貳，二屬也。貳於己，臣屬於莊公，同時也對自己盡臣屬的義務。

㉙公子呂：字子封，鄭國大夫。

㉚國不堪貳：一個國家不能同時有兩個國君統治。

㉛無生民心：不要使人民懷疑有兩個主政者而生貳心。

㉜無庸：不用。庸，同「用」。

㉝將自及：將自取其禍。自及，指共叔段將自及於禍。

㉞收貳以為己邑：收取那兩屬的地方以為己邑。貳，指原先二屬於共叔段的西鄙、北鄙之地。

㉟廩延：鄭國的邊境城市，今河南延津東北。

㊱厚將得眾：勢力雄大的話，將會得到民心。厚，勢力雄厚。眾，民心。

㊲不義不暱：領導者行事不合乎道義，則不能團結民心。暱，博取，引申為博取人心。一說，暱，親近；不暱，不親近兄長。

㊳完聚：修整城郭，聚集糧食。完，牢固城牆。聚，集結糧食。

㊴繕甲兵：修補盔甲武器。繕，修繕。甲，盔甲。兵，武器。

㊵具卒乘：充實步兵戰車。卒，步兵。乘，戰車。

㊶夫人將啟之：姜氏打算作為內應打開國都城門。啟之，開城門做內應。

㊷帥車二百乘：率領二百輛戰車。春秋時代的戰爭形態仍以車戰為主，一乘的兵力包括車一輛、馬四匹，車上三人，車後步兵七十二人。

㊸五月辛丑：古人以天干、地支記日，五月辛丑就是這一年的五月二十三日。

㊹出奔共：離開國境，到共地去。公，本為國名，春秋初為衛國所滅，併其地為衛邑，今河南輝縣。

㊺書曰「鄭伯克段于鄢」：莊公伐段一事，《春秋》記作「鄭伯克段于鄢」。書，記載。《左傳》引述

經文，以下並逐次解釋其褒貶之義。

46 段不弟，故不言弟：共叔段沒有善盡「弟」的本分，匡輔兄長莊公，所以《春秋》不稱段為「弟」。

47 如二君，故曰克：兄弟相爭，如同兩個國君相攻，所以稱為「克」。

48 稱鄭伯，譏失教也：把莊公稱為「鄭伯」，是譏刺他沒有善盡國君教化的職責

49 謂之鄭志，不言出奔，難之也：討伐共叔段是鄭莊公的本意，所以不說是共叔段出奔，而是被趕殺逃走的，《春秋》這麼寫，有責難莊公的意思。

50 寘姜氏于城潁：把姜氏安置在城潁。寘，同「置」，放置，形同軟禁。

51 不及黃泉，無相見也：不到死時，就不要相見了。黃泉，地下水，人死葬於地下，故死稱黃泉。

52 潁考叔為潁谷封人：潁考叔是潁谷的官吏。潁谷，今河南登封西南。封人，鎮守邊疆的官吏。

53 食舍肉：吃東西的時候，把肉放在一旁。舍，同「捨」，置也。

54 未嘗君之羹，請以遺之：沒有嘗過國君賞賜的肉湯，因此希望帶回去給她吃。羹，湯裡的肉。遺，音ㄨㄟˋ，贈送。

55 繄我獨無：只有我沒有。繄，音一，句首發語詞，無義。

56 闕地及泉：掘地深到地下。闕，音ㄐㄩㄝˊ，同「掘」。

57 隧而相見：在隧道裡見面。隧，地道。

58 融融：和樂相得的樣子。

59 泄泄：舒散快樂的樣子。泄，音一ˋ。

60 君子曰：敘事之後，《左傳》作者引述時賢或直抒己見以為評論。

61 施及莊公：潁考叔的孝心影響及於莊公。施，音一ˋ，延及。

62 詩曰「孝子不匱，永錫爾類」：《詩經．大雅．既醉》：「孝子不會短缺，永遠可以影響你的同類。」匱，竭盡。永，長久。錫，同「賜」，賜予。類，同類。

本文共分四個部分：一是姜氏厭惡莊公，偏愛弟弟共叔段，從而交代莊公母子不合、兄弟爭鬥的原因，這是矛盾的開端。二寫共叔段不斷擴張勢力，而鄭莊公虛偽應對，實懷殺機，這是矛盾的激化。三為鄭伯克段于鄢的經過，這是兄弟矛盾的解決。四是莊公幽禁姜氏及母子和好如初，這是母子矛盾的解決。

《左傳》作者擅長運用簡潔的語言，把紛繁複雜的歷史事件，條理清晰、生動緊湊地敘述出來。作者以他特有的藝術風格和高超的寫作技巧，對後代史傳文學的發展，產生著巨大的影響。本文從姜氏生莊公起到莊公與姜氏和好「如初」為止，首尾呼應，情節完整；且按時間順序鋪陳故事情節，所以結構緊湊，重點突出。就敘事文學而言，雖是解經之文，無疑是符合一篇成功短篇小說的標準。

這篇文章略寫戰爭經過和戰爭場面，著重敘述戰爭的起因和不斷激化的過程。通過鄭莊公和其弟共叔段為爭奪權力而至兵戎相見的史事，揭示人物的內心世界，突顯主旨。文章集中筆墨刻畫出鮮明生動的人物形象，用不同的語言描寫突出不同的人物性格，如姜氏的偏愛自私，共叔段的貪婪狂妄，莊公的工於心計，以及潁考叔的聰明機智等，都表現得維妙維肖。文中還用了烘托、映襯的手法和相應的細節描寫，將細節描寫與重大歷史事件相結合，使文章生動有趣，對表現人物性格特徵、深化文章主題，都有很好的作用。作者並非著力刻畫人物性格，而是在敘史過程自然完成的，這可見史傳的文學色彩了。

文末「君子曰」的詮釋，歷來有不同說法。一是如杜預所言：「莊公雖失之於初，孝心不忘，考叔感而通之。」由此正面解釋，認為莊公是個知錯能改的孝子，經過無情的家變後，期待和樂融融之天倫，以示孝道之難得。但我們若以人情之常來看，姜氏怎會對三十多年未曾羽翼的兒子，忽然之間母愛勃發如湧？而一個自幼年即飽受打壓、不知母愛為何物的中年男子，為何會在餐飯之間，忽悟思慕與孝親之意？實在令人不解。所以有人認為這段「君子曰」是《左傳》作者極盡嘲諷之意；文中借「鑿隧」事了結莊公、武姜的恩怨，或許意在揭示虞舜「大孝終身慕父母」的「孝」精神，暗諷莊公的陰巧行「孝」伎倆。

第二課 蘇秦始將連橫說秦

戰國策

概說

《戰國策》記載戰國初年到秦統一以前二百四十五年間各諸侯國的歷史事件，原書由各國史官或策士輯錄，編次混亂，名稱繁多。至西漢劉向編校，除去重複，編為三十三卷，定名《戰國策》。因非「一家之言」的撰述，思想上並不一致，但主要呈現縱橫家的思想。全書以記載戰國時期謀臣策士的活動為重心；這些人物在各國間奔走遊說，有的對權勢名位貪求無厭、有的相互傾軋不擇手段、有的朝秦暮楚唯利是圖，所以引來歷代儒者「捐禮義而貴戰爭」、「棄仁義而用詐譎」的貶抑之詞。然而這種長於辯論和鋪張揚厲的文風，對我國後代散文的發展有很大的影響；司馬遷的《史記》，就吸收了《戰國策》中體情狀物的酣暢淋漓長處，宋代蘇洵、蘇軾等散文大家的雄辯、富麗和恣肆，也得力於《戰國策》的這些特點。難怪宋人李文叔大膽稱頌其「文辭駸駸乎上薄六經，下絕來世」（《書戰國策後》）。

戰國時期，士人為求世用，紛紛奔走天下，以奇策遊說諸侯，藉以博得功名利祿。後人稱這些策士為縱橫家，蘇秦和張儀是代表人物。「縱」即合縱，提倡南北合作，說服山東六國相約共同抗秦。「橫」即連橫，提倡東西聯合，藉遠交近攻的方法，讓地處崤山以東的六大諸侯國都服從位於西方的秦國。

本篇選自《戰國策．秦策一》。「蘇秦始將連橫說秦」，沿襲前人舊例，將第一句引為標題。

本文寫蘇秦以連橫主張遊說秦惠文王失敗，遭家人鄙棄，後發憤讀書，轉而倡導合縱：在相繼取得燕文侯和趙肅侯的支持之後，連續遊說齊、楚、韓、魏四國，大獲成功，一度促成山東六國聯合抗秦的局面。於是「蘇秦為縱約長，併相六國」（《綱鑑易知錄》），顯赫一時，名垂史冊。在蘇秦從失敗走向成功的過程中，本文作者以鮮明的對比手法、波瀾壯闊的記敘技巧，塑造了蘇秦這個縱橫家的形象，表現了他的勤奮，同時也對人生深致感慨。

課文

蘇秦❶始將連橫❷，說秦惠王❸曰：「大王之國，西有巴蜀、漢中之利❹，北有胡貉、代馬之用❺，南有巫山、黔中之限❻，東有殽、函之固❼。田肥美，民殷富，戰車萬乘，奮擊百萬，沃野千里，蓄積饒多，地勢形便，此所謂天府❽，天下之雄國也。以大王之賢，士民之眾，車騎之用，兵法之教，可以併諸侯，吞天下，稱帝而治❾。願大王少留意❿，臣請奏其效⓫！」

秦王曰：「寡人聞之，毛羽不豐滿者，不可以高飛；文章⓬不成者，不可以誅罰；道德不厚者，不可以使民；政教不順者，不可以煩⓭大臣。今先生儼然⓮不遠千里而庭教之，願以異日⓯。」

蘇秦曰：「臣固疑大王之不能用也。昔者神農伐補遂⓰，黃帝伐涿鹿而禽蚩尤[17]，堯伐驩兜[18]，舜伐三苗[19]，禹伐共工[20]，湯伐有夏[21]，文王伐崇[22]，武王伐紂[23]，齊桓任戰而伯天下[24]。由此觀之，惡有[25]不戰者乎？古者使車轂擊馳，言語相結[26]，天下爲一。約從連橫，兵革不藏[27]。文士並飭[28]，諸侯亂惑，萬端俱起，不可勝理[29]；科條既備，民多僞態[30]；書策稠濁，百姓不足[31]；上下相愁，民無所聊[32]。明言章理，兵甲愈起[33]；辯言偉服，戰攻不息[34]；繁稱文辭[35]，天下不治；舌敝耳聾，不見成功；行義約信，天下不親。於是乃廢文任武，厚養死士，綴甲厲兵，效勝於戰場。夫徒處而致利[36]，安坐而廣地，雖古五帝、三王、五伯[37]，明主賢君，常欲坐而致之，其勢不能，故以戰續之。寬則兩軍相攻，迫則杖戟相橦[38]，然後可建大功。是故兵勝於外，義強於內；武立於上，民服於下。今欲併天下，凌萬乘，詘敵國[39]，制海內，子元元[40]，臣諸侯，非兵不可！今之嗣主[41]，忽於至道[42]，皆惛於教[43]，亂於治，迷於言，惑於語，沉於辯，溺於辭。以此論之，王固不能行也。」

說秦王書十上而說不行。黑貂之裘敝，黃金百斤盡，資用乏絕，去秦而歸。羸縢履蹻[44]，負書擔橐[45]，形容枯槁，面目黧黑[46]，狀有愧色。歸至家，妻不下紝[47]，嫂不爲炊，父母不與言。蘇秦喟然嘆曰：「妻不以我爲夫，嫂不以我爲叔，父母不以我爲子，是皆秦之罪也。」乃夜發書，陳篋[48]數十，得太公《陰符》之謀[49]，伏而誦之，簡練以爲揣摩[50]。讀書欲睡，引錐自刺其股，血流至足。曰：「安有說人主不能出其金玉錦繡，取卿相之尊者乎？」朞年[51]揣摩成，曰：「此眞可以說當世之君矣！」

於是乃摩燕烏集闕[52]，見說趙王[53]於華屋之下，抵掌[54]而談。趙王大說，封爲武安君[55]，受相印。革車[56]百乘，錦繡千純[57]，白璧百雙，黃金萬鎰[58]，以隨其後。約從散橫[59]，以抑強秦。故蘇秦相於趙，而關不通[60]。

當此之時，天下之大，萬民之眾，王侯之威，謀臣之權，皆欲決於蘇秦之策。不費斗糧，未煩一兵，未戰一士，未絕一弦，未折一矢，諸侯相親，賢[61]於兄弟。夫賢人在而天下服，一人用而天下從。故曰：「式[62]於政，不式於勇；式於廊廟[63]之內，不式於四境之外。」當秦之隆[64]，黃金萬鎰爲用，轉轂連騎，炫熿[65]於道，山東之國[66]，從風而服[67]，使趙大重[68]。

且夫蘇秦，特窮巷掘門[69]、桑戶棬樞[70]之士耳。伏軾撙銜[71]，橫歷[72]天下；廷說諸侯之王，杜[73]左右之口，天下莫之能伉[74]。將說楚王，路過洛陽，父母聞之，清宮除道[75]，張樂設飲[76]，郊迎三十里；妻側目而視，傾耳而聽；嫂蛇行匍伏[77]，四拜自跪而謝。蘇秦曰：「嫂何前倨而後卑[78]也？」嫂曰：「以季子位尊而多金。」蘇秦曰：「嗟乎！貧窮則父母不子，富貴則親戚畏懼，人生世上，勢位富貴，蓋[79]可忽乎哉！」

註釋

❶蘇秦：字季子，東周洛陽人。與張儀師事於鬼谷子，學縱橫家言，俱知名。西元前二八四年，遭車裂而死。

❷連橫：東西為橫，秦地在西，六國在東，故分化六國以事秦曰連橫。

❸秦惠王：即惠文王，名駟，秦孝公之子。秦自惠王始僭稱王。

❹西有巴蜀、漢中之利：巴蜀、漢中均以物產豐饒著稱。巴、蜀，均在今四川境內。漢中在今陝西南部。上述三地於惠王時先後併入秦國。

❺北有胡貉、代馬之用：胡，匈奴之通稱。貉，形似狐狸，皮可製裘。代，今山西代縣一帶，其地以產良馬著稱。

❻南有巫山、黔中之限：巫山在今四川巫山縣東，黔中在今湖南沅陵縣西。此二地均以地勢險阻著稱。

❼東有殽、函之固：殽，山名，今河南洛寧北。函，函谷關，今河南靈寶。殽、函是當時秦國與中原地區來往交通的要隘，地勢險要，易守難攻。

❽天府：形勝富庶之地。府，財物匯聚之處。

❾稱帝而治：戰國時各國尊位為王，諸王之強者自稱帝號，表示有統一的企圖。

❿少留意：謙恭辭令，即稍稍注意。

⓫奏其效：報告進取吞併天下的效驗。奏，進言於上。

⓬文章：法令、制度。

⓭煩：勞煩、差遣。

⓮儼然：鄭重其事的樣子。

⓯異日：他日，指合適的時候。

⓰神農伐補遂：神農即炎帝，始製耒耜，教民稼穡，故號神農。補遂，古國民。

⓱黃帝伐涿鹿而禽蚩尤：黃帝即軒轅氏。涿鹿，山名，在今河北涿鹿縣東南。禽，同「擒」。蚩尤，九黎部落的酋長，後為黃帝所殺。

⓲驩兜：驩兜是帝堯的臣子，與共工朋比為奸，被放

逐於崇山（今廣東附近）。

⑲三苗：古代的苗族，在今湖南谿洞一帶。

⑳共工：據說本是炎帝後裔中的一支，因與顓頊爭奪帝位，曾一怒撞倒作為天柱的不周山而使天傾地陷。一說他曾為黃帝時水官，堯舜時「振滔洪水」，造成天下大災，禹治水即包含著與共工的鬥爭，後共工失敗被放逐。

㉑湯伐有夏：湯是殷商開國主，名履，滅夏桀而稱王。有夏，即夏代，「有」是語首助詞，這裡指夏桀。夏桀，名癸，桀是他的諡號（兇暴的意思）。他是夏末暴君，被湯擊敗，流放而死。

㉒文王伐崇：文王是周武王的父親，名昌，紂王時為西方諸侯之長。崇，商時國名，在今陝西鄠縣。崇侯虎助紂為惡，被文王誅伐。

㉓武王伐紂：武王名發，滅紂王後，即王位，國名周。紂，商朝最後一個國君，名受辛，紂是他的諡號（殘暴的意思）。

㉔齊桓任戰而伯天下：齊桓，即齊桓公，春秋五霸之一。任戰，用兵。伯，同「霸」。伯天下，為天下霸主。

㉕惡有：豈有，哪裡有。

㉖車轂擊馳，言語相結：各國使者頻繁出動，互相聯結。轂，車輪中心圓木。擊馳，相擊而速行，謂使者往來之多。言語相結，用言談互相結納，即締結盟約。

㉗約從連橫，兵革不藏：經過種種外交活動，還不能避免戰爭。從，同「縱」。約從，南北的國家結而為一。連橫，東西方的國家聯成一線來攻擊其他各國。兵革，武器。

㉘文士並飭：能言善辯之士四出遊說。文士，辯士。飭，同「飾」，巧飾辭令。

㉙不可勝理：不可勝數。

㉚科條既備，民多偽態：法條太繁瑣，人民苦於無法遵守，只好虛作應付。科條，法令條文。偽態，虛加敷衍。

㉛書策稠濁，百姓不足：政令文件繁冗混亂，人民生活窮困。稠濁，繁多又雜亂。

㉜上下相愁，民無所聊：君愁臣怨，民眾無法活命。上下，君臣。聊，依靠。

㉝明言章理，兵甲愈起：道理講得越明白，戰爭也越爆發得多。章，同「彰」。彰理是明顯之理。

㉞辯言偉服，戰攻不息：穿著禮服的外交使臣儘管能言善辯，可是軍事攻伐並不停止。偉服，禮服，此指外交使臣。

(35) 繁稱文辭：進行繁雜的說教，巧飾辭令。

(36) 徒處而致利：空手等著獲利。

(37) 五帝、三王、五伯：五帝，說法不一，一般是指黃帝、顓頊、帝嚳、堯、舜。三王：夏禹、商湯、周武王。五伯，即五霸，指齊桓公、晉文公、宋襄公、秦穆公、楚莊王。

(38) 杖戟相橦：短兵相接。杖、戟，兵器。橦，音ㄔㄨㄥ，擊刺。

(39) 凌萬乘，詘敵國：超越大國，使敵國屈服。凌，凌駕。詘，同「屈」，使……屈服。

(40) 子元元：養育百姓。子，像對待子女那樣地愛養。元元，黎民百姓。

(41) 嗣主：承繼王位者；此處暗指秦惠王。

(42) 至道：重要的道理，指用兵之道。

(43) 惛於教：教化不明。惛，不明。

(44) 贏縢履蹻：纏緊了綁腿布，穿著一雙草鞋。贏，音ㄌㄟˊ，纏繞。縢，音ㄊㄥˊ，綁腿布。履，穿。蹻，音ㄐㄩㄝˊ，草鞋。

(45) 負書擔橐：揹著書箱，擔著行李。橐，音ㄊㄨㄛˊ，行李。

(46) 面目黧黑：臉色黝黑。黧，黑色。

(47) 不下紝：不從織布機上下來。紝，織布機。

(48) 陳篋：陳列書箱。篋，音ㄑㄧㄝˋ，書箱。

(49) 太公《陰符》之謀：姜太公所著的兵法《陰符經》。太公，即呂望，又稱呂尚；周代封於齊，為齊國的始祖，俗稱姜子牙。傳說太公著有兵法《陰符經》。

(50) 簡練以為揣摩：簡擇熟練，反覆研究。簡，選擇。練，熟記。

(51) 朞年：一年。朞，音ㄐㄧ。

(52) 摩燕烏集闕：靠近燕烏集闕的地方。摩，逼近，經過。燕烏集闕，一說「燕烏集」是闕名，即趙國某一座宮殿的名字；另一說，燕烏、集闕，是關塞名，其地不詳。

(53) 趙王：趙肅侯，名語。

(54) 抵掌：拍掌，形容言談者有充分的自信心。一說，「抵」應作「扺」，比劃手勢的樣子。

(55) 武安君：蘇秦的封號。按周代制度，天子或各國諸侯封賞臣夏時，除賜與封號，還要賞給封地作為食邑，因之常以封地之名作為封號之稱。武安在今河北武安，當時為趙國領地。

(56) 革車：兵車

(57) 錦繡千純：千匹錦繡綢緞。純，匹，束。

(58) 鎰：古代單位重量，一說二十兩為一鎰，一說二十四兩。

59 約從散橫：倡導各國建立合縱，解散秦與其他各國建立的連橫。約從，聯合六國。散橫，解散六國與秦的聯繫。

60 關不通：函谷關內外的交通便斷絕了。秦在函谷關之西，六國在東，亦即六國與秦不相來往。

61 賢：勝過。

62 式：用。

63 廊廟：朝廷。廟是古代君王祭祖之處，廟旁為廊，古代國家大事都在廊廟之內商討。

64 隆：顯赫。

65 炫熿：顯耀。炫熿，同「炫煌」。

66 山東之國：指崤山以東的各國。崤山以西為秦國。

67 從風而服：望風而服。

68 使趙大重：使趙國的地位因此提高。

69 掘門：掘強為門。

70 桑戶棬樞：用桑木為門，以彎木為門軸。此二句形容蘇秦出身微寒。棬，音ㄑㄩㄢ，彎木。

71 伏軾撙銜：描寫蘇秦富貴後出入乘車騎馬、貴盛的樣子。伏軾，手伏車前的橫木。撙銜，勒住馬韁繩。撙，音ㄗㄨㄣˇ。

72 歷：行。

73 杜：堵塞。

74 伉：同「抗」，匹敵。

75 清宮除道：清掃住屋，整修道路。

76 張樂設飲：安排樂隊，擺下酒宴。張，設置。

77 蛇行匍伏：像蛇一樣在地上用手足向前爬行。匍伏，同「匍匐」，爬行。

78 前倨而後卑：從前那麼傲慢，現在又這麼謙卑。倨，傲慢。

79 蓋：同「盍」，豈能。

綜合討論

本文雖出自史書，但與歷史還是有一定的出入。如蘇秦發憤讀書應在入秦以前，合縱間仍有嫌隙，並非「賢於兄弟」等等，都與史實相違。司馬遷在〈蘇秦列傳〉後就說：「世言蘇秦多異，異時事有類之者，皆附之蘇秦。」但文章為了突出效果，故在歷史基礎上進行了一定的加工，這是閱讀本篇文章時須有的基本認知。

本篇記敘蘇秦說秦連橫失敗，轉而約縱離橫以抑強秦的經過，雄辯地說明當時「賢人在而天下服，一人用而天下從」的形勢。反映了士族階層崛起，活躍於政治舞台的社會新現象；也表現了當時標準失衡的情況下，價值取向多元化，推崇名利的思想傾向。作品主要寫蘇秦「遊秦失敗」、「潦倒歸家」、「堅韌求學」、「說趙成功」、「衣錦還鄉」五件事，選材典型，情節生動，人物形象鮮明，語言生動細膩，在《戰國策》中很有代表性。

文章採取夾敘夾議的方式。第一段至第三段為蘇秦遊說秦王之事，通過蘇秦雄辯的論述，充分顯示了他對天下大勢的洞察，也從側面反映了這一時期策士們的參政熱情。第四段寫蘇秦說秦失敗而歸的狼狽遭遇及其發憤讀書的過程。五、六、七段寫蘇秦獻合縱之策獲得成功後的顯赫聲勢及其衣錦還鄉時的複雜心情。

這篇文章充分展現《戰國策》的文學特色：一是以其反映現實生活的深度和廣度表現出豐富的思想內容，二為以其生動的敘事、細密的描寫、圓熟的語言表現出高超的文學藝術技巧。本文所顯示的思想主題是：計謀比外交軍事行動重要、遊說是得到富貴的捷徑、爭利求名不妨成為人生目標、待時而動是君子的處事方針。在文學技巧上，通過細節描寫和前後對比等藝術手法塑造人物形象也是本文的一大藝術特色。例如寫蘇秦遊說失敗後的狼狽處境，「羸縢履蹻，負書擔橐，形容枯槁，面目黧黑，狀有愧色」，十分生動。他發憤「簡練以為揣摩」的過程，也刻畫得維妙維肖。文中還特意安排了兩個鮮明對比：蘇秦失敗時的失意落拓和成功後的風光無限、家人前期的倨傲冷漠和後期的恭順逢迎；由此對比刻畫，入木三分。

《戰國策》記錄了許多當時說客辯士的言詞，他們往往口若懸河，滔滔不絕。本文的前半部分就帶有這樣的特點：說地勢，則縱橫四方，山河關塞；論史事，則古往今來，五帝三王；講治國，則君臣謀略，外交攻戰，極盡鋪陳、誇張之能事。敘事說理，多用排比，層層推進，氣勢充沛，波瀾壯闊，很富有煽動力。

戰國時代的社會風氣是「富貴則就之，貧賤則去之」，我們從蘇秦妻子父母的態度中可以明白這點。蘇秦窮困落魄，親人不以為親；富蓋王侯，父母誠惶誠恐。所以當蘇秦在秦國失敗，回家又受到家人冷落時，他說：「安有說人主，不能出其金玉錦繡，取卿相之尊者乎？」「取卿相之尊」，就是他的精神支柱，也是他頑強進取的力量。所以當他成功後，才會說：「嗟乎！貧窮則父母不子，富貴則親戚畏懼，人生世上，勢位富貴，蓋可忽乎哉！」這是毫無掩飾的內心自白，也是對世態炎涼的深刻揭露。

第三課 管晏列傳

史記

概說

《史記》作者司馬遷（西元前一四五～前八六年），字子長，西漢左馮翊夏陽（今陝西韓城）人。父司馬談，學問淵博，任太史令。十歲時隨父至長安，從孔安國等大儒習《尚書》、《春秋》。元封元年，父談卒，遺命著史。太初元年，奉詔議改曆法，為中國曆學之一大革命。天漢三年遭李陵禍，下獄論罪，坐以腐行。他忍辱負重，發憤著述，終完成「究天人之際，通古今之變，成一家之言」的偉大著作《史記》。

《史記》為我國第一本紀傳體通史，記載了上起黃帝下至漢武帝（司馬遷當時）二千多年間的史事，是我國「正史」之鼻祖。然而，《史記》留給後人的重大貢獻，並不只在於它所保存的上古史事，更在於它所開創的記載歷史之寫作體例，成為我國二千年來正史寫作不可移改的規範。而司馬遷透過其所撰寫的一篇篇人物故事所顯發的精神，更受到一代代無數中國人的喜愛，成為民族精神之一部分。若說司馬遷以個人之力參與鑄造了一個民族的靈魂，如此稱許亦不為過。

《史記》全書共一百三十卷，五十餘萬字。分為「本紀」、「世家」、「列傳」、「書」、「表」五大部分。「本紀」以帝王為中寫，一位帝王一篇本紀，記載其主政其間的國家大事。「世家」則分別記載春秋戰國時各諸侯國之大事。「列傳」則為重要歷史人物做傳記。「書」則記載了各種制度與社會風物之變化，如禮、樂、律、曆、天官、封禪、河渠、平準等。「表」則為大事年表，使重要大事與年代關係一目了然。而這五大內容又以「本紀」、「列傳」為最要，故後世稱之為「紀傳體」。近人魯迅讚揚《史記》為「史家之絕唱，無韻之離騷」，最能說明《史記》兼具史學與文學的意義和價值。

本篇選自《史記》卷六十二，〈列傳〉第二。內容敘述春秋時期齊國管仲和晏嬰二位宰相的事蹟。〈太史公自序〉：「晏子儉矣，夷吾則奢，齊桓以霸，景公以治，作〈管晏列傳〉。」管、晏二人皆春秋時代齊國政治家，功業顯赫，名聞當代，且皆有著作流傳後世，故將此二人合傳敘述。

課文

管仲夷吾❶者，潁上❷人也。少時，常與鮑叔牙游❸，鮑叔知其賢。管仲貧困，常欺鮑叔；鮑叔終善遇之，不以爲言。已而鮑叔事齊公子小白❹，管仲事公子糾❺。及小白立爲桓公，公子糾死，管仲囚焉；鮑叔遂進管仲❻。管仲既用，任政於齊❼，齊桓公以霸，九合諸侯❾，一匡天下❾，管仲之謀也。

管仲曰：「吾始困時，嘗與鮑叔賈❿，分財利，多自與；鮑叔不以我爲貪，知我貧也；吾嘗爲鮑叔謀事，而更窮困，鮑叔不以我爲愚，知時有利不利也；吾嘗三仕三見逐於君⓫，鮑叔不以我爲不肖，知我不遭時也；吾嘗三戰三走，鮑叔不以我爲怯，知我有老母也⓬；公子糾敗，召忽死之⓭，吾幽囚受辱，鮑叔不以我爲無恥，知我不羞小節，而恥功名不顯於天下[14]也；生我者父母，知我者鮑子也！」鮑叔既進管仲，以身下之[15]。子孫世祿於齊[16]，有封邑者十餘世[17]，常爲名大夫。天下不多管仲之賢[18]，而多鮑叔能知人也。

管仲既任政相齊，以區區之齊，在海濱，通貨積財，富國彊兵，與俗同好惡，故其稱曰：「倉廩實而知禮節，衣食足而知榮辱。上服度，則六親固。四維不張，國乃滅亡。[19]」下令如流水之原，令順民心[20]。故論卑而易行[21]。俗之所欲，因而予之；俗之所否，因而去之。其爲政也，善因禍而爲福，轉敗而爲功。貴輕重[22]，愼權衡[23]。桓公實怒少姬[24]，南襲蔡；管仲因而伐楚，責包茅[25]不入貢於周室。桓公實北征山戎[26]；而管仲因而令燕修召公[27]之政。於柯之會[28]，桓公欲背曹沫之約[29]，管仲因而信之[30]，諸侯由是歸齊。故曰：「知與之爲取，政之寶也[31]。」

管仲富擬於公室[32]，有三歸[33]、反坫[34]；齊人不以爲侈。管仲卒，齊國遵其政，常彊於諸侯。後百餘年而有晏子焉。

晏平仲嬰[35]者，萊之夷維[36]人也。事齊靈公、莊公、景公，以節儉力行重於齊[37]。既相齊，食不重肉[38]，妾不衣帛[39]。其在朝，君語及之，即危言[40]；語不及之，即危行[41]。國有道，即順命[42]；無道，即衡命[43]。以此三世顯名於諸侯。

越石父[44]賢，在縲紲[45]中，晏子出，遭之塗[46]，解左驂[47]贖之，載歸。弗謝，入閨。久之，越石父請絕，晏子懼然[48]，攝衣冠謝[49]曰：「嬰雖不仁，免子於厄，何子求絕之速也？」石父曰：「不然，吾聞君子詘於不知己，而信於知己[50]者。方吾在縲紲中，彼不知我也，夫子既已感寤[51]而贖我，是知己；知己而無禮，固不如在縲紲之中。」晏子於是延入爲上客。

晏子爲齊相，出，其御[52]之妻，從門間而闚其夫[53]；其夫爲相御，擁大蓋[54]，策駟馬[55]，意氣揚揚，甚自得也。既而歸，其妻請去[56]，夫問其故。妻曰：「晏子長不滿六尺，身相齊國，名顯諸侯。今者妾觀其出，志念深矣[57]，常有以自下[58]者。今子長八尺，乃爲人僕御。然子之意，自以爲足，妾是以求去也。」其後，夫自抑損[59]，晏子怪而問之；御以實對。晏子薦以爲大夫。

太史公曰：「吾讀管氏〈牧民〉、〈山高〉、〈乘馬〉、〈輕重〉、〈九府〉[60]，及《晏子春秋》[61]，詳哉其言之也。既見其著書，欲觀其行事，故次[62]其傳。至其書，世多有之，是以不論，論其軼事[63]。管仲世所謂賢臣，然孔子小之[64]。豈以爲周道衰微，桓公既賢，而不勉之至王，乃稱霸哉？語曰：『將順其美，匡救其惡，故上下能相親也[65]。』豈管仲之謂乎？方晏子伏莊公屍，哭之成禮然後去[66]，豈所謂『見義不爲無勇[67]』者邪？至其諫說，犯君之顏，此所謂

『進思盡忠，退思補過』者哉！假令晏子而在，余雖爲之執鞭，所忻慕[68]焉。」

❶管仲夷吾：管仲，名夷吾，仲是行次。曾佐桓公成就霸業，桓公尊之為「仲父」。諡敬，所以也稱管敬子、管敬仲。管仲言論見於《國語．齊語》，另有《管子》一書傳世。

❷潁上：今安徽潁上，管仲出生地。

❸與鮑叔牙游：和鮑叔牙交往。游，交游，即做朋友。鮑叔牙，名牙，叔是行次。

❹公子小白：齊釐公庶子，名小白，在位四十二年，為春秋五霸之一。

❺公子糾：小白之兄。

❻小白立為桓公，公子糾死，管仲囚焉；鮑叔遂進管仲：釐公死，太子諸兒立，是為齊襄公。襄公無道，群弟恐禍及，小白奔莒，鮑叔傅之，糾奔魯，管仲、召忽傅之。及襄公被殺，齊無君，小白、糾爭歸立君，小白先至，遂立為桓公。桓公發兵攻魯，魯迫於情勢，殺糾以求脫罪，管仲遭囚。進，推薦。鮑叔說桓公曰：「君欲治齊，則高傒與叔牙，足矣。君欲霸天下，非管夷吾不可。夷吾所居國，國重，不可失也。」

❼任政於齊：在齊國掌握了政權。管仲在齊國所推行的政治，完全是愛民政策，一曰老，二曰慈，三曰孤，四曰疾，五曰獨，六曰病，七曰通，八曰賑，九曰絕。

❽九合諸侯：九次聚合諸侯會盟。

❾一匡天下：齊桓公使諸侯皆能尊周室，使分崩離析的局面趨於統一。一，齊一。匡，匡正。

❿嘗與鮑叔賈：曾和鮑叔合夥做生意。賈，音ㄍㄨˇ，做買賣。當時鮑叔、管仲曾一起在南陽經商。

⓫三仕三見逐於君：三次出來做官，卻三次被免職。三，泛指多。見，被。

⓬吾嘗三戰三走：我曾經三次參戰，三次失敗逃走。走，敗陣退逃。

⓭召忽死之：召忽與管仲同為公子糾的師傅。糾敗，召忽自殺。

⑭不羞小節，而恥功名不顯於天下：不以小節為羞，而以功名不顯於天下為恥。

⑮以身下之：地位居管仲之下，做管仲的下屬。

⑯子孫世祿於齊：子孫世代在齊國享有俸祿。

⑰有封邑者十餘世：在齊國享有封地者，有十多代。

⑱天下不多管仲之賢：天下人並不稱讚管仲的才能。多，當動詞用，推重，稱讚。

⑲上服度，則六親固：在上位者能夠實踐法度，則六親就能穩固團結。服，行。六親，狹義指父子兄弟夫婦，廣義指父族、母族、兄弟、姑姊、妻族、姻婭。

⑳下令如流水之原，令順民心：頒行政令，如同有源之流水，要能順合民心。原，同「源」。

㉑論卑而易行：政令平易，百姓容易遵行。

㉒貴輕重：注重事情的輕重緩急。

㉓慎權衡：謹慎權衡得失。

㉔少姬：桓公姬妾，蔡國公主；因得罪桓公，送歸蔡國，並未斷絕關係；蔡君亦怒，另嫁少姬於他人。

㉕包茅：包，裹也。茅，青茅，楚之特產，用以瀝酒，以供祭祀。

㉖山戎：北方邊境之外族，也叫北戎，在今河北遷安，常為齊、燕邊患。

㉗召公：燕國之祖乃文王庶子召公奭。

㉘柯之會：在柯這個地方會盟。柯，今山東陽谷。

㉙曹沫之約：魯將曹沫以匕首要脅桓公，要求退還侵魯之地，桓公許之。

㉚管仲因而信之：管仲勸桓公遵守承諾，以取信天下諸侯。

㉛知與之為取，政之寶：知道付出就是獲得，這是為政的法寶。

㉜富擬於公室：財富可比齊侯的王室。擬，比。

㉝三歸：有數解：一曰，娶三姓女；二曰，三座遊樂高台；三曰，三處家庭；四曰，三筆稅收；五曰，三個封地。

㉞反坫：諸侯宴客時，放置空酒杯的土台。坫，ㄉㄧㄢˋ，壇也。

㉟晏平仲嬰：名嬰，字仲，諡平，齊國宰相。世稱晏子。

㊱萊之夷維：萊州萊邑，今山東高密。

㊲重于齊：為齊國人所尊重。

㊳食不重肉：一餐飯只有一道肉食。

㊴妾不衣帛：妻妾不穿絲綢製的衣服。衣，音ㄧˋ，穿。

㊵危言：正直的言論。

㊶危行：正直的行為。
㊷順命：順從命令而行
㊸衡命：權衡命令而後行。
㊹越石父：晉國人，賣身為奴。
㊺縲絏：被拘繫在獄中。縲，音ㄌㄟˊ，黑索。絏，音ㄒㄧㄝˋ，繫。
㊻塗：同「途」。
㊼左驂：馬車左邊的馬。
㊽戄然：驚訝的樣子。戄，音ㄐㄩㄝˊ。
㊾攝衣冠謝：整理好衣服道歉。攝，收斂整頓。謝，道歉。
㊿詘於不知己，而信於知己：在非知己的面前受到委屈，在知己的面前會得到尊重。詘，音ㄑㄩ，委屈。信，同「伸」，伸展。
(51)感寤：有所感受而覺悟。
(52)御：車夫。
(53)從門間而闚其夫：從門縫偷看自己的丈夫。門間，門的縫隙。闚，同「窺」，偷看。
(54)擁大蓋：坐在車子的大傘蓋下。
(55)策駟馬：用鞭子抽打著馬匹。駟馬，比喻顯貴的馬車。
(56)請去：要求離開夫家。
(57)志念深矣：志深慮遠的樣子。
(58)有以自下：具有自謙的品德。自下，對人謙虛。
(59)抑損：謙恭、退讓。
(60)管氏牧民、山高、乘馬、輕重、九府：皆為《管子》一書篇名。
(61)晏子春秋：今傳八卷，乃後人採晏子行事及諫諍之言，編次而成，非晏子自著。
(62)次：編列。
(63)軼事：史書未載之事蹟。
(64)孔子小之：孔子以為管仲氣度小。《論語．八佾》：「管子之器小哉！」小，狹隘。
(65)將順其美，匡救其惡，故上下能相親也：國君有美善的德行就幫助他，國君有過惡就匡正他，所以君臣上下能相親。語見《孝經．事君》。
(66)方晏子伏莊公屍，哭之成禮然後去：當崔杼殺了莊公，晏嬰伏莊公屍而哭，盡君臣之禮然後離開。
(67)見義不為無勇：面對正義的事情不去做，就是沒有勇氣。語見《論語．為政》：「見義不為，無勇也。」
(68)忻慕：欣喜嚮往。忻，同「欣」。

綜合討論

〈管晏列傳〉在七十列傳中算是極簡的一篇，然無論寫人或敘事皆能突出二位名相的形貌，充分展現司馬遷文約義豐的史筆特色。文中除寫管、晏二人的政績外，更通過「管鮑之交」、「晏子贖越石父」及「晏子薦御夫」三個軼事對比，襯托出兩位主角的人物形象，終以司馬遷的論贊寄言託意作結。

在敘事時，司馬遷分中有合，合中有分。先敘管仲，後談晏子，結尾合贊兩人，這是先分敘後總述。寫管仲，先總述管仲一生經歷及其政績，然後分敘鮑叔知人薦士、世人稱讚、管仲內政外交；寫晏子，先總述晏子生平、個性與業績，然後分敘晏子贖賢、薦賢之事，這是先總述後分敘。司馬遷正是以這種靈活自如的總述和分敘相結合的方法，表達了發現、重用賢才和賢才有所作為的主題思想。

司馬遷對於材料的取捨，有其獨特眼光。個人的是非功過，多以聚焦方式加以描述，以細節來突顯所欲表達的主題。本文前四段寫管仲，首先概述管仲背景，但「鮑叔終善遇之」。然後司馬遷採人物自陳方式，抒發管仲對鮑叔牙的知己之感，在一氣呵成的排比句中，我們看到的是管仲的貪、愚、不肖、怯以及無恥；但這些在鮑叔牙的眼中，卻是好友的貧、時運不濟、孝順、不拘小節，這些均可見其交誼之可貴。後三段寫晏嬰，著重寫他贖越石父和薦舉御者的故事。晏子不憑個人好惡看人，只要有才，他便力薦。鮑叔牙、晏嬰在對待人才的態度上有相同之處。作者將歷史上相隔一百多年的兩位人物合傳，雖是軼事，寫來卻娓娓動人，天然成趣，於細微處見精神，將自己的愛憎情感滲透於字裡行間。司馬遷真正想表達的，應該是有感於自己「交友莫救，左右親近不為一言」的澆薄人情。

本文在寫法上敘議結合，既有對歷史軼事的客觀敘述，也有作者的個人見解。側面烘托和正面描寫運筆恰當，濃淡相宜，使這篇文重點突出，人物栩栩如生，個性形象鮮明，成為後世傳記文學的圭臬。

第四課 范滂傳

後漢書

概說

《後漢書》作者范曄（西元三九八～四四五年），字蔚宗，南朝劉宋順陽（今河南淅川）人。《宋書》記載他少年好學，博通經史，善為文章。仕劉宋為尚書吏部郎，因罪降為宣城太守，後遷左衛將軍太子詹事。因參與擁立劉義康為帝，事洩被殺，死時才四十八歲。任宣城太守時，他根據前人撰述的幾十種有關東漢歷史的著作，寫成《後漢書》，包括十紀、十志、八十列傳，合為百篇（十志未成）。此書始於東漢光武帝（西元二五年），止於漢獻帝（西元二二〇年）；南朝梁劉昭為之作注，採用西晉司馬彪《續漢書》八志補足，後人合刊為一百二十卷。結合之後，內容充實，體大思周，敘事峻潔，詞采壯麗，為四史之一。今傳為唐章懷太子李賢注、清惠棟《後漢書補注》、王先謙《後漢書集解》最為完備。

本篇節選自《後漢書》卷六十七〈黨錮列傳〉。本文寫范滂一生志節剛正，肅奸除惡，義無反顧，終從容就義。東漢末，宦官專權，士大夫們批評朝政，受到當權宦官的嫉恨，誣為黨人，加以禁錮；范滂亦被放歸田里。靈帝時又刊章討捕，大誅黨人。李膺、范滂等百餘人，皆死獄中。這篇文章寫得慷慨悲涼，有很強的感染力量。

〈黨錮列傳〉收錄劉淑、李膺、杜密、范滂、張儉、賈彪等二十一位清流人士的傳記。「黨錮」為東漢士人評議時政，不畏奸佞的高尚表現；當時即有三君、八俊、八顧、八及等稱號，見其互相標榜，欲為一代宗師英傑，以匡正天下。第一次黨錮之禍發生在桓帝時，由李膺誅殺宦官親信張成而引起；後經竇武、霍諝營救，部分黨人被遣歸田里，但禁錮終身，不得為官。第二次發生在靈帝時，宦官誣告張儉、杜密、李膺鉤黨，大事搜捕下獄，死徙廢棄者六七百人。黃巾亂起，方大赦黨人，然已無法救東漢之危亡。

課文

范滂字孟博，汝南征羌人❶也。少厲❷清節，爲州里所服，舉孝廉❸，光祿四行❹。時冀州❺饑荒，盜賊群起，乃以滂爲清詔❻使，案察❼之。滂登車攬轡，慨然有澄清天下之志。及至州境，守令自知臧汙❽，望風解印綬去。其所舉奏，莫不厭塞眾議❾。遷光祿勳主事❿。時陳蕃⓫爲光祿勳，滂執公儀⓬詣蕃，蕃不止之，滂懷恨，投版弃官⓭而去。郭林宗⓮聞而讓⓯蕃曰：「若范孟博者，豈宜以公禮格之⓰？今成其去就之名⓱，得無自取不優之議⓲也？」蕃乃謝焉。

復爲太尉黃瓊所辟⓳。後詔三府掾屬舉謠言⓴，滂奏刺史、二千石㉑權豪之黨二十餘人。尚書㉒責滂所劾猥多㉓，疑有私故。滂對曰：「臣之所舉，自非叨穢姦暴㉔，深爲民害，豈以汙簡札哉！間以會日㉕迫促，故先舉所急，其未審者，方更參實㉖。臣聞農夫去草，嘉穀必茂㉗；忠臣除奸，王道以清。若臣言有貳，甘受顯戮㉘。」吏不能詰。滂睹時方艱，知意不行，因投劾去㉙。

太守宗資[30]先聞其名，請署功曹[31]，委任政事。滂在職，嚴整疾惡。其有行違孝悌，不軌[32]仁義者，皆埽跡[33]斥逐，不與共朝。顯薦異節[34]，抽拔幽陋[35]。滂外甥西平李頌，公族子孫，而爲鄉曲所棄，中常侍[36]唐衡以頌請資，資用爲吏。滂以非其人，寢[37]而不召。資遷怒，捶書佐朱零[38]。零仰曰：「范滂清裁[39]，猶以利刃齒腐朽[40]。今日寧受笞[41]死，而滂不可違。」資乃止。郡中中人[42]以下，莫不歸怨[43]，乃指滂之所用以爲「范黨」。

後牢脩誣言鉤黨[44]，滂坐繫[45]黃門北寺獄[46]。獄吏謂曰：「凡坐繫皆祭皋陶[47]。」滂曰：「皋陶賢者，古之直臣。知滂無罪，將理之於帝[48]；如其有罪，祭之何益！」眾人由此亦止。獄吏將加掠考[49]，滂以同囚多嬰病[50]，乃請先就格[51]，遂與同郡袁忠爭受楚毒[52]。桓帝使中常侍王甫以次辨詰[53]，滂等皆三木囊頭[54]，暴於階下，餘人在前，或對或否，滂、忠於後越次而進。王甫詰曰：「君爲人臣，不惟[55]忠國，而共造部黨[56]，自相褒舉，評論朝廷，虛搆無端[57]，諸所謀結，並欲何爲？皆以情對，不得隱飾。」滂對曰：「臣聞仲尼之言：『見善如不及，見惡如探湯[58]。』欲使善善同其清，惡惡同其汙[59]，謂王政之所願聞，不悟更以爲黨[60]。」甫曰：「卿更相拔舉，迭爲脣齒，有不合者，見則排斥，其意如何？」滂乃慷慨仰天曰：「古之循善，自求多福；今之循善，身陷大戮。身死之日，願埋滂於首陽山[61]側，上不負皇天，下不愧夷、齊。」甫愍然[62]爲之改容。乃得並解桎梏[63]。

滂後事釋，南歸。始發京師，汝南、南陽士大夫迎之者數千兩[64]。同囚鄉人殷陶、黃穆，亦免俱歸，並衛侍於滂，應對賓客。滂顧謂陶等曰：「今子相隨，是重吾禍也。」遂遁還鄉里。

初，滂等繫獄，尚書霍諝理之。及得免，到京師，往候諝而不爲謝。或有讓滂者。對曰：「昔叔向嬰罪，祁奚救之，未聞羊舌有謝恩之辭，祁老有自伐之色[65]。」竟無所言。

建寧[66]二年，遂大誅黨人[67]，詔下急捕滂等。督郵[68]吳導至縣，抱詔書，閉傳舍[69]，伏床而泣。滂聞之，曰：「必爲我也。」即自詣獄。縣令郭揖大驚，出解印綬[70]，引與俱亡。曰：「天下大矣，子何爲在此？」滂曰：「滂死則禍塞[71]，何敢以罪累君，又令老母流離乎！」其母就與之訣。滂白母曰：「仲博[72]孝敬，足以供養，滂從龍舒君[73]歸黃泉，存亡各得其所。惟大人割不可忍之恩，勿增感戚。」母曰：「汝今得與李、杜[74]齊名，死亦何恨！既有令名[75]，復求壽考[76]，可兼得乎？」滂跪受教，再拜而辭。顧謂其子曰：「吾欲使汝爲惡，則惡不可爲；使汝爲善，則我不爲惡[77]。」行路[78]聞之，莫不流涕。時年三十三。

論曰：李膺振拔[79]汙險之中，蘊義生風[80]，以鼓動流俗，激素行以恥威權[81]，立廉尚以振貴埶[82]，使天下之士奮迅感槩[83]，波蕩而從之，幽深牢破室族而不顧[84]，至於子伏其死而母歡其義。壯矣哉！子曰：「道之將廢也與？命也[85]！」

註釋

❶汝南征羌：汝南，郡名，漢置。征羌，即汝南郡之當鄉縣，故城在今河南偃城東南。

❷厲：奮勉。同「礪」，磨刀石，引申為奮起、勸勉。

❸孝廉：漢時，「孝廉」為選拔人才科目之一；凡鄉里有孝行高節者，由各郡縣吏考察而推舉之。《漢書．武帝紀》注：「孝謂善事父母者，廉謂清節有廉隅者。」

❹光祿四行：漢時光祿勳為九卿之一，亦職掌選舉事務。《漢官儀》：「光祿舉敦厚、質樸、遜讓、節儉」此為四行也。

❺冀州：東漢郡名，今河北、河南、山西境。

❻清詔：官名，承詔到各地去按察事件。

❼案察：察驗罪案之實情。察，驗也。

❽臧汙：受贓貪汙。臧，通「贓」，納賄曰贓。

❾猒塞眾議：令人悅服而不生任何異議。猒，心服。

❿光祿勳主事：光祿勳，官名，漢時九卿之一。掌宿衛宮殿之門戶，兼考核、選拔宿衛人員。主事，光祿勳的僚屬之一。

⓫陳蕃：字仲舉，後漢名臣，是當時清流領袖人物。與竇武謀誅宦官，被害。

⓬公儀：屬下官員進謁長官之儀節。

⓭投版弃官：投下手版，棄官而去。版，笏版，署職官姓名之手版。弃，通「棄」。范滂以為陳蕃應該以賢士看待自己，陳蕃卻毫不客氣地接受了他的公儀，范滂覺得不受尊重，憤而辭官。

⓮郭林宗：即郭泰，字林宗，後漢名教授之一。

⓯讓：責備。

⑯以公禮格之：以官禮拘束之也。格，正也，引申有拘束、拘限之義。

⑰去就之名：棄官而去的清高名望。

⑱不優之議：不優容的譏議。

⑲太尉黃瓊所辟：太尉，三公之一，專掌武事，位等丞相。黃瓊，字世英，奏劾貪汙，不遺餘力，海內翕然望之。辟，徵召。

⑳三府掾屬舉謠言：三府，太尉、司徒、司空之公府。掾屬，屬官。舉謠言，漢常派人巡行天下，採訪風謠。《漢官儀》：「三公聽採長吏臧否，人所疾苦，還條奏之，是為舉謠言。頃者舉謠言，掾屬令使都會殿上，主者大言，州郡行狀云何，善者同聲稱之，不善者默爾銜枚。」

㉑二千石：漢制分官吏等級，以所得俸祿多寡為準。郡守、諸侯並為二千石官，後泛指高官。

㉒尚書：漢時在殿中掌封奏、宣示，總領綱紀之官。成帝時制尚書五人，後漢則設六人。

㉓猥多：眾多。猥，雜也，眾也。

㉔叨穢姦暴：貪汙奸惡。叨，同「饕」，貪婪。穢，贓汙。

㉕會日：三府掾屬集會於朝堂的日期。

㉖參實：查驗證據。參，驗也。

㉗農夫去草，嘉穀必茂：農夫若能將田間之野草去除，則稻禾必豐碩也。《左傳．隱公六年》：「為國家者，見惡如農夫之務去草焉。」

㉘顯戮：殺戮以示眾。顯，明也。

㉙投劾去：自呈罪咎而辭官。

㉚宗資：字叔都，舉孝廉，時為汝南太守。

㉛署功曹：署，委任。功曹，郡屬吏，掌選署。

㉜軌：依也，循也。

㉝埽跡：罷黜。埽，通「掃」。連腳印都除掉，形容清除得徹底。

㉞顯薦異節：表彰舉薦節操特異之人。顯，顯揚。

㉟抽拔幽陋：拔擢沒有家世背景的人。抽拔，拔擢。幽陋，隱居於漏巷者。

㊱中常侍：漢宦官名，贊導宮中事務，掌有實權。

㊲寑：止也，息也，猶言擱置。

㊳捶書佐朱零：鞭打助理文書朱零。捶，杖擊，鞭打。書佐，掌管文書的佐吏。

㊴清裁：凡事裁斷清明公正。

㊵利刃齒腐朽：謂利刃所觸，無以當其鋒也。齒，當也，觸也。

㊶笞：鞭打，音ㄔ。

㊷中人：平常資質之人。

㊸歸怨：把怨怒推到范滂身上。

㊹牢脩誣言鉤黨：牢脩誣告李膺等與太學生結為朋黨。河內張成，縱子殺人，河南尹李膺收捕之，依法處死。張成素與宦官交往，唆使弟子牢脩上書誣告李膺等「共為部黨，誹謗朝廷，疑亂風俗」。桓帝震怒，逮捕黨人，牽連二百多人。鉤，引也。鉤黨，互相牽連，結成朋黨。

㊺坐繫：因罪而被囚繫。坐，入於罪。繫，拘囚。

㊻黃門北寺獄：後漢時宦官執法之所。

㊼皐陶：舜臣，作律立獄。後世奉為獄神。

㊽理之於帝：在天帝面前為我理平冤屈。

㊾掠考：捶擊拷打。掠，打。考，同「拷」。

㊿嬰病：患病。嬰，纏繞。

51就格：接受拷打。就，受也。格，「挌」之借字，擊也。或謂「格」為搒床，即刑床。

52楚毒：苦刑。楚，扑撻之具。毒，痛也，苦也。

53辨詰：治問其罪。辨，治也。詰，問也。

54三木囊頭：戴著頸枷、手拷和腳鐐，更以物蒙覆其頭。三木，加在項及手足上的刑具。囊頭，以物蒙其頭也。

55惟：思。

56部黨：班從徒黨。

57無端：不實。端，真也，實也。

58見善如不及，見惡如探湯：汲汲於為善，去惡欲速。語出《論語．季氏》。探湯，謂同惡如探湯，則手必爛，喻戒懼不可近也。

59善善同其清，惡惡同其汙：稱揚善者，貴能令己與之同有清節；疾惡惡者貴能令己與之同去惡行。二句句首之「善」「惡」字皆作動詞用。

60更以為黨：反而被誣為朋黨。更，易也，代也。

61首陽山：在洛陽東北，伯夷、叔齊隱居之地。

62慼然：同情之貌。

63桎梏：刑具。在手曰「桎」，在足曰「梏」。

64兩：同「輛」。

65叔向嬰罪：祁老有自伐之色：叔向即羊舌肸（ㄒㄧˋ），春秋時晉國賢大夫。因其弟謀害范宣子未成，牽連下獄。祁奚聞之，往見宣子，為叔向開脫。事既畢，祁奚不見叔向而歸，叔向亦不告謝而朝。因為二人都認為這是為國保全賢士，不是出於私交，所以不謝。見《左傳．襄公二十一年》。自伐，自誇功勞。

66建寧：漢靈帝的年號（西元一六八～一七一年）。

67大誅黨人：建寧時「大誅黨人」即為後漢第二次黨禁。中常侍侯覽家殘暴百姓，督郵張儉舉劾之。侯覽因與曹節等諷有司奏張儉及杜密、李膺，結為鉤黨，大事搜捕下獄，死者百餘人。

68 督郵：郡守佐吏，主督察屬縣愆尤。

69 傳舍：驛站旅社。傳，ㄓㄨㄢˋ。

70 解印綬：解下縣令的印綬。

71 禍塞：禍患堵塞、停止。

72 仲博：范滂之弟。

73 龍舒君：滂父名顯，曾為龍舒侯之相，故稱龍舒君。

74 李、杜：李膺與杜密。李膺，字元禮，歷官至司隸校尉，執法嚴正，宦官都畏懼他；後因鉤黨事下獄拷死。杜密，字周甫，官至尚書令，遷河南尹，轉太僕。黨事起，與李膺同時被廢，時人合稱「李杜」。後又為太僕，終以黨事被逮，自殺。

75 令名：善名、美譽。

76 壽考：高壽。

77 吾欲使汝為惡，則惡不可為；使汝為善，則我不為惡：我想叫你作惡，但惡事是不可為的；我想叫你行善，可我又因不做惡事，而身罹此難。

78 行路：路人。

79 振拔：奮起，自勵。

80 蘊義生風：蘊蓄道義，造成風氣。

81 激素行以恥威權：激發出正義感，使有權威的人感到羞恥。

82 立廉尚以振貴埶：崇尚廉潔，使有權勢的人受到震撼。埶，同「勢」。

83 幽深牢破室族而不顧：縱使被關進黑暗的牢房，家族受到了摧殘，也在所不惜。

84 感槩：感慨。

85 子曰：「道之將廢也與？命也！」：天道就快要廢滅了嗎？這是天命吧！語出《論語．憲問》。

〈黨錮列傳〉主要記載黨錮事件之始末，本課所選為范滂的生平事蹟。本文共分八段：首段敘范滂的性格、志節及其聲望，二段敘范滂奏劾權豪人數眾多，遭尚書疑忌，知志意不行，乃投

劾去，由此可見其用行舍藏之節。三段敘滂行事耿直，終為群小所怨，為身遭黨禍之伏筆。四段敘滂初坐黨獄，以大義凜然之言，令王甫為之改容。五段敘滂獲釋南歸，迎之者眾，滂懼重禍，遁還鄉里。六段補敘滂雖為霍諝所救，因事屬公義，故不謝私恩。七段敘滂遭二次黨禍，慷慨就捕。八段為范曄對李膺及范滂之論贊，慨嘆范滂「子伏其死而母歡其義。壯矣哉！」的悲涼。

范曄在這篇文章中，對人物的敘述，採用了正面描寫及側面烘托。例如寫范滂堅持不用為鄉里人所不齒的外甥，因此「寢而不召」，正面展現他不徇私、秉公辦事的行事風格。而書佐朱零寧願被宗資鞭打，也不願違背范滂，側面襯托出范滂的剛直無私感動了周圍的人。而母子訣別的場景，更是整篇文章的高潮。他正面寫了范滂與母親的對話、范滂教育兒子的話語、范滂「跪受教」和「再拜而辭」等動作，又側寫了路人深受感動的情況。這不僅突出了范滂既孝順重情，又堅貞不屈的浩然之氣；也表現了范母深明大義的情操。范曄描寫出在生死之際，在情感與理智衝突之時，能割捨親情，堅持義方，還使人們如同身臨其境，感動之情油然而生。難怪十歲的蘇軾讀至此，問母親程氏：「軾若為滂，母許之否乎？」蘇母立刻回答：「汝能為滂，吾顧不能為滂母邪？」蘇軾始「奮厲有當世志」。可見本文感人至深。

單元四

情理的融合——古文選

單元大意

古文，就文體而言，可分為六大類，一是史傳，這一文體，是最能代表中國古文成就的文體，或以人物為主線，或以事件為主線貫串。二是文學散文，此類散文傳承最久，歷代各具特色。三是應用文類，如，書、表、行狀、志銘、碑銘、制誥、奏章、祭文、信等等。四是政論文章。五是小說類。六是介於以上幾種文體之間的，如讀書筆記。從朝代看，有先秦古文、秦漢古文、六朝駢文、唐文、宋文、明清古文。

語言文字承載著一個民族的文化精神，是理性思維的體現，且蘊含人文情感。由於古文的簡潔、深刻、易誦的特點，它能在熟誦後，潛移默化進入人們心靈深處，成為一種薰陶、修養，使人散發出不同氣質。

為使同學能從簡單易懂的閱讀選文中體會古文的優美，本單元先由一位非文學背景的前輩寫給大學生的一封信——洪蘭的〈給大學生的一封信〉開始，鼓勵學生即使是理工專長背景，亦應具人文素養。接著以經世致用為選文標準，宋蘇洵〈心術〉言管理者應具備之心理素質；唐柳宗元〈捕蛇者說〉、元劉基〈郁離子選〉二篇皆以寓言形式或暗諷人際關係的爾虞我詐，或以簡短故事鼓勵莘莘學子以積極正面的精神迎接人生挑戰；明張潮〈幽夢影選〉則是經典雋永格言，為汲汲營營的工作中，注入一股清泉，令人再三咀嚼。最後是清林嗣環的〈口技〉，讓讀者再一次以文字、聲音欣賞古文精緻雅潔的描寫方式。

許多的古代經典著作是科學紀錄，也是文學作品，是辯論議事的高談，也是諷諭勸諫的至理。讀讀古文吧，拿到先賢的智慧鑰匙，學會他們言賅意簡的表達方式，玩味他們遣詞用語的醍醐美味，午夜夢迴於他們斟字酌句後的體貼寓意，也許，門一推的霎時，您將發現自己獨坐藍海之上，海闊天空任遨翔！

第一課 給大學生的一封信

洪蘭

本文為作者二〇一一年於臺灣大學演講的內容，後收入遠流出版《理所當為》一書中。洪蘭以其清新而敏銳的觀察，對現今知識分子的虛幻漂浮、迷思理亂的現象，下了一帖砭石良藥。作者以深厚的國學底蘊，率直的真性情，直言大學教育在於提供學生日後進入社會的專業及人文素養的基礎，因此先做必要做的，再去做你想要做的，保持康健的身體、修養樂觀積極的開朗心性、承擔繼往開來的責任、廣交益友等都是大學中的重要學分。

洪蘭（西元一九四七年～），生於台北市，祖先來自福建省同安，現任國立中央大學認知神經科學研究所教授兼所長，知名臺灣科學家。她多年來致力於腦科學的研究，以及相關知識在教育的應用和推廣。

洪教授研究、講學之餘，致力科普書籍的譯作，曾翻譯多本生物科技及心理學方面的好書。近年來有感於教育是國家的根本，而閱讀是教育的根本，更致力於閱讀習慣的推廣，足跡遍及臺灣各縣市城鄉及離島近千所的中小學做推廣閱讀的演講。

課文

親愛的大學生，你們好：

希望你們看到我的名字沒有嚇一跳，沒錯，我就是寫雞腿事件的那位老師，不過不必怕，沒有人喜歡說教。

今天，我想以一個四十多年前在臺灣讀大學的過來人，跟各位談談人生的一些事。

不知各位有沒有想過爲什麼要進大學？你希望在這四年中，學到什麼東西出去？你可能會回答：進大學是爲求知識，爲將來出社會做準備。是的，進大學是要讀書，但讀書不是人生的目的，人生目的是成大業、繼往開來，使這個世界因爲你而更好。讀書只是手段，爲成大業做準備而已。這個「繼往開來」不是口號，是責任。叔本華（Arthur Schopenhauer）❶說：「人生最初的三十年是世間留給我們的教科書，最後的三十年是我們爲它下的註腳。」承先啟後是我們對下一代的責任，任何文明的消失都是知識分子的恥辱。

讀書要讀自己有興趣的書才讀得進去，達文西（Leonardo da Vinci）❷說：「如同強迫餵食對身體不好，強迫讀書也不能吸收。」強記的東西背過就忘，所以找出自己興趣是第一大要事。另外讀書一定要理解，理解之後，才會看到這個知識與別的知識之間的關係，以及它在整體架構上的位置。當你看到這一點時，你會豁然貫通。這個開竅的快樂難以形容，人世間還沒有什麼東西比得上它，讀書讀到這個地步就「入門」了。

很多人抱怨沒有時間讀書。其實這是藉口，因爲時間是自己找的，端看自己把閱讀放在哪個優先順序而已。你不妨拿枝筆，記錄一下你每天看電視、說閒話的時間，就瞭解爲什麼莫泊桑（Guy de Maupassant）[3]說：「不知有多少能夠成大業的人，因爲把時間輕輕放過，以致一生默默無聞。」

人都是二十四小時一天，但是魏晉南北朝的董遇[4]說：「讀書有三餘，夜者日之餘，冬者歲之餘，陰雨者時之餘。」這三者，最可以利用來讀書。白天忙完了俗事，晚上窩在棉被中讀自己喜歡的書，看到眼睛睜不開時自然入睡，是人生一大樂事。張潮[5]在《幽夢影》[6]中說：「人生有五福，有工夫讀書謂之福，有力量濟人謂之福，學而著述謂之福，無是非刺耳謂之福，有多聞直諒之友謂之福。」想想看，人生能像達爾文一樣，不必爲生活奔波，讀自己喜歡的書，當然是一大福；有力量濟人[7]，表示自己衣食過得去，自然是一福；能著述，表示學有所成，也是一福；無是非刺耳，那是最大福。你們將來入了社會就會發現，人事傾軋[8]是最痛苦的事；若能有像管仲、鮑叔牙[9]或俞伯牙、鍾子期[10]那樣的知心朋友，眞是最幸福的事。人有一個知心朋友就不會得憂鬱症，有三個知心朋友就快活如神仙了。

另外，不要太在意障礙和缺陷，很多人都以爲改正缺點就會變好；其實不然，能換個想法，把阻力變助力才是重要。

人的心是自由的，不要用世俗的眼光去束縛它。二次大戰結束後，各國都在盡力復甦經濟，澳洲也不例外。澳洲大陸東面有一層很厚的珊瑚礁，阻擋了商船進來，因此有人建議用黃色炸藥把它炸個缺口，好通商。大家都覺那是唯一的路；幸好有人反過來想：如果把買黃色炸藥的錢，拿來蓋機場，讓遊客坐飛機進來，再租船出去浮潛，不是保留了珊瑚礁，沒有破壞環境還帶來商機嗎？結果，這就是現在的「大堡礁」[11]，它是澳洲最吸引觀光客的勝地。

所以，心念一轉，障礙就不再是障礙，阻力就變成助力了。因此，人生的態度很重要，一塊大石頭頂在頭上會滅頂，踩在腳下是墊腳石。凡事要樂觀、往好的方向看，人生才會快樂。伊比鳩魯（Epicurus）[12]說：「帶來痛苦的不是事件本身，而是我們對事件的看法。」你的態度，決定你的命運。坊間很多教你如何成功的書籍都是以錢爲標準，以爲有錢就是成功，那是錯的。成功的定義是有意義、快樂地過一生。

要快樂地過一生，你的良心一定要安。人最怕到了晚年躺在安寧病房受良心的折磨，因爲世事很多不能逆轉，而悔恨是最痛苦的。所以古人說：「寧走十步遠，不走一步陰。」無罪以當貴。聖嚴法師⑬說：「心安便是平安，平安便是幸福。」完全正確。

在社會上工作，免不了有讒言，那時要記得「止謗，無辯也！」毀謗，就像白紙染黑墨，不動就不會擴散，愈描反而愈黑。世間事「路遙知馬力，日久見人心」⑭；英諺也說：「Truth is daughter of time.」時間自會還你清白；倒是你要愼言，因爲禍從口出，出社會後一定要記得「開口神氣散，舌動是非生。」不說話，人家不會當你是啞巴。遇到不順心的事，不必抱怨，福禍本是捻⑮在一起的兩根繩子，古人早就告訴過你：「福兮禍所伏，禍兮福所倚。」⑯塞翁失馬，焉知非福。得意時也要小心，不能太快意，以免招嫉。要知道「存心怨別人，都是別人錯，要得人如我，除非兩個我。」要學習不抱怨，抱怨不能解決問題，只會浪費你的力氣而已；不抱怨才能看到解決的方式，人要把精力投在對的地方才能成大事。

最後，我以父親在我出國時告訴我的話作爲結束，這句話過了四十二年還是一樣好用。

父親說：「人不可能樣樣都要、樣樣都有。先做完必要做的，再去做你想要做的，就不會有內疚。人生選擇的順序是健康、家庭、事業，沒有健康萬事皆空，它是第一優先。」

人生的路可以坎坷，也可以平坦，看你的選擇。立好志向，掌握住自己的時間，腳踏實地往前走，不要擔心起步晚。「有志不在年高，無志空活百歲」⑰，只要努力去，必定有成功的一天。

敬祝各位　人生圓滿快樂！

洪蘭　敬上

註釋

❶ 叔本華：亞瑟・叔本華（西元一七八八年～一八六〇年），德國哲學家。他繼承了康德對於現象和物自體之間的區分，由於他早年的生活體驗，在他心目中成長存在著對生命的悲觀態度，影響了他的一生，直到生命結束都沒有改變過。是西方哲學史上最出色也最嚴峻的悲觀主義者。

❷ 達文西：李奧納多・達文西（西元一四五二～一五一九年），又譯成達芬奇，全名李奧納多・迪・瑟皮耶羅・達文西（Leonardo di ser Piero da Vinci，意為「文西城梅瑟・皮耶羅之子——李奧納多」），是義大利文藝復興時期的一個博學者：除了是畫家，還是雕刻家、建築師、音樂家、數學

家、工程師、發明家、解剖學家、地質學家、製圖師、植物學家和作家。他的天賦極高，是文藝復興時期人文主義的代表人物，為文藝復興時期典型的藝術家，也是歷史上最著名的畫家之一，與米開朗基羅和拉斐爾並稱「文藝復興三傑」。

❸莫泊桑：居伊．德．莫泊桑（法語：Henri René Albert Guy de Maupassant，西元一八五〇～一八九三年），十九世紀法國作家，被譽為「短篇小說之王」，代表作《羊脂球》為世界文學名著之一。

❹董遇：董遇，字季直，性質訥而好學。漢末三國魏國著名儒宗。

❺張潮：張潮字山來，一字心齋，號仲子，自稱三在道人，安徽省徽州府歙縣人，生於清順治八年（西元一六五〇年），著名的文學家、小說家、刻書家。

❻幽夢影：清代文學家張潮著的隨筆體格言小品文集。

❼濟人：濟世利民，救濟世人，造福百姓。

❽傾軋：相互嫉妒，排擠構陷。軋，碾壓、排擠，音ㄧㄚˋ。

❾管仲、鮑叔牙：春秋時期的管仲和鮑叔牙相知甚深，每每管仲有過，鮑叔牙皆能知其內心隱衷而體諒之，故而管仲嘆曰：「生我者父母，知我者鮑子也。」後人遂以「管鮑之交」為知己之代稱。事見《史記．管晏列傳》。

❿俞伯牙、鍾子期：春秋時期，晉國大夫俞伯牙奉王命出使楚國，在乘船返途中行至龜山腳下，與樵夫鍾子期相遇；子期聞琴聲而知伯牙心中之高山流水，故而兩人定交，結為知己，相約來年再見。次年伯牙如期而至，子期卻已辭世。伯牙悲痛欲絕，摔琴絕弦，從此不復鼓琴。事出《呂氏春秋．本味篇》。此即「知音」一詞之典故由來。

⓫大堡礁：是世界最大最長的珊瑚礁群，位於南太平洋的澳洲東北海岸，綿延伸展共有二千六百公里左右，最寬處一六一公里。約有二千九百個獨立礁石以及九百個大小島嶼，範圍分布約三十多萬平方公里，自然景觀特殊。大堡礁是由數十億隻微小的珊瑚蟲所建構成，是生物所建造的最大物體，就算從外太空也能看到。因其造就了豐富的生物多樣性，而在一九八一年被列入世界自然遺產名錄，也曾被美國有限電視台CNN選為世界七大自然奇觀。

⓬伊比鳩魯：伊比鳩魯（西元前三四一～前二七〇年）古希臘哲學家、伊比鳩魯學派的創始人。成功地發展了阿瑞斯提普斯的享樂主義，主要宗旨就是

要達到不受干擾的寧靜狀態。

⑬聖嚴法師：聖嚴法師（西元一九三一～二〇〇九年），江蘇南通人，俗姓張，乳名保康，私塾學名志德，曾服兵役十年，更名採薇，以准尉退伍。聖嚴是臺灣佛教宗派法鼓山之創辦人，也是禪宗曹洞宗的五十代傳人、臨濟宗的五十七代傳人，為一佛學大師、教育家、佛教弘法大師。

⑭路遙知馬力，日久見人心：語出元．無名氏《爭報恩》第一折：「則願得姊姊長命富貴，若有些兒好歹，我少不得報答姊姊之恩，可不道路遙知馬力，日久見人心。」

⑮捻：音ㄋㄧㄢˇ，用手指互相搓揉。

⑯福兮禍所伏，禍兮福所倚：比喻壞事可以引出好的結果，好事也可以引出壞的結果。語出《老子》第五十八章：「禍兮福之所倚，福兮禍之所伏。」

⑰有志不在年高，無志空活百歲：語出清代石成金《傳家寶．俗諺》：「有志不在年高，無志空長百歲。」

綜合討論

宗教改革家馬丁．路德曾說：「一個國家的前途，決定於它人民教育的程度及品格的高下。」寫《神曲》的但丁更說：「道德可以彌補智慧的缺點，智慧永遠沒有辦法彌補道德的空白。」一個社會是否健全，不只是靠經濟及國民所得，健全的社會更有賴於豐足的精神及心靈，文明的社會更須植基於生命的相互關懷及悲天憫人的胸懷，而這些，都得從教育著手。

社會文明的改變必須從人的改變開始；而人的改變，教育是最直接的路徑。念大學，名次不再是最重要的追求目標，賺大錢也不是成功的定義，我們要學習的是如何過一個有意義的人生，這段人生是充滿美善的世界，是有力量貢獻所能的願力，是充滿熱情敬業的生活；每個人都有權利選擇如何度過此生，聰明的您，是否能在洪蘭的字裡行間，開始認真面對自我，修煉自我，不斷地從淬鍊中提升自我，以成就一段不悔的生命價值。

第二課　心術

宋・蘇洵

概說

宋王朝在與遼和西夏的關係上，一直軟弱無能，苟且偷安，因此蘇洵憂國憂民。他花了很大精力研究古今兵法和戰例，《權書》十篇就是他系統研究戰略戰術問題的軍事專著，《心術》是其中的一篇。本文乃蘇洵根據我國歷代軍事理論和經驗，提出了自己對用兵的主張。其中有些觀點很有參考價值，如對戰爭要「知理、知勢、知節」，曾給後人很大的啟發。

蘇洵（西元一〇〇九～一〇六六年），北宋散文家。字明允，號老泉，眉州眉山（今屬四川）人。長於古文，筆力雄健，議論暢明。與子蘇軾、蘇轍並稱「三蘇」，俱被列入「唐宋八大家」。有《嘉佑集》。

課文

爲將之道，當先治心；泰山崩於前而色不變，麋鹿興於左而目不瞬❶；然後可以制❷利害，可以待敵。凡兵上義❸；不義，雖利勿動。非一動之爲利害，而他日將有所不可措手足也。夫惟義可以怒士❹，士以義怒，可與百戰。

凡戰之道：未戰養其財，將戰養其力，既戰養其氣，既勝養其心。謹烽燧❺，嚴斥堠❻，使耕者無所顧忌，所以養其財；豐犒而優游之，所以養其力；小勝益急，小挫益厲，所以養其氣；用人不盡其所欲爲，所以養其心。故士常蓄其怒，懷其欲而不盡。怒不盡則有餘勇，欲不盡則有餘貪。故雖併天下，而士不厭兵❼。此黃帝之所以七十戰而兵不殆❽也。不養其心，一戰而勝，不可用矣。

凡將欲智而嚴，凡士欲愚❾；智則不可測，嚴則不可犯；故士皆委己而聽命，夫安得不愚？夫惟士愚，而後可與之皆死。

凡兵之動，知敵之主，知敵之將，而後可以動於險。鄧艾❿縋兵⓫於蜀中，非劉禪之庸，則百萬之師可以坐縛⓬；彼固有所侮⓭而動也。故古之賢將，能以兵嘗敵⓮，而又以敵自嘗，故去就⓯可以決。

凡主將之道，知理而後可以舉兵，知勢而後可以加兵，知節⓰而後可以用兵。知理則不屈，知勢則不沮，知節則不窮。見小利不動，見小患不避；小利小患，不足以辱吾技也，夫然後有以支大利大患。夫惟養技而自愛者，無敵於天下。故一忍可以支百勇，一靜可以制百動。

兵有長短，敵我一也。敢問：「吾之所長，吾出而用之，彼將不與吾校⓱；吾之所短，吾蔽而置之，彼將強與吾角⓲；奈何？」曰：「吾之所短，吾抗而暴之，使之疑而卻⑲；吾之所長，吾陰而養之⑳，使之狎㉑而墮其中；此用長短之術也。」

善用兵者，使之無所顧，有所恃。無所顧，則知死之不足惜；有所恃，則知不至於必敗。尺箠㉒當猛虎，奮呼而操擊；徒手遇蜥蜴，變色而卻步；人之情也。知此者，可以將矣。袒裼㉓而按㉔劍，則烏獲㉕不敢逼；冠胄衣甲，據兵而寢，則童子彎弓殺之矣。故善用兵者以形㉖固，夫能以形固，則力有餘矣。

註釋

❶ 麋鹿興於左而目不瞬：即使麋鹿就在旁邊起舞也不去看牠一眼。麋，形似鹿而體大，亦鹿類，俗稱四不像。左，旁也。瞬，目動、眨眼，短時間地目視。

❷ 制：判斷。

❸ 上義：上者，同尚。崇尚正義。

❹ 怒士：激勵士兵，使士卒振奮。

❺ 烽燧：敵人來犯，燃火示警，夜間舉火為烽，白天燔煙為燧。唐人李賢《後漢書．光武帝紀下》注云：「前書音義曰：邊方備警急，作高土台，台上作桔皋，桔皋頭有兜零，以薪置其中，命低之，有寇即燃之，舉之以相告，曰烽。又多積薪，寇至即燔之，望其煙，曰燧。晝則燔燧，夜乃舉烽。」

❻ 斥堠：軍隊中以偵察敵情之尖兵。堠，音ㄏㄡˋ。

❼ 士不厭兵：士卒好戰。厭，饜也，滿足。

❽ 殆：疲乏、疲困。

❾ 凡士欲愚：要士卒頭腦單純專一、敦厚老實，依賴並聽命於主帥，不思其他。愚在此作「愚忠」、「愚直」解。

❿ 鄧艾：字士載，三國魏棘陽人，官鎮西將軍，魏

元帝時，與鍾會攻蜀，別將一軍潛入陰平道（今甘肅省文縣至四川省平武縣左擔山之道）。據《三國志．鄧艾傳》，鄧艾行無人之地七百餘里，鑿山通道，造作橋閣，山高谷深，至為艱險。鄧艾以氈自裹，推轉而下，將士皆攀木緣崖，魚貫而進，終於到達成都，蜀漢後主出降，遂滅蜀，時為西元二六三年。

⓫ 縋兵：用繩索懸之使下。縋，音ㄓㄨㄟˋ。

⓬ 坐縛：束手就擒。

⓭ 侮：輕視。

⓮ 嘗敵：試探敵人兵力。

⓯ 去就：去留。

⓰ 節：調度。

⓱ 校：較量。

⓲ 角：角力。

⓳ 卻：退避。

⓴ 陰而養之：隱密而培養。

㉑ 狎：輕忽。

㉒ 尺箠：一尺長的馬鞭。箠，音ㄔㄨㄟˊ。

㉓ 冠冑衣甲：戴著頭盔，穿著鎧甲。衣，音ㄧˋ，穿也；此處冠、冑、衣、甲皆作動詞用。

㉔ 袒裼：打赤膊。袒、裼，皆動詞，脫掉上衣，裸露身體之意。

㉕ 案：同按。

㉖ 烏獲：人名，生卒年不詳，戰國時大力士，秦國人，與任鄙、孟說齊名。秦武王崇好力士，羅致並寵用他們，皆至大官。孟軻說他力能舉百鈞（三千斤）。

㉗ 形：外在的各種有利條件。

綜合討論

全文提出八條意見，自成段落，但又都圍繞一個中心。文章層次分明，言簡意賅。全文是講當將領者應遵循的法則，全文氣勢磅礴，設喻得當，反襯有力，可謂神來之筆。

這篇文章涉及戰爭中有關將帥統領的諸多重要問題，給人以深刻的啟示。綜論將領應遵循的八項法則，心術之一是為將之道，在於鎮靜沉著，要有大將風度。此為個人素質的培養。心術之二為一切正義的內涵都掌握在統治者手中，只要使士卒覺得有利可圖，引發士卒激昂情緒，自然為所謂的正義而戰。此為義與利的關係。心術之三是善於掌握士卒心理摸透士兵的心，將士卒運用到極致。心術之四為將領善攻心計，能將士卒統御得服服帖帖。心術之五為知己知彼，百戰不殆之。此三者是心理建設是否健全的問題。心術之六為主將之道在於知理、知勢、知節；為人之道亦是。心術之七為運行兵法真假虛實，讓敵人摸不著頭緒，玩弄於股掌之間，豈有不勝之理。此二者為戰術上的運用是否靈活。心術之八為要能鞏固自己權勢，穩定士卒軍心。文中所闡述的智和愚、理和勢、忍和勇、靜和動、嘗知和自嘗等眾多對立關係的戰略戰術思想，皆從「矛盾」著眼思索將帥對戰事的處理方法，具有深邃而又切合實用的特點。

本文在寫作手法方面純熟運用大量排偶句，給人以排宕頓挫之感，在散文中運用排偶句，「高下相須，自然成對」，不僅有駢文音調鏗鏘、氣勢不凡、形式優美的特點；而且排偶句和長短句交替互用，又有連類排比、一氣貫注的效果。文中多富哲理的精鍊警句名言，內涵豐富，為文章增色不少。正如吳楚材、吳調侯於《古文觀止》卷十所指出的：「先後不紊。由治心而養士，由養士而審勢，由審勢而出奇，由出奇而守備，段落鮮明，井井有序，文之善變化也。」

第三課　捕蛇者說

唐・柳宗元

概說

《捕蛇者說》寫於作者被貶到永州（現在湖南零陵）時，是柳宗元的散文名篇。柳宗元的貶地永州，在當時是相當荒僻落後的地區。司馬是刺史的助手，有職無權。柳宗元在此地住了將近十年，到元和十年（西元八一五年）才被改派到柳州當刺史。在刺史任內，他「因其土俗，為設教禁」，取得顯著政績。但因長期內心抑鬱，健康狀況惡化，終於病死在永州，年僅四十七歲。

「說」是我國古代的一種敘事兼議論文體，它可以發表議論，可以記事、議論記事都是為了說明道理。本文寫於作者在永州任職之時，文中通過一個世代家族為了免繳賦稅而甘願冒死為政府捕捉毒蛇者的自述，真實反映中唐時期農民的悲慘生活，表達出作者的深切同情。

柳宗元（西元七七三～八一九年），字子厚，唐代河東郡人，唐代著名文學家、思想家，唐宋八大家之一。其文章風格，劉禹錫《河東先生集・序》稱其「雄深雅健，似司馬子長」。他與同時代的大詩人韋應物常被相提並論，合稱「韋柳」，是繼「王孟」（王維、孟浩然）之後有名的田園詩人。他的詩風格清峭，蘇東坡《書黃子思詩集後》「發纖濃於簡古，寄至味於淡泊」，著名作品有《永州八記》等六百多篇文章，經後人輯為三十卷，名為《柳河東集》。因為他是河東人，人稱柳河東，又因終於柳州刺史任上，又稱柳柳州。與韓愈同為中唐古文運動的領導人物，並稱「韓柳」。

課文

永州之野產異蛇，黑質而白章[1]，觸草木盡死；以齧[2]人，無禦之者。然得而腊[3]之以爲餌[4]，可以已[5]大風[6]、攣踠[7]、瘻癘[8]，去死肌[9]，殺三蟲[10]。其始太醫以王命聚之，歲賦其二[11]。募有能捕之者，當其租入[12]。永之人爭奔走焉[13]。

有蔣氏者，專其利三世矣。問之，則曰：「吾祖死於是[14]，吾父死於是，今吾嗣爲之十二年，幾死者數矣[15]。」言之貌若甚戚[16]者。余悲之，且曰：「若毒之乎？[17]余將告於蒞事者[18]，更若役，復若賦，則如何？[19]」

蔣氏大慼[20]，汪然[21]出涕，曰：「君將哀而生之乎？則吾斯役之不幸，未若復吾賦不幸之甚也。嚮[22]吾不爲斯役，則久已病[23]矣。自吾氏三世居是鄉，積於今六十歲矣。而鄉鄰之生日蹙[24]，殫[25]其地之出[26]，竭其廬之入[27]。號呼而轉徙[28]，餓渴而頓踣[29]，觸風雨，犯寒暑，呼噓毒癘[30]，往往而死者，相藉[31]也。曩[32]與吾祖居者，今其室十無一焉[33]；與吾父居者，今其室十無二三焉；與吾居十二年者，今其室十無四五焉。非死即徙爾，而吾以捕蛇獨存。悍吏之來吾鄉，叫囂[34]乎東西，隳突[35]乎南北；譁然而駭者，雖雞狗不得寧焉。吾恂恂[36]而起，視其缶[37]，而吾蛇尚存，則弛然[38]而臥。謹食[39]之，時而獻焉。退而甘食其土之有，以盡吾齒[40]。蓋一歲之犯死者[41]二焉，其餘則熙熙[42]而樂，豈若吾鄉鄰之旦旦有是哉。今雖死乎此，比吾鄉鄰之死則已後矣，又安敢毒耶？」

余聞而愈悲，孔子曰：「苛政猛於虎也！」[43]吾嘗疑乎是，今以蔣氏觀之，猶信。嗚呼！孰知賦斂之毒，有甚於是蛇者乎！故爲之說，以俟夫觀人風者得焉[44]。

❶黑質：黑身。質，原是質地之意，此處解釋為顏色。白章：白色的花紋。
❷齧：音ㄋㄧㄝˋ，咬。
❸腊：乾肉，這裡作動詞用。腊之：即把蛇肉晾乾，製成肉乾。腊，音ㄒㄧˊ。
❹餌：藥餅。
❺已：止也，治癒。
❻大風：即痲瘋病。
❼攣踠：手腳彎曲不能伸展。攣，音ㄌㄩㄢˊ，牽繫，通彎。踠，彎曲、屈曲，音ㄨㄢˇ。
❽瘻：頸部生瘡，久而不癒，常出濃水。瘻，音ㄌㄡˋ。癘：惡瘡。
❾死肌：腐爛的肉。
❿三蟲：三尸蟲，泛指潛伏於人體內之寄生蟲。
⓫歲賦其二：在此指每年徵收兩次蛇。賦，動詞，徵收、斂取。
⓬當其租入：抵他應繳的租稅。當，抵、頂替。
⓭焉：這裡指捕蛇這件事。
⓮是：指捕蛇。
⓯幾死者數矣：有幾次差點被蛇咬死。
⓰戚：憂愁。
⓱若毒之乎：你怨恨這件事嗎？

⑱莅事者：地方官，指管徵收蛇的官吏。

⑲更若役：更改你的差使。役：只給官府捕蛇這件事。復若賦：恢復原來的賦稅。

⑳慼：悲傷，音ㄑㄧ。

㉑汪然：涕淚湧出的樣子。

㉒嚮：以前。

㉓病：困苦不堪。

㉔蹙：窘迫。

㉕殫：竭盡。音：ㄉㄢ。

㉖出：生產。

㉗廬：房舍，指家庭。入：收入。

㉘轉徙：輾轉遷移，不得安居。

㉙頓：跌倒。踣：僵仆於地。音ㄅㄛˊ。

㉚呼噓：呼吸。毒癘：毒氣、瘟疫之氣。

㉛相藉：交橫而臥。此處指死屍極多，相互交疊。

㉜曩：從前。

㉝室十無一：十家住戶有一戶空屋。

㉞叫囂：大聲吵嚷呼噪。

㉟隳突：騷擾。隳，音ㄏㄨㄟ，毀也。

㊱恂恂：謹慎、擔心的樣子。音ㄒㄩㄣˊ。

㊲缶：瓦器。腹大口小，可盛液體者。音ㄈㄡˇ。

㊳弛然：放心的樣子。弛，音ㄔˊ。

㊴食：同「飼」，餵養。

㊵齒：年齡。

㊶犯死者：冒著死亡的威脅。

㊷熙熙：愉快的樣子。

㊸苛政猛於虎：見《禮記・檀弓下》：孔子過泰山側，有婦人哭於墓而哀。夫子式而聽之，使子路問之，曰：「子之哭也，一似重有憂者。」而曰：「然。昔者吾舅死於虎，吾夫又死焉，今吾子又死焉。」夫子曰：「何為不去也？」曰：「無苛政。」夫子曰：「小子識之，苛政猛於虎也。」

㊹俟：等待，此處有期待、希望的意思。觀人風者：視察民情風俗的人。

綜合討論

《捕蛇者說》在寫作技巧上運用對比方式，本文開頭就極言異蛇的毒性之劇，人和草木都不可靠近，但其藥用價值卻使永州的百姓「爭奔走焉」，此對比暗示了「賦斂之毒有甚是蛇者」的慘狀，為下文做了伏筆，雖只敘述無議論，然全文主旨已寓於其中。

接著以「專其利三世」的蔣氏家族冒著生命危險捕蛇，卻在永州是令人羨慕的，但蔣氏三代捕蛇的「利」是由性命換來，所謂「利」與「死」形成了鮮明的對比。蔣氏的遭遇雖悲慘，相較於鄉鄰們所面對的沉重賦稅，卻能以捕蛇獨存的情況做對比；加以悍吏來鄉索租時「叫囂乎東西，隳突乎南北」、雞犬不寧的情形和自己還能「弛然而臥」做對比；最後再以一年之中「犯死者二焉」，卻仍有「熙熙而樂」日子可過和鄉鄰們天天都被逼稅，日日受盡煎熬的生活形成對比。文中蔣氏的答話句句痛陳「賦斂之毒有甚是蛇」，卻還有「樂」可言，因此面對作者「若毒之乎」的問話，終以「安敢毒焉」作結。

全篇組織嚴密，結構謹嚴，以蛇毒襯托賦毒，揭示主題。善於運用蓄勢、對比和反襯描寫人物表情的變化，使「賦斂之毒」和異蛇之毒形成強烈的反差，對捕蛇者的心理刻畫尤為細緻入微，訴說哀而不傷，讀來更覺摧折肺腑，蘊含著無限悲傷淒婉之慨，是這篇散文突出的藝術特點。文章氣勢連貫，氣氛濃厚，感情摯切。在章法技法上以及文字的組織上，都獨具匠心，用語精鍊準確，形象鮮明。清人林紓評此文：「貽『苛政猛於虎』而來，命意非奇，然蓄勢甚奇。」

從思想層面而言，本文飽含著作者對下層百姓的深厚同情，表現了他的民本思想與文學主張。文末寫道：「故為之說，以俟夫觀人風者得焉。」無非是寄望統治者能了解民情，減輕人民的痛苦，反映出柳宗元「以興堯舜孔子之道，利安元元之務」的政治主張。

第四課 郁離子選

明・劉基

本文節選自《郁離子》一書，《郁離子》原有十卷，分為十八章，一百九十五條，今本則編為二卷，一百八十二條。全書每敘一事，明一理，或千言，或百字，皆採寓言形式，間或出以議論。

《郁離子》之成書為劉基有意藉此書勸世諷俗，針砭時政，除對元末寄寓警戒之外，對明初政治亦多有影射，為避免文字之禍，而以寓言方式出之。取材廣泛，或取自歷史故事、神話傳說、諸子寓言，加以改寫點化，賦予新意，或是作者所經歷之生活體驗；從歷史古人到現今社會，從帝王將相至升斗小民，從神仙佛道到妖魔鬼怪，從百工雜藝到草木蟲魚，無所不包，可見其學問淵深。全書筆法靈活，想像奇詭，文辭富麗，技巧多變，藝術性強。堪稱中國寓言的無上珍寶。

劉基（西元一三一一～一三七五年），字伯溫。事明太祖，為明初開國功臣。明初典章制度多出自劉基、宋濂、李善長之手，被明太祖譽為「吾之子房」，《明史》以為「諸葛孔明儔也」。晚年眼見胡惟庸把持朝政，憂憤病死。《明史》本傳形容其為人：「基虯髯，貌修偉，慷慨有大節，論天下安危，義形於色。」「遇急難，勇氣奮發，計畫立定，人莫能測。」足見其為人之耿介。諡號「文成」。

其文強調必須具有教化作用，既可以移風易俗，也可以諷諭勸諫，文章風格古樸渾厚，雄邁而有奇氣。散文以寓言體最為出色，一般的說理散文，論點鮮明，文筆犀利，往往夾敘夾議，注重文字的形象意義，體裁多樣化，內容豐富，時人比之為唐朝的魏徵。主張恢復漢、唐時期的文學傳統，以司馬遷、班固、陳子昂、李白、杜甫、韓愈、柳宗元等人為楷模，和宋濂並稱。為詩沉鬱跌宕，成就最高，詩歌之中又以樂府詩、古體詩較為優秀，和高啟齊名。有《誠意伯文集》、《郁離子》傳世。

一、聖人不知

楚南公❶問於蕭寥子雲❷曰：「天有極乎？極之外又何物也？天無極乎？凡有形必有極，理也，勢也。」

蕭寥子雲曰：「六合之外，聖人不言。」❸

楚南公笑曰：「是聖人所不能知耳，而奚以不言也。故天之行，聖人以曆紀之❹；天之象，聖人以器驗之❺；天之數，聖人以算窮之❻；天之理，聖人以易究之。凡耳之所可聽，目之所可視，心思之所可及者，聖人搜之，不使有毫忽之藏❼。而天之所閟❽，人無術以知之者惟此。今又不曰不知，而曰不言，是何好勝之甚也！」

二、奪物自用

郁離子曰：「蠶吐絲而爲繭以自衛也，卒以烹其身；而其所以賈禍⑨者，乃其所自作以自衛之物也。蠶亦愚矣哉！蠶不能自育，而託於人以育也，託人以育其生，則竭其力，戕⑩其身以爲人用也弗過⑪。人奪物之所自衛者爲己用，又戕其生而弗之卹⑫，甚矣！而曰天生物以養人。人何厚⑬，物何薄⑭也？人能財成⑮天地之道，輔相天地之宜，以育天下之物，則其奪諸物以自用也亦弗過。不能財成天地之道，輔相天地之宜，蚩蚩⑯焉與物同行，而曰天地之生物以養我也，則其獲罪於天地也大矣！」

三、直言諛言

郁離子曰：「烏鳴之不必有凶，鵲鳴之不必有慶，是人之所識也。今而有烏焉，日集人之廬以鳴，則其人雖恆喜⑰，亦莫不惡之也；有鵲焉，日集人之廬以鳴，則其人雖恆憂，亦莫不悅之也。豈惟常人哉？雖哲士⑱亦不能免矣。何哉？寧非以其聲與？⑲是故直言人皆知其爲忠，而不能卒不厭⑳；諛言㉑人皆知其爲邪，而不能卒不惑。故知直言之爲藥石㉒，而有益於己，然後果於能聽；知諛言之爲疢疾㉓，而有害於己，然後果於能不聽。是皆怵㉔於其身之利害而然也。

是故善爲忠者，必因其利害而道之；善爲邪者，亦必因其利害而欺之。惟能灼見[25]利害之實者，爲能辨人言之忠與邪也。人欲求其心之惑，當於其聞烏鵲之鳴也識之。」

❶楚南公：戰國末楚人，楚國貴族，著《南公》二十一篇，可謂為陰陽學派中之大家。
❷蕭寥子雲：西漢揚雄，字子雲。曾仿《易經》作《太玄》，強調如實認識自然現象的重要。
❸六合之外，聖人不言：語出《莊子・齊物論》。六合：天地四方，整個宇宙的巨大空間。
❹以曆紀之：用曆法來紀載它。曆，推算歲時節候的方法。
❺以器驗之：用器具來驗證它。
❻以算窮之：以計算來追究它。
❼毫忽之藏：細微隱密之處。
❽所閟：幽深之所在。閟，音ㄅㄧˋ，遮掩、掩蔽。
❾賈禍：招致禍端。
❿戕：殺害。音ㄑㄧㄤˊ。
⓫弗過：不算過分。
⓬卹：同「恤」，憐憫、憐惜。
⓭厚：尊貴。
⓮薄：輕賤、卑微。
⓯財成：成就。
⓰蚩蚩：癡呆；無知。
⓱恒喜：常懷喜樂之心。
⓲哲士：見識才能卓越之人。
⓳寧非以其聲與：難道不是因為他們的聲音嗎？與，同「歟」，語末助詞，表疑問。
⓴卒不厭：到最終也不厭惡。
㉑諛言：諂媚奉承的話語。
㉒藥石：治病的藥物和砭石。砭石即古代用來扎刺皮膚以治病的石針。砭，音ㄅㄧㄢ。

㉓疢疾：疾病、憂患。疢，熱病，音ㄔㄣˋ。

㉔怵：恐懼、害怕。音ㄔㄨˋ。

㉕灼見：洞察，透徹地看清利弊虛實。

綜合討論

《郁離子》的文學價值有三：一為故事性極強，寓道理於形象之中。所敘故事情節比較具體，描繪生動感人，使人產生聯想，增強具體感，生動有趣，引人入勝，耐人尋味，具有強烈的藝術感染力。其二，篇幅短小精悍，形式靈活多樣。作者善於把多樣的藝術形式與豐富的表現手法結合在一起。敘事或詳或略，多變靈活。描寫，狀物寫態，細緻逼真。議論，虛實結合，有論有據。說理，或問答，或釋疑，或託寓言故事，形態多樣。抒情則發自肺腑，情真感人。其三，語言簡練而不呆板，古樸艱深而又有文采，讀之流暢自然，鏗鏘悅耳，琅琅上口。

〈聖人不知〉以楚南公與蕭寥子雲的對話言研究學問應持有老老實實的態度，「知之為知之，不知為不知」。承認不知而努力，才可變不知為知，何必轉彎抹角，掩飾自己的無知呢？諷諭讀書人應勇於承認無知，才能進而追求未知。

〈奪物自用〉一文，則呼籲人類應珍惜資源。人生天地之間，衣食住行，無不取之於物，用物須取之有道，只知索取，不知奉獻，只知消耗，不知涵養，則必坐吃山空，財富日竭，常言說君子取之有道。在人與自然的關係上，不也是如此？大自然已為人類敲響了警鐘，保護自然環境，是刻不容緩的課題。

最後，〈直言諛言〉誠可謂良藥苦利於病，忠言逆耳利於行。人們往往不喜歡聽真話，而樂於被人阿諛奉承，在他人的甜言蜜語中得到快慰，即使哲人也難以例外。要想擺脫奉承之言的迷惑，最好每時每刻提醒自己認清其危害性，以免禍及災殃，那就悔之莫及了。

第五課　幽夢影選

明・張潮

概說

《金剛經》：「一切有為法，如夢、幻、泡、影，如露亦如電，應做如是觀。」作者以人生世相為鏡花雪月，為色為空，如夢如影，故取書名《幽夢影》。

《幽夢影》的寫作時間大約是張潮在四十八歲前斷斷續續寫成，時間應不晚於西元一六九八年。書中談古今，論詩書，話風月，道聖賢，說風骨、才子佳人之韻致風雅，內容多元豐富。作者以大量簡練而鮮明的筆觸熱情謳歌大自然和種種美好事物，抒發對人生、自然的感觸、追求高度藝術化的生活，表達自己對美感和情趣的享受，風格清新明快，文字明麗潔淨。

行文灑脫輕妙，高遠清逸，風雅明理，信手拈來，皆為卓思妙句，誠為淋漓之筆墨。而其中亦不少佛、道之語，思想深邃超脫，可謂醍醐灌頂；其談人生處世之道，揮灑自如、深入淺出，蘊含著破人夢境、發人警醒的用心，可見作者律己嚴明，待人通達，即便短短數語，亦能動人情弦，啟人性靈，意境美妙雋永。是一部典雅又不落俗套，以文藝格言為主的筆記隨感小品集。

張潮（西元一六五〇年～？），字山來，一字心齋，別署心齋居士，因孫致彌為《幽夢影》作序言：「然三才之理、萬物之情、古今人事之變，皆在是矣。」乃指內容包括天、地、人三才之理，故號「三在道人」。生於清順治八年，安徽歙縣人。清初文學家、小說家、刻書家，官至翰林院。著名作品有《幽夢影》、《虞初新志》、《花影詞》、《心齋聊復集》、《奚囊寸錦》、《心齋詩集》、《飲中八仙令》等。

張潮擅長小品文，其中尤以《幽夢影》最負盛名。《幽夢影》問世後，還出現了仿效之作，如清代朱錫綬的《幽夢續影》、近人鄭逸梅《幽夢新影》等，可見其影響之大。

課文

一、善交朋友

一介之士，必有密友。密友不必是刎頸之交❶，大率雖千百里之遠，皆可相信，而不為浮言所動；聞之有謗者，即多方為辨析而後已；是之宜行宜止者，代為籌畫決斷；或事當利害關頭，有所需而後濟者，即不必與聞，亦不慮其負我否，竟為力承其事，此皆所謂密友也。

天下有一人知己，可以不恨。不獨人也，物亦有之。如菊以淵明為知己❷，梅以和靖為知己❸，竹以子猷為知己❹，蓮以濂溪為知己❺，桃以避秦人為知己❻，杏以董奉為知己❼，石以米顛為知己❽，荔枝以太眞為知己❾，茶以盧仝、陸羽為知己❿，香草以靈均為知己⓫，鱸以季鷹為知己⓬，蕉以懷素為知己⓭，瓜以邵平為知己⓮，雞以處宗為知己⓯，鵝以右軍為知己⓰，鼓以禰衡為知己⓱，琵琶以明妃為知己⓲。一與之訂，千秋不移。若松之於秦始⓳、鶴之於衛懿⓴，正所謂不可與作緣者也。

對淵博友，如讀異書；對風雅友，如讀名人詩文；對謹飭友，如讀聖賢經傳；對滑稽友，如閱傳奇小說。

二、修養品格

少年人須有老成之識見，老成人須有少年之襟懷。

才子而富貴，定從福慧雙修得來。

山之光，水之聲，月之色，花之香，文人之韻致，美人之姿態，皆無可名狀[21]，無可執著。眞足以攝召魂夢[22]，顚倒情思[23]！

富貴而勞悴[24]，不若安閒之貧賤；貧賤而驕傲，不若謙恭之富貴。

武人不苟戰，是爲武中之文；文人不迂腐，是爲文中之武。

文名可以當科第，儉德可以當貨財，清閒可以當壽考[25]。

貧而無諂，富而無驕，古人之所賢也；貧而無驕，富而無諂，今人之所少也。足以知世風之降[26]矣。

三、閱讀之樂

少年讀書，如隙中窺月；中年讀書，如庭中望月；老年讀書，如台上玩月。皆以閱歷之淺深，爲所得之淺深耳。

藏書不難，能看爲難；看書不難，能讀爲難；讀書不難，能用爲難；能用不難，能記爲難。

文章是案頭[27]之山水，山水是地上之文章。

不得已而諛之者，寧以口，毋以筆；不可耐而罵之者，亦寧以口，毋以筆。

能讀無字之書，方可得驚人妙句；能會難通之解，方可參最上禪機[28]。

四、享受人生

有工夫讀書，謂之福；有力量濟人，謂之福；有學問著述，謂之福；無是非到耳，謂之福；有多聞直諒之友，謂之福。

人莫樂於閒，非無所事事之謂也。閒則能讀書，閒則能遊名勝，閒則能交益友，閒則能飲酒，閒則能著書。天下之樂，孰大於是？

天下無書則已，有則必當讀；無酒則已，有則必當飲；無名山則已，有則必當遊；無花月則已，有則必當賞玩；無才子佳人則已，有則必當愛慕憐惜。

昔人欲以十年讀書，十年遊山，十年檢藏。予謂檢藏儘可不必十年，只二三載足矣。若讀書與遊山，雖或相倍蓰㉙，恐亦不足以償所願也。必也，如黃九煙前輩之所云：人生必三百歲而後可乎！

註釋

❶刎頸之交：語出《史記．廉頗藺相如列傳》，比喻可同生共死的至交好友。

❷淵明：陶淵明，東晉潯陽柴桑人，其〈飲酒〉二十首之五有「採菊東籬下，悠然見南山」，抒寫他歸隱田園的自得情趣。

❸和靖：林逋，北宋錢塘人。隱居西湖孤山，賞梅養鶴，終身不娶，不宦，人稱他「梅妻鶴子」。後世稱之「和靖先生」。

❹子猷：王子猷，名徽之，王羲之之子，東晉琅琊臨沂人。語本《世說新語．任誕》：「王子猷嘗暫寄人空宅住，便令種竹。或問：『暫住何煩爾？』王嘯詠良久，直指竹曰：『何可一日無此君！』」

❺濂溪：周敦頤，北宋人，後人稱其濂溪先生，著有〈愛蓮說〉。

❻避秦人：語本陶淵明〈桃花源記〉。文中說武陵捕魚人見世外桃源，此中人自云其「先世避秦時亂」來此。

❼董奉：董奉，字君異，三國吳名醫。他為人治病不取酬，癒者唯令其植杏。數年得十餘萬株。杏結實則換回穀子來濟貧。

❽米顛：米芾，子元章，宋代書法家。因行為怪僻，人稱「米顛」。喜藏金石古玩，尤嗜奇石。

❾太真：楊太真，小字玉環，唐玄宗寵妃。天寶四載（西元七四五年）封貴妃。《新唐書楊．貴妃傳》

載：「妃嗜荔枝，必欲生致之，乃置騎傳送，走數千里，味未變，已至京師。」杜牧〈過華清宮〉說：「一騎紅塵妃子笑，無人知是荔枝來。」正詠此事。

⑩盧仝、陸羽：盧仝，自號玉川子，唐范陽（今河北涿州）人，一說濟源（今屬河南）人。作有〈茶歌〉。陸羽，字鴻漸，一名疾，字季疵，號竟陵子、桑苧翁、東岡子，唐復州竟陵（今湖北天門）人。所著《茶經》三卷，為世界上首部論茶專著。

⑪靈均：屈原，名平，字原，自稱名正則，字靈均，戰國時期楚國詩人。作有〈離騷〉、〈九歌〉、〈九章〉。

⑫季鷹：張翰，字季鷹，晉吳縣人。齊王司馬冏召為大司馬，以政局混亂，為避禍全身，託詞每見秋風起便想起故鄉的菰菜、蓴羹及鱸魚膾，辭官歸隱。

⑬懷素：懷素，字藏真，俗姓錢，唐長沙人。為書法家，玄奘弟子，相傳他種有萬餘株芭蕉，用蕉葉代紙寫字。

⑭邵平：邵平，即召平，秦廣陵人。封東陵侯。秦亡，以家貧種瓜於長安城東，瓜甜美碩大，俗稱東陵瓜。

⑮處宗：宋處宗，晉沛國人。官兗州刺史，傳說他有一隻長鳴雞，常籠養窗間，後雞能作人語，談論富智慧，且終日不輟。事見《幽明錄》。

⑯右軍：王羲之，字逸少，晉琅琊臨沂人，居會稽山陰。官至右軍將軍、會稽內史。世稱王右軍。其書法為世人所重。性喜鵝，據載他為山陰道士書寫《道德經》，討其鵝以為筆潤。

⑰禰衡：禰衡，字正平，東漢平原郡般縣人。有才辯，氣剛傲物。曹操召他為鼓吏，欲辱之，反為其所辱。

⑱明妃：王嬙，字昭君，漢元帝時入宮。竟寧元年（西元前三三年）請嫁匈奴。晉時避司馬昭諱，稱明君或明妃。據載其出塞時，戎服乘馬，手抱琵琶。

⑲松之於秦始：《史記．秦始皇本紀》載：始皇登泰山返，遇暴風雨，避於松下，因封其為五大夫，後以此作為松的別名。

⑳鶴之於衛懿：《左傳．閔公二年》載：衛懿公好鶴，他所養的鶴享有大夫的俸祿與車乘。

㉑無可名狀：無法形容其形狀。

㉒攝召魂夢：收取魂魄，形容令人銷魂蝕骨、失魂落魄的樣子。

㉓顛倒情思：心神不寧。

㉔勞悴：奔波忙碌，神形憔悴。
㉕壽考：年高，長壽。
㉖世風之降：形容社會風氣敗壞。
㉗案頭：書桌上、几案上。
㉘參：領悟、體會。禪機：佛教禪宗教法，強調不立文字，當下頓悟。凡有利於頓悟佛法之機緣，即稱禪機。
㉙倍蓰：蓰，五倍；音ㄒㄧˇ。倍蓰即「好幾倍」之意。

綜合討論

張潮以平易近人的文字，簡短格言的篇幅，不拘格套地開放性書寫；豐沛淋漓的多元視角，俯拾生活中的閒情雅興，不愧是一位典型的生活玩家，真誠而有趣。

本文一談交友之樂。一個讀書人，必定有知心的朋友。知心的朋友能彼此信任，不會被虛泛不實的話語所動搖；會想盡辦法為你辯解中傷你的言詞；在事情的利害關鍵時刻，能在背後濟助幫忙，盡全力為你承擔事情；這些都可說是所謂的知心的朋友。結交不同的朋友，不但能增廣見聞、彼此鼓勵，亦能相互切磋學習，就如同閱讀一本本好書一般；每個人的一生都是一部豐富生動的書，由人生所寫成的「無字書」，只要善學、善讀，皆能由其性情、言行、姿態，無所不學、學之不盡。

二談品格之陶塑。中國讀書人喜談為人處世之道，賡續孔孟之志，張潮也不例外。他自身嚴以律己，寬以待人，處世多符合儒家規範，然而在談論的文辭裡，卻沒有半點道貌岸然的說教味。張潮認為要講究生活美學，一定要講究人品，沒有人品，一切的美都是虛假。張潮認為處世要能超脫富貴貧賤，修養心性，保持優雅清閒的心境，隨時寬心看待人事物，自然能人品日臻高潔，性靈日益真純了。

三談閱讀之樂。什麼是天下最幸福的人？張潮以為有功夫讀書、有學問可以著書者，就是天下最幸福的人。《幽夢影》全書談論讀書與問學之道，多達五十餘則。書中蘊含無窮智慧，只要一個頓悟、一個體會、一點禪機，就能達到優裕自如的清朗境界。生有涯而書海無涯，要體會與領悟書中的道理，歲月歷練、人生體驗與書本相互結合是極重要的。以心靈和生活相遇，努力地用歲月去累積智慧，不管在任何時候讀書，皆能有所得，積少成多後便能夠漸享讀書的樂趣。

四談樂活人生。世人經常忙碌於「名」與「利」之間，一刻不得閒；倘若人能淡泊名利，放下功利心，以閒適心應事，方能從容就事。閒能擁有自己的時間，恬靜、娛樂、消遣，盡情支配屬於自己的時間，這才是天下最樂活的事情。隨時讓自己保有一顆放鬆閒靜的心，隨地就能品味生活的細膩，處處驚喜，時時快樂，進而達到樂活的境界。若能如張潮「能閒世人所忙者」，適情順性、恬然自得，不役於物，果為世間最樂之人了。

第六課 口技

清・林嗣環

概說

本文記敘了一場精彩的口技表演，讚揚了口技表演者精湛的技藝，表現了我國民間藝人的智慧和才能。其「妙絕」關鍵在於口技者僅以「一桌、一椅、一扇、一撫尺」簡單的道具，就能模擬出維妙維肖的各種聲響。而僅靠這四百來字就把口技的「妙絕」表露得淋漓盡致！

〈口技〉一文選自《虞初新志・秋聲詩自序》，題目為後人所擬。《虞初新志》是清代張潮編寫的一部筆記小說，以鋪寫故事、記敘人物為中心。全書二十卷，所收多為明末清初仿擬傳奇故事之作，形式近於搜奇志異，並加評語，實際上是一部短篇小說集。林嗣環的〈口技〉一文被收入其中。

林嗣環（西元一六〇七～一六六二年），字起八，號鐵崖。福建安溪赤嶺後畬人（現安溪縣官橋鎮赤嶺村）。自幼聰穎，七歲能寫文章。早年應試，因文字卓絕，被考官誤以為他人代筆，故不得中。崇禎十五年（西元一六四二年）中舉。順治六年（西元一六四九年）己丑科進士，授大中大夫，調任廣東，「備兵海南時，恩威兼濟，兵民愛之」。順治十三年，寫〈屯田疏〉，官至廣東提刑按察司副使。康熙初年（西元一六六二年），山西左參政道，性耿介，多惠政，口碑甚佳。死於西湖寓所，家貧無以為殮，同年好友將其葬昭慶寺西里龍潭。著有《鐵崖文集》、《海漁編》、《嶺南紀略》、《荔枝話》、《湖舫集》等。

課文

京中有善口技者。會[1]賓客大宴，於廳事之東北隅，施[2]八尺屏幛[3]，口技人坐屏幛中，一桌、一椅、一扇、一撫尺[4]而已。眾賓團坐[5]。少頃，但聞屏幛中撫尺一下，滿坐寂然[6]，無敢譁者。

遙聞深巷中犬吠，便有婦人驚覺欠伸[7]，丈夫囈語[8]。既而兒醒，大啼，丈夫亦醒。婦撫兒，兒含乳啼，婦拍而嗚[9]之。又一大兒醒，絮絮[10]不止。當是時，婦手拍兒聲，口中嗚聲，兒含乳啼聲，大兒初醒聲，夫叱大兒聲，一時齊發，眾妙畢備。滿坐賓客，無不伸頸，側目[11]，微笑默歎[12]，以爲妙絕。

未幾[13]，夫齁[14]聲起，婦拍兒，亦漸拍漸止。微聞有鼠，作作索索[15]，盆器傾側[16]，婦夢中咳嗽。賓客意少舒[17]，稍稍正坐。

忽一人大呼「火起」，夫起大呼，婦亦起大呼。兩兒齊哭。俄而百千人大呼，百千兒哭，百千犬吠。中間力拉崩倒之聲[18]，火爆聲，呼呼風聲，百千齊作；又夾百千求救聲，曳屋許許聲[19]，搶奪聲，潑水聲：凡所應有，無所不有；雖人有百手，手有百指，不能指其一端[20]；人有百口，口有百舌，不能名其一處也。於是賓客無不變色離席，奮袖出臂[21]，兩股戰戰[22]，幾欲先走[23]。

忽然撫尺一下，眾響畢絕。撤屏視之，一人、一桌、一椅、一扇、一撫尺而已。

註釋

❶會：適逢，正趕上。
❷施：設置，安放。
❸屏障：指屏風、圍帳，用來擋住視線的東西。
❹撫尺：即「醒木」，說書藝人表演時所用木塊，用以拍案作聲，引起聽眾注意。
❺團坐：圍繞而坐。
❻滿坐寂然：全場靜悄悄的。坐，通「座」。
❼欠伸：打呵欠，伸懶腰。
❽囈語：說夢話。囈，音ㄧˋ。
❾嗚：指輕聲哼唱著哄小孩入睡。
❿絮絮：連續不斷地說話。
⓫側目：偏著頭看，形容聽得入神。
⓬默嘆：默默讚嘆。
⓭未幾：不久。
⓮齁：打鼾。音ㄏㄡ。
⓯作作索索：擬聲詞。老鼠活動的聲音。
⓰傾側：翻倒傾斜。
⓱意少舒：心情稍微放鬆了些。少，稍微。舒，伸展、鬆弛。
⓲中間：其中夾雜著。間，音ㄐㄧㄢˋ。力拉崩倒：劈哩啪啦，房屋倒塌。力拉，擬聲詞。
⓳曳屋許許聲：眾人一起用力拉塌燃燒著的房屋時所發出的呼喊聲。曳，拉也。音ㄧˋ。許許，擬聲詞。音ㄏㄨˇ。
⓴不能指其一端：不能指明其中的任何一種聲音。形容口技模擬的各種聲響同時發出，錯縱交織成一片，使人不能逐一辨識。一端，一頭，這裡指「其中一種」的意思。
㉑奮袖出臂：揚起袖子，露出手臂。奮，揚起、舉起。
㉒股：大腿。戰戰：打哆嗦，打戰。
㉓幾：幾乎。音ㄐㄧ。先走：搶先逃跑。

綜合討論

口技是一種傳統技藝。這種技藝是藝人長期在實際生活中仔細觀察、專心揣摩、勤學苦練而獲得的。口技的絕妙就在於能藉一口模擬出各種不同的聲響，給聽者如臨其境、如聞其聲之感。

本文記敘了一場精彩的口技表演，讀來如臨其境，如聞其聲，令人嘆服。作者筆下的這場口技表演距今已三百多年，今天仍能使我們深切地感受到這一傳統民間藝術的魅力。

首段交代口技表演者和表演的時間、地點、設施、道具，以及開演前的氣氛。為精彩表演做鋪墊。這部分除一個「善」字外，對口技表演者不加任何讚詞，卻處處為其高超技藝張本，造成很強的懸念，使讀者預期必有一場精彩的表演。

第二段至第四段，寫表演者的精彩表演和聽眾的反應，是全文的主體。其中包含口技藝人所表演的兩個場面：一是一個四口之家在深夜由睡而醒、由醒復睡的情形；表演由遠景入內景，拉開一家人深夜被驚醒的帷幕，表演達到第一個高潮。再寫一家人由醒復睡的場景，由高潮回歸低潮，蓄勢下一個高潮。文中搭配賓客的情緒變化，突顯表演者牽引著聽眾心弦，功力高強。二是發生在附近的一場大火災的情形，以及賓客以假為真的神態、動作。四口之家突逢變故，氣氛驟然變化。此時內景轉為外景，表現火勢的猛烈紛亂，及驚恐人們的呼號喊聲，極言聲音之雜亂、逼真。口技表演達到了第二個高潮。

最後在表演結束時再次交代表演者的道具僅「一桌、一椅、一扇、一撫尺而已」，與首段相呼應。

本文可觀處，首先在於文筆精彩，兼具記敘文、說明文二種體裁。可以從記敘場景的描寫文來讀，例如聲音由微弱到沸騰，由單一到紛繁，應有盡有。也可以從描寫口技特色的說明文來品味，例如首尾一再說明簡單的道具，就能說明「聲響」的順序有遠近、外內、少多、單雜之分，還有靜、動、鬧、喧鬧等多種變化。再則議論精當，使「妙絕」更絕。例如：「雖人有百手，手有百指，不能指其一端；人有百口，口有百舌，不能名其一處也。」此句精當地議論口技表演到了極致，賓客是無法言喻的。此外，本文敘事運用了正面描寫與側面描寫，二者相互輝映，尤其是側面描寫，例如：以側面描寫口技即將開演時的氣氛，暗示、烘托表演者的口技絕妙。又如側寫賓客猶如身臨火災現場的神色、動作、情感、心理，以突出口技之善、妙等等，有力地烘托了正面直述之不足。故本文雖然篇幅不大，但確為一難得的上乘佳作。

單元五

心靈的跫音——詩、詞、曲選

單元大意

詩歌在中華文化中的地位

由於漢字一字一音的特性，中文大概是最適合寫成詩歌韻文的文字；而事實上，詩歌確實成為中國文學的最主要表現形式，中國人也成為最為熱愛詩詞韻文的民族。

自《詩經》、《楚辭》開始，經過兩漢到南北朝的發展，詩歌韻文的相關技巧已被開發得淋漓盡致，終於創造了唐詩的輝煌。在隋唐時代，政府開科取士，考的就是詩賦。換言之，作詩的能力並不僅僅是一文學的能力，而被認為是一個人綜合素質的代表。自此以下的一千多年，「詩」的氣氛瀰漫於整個社會的上上下下。童子一開蒙就學作詩，他們的課本多是以詩歌的體裁編成的；各行各業學習的口訣也多半都是韻文。成人之後，不論是否通過科舉考試，「作詩」的活動都要伴隨他們的一生。文人就不用說了，「詩酒唱和」是他們離不開的生活內容，婚喪喜慶應酬來往都免不了要作詩。一般人生活之中，所見之亭台樓閣、宮殿廟宇、廳堂房舍，不論戶內戶外、鄉間城裡，無處不見詩歌（以及由詩變化而來的對聯）。流風所及，一般庶民娛樂活動如說書唱戲也盡量詩歌化，通俗小說裡也一定加入大量詩歌，招貼廣告也力求用韻對偶，廟裡求籤、和尚悟道都是詩歌的形式；即便是販夫走卒，喝酒聚會也要行個酒令；就連乞丐沿街要飯也要唱個〈蓮花落〉來討口彩。……詩歌對中國人的影響太大了，從最高的生命境界到一般的生活口語，無處不見詩歌的影子。說中國是詩的國度，一點也不為過。

一個充滿詩歌的社會有什麼好處？所謂「溫柔敦厚」的詩教，基本上就是教人「讓開一步」

看事情，能帶出一點超越的、宏觀的眼光。浸潤在詩歌的世界裡，很容易便把「上下五千年，縱橫十萬里」的所謂「文化」融入心中，把個人的一時的心情，拉到能與古人相應和的、永恆的、廣大的性情世界中；也就是哲學中所謂的「普遍化」；於是，這感情就不再是屬於我自己的「私情」了，而是在古往今來的感情世界中占有一定位置，能與眾人交感共鳴，從而得到撫慰，甚至引發自己更博大的同情。這絕對能在無形中提高人的文化品味，增加對人性、人生的體會之深度。

中國的古人，把作詩看得非常重。我們讀歷史，會發現很多的志士仁人，在被捕之後，臨死之前，他們絞盡腦汁殫精竭慮在做的事，往往還是琢磨著如何寫下一首詩。其中最有名的，遠如文天祥就不必說了，近的如譚嗣同、秋瑾、乃至汪精衛……，所做絕命詞無不膾炙人口。蘇東坡因詩獲罪，下到牢裡，一度以為自己要死了，於是趕忙寫一首詩與弟弟訣別。……死前不禱告、不掙扎，而是致力於作詩；此一現象，豈不奇特？恐怕全世界是絕無僅有的。由此可見，詩文幾乎成為古人生命的投射，心靈的神光。他們真心相信這是傳諸後世的「不朽之盛事」，所以傾注一生之精神傾力為之；若說其中貫注著宗教一般的情懷，誰曰不宜？

詩、詞、曲的起源

中國人向來把「詩」看作是自己的內心的表白。《詩經》的〈詩大序〉中說：「詩者，志之所之也。在心為志，發言為詩。」為什麼要作詩？那是因為心有所感動。心為什麼會感動？《禮記．樂記篇》說：「人心之動，物使之然也。」人因為心中懷有情感，所以對外物感覺十分敏銳。一年四時，大自然的變化、環境的變遷，都會令人心有所感。如果自然現象都會令人感動，那麼，人事的變遷，就更會令人「感慨繫之矣」！所以《詩品》上說：「嘉會寄詩以親，離群託詩以怨。」所以《楚辭・九歌》裡就有兩句話：「樂莫樂兮新相知，悲莫悲兮生別離。」相知之樂、離別之悲，令人動情；感受既深，其動人之處與種種緣由，就不能不加以記錄，於是話形成了詩。所以孔子說，「詩，可以興，可以觀，可以群，可以怨。」「詩」既是我們情感的寄託，又是我們情感交流與互相溝通啟發的媒介。好的詩，就成為所有人人情之共鳴；不僅僅是個人的心情，更代表了人類的心聲。

由於中國文字的單音節特性與富於聲調的變化，使中國詩歌從一開始就重視聲調韻律與形式之整齊，經過長期且豐富累積，在形式上的不斷講求，到唐代，終於形成了非常能夠彰顯格律之美的絕句與律詩（近體詩）。而在內容方面，從先秦時代開始，就形成了民間歌謠與士人抒懷的兩大主線，交互影響啟發，形成了非常豐富的符號象喻傳統。例如從《楚辭》開始，中國詩歌就有一個「悲秋」與「美人遲暮」的傳統。「日月忽其不淹兮，春與秋其代序」，在歲月消逝之中，「惟草木之零落兮，恐美人之遲暮。」這個「美人」是用女子美麗的容貌來象徵男子高尚的品德。而「悲秋」，就從悲嘆自然界的衰敗，一轉而為感嘆生命的落空。結合起來，就是慨嘆一個有才能、有理想的人，沒有完成自己就空過了一生，十分可惜。於是，在中國詩歌傳統的沾溉下，一個中國人的悲秋情懷，就必然與「士之不遇」聯想在一起，人文與自然的關係就更為錯綜，能夠給人以交互的啟發，人的精神世界因此豐富、廣大而多彩。

就在詩歌創作達到高峰的唐代，一種新的詩歌體裁——「詞」——興起了。詞的來源與詩不同；詩是一個人心中先有了感動才創作，但「詞」卻是為了配合音樂歌唱而創作的。由於在唐代，中、西方（中亞、阿拉伯）的交流十分頻繁，中亞的音樂通過絲路傳入中國，形成新的早調，在社會上十分流行；因此也需要為歌曲配上大量的曲詞。一開始，歌詞都十分俚俗，文人雅士認為其中錯誤太多，不夠典雅，於是也加入了歌詞創作的行列。但這種創作，與作詩不同，作詩，是反映自己的心聲；作詞，則是要想像唱者的心情。唱者多為歌女，所以初期「詞」的內容，也就以男女愛情為主。漸漸地，形成一個傳統，就是社會上認為「詞」並不代表作者的心情，所以在創作上就可以更自由，更活潑而不受拘束。此一時期的詞，就是《花間集》為代表。而以美女或愛情為主題的詞，有很多涵義是不便直說的，造成了詞之「婉約」的特色，可以興發許許多多意在言外的聯想，使得詞在創作上意象更為豐富，顯得更為熱情而浪漫。當然，到了後期，詞也有「詩化」的現象，如蘇東坡、辛棄疾的詞，豪放的詞風，直接「言志」，與「詩」在性質十分接近了；但總體而言，比起詩的莊重典雅，詞的抒情就顯得更為鮮活而浪漫。

「曲」與「詞」一樣，是先有曲譜，再依聲填詞而作。然或由於時代的原因，曲除了較詞更為自由地使用襯字之外，也較詞更顯得粗野鄙俗一些，所用的方言俗語更多。就創作題材而言，「曲」也反映了中國文化在衰落時期的文人心態，不若「詞」的表現那樣地內容寬廣而風格多變。所以，在創作數量上，與詩詞相較，「曲」的數量就明顯得少了；在元之後，創作者也十分有限；不像詩詞，一直維持著很強的生命力。不過，曲的聲調與當時的戲劇發展結合起來，成為元雜劇的主要形式。可以說，元雜劇代表中國戲劇最初的完整形式，一直到明代傳奇興起之前，都擔當者中國戲劇表演的重任。

明清兩朝，科舉考試雖以八股文為主，但會試內容仍包含近體詩的寫作。詩詞創作一直是文人身分的象徵，也是文人主要的休閒活動。直到清末廢科舉，近代西方體系的學校教育取代了傳統式的私塾，寫詩填詞才逐漸褪去流行，漸漸遠離了社會活動的主流。時至今日，當中國在一連串的內憂外患中逐漸恢復，在經濟發達衣食無虞之後，人們逐漸發現，作為個人抒情言志的方式，中國的古典詩詞，恐怕仍是最好的形式；其表現之典雅、含蓄、婉轉、……，富於寄託，意義深邃，極盡「言有盡而意無窮」的藝術韻味，不是其他任何的文學形式可以取代的。或許就在我們這一兩代人之間，中國詩歌以其強韌的生命力，迎來再一次的騰飛，並不是沒有可能的（本節關於詩詞曲的起源與特色，多所援用葉嘉瑩、鄭騫兩位教授的意見及其示例，未敢掠美，特此註明）。

第一課 古詩選

概說

在唐代近體詩出現之前的所有詩作，均可泛稱為「古體詩」。古體詩除押韻外，並沒有其他的限制。早期沿襲《詩經》傳統，以四言為主。至漢代，以五言創作為主。代表作有李陵、蘇武贈答詩（疑為後人偽託），《古詩十九首》、長篇詩歌《孔雀東南飛》等。降至漢末，三曹與建安七子、蔡琰（蔡文姬）等，均有膾炙人口的名作。魏晉時期的詩人，則首推陶、謝。尤其陶淵明，堪稱千古隱逸詩人之宗，人品之光明、情感之真摯，贏得後世無數人之景仰。此外，如阮籍、嵇康、潘岳、左思、陸機等，均有甚多名篇佳作。南朝詩人如沈約、謝朓、徐陵、庾信等，精研音律，勤於創作，下開唐詩的輝煌時代。

有關古詩的總集，以南北朝時期陳朝徐陵所編《玉台新詠》為最早。而南宋郭茂倩所編之《樂府詩集》則蒐羅最為完備；該書共一百卷，分作十二大類，有詩五千餘首。清代沈德潛所編《古詩源》則依時代分類，每篇均疏釋大義，並附評語圈點，最便初學。

本課第一篇〈陌上桑〉，是東漢時樂府民歌，為富有喜劇色彩的民間故事詩，且雜有對話的形式。此詩一名〈豔歌羅敷行〉，又名〈日出東南隅行〉，首見於《玉台新詠》；在郭茂倩所編之《樂府詩集》中，則屬「相和歌辭」類。

「樂府」本是秦漢以來設立的官府，專門採集民歌，並訓練樂工、配置曲調。後以「樂府」稱民歌。這些詩，原本在民間流傳，經由樂府保存下來，漢人叫做「歌詩」，魏晉時始稱「樂府」或「漢樂府」。後世文人仿此形式所作的詩，亦稱「樂府詩」。

第二篇〈青青河畔草〉選自《古詩十九首》。《古詩十九首》為東漢時期的作品，非出自一人一時，具體作者已無可考。這十九首詩，被梁昭明太子收入其所主編之《昭明文選》之中，後人遂統稱為《古詩十九首》。這十九首詩內容不一，有寫遊子思婦的哀怨，有寫仕途失意的苦悶，有的感嘆人生無常，有的憤慨人情冷暖。然皆語言樸實自然，用詞卻又十分簡練而涵義豐富，在後代文人的之目中，獲得極高的評價。

第三篇〈短歌行〉，為東漢曹操所作。「短歌行」為樂府詩題，曹操共作有兩首短歌行，此為其一。

曹操（西元一五五～二二〇年），字孟德，小字阿瞞，沛國譙（今安徽省亳州市）人。東漢末年著名軍事家、政治家和詩人。曹操生當東漢末年亂世，憑其雄才大略，內克袁紹等諸侯，外定烏桓等蠻夷，統一北方，與江南之孫、劉對峙。赤壁一戰，曹操戰敗，遂定「三國」之局。操在世時擔任東漢丞相，後受封魏王；去世後，其子曹丕篡漢自立，追尊其為武皇帝，廟號太祖。

曹操為歷史上的著名人物，憑其過人之政治手腕而崛起，有「治世之能臣，亂世之奸雄」之稱。任丞相時，「挾天子以令諸侯」，實際架空天子，掌握漢末政權三十餘年。一生特立獨行，不避人言。曾說：「設使國家無有孤，不知當幾人稱帝，幾人稱王？」（語見〈讓縣自明本志令〉）其於詩歌，善寫雄心壯志，氣象豪邁博大，用語跌宕起伏，波瀾壯闊，激動人心，頗受後世推崇。

第四篇〈歸園田居〉，東晉陶淵明所作，同名作品共五篇，本課選其一。

陶淵明（約西元三六五～四二七年），一名潛，字元亮，世稱靖節先生。潯陽柴桑人。生活於東晉末年至南朝宋初期。陶淵明為東晉名將陶侃曾孫，生性淡泊，不喜為官。曾為彭澤令，在官八十餘日而去職，作〈歸去來辭〉以明志。

陶淵明詩風質樸自然，詞句淡雅，意味深長。雖然在世時詩名不甚彰著，但卻享有後世極高之讚譽，公認為在屈原之後，李、杜之前的最重要詩人。尤其〈歸去來辭〉、〈五柳先生傳〉、〈桃花源記〉等名作，及「飲酒詩」等眾多著名詩篇，膾炙人口，為雅俗共賞，流傳甚廣之佳作。其詩作多寫田園生活，故被譽為「隱逸詩人之宗」。作品經梁昭明太子之蒐集，編定為《陶淵明集》行世。

(一)陌上桑／（漢）樂府

日出東南隅，照我秦氏樓。
秦氏有好女，自名爲羅敷。
羅敷善蠶桑，採桑城南隅。
青絲爲籠繫❶，桂枝爲籠鉤❷。
頭上倭墮髻❸，耳中明月珠❹，
緗綺爲下裙❺，紫綺爲上襦❻。
行者見羅敷，下擔捋髭鬚❼；

少年見羅敷，脱帽著帩頭[8]。
耕者忘其犁，鋤者忘其鋤。
來歸相怨怒，但坐觀羅敷[9]。

使君從南來[10]，五馬立踟躕[11]。
使君遣吏往，問是誰家姝[12]。
「秦氏有好女，自名爲羅敷。」
「羅敷年幾何？」
「二十尚不足，十五頗有餘。」
「使君謝羅敷[13]，寧可共載否[14]？」
羅敷前置辭[15]：「使君一何愚[16]！
使君自有婦，羅敷自有夫。」

「東方千餘騎，夫婿居上頭。
何用識夫婿？白馬從驪駒[17]；
青絲繫馬尾，黃金絡馬頭；

腰中鹿盧劍[18]，可直千萬餘[19]。
十五府小史[20]，二十朝大夫[21]，
三十侍中郎[22]，四十專城居[23]。
爲人潔白皙[24]，鬑鬑頗有鬚[25]。
盈盈公府步[26]，冉冉府中趨[27]。
坐中數千人，皆言夫婿殊。」

註釋

❶青絲：青色絲繩。籠：指採桑用的竹籃。繫：繫帶。

❷籠鉤：竹籃上的提柄。

❸倭墮髻：即「墮馬髻」，其髻偏在一邊，呈欲墮之狀，是東漢時一種時興的髮式。

❹明月珠：寶珠名。據《後漢書．西域傳》說，大秦國（古指羅馬帝國）產明月珠。

❺緗綺：緗，音ㄒㄧㄤ，淺黃色。綺：有斜花紋的絲織品。

❻襦：音ㄖㄨˊ，短衣。

❼捋：破音字，此處音ㄌㄩˇ，用手順著撫摩。髭：口上邊的鬍子。「捋」字作「拔除」解時，音ㄌㄜˋ，如「捋虎鬚」。

❽著：顯露。帩，音ㄑㄧㄠˋ。帩頭，同「綃頭」，古人束髮用的紗巾。

❾坐：因。這二句是說耕者、鋤者因觀羅敷而晚歸，引起夫妻爭吵。

❿使君：東漢人對太守、刺史的稱呼。

⓫五馬：聞人倓《古詩箋》云：漢制「太守駟馬而已，其有加秩中二千石，乃右驂（駟馬的右邊加一

駱馬），故以『五馬』為太守美稱」。

⑫姝：音ㄕㄨ，美女。

⑬謝：問。

⑭寧可：「願意」的意思。《說文》徐鍇注云：「今人言寧可如此，是願如此也。」這二句是吏人轉達太守對羅敷的問語，是說使君問你，願否同他一道乘車而去。

⑮置辭：同「致辭」，答話。

⑯一何：猶「何其」，相當今口語「何等地」、「多麼地」。一，語助詞。

⑰驪駒：深黑色的馬。

⑱鹿盧：同「轆轤」，古時長劍之首用玉作鹿盧形。轆轤：利用滑輪原理製作的井上汲水用具。

⑲直：同「値」。

⑳府小史：太守府的小史。史，官府小吏。「十五」及下文的「二十」、「三十」、「四十」皆指年齡。

㉑朝大夫：在朝廷任大夫的官職。

㉒侍中郎：皇帝的侍從官。漢制侍中乃在原官職上特加的榮銜。

㉓專城居：為一城之主，如太守、刺史之類的大官。這四句是羅敷誇其丈夫官運亨通，步步高升。

㉔潔白皙：面容白淨。

㉕鬑鬑：鬑，音ㄌㄧㄢˊ，鬢髮疏長貌。

㉖盈盈：行步輕盈貌。「公府步」、「府中趨」，猶舊日所謂的「官步」。

㉗冉冉：行步舒緩貌。

(二) 青青河畔草／（漢）古詩十九首

青青河畔草，鬱鬱園中柳❶。

盈盈樓上女❷，皎皎當窗牖❸。

娥娥紅粉妝❹，纖纖出素手❺。

昔爲倡家女❻，今爲蕩子婦❹。
蕩子行不歸，空床難獨守。

註釋

❶鬱鬱：濃密茂盛的樣子。漢人有折柳贈別的風俗，「園中柳」是容易引起離別回憶的。
❷盈盈：形容儀態輕巧美好，如同水一般的清澈靈動。
❸皎皎：白皙明潔貌。牖，音ㄧㄡˇ，窗戶。
❹娥娥：形容女子美好、美麗之貌。
❺纖纖：柔細嫵媚的樣子。
❻倡：古代以歌舞表演為業的女子。後世亦作「娼」。
❼蕩子：在外鄉漫遊的人，較之「遊子」一詞，稍稍偏向負面。

(三)短歌行／(漢)曹操

對酒當歌，人生幾何？
譬如朝露，去日苦多❶。
慨當以慷❷，幽思難忘❸。
何以解憂？唯有杜康❹。
青青子衿❺，悠悠我心❻。

但爲君故，沉吟至今[7]。
呦呦鹿鳴，食野之蘋[8]。
我有嘉賓，鼓瑟吹笙[9]。
明明如月，何時可掇[10]？
憂從中來，不可斷絕。
越陌度阡[11]，枉用相存[12]。
契闊談讌[13]，心念舊恩。
月明星稀，烏鵲南飛，
繞樹三匝[14]，何枝可依？
山不厭高，海不厭深[15]。
周公吐哺[16]，天下歸心。

註釋

❶ 去日苦多：對過去了的時日太多而感到痛苦，亦即傷心人命短暫之意。

❷ 慨當以慷：當慨而慷。慷、慨，皆意氣激昂之態。

❸ 幽思：深藏著的心事，即「憂世不治」。

❹ 杜康：相傳是我國最早發明釀酒的人，這裡代指酒。

❺青衿：周朝時學子的服裝，用在詩裡代指學子，這裡是指有智謀、有才幹的人。衿，衣領。

❻悠悠：形容思念的深沉和久長。

❼沉吟：低聲吟詠，指深切懷念和吟味的樣子。《詩經．鄭風．子衿》裡有一段說：「青青子衿，悠悠我心。縱我不往，子寧不嗣音？」原是一首寫男女戀情的詩，曹操在這裡把它加以變化，用以表示自己對賢才的思念。

❽蘋：一種草類的植物。

❾鼓：彈奏。《詩經．小雅．鹿鳴》：「呦呦鹿鳴，食野之蘋。我有嘉賓，鼓瑟吹笙。」這是一篇誠懇熱情地歡宴賓客的詩，以群鹿在野地一同吃草起興。曹操在這裡取其成句以表示自己期待賢才的熱誠。

❿掇：音ㄉㄨㄛˊ，拾取。以月光不可捉取，比喻光陰永不停止；呼應「人生苦短」之旨。

⓫越陌度阡：古諺有所謂「越陌度阡，更為客主」，是說友朋之間互相過從的事；曹操這裡用其成句以言賢士之遠道來投。

⓬枉用相存：如同說「屈尊賢士們來光顧我」。枉，枉駕，屈駕。存，存問。

⓭契闊談讌：即讌談契闊，在歡樂的宴會上暢敘離別懷念之情。讌，同宴。契闊，本義是兩件東西放在一起的相合（契）與不相合（闊），後來用以代指人的會合與離別。這裡用為單指離別。

⓮匝：音ㄗㄚ，一圈、一周。烏鴉繞樹無枝可依，以喻亂世中人才的無處依托。當時中原地區戰亂頻仍，有許多人士南逃依附劉表或孫權。

⓯厭：滿足。《管子．形勢解》：「海不辭水，故能成其大；山不辭土石，故能成其高；明主不厭人，故能成其眾；士不厭學，故能成其聖。」曹操的「山不厭高，海不厭深」就從這裡化來。

⓰吐哺：吐出口中正在咀嚼的食物，指中途停止吃飯。《韓詩外傳》卷三記載，周公曾說：「吾，文王之子，武王之弟，成王之叔父也，又相天下，吾於天下亦不輕矣。然一沐三握髮，一飯三吐哺，猶恐失天下之士。」《史記．魯世家》中也有與此大致相同的文字。這裡曹操顯然是以周公自命的。

(四) 歸園田居／（晉）陶淵明

少無適俗韻❶，性本愛丘山。
誤落塵網中❷，一去三十年❸。
羈鳥戀舊林，池魚思故淵❹。
開荒南野際❺，守拙歸園田❻。
方宅十餘畝❼，草屋八九間。
榆柳蔭後簷❽，桃李羅堂前❾。
曖曖遠人村❿，依依墟里煙⓫。
狗吠深巷中，雞鳴桑樹顛⓬。
户庭無塵雜⓭，虛室有餘閒⓮。
久在樊籠裡，復得返自然⓯。

註釋

❶ 適俗韻：適應世俗。韻：情調、風度。

❷ 塵網：指塵世，官府生活汙濁而又拘束，猶如網羅。

❸ 三十年：當作「十三年」。陶淵明自太元十八年（西元三九三年）初仕為江州祭酒，到義熙元年（西元四〇一年）辭彭澤令歸田，恰好是十三個年

頭。

❹羈鳥：籠中之鳥。池魚：池塘之魚。鳥戀舊林、魚思故淵，借喻人應當找到適合自己本性的環境。

❺南野：一本作南畝。際：間。

❻守拙：守正不阿。指在人生之路上，當寧拙勿巧。

❼方：旁。這句是說住宅周圍有土地十餘畝。

❽蔭：蔭蔽。

❾羅：羅列。

❿曖曖：光線黯淡不清楚的樣子。

⓫依依：輕柔的樣子。墟里：村落。

⓬這兩句全是化用漢樂府〈雞鳴〉篇的「雞鳴高樹顛，犬吠深宮中」之意。

⓭戶庭：門庭。塵雜：塵俗雜事。

⓮虛室：閒靜的屋子。餘閒：閒暇。

⓯樊：柵欄。樊籠：指鳥籠。返自然：指歸耕園田。這兩句是說自己像籠中的鳥一樣，重返大自然，獲得自由。

綜合討論

〈陌上桑〉是一首非常活潑俏皮的民歌，言語鮮活靈動，使一位二千多年前的姑娘，其美麗慧黠的形象躍然紙上，讀者彷彿仍能被她的風采所吸引。全詩分作三段，第一段極力描寫姑娘出色的容貌與服飾，並藉旁觀者的反應而使得這一切描述更為真實。第二段則運用對話方式，側寫羅敷是如何地引起高官之覬覦。第三段，則藉羅敷拒絕使君之言，展現了羅敷的性格，使得羅敷的形象更為立體；不僅是美貌而已，更有機智與勇氣。全詩就在羅敷的自述之後戛然而止，給讀者更多玩味的空間。而透過這首詩，我們不僅看到了一位美女，更可以貼近一個時代的整體氛圍；這便是文學為時代留下的最真實的印記。

〈青青河畔草〉是《古詩十九首》中的名篇。此詩前六句，連用了六個疊字的形容詞，使全詩讀來更為輕盈，符合詩中主人翁的形象。而「由遠而近」、「由大而小」、「由環境而人物」的描寫，使全詩的律動流暢，逐步突顯主題，引人入勝。而後四句的直白描述，簡潔有力，直扣核心，在讀者心中造成「餘音迴蕩」的效果，有很大的想像空間。藝術的穿透力十分突出。

〈短歌行〉是曹操詩作中最有名的一首。詩中反映出一代英主（或梟雄）因懷有旺盛的企圖心，故而感嘆時間有限，人才難尋，焦急之心表現得淋漓盡致。而作者為向天下賢才招手而刻意展現自己的胸襟懷抱，大膽地自比周公，卻因藝術的渲染鋪墊而不覺其做作；此即作者在文學創作上的高明之處。「人生有限」、「求才若渴」兩條主線在詩中交互出現，營造了壯闊的詩境；詩中直接引用《詩經》名句，但能嵌合自然，不覺生硬，更為文章增色。

〈歸園田居〉和陶淵明的許多名篇一樣，用語質樸自然，但卻越讀越覺有味，涵義深遠，情韻無窮。首二句開門見山，直寫對自己的認識。次二句暗示對自己的認識，實來自對過去錯誤人生道路之覺悟。五六句，則以鳥、魚為喻，說明人應當找到適合自己本性的環境。七八句則寫自己由迷而悟，如今塵埃落定，決心「守拙」，自食其力。接下來的八句，描寫其所居處的環境，無非顯露出自然悠遠的意境。而「曖曖」「依依」兩句，則顯示了作者在人際關係上表現比較疏淡的態度，而寧可保有自己更多的獨立性。最後四句，場景從戶外回到室內，似乎暗示了真正的自由自在，並不完全取決於環境，而核心還在於自己內心之「餘閒」。心有「餘閒」，才是真正的「返自然」。全詩語出自然，全無刻意之雕琢；然於平淡之中可以玩賞出許多深意，富含哲理；此非作者深思熟慮之結果，而係生命實踐之自然流露，故已化除人為之刻意，而在藝術上更為純粹、真實而感人。

【附錄】

上邪

上邪！
我欲與君相知，長命無絕衰。
山無陵，江水為竭，
冬雷震震夏雨雪，
天地合，乃敢與君絕！

李陵與蘇武詩三之三／李陵

攜手上河梁，遊子暮何之？
徘徊蹊路側，悢悢不得辭。
行人難久留，各言長相思，
安知非日月，弦望自有時？
努力崇明德，皓首以為期。

涉江採芙蓉（古詩十九首）

涉江採芙蓉，蘭澤多芳草。
採之欲遺誰？所思在遠道。
還顧望舊鄉，長路漫浩浩。
同心而離居，憂傷以終老。

庭中有奇樹（古詩十九首）

庭中有奇樹，綠葉發華滋。
攀條折其榮，將以遺所思。
馨香盈懷袖，路遠莫致之。
此物何足貴？但感別經時。

迴車駕言邁（古詩十九首）

迴車駕言邁，悠悠涉長道。
四顧何茫茫，東風搖百草。

所遇無故物，焉得不速老。
盛衰各有時，立身苦不早。
人生非金石，豈能長壽考？
奄忽隨物化，榮名以為寶。

觀滄海／曹操

東臨碣石，以觀滄海。
水何澹澹，山島竦峙。
樹木叢生，百草豐茂。
秋風蕭瑟，洪波湧起。
日月之行，若出其中；
星漢燦爛，若出其裡。
幸甚至哉，歌以詠志。

七步詩／曹植

煮豆燃豆萁，漉豉以為汁。
萁在釜下燃，豆在釜中泣。
本是同根生，相煎何太急！

七哀／曹植

明月照高樓，流光正徘徊。
上有愁思婦，悲嘆有餘哀。
借問嘆者誰？自云蕩子妻。
君行逾十年，賤妾常獨棲。
君若清路塵，妾若濁水泥。
浮沉各異勢，會合何時諧？
願為西南風，長逝入君懷。
君懷良不開，賤妾當何依？

飲酒二十之七／陶淵明

結廬在人境，而無車馬喧。
問君何能爾？心遠地自偏。

採菊東籬下，悠然見南山。
山氣日夕佳，飛鳥相與還。
此中有真意，欲辯已忘言。

詠荊軻／陶淵明

燕丹善養士，志在報強嬴。
招集百夫良，歲暮得荊卿。
君子死知己，提劍出燕京。
素驥鳴廣陌，慷慨送我行。
雄髮指危冠，猛氣充長纓。
飲餞易水上，四座列群英。
漸離擊悲筑，宋意唱高聲。
蕭蕭哀風逝，淡淡寒波生。
商音更流涕，羽奏壯士驚。
心知去不歸，且有後世名。
登車何時顧，飛蓋入秦庭。
凌厲越萬里，逶迤過千城。
圖窮事自至，豪主正怔營。
惜哉劍術疏，奇功遂不成。
其人雖已沒，千載有餘情！

移居二之一／陶淵明

昔欲居南村，非為卜其宅。
聞多素心人，樂與數晨夕。
懷此頗有年，今日從茲役。
敝廬何必廣，取足蔽床席。
鄰曲時時來，抗言談在昔。
奇文共欣賞，疑義相與析。

移居二之二／陶淵明

春秋多佳日，登高賦新詩。
過門更相呼，有酒斟酌之。

農務各自歸，閒暇輒相思。
相思則披衣，言笑無厭時。
此理將不勝？無為忽去茲。
衣食當須紀，力耕不吾欺。

形影神三之三 神釋／陶淵明

大鈞無私力，萬理自森著。人為三才中，豈不以我故！
與君雖異物，生而相依附。結托既喜同，安得不相語！
三皇大聖人，今復在何處？彭祖壽永年，欲留不得住。
老少同一死，賢愚無復數。日醉或能忘，將非促齡具？
立善常所欣，誰當為汝譽？甚念傷吾生，正宜委運去。
縱浪大化中，不喜亦不懼。應盡便須盡，無復獨多慮。

第二課　唐詩選

概說

唐詩，毫無疑問為我國文學史上的一座豐碑。現存唐詩約有五萬首左右，作者二千餘人，可謂陣容龐大；然比之當時，這數量恐怕只占其中十一而已，可見詩歌在唐朝的盛況。

本課所選第一首，題目〈積雨〉，是連日陰雨連綿的意思。「輞川莊」，在今陝西省藍田縣終南山中，是王維晚年隱居的別墅村莊。本詩的題目一作〈秋歸輞川莊作〉，因此判斷這首詩寫於秋天，描寫山莊雨景和隱居心情。

王維（西元七〇一～七六一年），字摩詰，盛唐時期著名詩人，因為喜愛佛教《維摩詰經》中智慧通達的「摩詰居士」，因此以字為「摩詰」。晚年崇信佛教，隱居於藍田輞川別墅。

王維年少時期即富有文學藝術才華，也是文人畫的南山之宗，且精通音律，是少有的全才詩人。王維詩現存約四百首，最能代表其創作特色的是描繪山水田園等自然風景及歌詠隱居生活的詩篇，使他在盛唐詩壇獨樹一幟，成為自然詩派的代表人物，與孟浩然一起被合稱為「王孟」。王維詩、畫和音樂的成就都很高，蘇東坡讚他「詩中有畫，畫中有詩」。他晚年無心仕途，專誠奉佛，所以後人稱其為「詩佛」。

第二首〈把酒問月〉，是李白的詠月抒懷詩。李白詩歌中多次出現寫月的篇章，本詩題下自注：「故人賈淳令余問之。」因此，是一首應友人之請而作的詠月抒懷詩。詩人描寫了孤高的明月形象，通過景色的描繪以及對人生短促的概嘆，展現了自身曠達豪放的胸襟和飄逸瀟灑的性格。

李白（西元七〇一～七六二年），字太白，祖先於隋末流寓西域，李白即生於中亞碎葉（今巴爾喀什湖南面的楚河流域，唐時屬安西都戶府管轄）。幼時隨父遷居綿州昌隆（今四川江油）青蓮鄉，號青蓮居士。賀知章見其詩文嘆為「天上謫仙人」，天寶元年（西元七四二年），因道士吳筠的推薦，供奉翰林，為玄宗所賞識。後因不能見容於權貴，在京僅三年，就棄官而去。安史之亂發生的第二年，他參加了永王李璘的幕府。永王兵敗之後，李白受牽累，流放夜郎（今貴州境內），途中遇赦。晚年漂泊，依當塗縣令李陽冰，不久即病卒。

李白詩風俊逸清新兼瀟灑奔放，想像新奇豐富，善於從民歌、神話中汲取素材，構成奇偉瑰麗的意境，是繼屈原之後，最為傑出的浪漫主義詩人，有「詩仙」之稱。與杜甫齊名，世稱「李杜」，著有《李太白集》。

第三首〈登高〉，此詩是杜甫在大曆二年（西元七六七年）重陽節登高時所作。當時杜甫五十六歲，流寓夔州，登高遠眺秋江景色，觸景傷懷，想到自身顛沛流離的生活，加上年老多病，功業無成，而生出悲愁之情。楊倫稱讚此詩為「杜集七言律詩第一」（《杜詩鏡銓》），胡應麟《詩藪》更推重此詩是「古今七言律詩之冠」。

杜甫，字子美，自號少陵野老、杜陵布衣。盛唐京兆杜陵（今陝西省長安縣南）人，為初唐詩人杜審言之孫。博極群書，善為詩歌，曾考進士不第。玄宗天寶十載獻〈三大禮賦〉，肅宗時，拜左拾遺。因救房琯獲罪，貶為華州司功參軍。受友人嚴武薦為檢校工部員外郎，世稱杜工部。

杜詩集古今詩學大成，風格沉鬱頓挫，語言精鍊。其詩表現人生，立言醇厚，可群可怨，被尊為「詩聖」。反映社會離亂、民生疾苦，可作為唐代歷史的見證，故號為「詩史」。開中晚唐社會寫實詩的先聲，對後世影響深遠。作品有《杜工部集》。

課文

(一) 積雨輞川莊作／王維

積雨空林煙火遲❶，蒸藜炊黍餉東菑❷。
漠漠水田飛白鷺❸，陰陰夏木囀黃鸝❹。
山中習靜觀朝槿❺，松下清齋折露葵❻。
野老與人爭席罷❼，海鷗何事更相疑❽。

註釋

❶空林：疏林，指空寂無人的林間。煙火遲：因久雨林野潤濕，故煙火緩升。

❷藜：音ㄌㄧˊ，一種草，新葉嫩苗可以蒸來當菜吃。這裡指蔬菜。黍：音ㄕㄨˇ，這裡指飯食。餉東菑：給在東邊田裡幹活的人送飯。餉：致送。本義是糧食，這裡是當動詞用，指送飯給人的意思。菑，本指開墾一年的田地，此處泛指田畝。

❸漠漠：廣大貌。形容水田連綿開闊的樣子。

❹陰陰：形容樹木茂盛濃密之貌。夏木：高大的樹木，猶喬木。「夏」又有「大」之意。囀：鳥的啼聲。黃鸝：黃鶯。鸝，音ㄌㄧˊ。

❺山中習靜觀朝槿：意謂深居山中，望著槿花的開

落以修養寧靜之性。朝槿：就是木槿花，落葉灌木，夏秋之交開花，有紅、紫、白數種，其花朝開暮落，故又稱朝槿。常用來做人生無常的象徵。習靜：已經習慣了的清靜。

❻清齋：即齋食，素食。露葵：葵是一種植物名，嫩梢、嫩葉可食用，因為古人採的葵都沾著露水，所以叫「露葵」。

❼野老：作者自稱。爭席罷：指與人相處很隨和，毫無隔閡的生活態度。此處借用典故，《莊子．雜篇．寓言》記載：楊朱初到旅舍，面露驕矜之色，旅舍主人對他很恭敬，其他客人也紛紛為他讓座。後來老子教他去掉矜持，他再到旅舍，就顯得隨和，人們也就不再給他讓座，而和他爭席而坐。

❽海鷗何事更相疑：海鷗，《列子．黃帝篇》記載：海邊有個喜歡鷗鳥的人，每日與鷗鳥遊玩，數以百計的鷗鳥聚集在他身邊。有一天，他的父親叫他捉鷗鳥。第二天他來到海邊，鷗鳥就盤旋不下了，因為他有了心機。何事：為什麼。更：副詞，還。

(二)把酒問月／李白

青天有月來幾時？我今停杯一問之。
人攀明月不可得，月行卻與人相隨。
皎如飛鏡臨丹闕❶，綠煙滅盡清暉發❷。
但見宵從海上來❸，寧知曉向雲間沒❹。
白兔擣藥秋復春❺，姮娥孤棲與誰鄰❻？
今人不見古時月，今月曾經照古人。
古人今人若流水，共看明月皆如此。

唯願當歌對酒時❼，月光長照今罇裡❽。

註釋

❶丹闕：朱紅色的宮門。

❷綠煙：指遮蔽月光的濃重的雲霧。

❸但見：只看到。

❹寧知：怎知。沒：隱沒。

❺白兔搗藥：是古代的神話傳說，西晉傅玄〈擬天問〉：「月中何有，白兔搗藥。」

❻姮娥：姮，音ㄏㄥˊ，姮娥即嫦娥，傳說中后羿的妻子，她偷吃了后羿的仙藥，成為仙人，奔入月中。

❼當歌對酒時：在唱歌飲酒的時候。曹操〈短歌行〉：「對酒當歌，人生幾何？」

❽金樽：精美的酒具。

(三) 登高／杜甫

風急天高猿嘯哀❶，渚清沙白鳥飛回❷。
無邊落木蕭蕭下❸，不盡長江滾滾來。
萬里悲秋常作客，百年多病獨登台❹。
艱難苦恨繁霜鬢❺，潦倒新停濁酒杯❻。

註釋

❶猿嘯哀：巫峽多猿，鳴聲淒厲。當地民謠云：「巴東三峽巫峽長，猿鳴三聲淚沾裳。」

❷渚：音ㄓㄨˇ，水中小洲。飛迴：來回盤旋。

❸無邊：無盡的。落木：落葉。蕭蕭：落葉聲，狀聲詞。

❹百年多病獨登台：一生多病，抱病獨自登上高台。百年，猶言一生，有自傷衰老和遲暮之意。

❺艱難苦恨繁霜鬢：多年艱辛困難，心中甚恨，白髮日益增多。苦恨，非常恨。繁霜鬢，白髮日多。

❻潦倒：不得志貌。新停：當時杜甫因病戒酒，所以說「新停」。新，最近。

綜合討論

〈積雨輞川莊作〉這首詩描寫的是輞川下過雨後的景色，和作者隱居的心情，形象鮮明，興味深遠，是王維田園山水詩的代表作之一，也是他晚年生活的自我寫照。後世有人稱「淡雅幽寂，莫過右丞〈積雨〉」，還有人將之推為唐詩七律的壓卷之作。

首聯描寫了積雨過後，山區老百姓辛勤勞作的畫面。描繪出積雨天的山林景色、炊煙動態，還展現了農家早炊、餉田的生活畫面，是一個溫馨而又祥和的山區農家勞作的場景。頷聯描寫白鷺翩翩飛翔、黃鸝婉轉而歌。受到古代詩評家的稱讚，都說此聯疊字運用巧妙。前四句寫景色，有聲有色，有動有靜，有視象，有聽覺，讓讀者領略了王維詩作的特點——詩中有畫，畫中有詩。

頸聯描寫自己打坐修行，並安於素食過清淡的生活。從藝術表現的角度看，這兩句寓禪理於寫景敘事之中，頗耐人尋味。

末聯寫自己已經盡去機心，絕去俗念，隨緣任遇，與世無爭。詩人把《莊子》和《列子》中的兩個典故結合起來，一為正用，一為反用，兩相結合，抒寫了詩人澹泊自然的心境，而這也正是他詩中所說「習靜」和「清齋」的結果。使詩增加了情趣和理趣，也增強了詩歌的張力。也因為此，讓這首詩在具足詩情畫意之外，又增加了引人深思的哲理。

〈把酒問月〉這是一首應友人之請而作的詠月抒懷詩。從酒寫到月，從月歸到酒；從空間感受寫到時間感受。全詩共十六句，每四句一換韻。每兩句換境換意，盡情詠月抒懷。

開篇從手持酒杯仰天問月寫起，二句語序倒裝，以疑問句表達了詩人的這種困惑，極富氣勢。三四句寫出了人類與明月的微妙關係。「皎如」兩句極寫月色之美，以「飛鏡」為譬，以「丹闕」、「綠煙」為襯，將皎潔的月光描寫得光彩動人。「但見」二句借明月的夜出曉沒來慨嘆時光流逝之快速，表達了對明月蹤跡難測的驚奇，也隱含對世人不知珍惜美好時光的慨嘆。

「嫦娥」兩句馳騁想像，就月中的白兔、嫦娥發問，是詩人的第二次問月。對神話人物寂寞命運的同情中，流露出自己的孤高情懷。「今人」兩句造語有互文之妙，在回環唱嘆中抒發人生有限而宇宙無窮的慨嘆。結尾四句收束上文，進一步表達對宇宙和人生的思索和感慨。

詩人有感於明月長存而人生短暫，因此更應當珍惜光陰，把握瞬間的永恆。結句雖隱含及時行樂之意，但基調是積極向上的，展現了詩人曠達的胸懷。

〈登高〉一詩，前半部寫登高所聞所見之景，後半部寫觸景所生悲秋之情。首聯寫登高所見所聞，頷聯寫登高所見滄涼蕭瑟之秋景。筆法隔句相承，一、三兩句寫山上之景，二、四兩句寫江面之景，描繪出一幅蕭條冷落、淒清寥廓的長江峽谷秋景圖。

頸聯觸景生情，寫自身淪落異鄉，年老多病的處境，是全篇的中心，「悲秋」二字為詩眼。

其中一空間一時間，拓展了詩的境界。尾聯以身體衰弱，無法借酒遣悲愁作結。全詩情景交融，詩人的憂思彷彿無邊的落葉和不盡的長江一樣無邊無盡，綿綿不絕。

本詩對仗工整，頷聯的「無邊」、「不盡」與頸聯的「萬里」、「百年」，又形成空間與時間的相互對應，甚至句中有對，如首聯的「風急」對「天高」，「渚清」對「沙白」，對得精緻工巧。因此被譽為杜詩中的精品，楊倫稱讚此詩為「杜集七言律詩第一」（《杜詩鏡銓》），胡應麟更大加推崇，認為是「古今七律之冠」。

【附錄】

渭城曲／王維

渭城朝雨浥輕塵，客舍青青柳色新。
勸君更盡一杯酒，西出陽關無故人。

終南別業／王維

中歲頗好道，晚家南山陲。
興來每獨往，勝事空自知。
行到水窮處，坐看雲起時。
偶然值林叟，談笑無還期。

山居秋暝／王維

空山新雨後，天氣晚來秋。
明月松間照，清泉石上流。
竹喧歸浣女，蓮動下漁舟。
隨意春芳歇，王孫自可留。

鹿柴／王維

空山不見人，但聞人語響。
返景入深林，復照青苔上。

竹里館／王維

獨坐幽篁裡，彈琴復長嘯。
深林人不知，明月來相照。

相思／王維

紅豆生南國，春來發幾枝。
願君多採擷，此物最相思。

雜詩／王維

君自故鄉來，應知故鄉事。
來日綺窗前，寒梅著花未。

九月九日憶山東兄弟／王維

獨在異鄉為異客，每逢佳節倍思親。
遙知兄弟登高處，遍插茱萸少一人。

下終南山過斛斯山人宿置酒／李白

暮從碧山下，山月隨人歸。
卻顧所來徑，蒼蒼橫翠微。
相攜及田家，童稚開荊扉。
綠竹入幽徑，青蘿拂行衣。
歡言得所憩，美酒聊共揮。
長歌吟松風，曲盡河星稀。
我醉君復樂，陶然共忘機。

月下獨酌／李白

花間一壺酒，獨酌無相親。
舉杯邀明月，對影成三人。
月既不解飲，影徒隨我身。
暫伴月將影，行樂須及春。
我歌月徘徊，我舞影零亂。
醒時同交歡，醉後各分散。

永結無情遊，相期邈雲漢。

蜀道難／李白

噫吁戲，危乎高哉。
蜀道之難難於上青天。
蠶叢及魚鳧，開國何茫然。
爾來四萬八千歲，始與秦塞通人煙。
西當太白有鳥道，可以橫絕峨眉巔。
地崩山摧壯士死，然後天梯石棧方鉤連。
上有六龍回日之高標。
下有衝波逆折之迴川。
黃鶴之飛尚不得，猿猱欲度愁攀援。
青泥何盤盤，百步九折縈巖巒。
捫參歷井仰脅息，以手撫膺坐長嘆。
問君西遊何時還，畏途巉巖不可攀。
但見悲鳥號古木，雄飛雌從繞林間。
又聞子規啼夜月，愁空山。
蜀道之難難於上青天，使人聽此凋朱顏。
連峰去天不盈尺，枯松倒掛倚絕壁。
飛湍瀑流爭喧豗，砯崖轉石萬壑雷。
其險也如此，嗟爾遠道之人，胡為乎來哉。
劍閣崢嶸而崔嵬，一夫當關，萬夫莫開。
所守或匪親，化為狼與豺。
朝避猛虎，夕避長蛇。
磨牙吮血，殺人如麻。
錦城雖云樂，不如早還家。
蜀道之難難於上青天，側身西望常咨嗟。

長相思（二首之一）／李白

長相思，在長安。
絡緯秋啼金井闌，微霜淒淒簟色寒。
孤燈不明思欲絕，捲帷望月空長嘆。
美人如花隔雲端。
上有青冥之高天，下有淥水之波瀾。
天長路遠魂飛苦，夢魂不到關山難。
長相思，摧心肝

將進酒／李白

君不見，黃河之水天上來。
奔流到海不復回。
君不見，高堂明鏡悲白髮。
朝如青絲暮成雪。
人生得意須盡歡，莫使金樽空對月。
天生我材必有用，千金散盡還復來。
烹羊宰牛且為樂，會須一飲三百杯。
岑夫子，丹丘生，將進酒，君莫停。
與君歌一曲，請君為我側耳聽。
鐘鼓饌玉不足貴，但願長醉不願醒。
古來聖賢皆寂寞，唯有飲者留其名。
陳王昔時宴平樂，斗酒十千恣讙謔。
主人何為言少錢，徑須沽取對君酌。
五花馬，千金裘。
呼兒將出換美酒，與爾同銷萬古愁。

贈衛八處士／杜甫

人生不相見，動如參與商。
今夕復何夕，共此燈燭光。
少壯能幾時，鬢髮各已蒼。
訪舊半為鬼，驚呼熱中腸。
焉知二十載，重上君子堂。

昔別君未婚，兒女忽成行。
怡然敬父執，問我來何方。
問答乃未已，驅兒羅酒漿。
夜雨剪春韭，新炊間黃粱。
主稱會面難，一舉累十觴。
十觴亦不醉，感子故意長。
明日隔山岳，世事兩茫茫。

觀公孫大娘弟子舞劍器行／杜甫

昔有佳人公孫氏，一舞劍器動四方。
觀者如山色沮喪，天地為之久低昂。
燿如羿射九日落，矯如群帝驂龍翔。
來如雷霆收震怒，罷如江海凝清光。
絳唇珠袖兩寂寞，晚有弟子傳芬芳。
臨潁美人在白帝，妙舞此曲神揚揚。
與余問答既有以，感時撫事增惋傷。
先帝侍女八千人，公孫劍器初第一。
五十年間似反掌，風塵澒洞昏王室。
梨園子弟散如煙，女樂餘姿映寒日。
金粟堆前木已拱，瞿塘石城草蕭瑟。
玳筵急管曲復終，樂極哀來月東出。
老夫不知其所往，足繭荒山轉愁疾。

客至／杜甫

舍南舍北皆春水，但見群鷗日日來。
花徑不曾緣客掃，蓬門今始為君開。
盤飧市遠無兼味，樽酒家貧只舊醅。
肯與鄰翁相對飲，隔籬呼取盡餘杯。

詠懷古跡五首之五／杜甫

諸葛大名垂宇宙，宗臣遺像肅清高。
三分割據紆籌策，萬古雲霄一羽毛。

伯仲之間見伊呂，指揮若定失蕭曹。
運移漢祚終難復，志決身殲軍務勞。

蜀相／杜甫

丞相祠堂何處尋，錦官城外柏森森。
映階碧草自春色，隔葉黃鸝空好音。
三顧頻煩天下計，兩朝開濟老臣心。
出師未捷身先死，長使英雄淚滿襟。

茅屋為秋風所破歌／杜甫

八月秋高風怒號，捲我屋上三重茅。
茅飛渡江灑江郊，高者掛罥長林梢，
下者飄轉沉塘坳。
南村群童欺我老無力，忍能對面為盜賊，
公然抱茅入竹去。
唇焦口燥呼不得，歸來倚仗自嘆息。
俄頃風定雲墨色，秋天漠漠向昏黑。
布衾多年冷似鐵，嬌兒惡臥踏裡裂。
床頭屋漏無乾處，雨腳如麻未斷絕。
自經喪亂少睡眠，長夜沾濕何由徹？
安得廣廈千萬間，大庇天下寒士俱歡顏，
風雨不動安如山。
嗚呼！
眼前何時突兀見此屋，
吾廬獨破受凍死亦足！

聞官軍收河南河北／杜甫

劍外忽傳收薊北，初聞涕淚滿衣裳。
卻看妻子愁何在，漫捲詩書喜欲狂。
白日放歌須縱酒，青春作伴好還鄉。

即從巴峽穿巫峽，便下襄陽向洛陽。

思子台有感／白居易

曾家機上聞投杼，尹氏園中見掇蜂。
但以恩情生隙罅，何人不解作江充。
闇生魑魅蠹生蟲，何異讒生疑阻中。
但使武皇心似燭，江充不敢作江充。

草／白居易

離離原上草，一歲一枯榮。
野火燒不盡，春風吹又生。
遠芳侵古道，晴翠接荒城。
又送王孫去，萋萋滿別情。

自河南經亂，關內阻饑，兄弟離散，各在一處。因望月有感，聊書所懷，寄上浮梁大兄，於潛七兄，烏江十五兄，兼示符離及下邽弟妹。／白居易

時難年荒世業空，弟兄羈旅各西東。
田園寥落干戈後，骨肉流離道路中。
弔影分為千里雁，辭根散作九秋蓬。
共看明月應垂淚，一夜鄉心五處同。

問劉十九／白居易

綠螘新醅酒，紅泥小火爐。
晚來天欲雪，能飲一杯無？

宮詞／白居易

淚濕羅巾夢不成，夜深前殿按歌聲。
紅顏未老恩先斷，斜倚薰籠坐到明。

錦瑟／李商隱

錦瑟無端五十弦，一弦一柱思華年。
莊生曉夢迷蝴蝶，望帝春心託杜鵑。
滄海月明珠有淚，藍田日暖玉生煙。
此情可待成追憶，只是當時已惘然。

無題／李商隱

昨夜星辰昨夜風，畫樓西畔桂堂東。
身無綵鳳雙飛翼，心有靈犀一點通。
隔座送鉤春酒暖，分曹射覆蠟燈紅。
嗟余聽鼓應官去，走馬蘭台類轉蓬。

無題／李商隱

相見時難別亦難，東風無力百花殘。
春蠶到死絲方盡，蠟炬成灰淚始乾。
曉鏡但愁雲鬢改，夜吟應覺月光寒。
蓬萊此去無多路，青鳥殷勤為探看。

登樂遊原／李商隱

向晚意不適，驅車登古原。
夕陽無限好，只是近黃昏。

夜雨寄北／李商隱

君問歸期未有期，巴山夜雨漲秋池。
何當共剪西窗燭，卻話巴山夜雨時。

嫦娥／李商隱

雲母屏風燭影深，長河漸落曉星沉。
嫦娥應悔偷靈藥，碧海青天夜夜心。

第三課　宋詞選

詞起自唐代，有「詩餘」之稱，本為依聲填詞之市井歌謠，後發展為文人抒發性情之重要文體。句子長短依不同詞牌而多有變化，更適合表現內心之豐富情感。現存宋詞約二萬多首，作者一千四百餘人；這不包括宋朝之前與之後的詞作。

本課第一篇所選為李煜之〈虞美人〉。此調原為唐教坊曲，初詠項羽寵姬虞美人，因以為名。雙調，五十六字，上下片各四句。此詞為李煜歸宋後的第三年所作。詞中流露了不加掩飾的故國之思，表達了李煜對故國無比深切的懷念之情。據說宋太宗聞此詞而下令毒死李煜，則此詞亦可視為李煜的絕命詞了。

李煜（西元九三七～九七八年），字重光，號鍾隱，李璟第六子，西元九六一年嗣位，世稱李後主。能詩善文，愛好音樂，精於書法、繪畫，特別善於填詞。其詞善用白描手法，形象生動，感情真切，為五代之冠。前期詞多寫宮廷享樂生活，風格溫馨華豔；後期詞反映亡國之痛，擴大題材，意境深遠，沉痛悲涼。

第二篇所選為蘇軾之〈定風波〉。宋神宗元豐三年（西元一〇八〇年），蘇軾因文字獲罪，謫居黃州（今湖北黃岡縣）。元豐五年（西元一〇八二年）的三月七日，他與幾個朋友在沙湖途中遇雨，被雨淋得狼狽，卻有所領悟，寫下這一闋詞，表面似乎在講天氣，實際卻道出他在官場被貶謫之後，對於生命有更豁達的胸懷，能以坦然自得的態度迎接人世一切橫逆。

蘇軾（西元一〇三七～一一〇一年），字子瞻，號東坡居士，北宋眉山人，為蘇洵之長子。博通經史，博學多才，擅長詩、詞、文章，為「唐宋八大家」之一，亦精通書法和繪畫。他以詩為詞，開創了豪放派的詞風，對後世的文學有深遠影響。卒年六十六，諡文忠。

第三篇為辛棄疾的〈摸魚兒〉。詞牌〈摸魚兒〉為唐教坊曲名，本為歌詠捕魚的民歌。此詞為辛棄疾詞作中的名篇，全篇使用比興手法，託名賦別，抒發自己的憂國之情。

辛棄疾（西元一一四〇～一二〇七年），字幼安，號稼軒，歷城（今山東濟南）人。出生時，山東已為金兵所占。他在二十二歲時曾組織義兵，奮而抗金。後投奔南宋，未能施展抱負，以將軍而填詞，抒寫愛國熱情，傾訴壯志難酬的悲憤。題材廣闊又善於化用前人典故，藝術風格多樣，而以豪放為主。慷慨悲壯，筆力雄厚，與蘇軾並稱為「蘇辛」。著有《稼軒長短句》。

課文

㈠虞美人／李煜

春花秋月何時了，往事知多少？小樓昨夜又東風，故國不堪回首月明中。

雕闌玉砌應猶在❶，只是朱顏改❷，問君能有幾多愁？恰似一江春水向東流。

❶雕闌：雕刻的欄杆。砌：音ㄑㄧˋ，台階。雕闌玉砌：指遠在金陵的南唐故宮。

❷朱顏：紅潤的臉色。這裡用來指人的青春年華。

(二)定風波／蘇軾

三月七日沙湖道中❶遇雨。雨具先去，同行皆狼狽，余獨不覺。已而遂晴，故作此詞。

莫聽穿林打葉聲，何妨吟嘯且徐行❷。竹杖芒鞋輕勝馬❸，誰怕？一蓑煙雨任平生❹。

料峭春風吹酒醒❺，微冷，山頭斜照卻相迎❻。回首向來蕭瑟處❼，歸去，也無風雨也無晴。

註釋

❶三月七日沙湖道中：宋神宗元豐五年（西元一〇八二年）的三月七日時，蘇軾謫居黃州（今湖北黃岡縣）。沙湖在黃岡縣東南三十里處。

❷吟嘯：呼嘯歌唱。芒鞋：芒草編織的草鞋。勝：勝

過、超過。

❸蓑：音ㄙㄨㄛ，用蓑草編成的雨衣，以前農人所穿著。煙雨：如煙霧般的細雨。

❹料峭春風：帶幾分寒意的東風。料峭，音ㄌㄧㄠˋ ㄑㄧㄠˋ，微寒的樣子，為連綿詞，不可分開解釋。

❺斜照：傍晚西斜的陽光。

❻向來蕭瑟處：剛才遇雨的地方。蕭瑟：形容風雨吹打樹林的聲音。

(三) 摸魚兒／辛棄疾

淳熙己亥❶，自湖北漕❷移湖南，同官王正之置酒小山亭，為賦。

更能消❸、幾番風雨，匆匆春又歸去。惜春長怕花開早，何況落紅無數❹！春且住。見說道❺，天涯芳草無歸路。怨春不語。算只有殷勤❻，畫簷蛛網，盡日惹飛絮。

長門事❼，準擬佳期又誤。蛾眉曾有人妒❽。千金縱買相如賦，脈脈此情誰訴❾？君莫舞❿。君不見，玉環飛燕皆塵土⓫！閒愁最苦。休去倚危闌⓬，斜陽正在，煙柳斷腸處。

註釋

❶淳熙己亥：宋孝宗淳熙六年（西元一一七九年）。
❷漕：轉運使的簡稱。
❸消：禁得起。
❹落紅：落花。
❺見說道：聽說。
❻算只有殷勤：想來只有簷下蛛網還殷勤地沾惹飛絮，留住春色。
❼長門：漢代宮名。漢孝武帝之陳皇后，失寵後住在長門宮。曾送黃金百斤給司馬相如，請他代寫一篇賦送給漢武帝；武帝雖頗欣賞該賦，但陳皇后卻未能重新得寵。後世遂把「長門」作為失寵后妃居處的專用名詞。
❽蛾眉：借指美人。
❾脈脈：綿長深厚貌。
❿君：指善妒之人。
⓫玉環飛燕：玉環，唐玄宗貴妃楊氏的小字。飛燕，姓趙，漢成帝的皇后。兩人都得寵且善嫉妒。
⓬危闌：高處上的欄杆。

綜合討論

本課第一首詞〈虞美人〉是李煜的代表作，太平興國三年（西元九七八年）的七夕，是李煜四十二歲生日，寫下這闕詞。宋太宗恨他有「故國不堪回首月明中」之詞句，命人以牽機藥將他毒死。全首詞不加藻飾，不用典故，純以白描手法直接抒情，通過今昔交錯對比，表現了一個亡國之君的哀怨。

全詞在藝術表現上有獨到之處，以問起，以答結；由問天、問人而到自問。「春花秋月」是多麼地美好，作者卻企盼它早日「了」卻；小樓吹起「東風」，帶來春天的訊息，卻反而引起作者「不堪回首」的嗟嘆，因為它們勾發了作者物是人非的惆悵，襯托出囚居異邦之哀愁，真切而又深刻。結尾「一江春水向東流」，是以水喻愁的名句，含蓄地顯示出愁思的長流不斷，無窮無盡。

第二首〈定風波〉，首句的「莫聽」兩字是對風雨打擊的否定，點出了他面對艱難的環境都不憂不懼的的態度。下句的「何妨」二字是對悠閒人生態度的肯定。首兩句是全篇主軸，呼應小序「同行皆狼狽，余獨不覺」，又引出下文「誰怕」。

「竹杖芒鞋」是步行所用，屬於平民的；而「馬」，則是官員的坐騎。按照常理，在雨中行走，當然是騎馬勝過竹杖芒鞋，但是蘇軾卻說：「竹杖芒鞋輕勝馬，誰怕？」這裡還隱含了兩種生活的對比，一種是竹杖芒鞋的平民生活，一種是肥馬輕裘的官場生活。東坡用一個「輕」字，代表了他對於虛偽黑暗的官場生涯的厭惡，隱含有「無官一身輕」的意思。「誰怕？」是說我不怕這種艱辛和磨難。這是一句反問句，意在強調自己當時的生活態度，寧願選擇「一蓑煙雨任平生」的歸隱生活。「一蓑煙雨」也象徵人生的風雨、政治的風雨。而「任平生」是說一生任憑風吹雨打，始終那樣的從容、鎮定、達觀，這是蘇軾一生生活態度的寫照。

「山頭斜照卻相迎」，是蘇軾經歷磨難和打擊之後，對生活的一種積極觀照，是一種達觀。此時的他，酒意已被春夜的寒氣所吹醒，天也已經晴了。在這樣反覆的天氣裡，引出了他當時的心情：「回首向來蕭瑟處，歸去，也無風雨也無晴。」回顧來程中所經歷的一切，如何能達到「也無風雨也無晴」的境界？是「歸去」，也照應上文「一蓑煙雨任平生」。這裡既是寫景，也是表達人生的哲理。

第三首〈摸魚兒〉，作於淳熙六年（西元一一七九年）春。當時辛棄疾四十歲。他主張北伐抗金、恢復中原，但始終未被南宋朝廷採納，壯志不得施展之時，又遭調職，由湖北轉運副使調官湖南，照樣擔任閒官，現實與他的志願相去甚遠。行前，同僚王正之在小山亭擺酒設宴為他送行，辛棄疾藉這首詞抒寫胸中的苦悶之情。

上片描寫眼前景物，寫春意闌珊之景象，暗示南宋朝廷衰敗的政局，前途堪憂，也感慨自身無法實現收復中原的壯志。下片用古代的史實來比喻自己的遭遇，表面上寫的是失寵后妃的苦悶，實際上抒發對國事的憂慮和自己屢遭排擠的沉重心情，也流露出對南宋朝廷的不滿情緒。

【附錄】

破陣子／五代．李煜

四十年來家國，三千里地山河。鳳閣龍樓連霄漢，玉樓瓊枝作煙蘿，幾曾識干戈？

一旦歸為臣虜，沈腰潘鬢消磨。最是倉皇辭廟日，教坊猶奏別離歌，垂淚對宮娥。

相見歡／五代．李煜

無言獨上西樓，月如鉤，寂寞梧桐深院鎖清秋。

剪不斷，理還亂，是離愁，別是一般滋味在心頭。

相見歡／五代．李煜

林花謝了春紅，太匆匆，無奈朝來寒雨晚來風。

胭脂淚，相留醉，幾時重，自是人生長恨水長東。

浪淘沙／五代．李煜

簾外雨潺潺，春意闌珊。羅衾不耐五更寒。

夢裡不知身是客，一餉貪歡。

獨自莫憑闌，無限江山，別時容易見時難。

流水落花春去也，天上人間。

漁家傲／北宋．范仲淹

塞下秋來風景異，衡陽雁去無留意。

四面邊聲連角起，千嶂裡，長煙落日孤城閉。

濁酒一杯家萬里，燕然未勒歸無計，

羌管悠悠霜滿地。人不寐，將軍白髮征夫淚。

蘇幕遮／北宋．范仲淹

碧雲天，黃葉地，秋色連波，波上寒煙翠。

山映斜陽天接水，芳草無情，更在斜陽外。

黯鄉魂，追旅思，夜夜除非，好夢留人睡。

明月樓高休獨倚，酒入愁腸，化作相思淚。

生查子／北宋．歐陽修

去年元夜時，花市燈如晝。

月上柳梢頭，人約黃昏後。

今年元夜時，月與燈依舊。

不見去年人，淚滿春衫袖。

蝶戀花／北宋・歐陽修

庭院深深深幾許？楊柳堆煙，簾幕無重數。

玉勒雕鞍遊冶處，樓高不見章台路。

雨橫風狂三月暮，門掩黃昏，無計留春住。

淚眼問花花不語，亂紅飛過鞦韆去。

江城子／北宋・蘇軾

（乙卯正月二十日夜記夢）

十年生死兩茫茫。不思量，自難忘。

千里孤墳，無處話淒涼。

縱使相逢應不識，塵滿面，鬢如霜。

夜來幽夢忽還鄉，小軒窗，正梳妝。

相顧無言，唯有淚千行。

料得年年腸斷處：明月夜，短松岡。

江城子（密州出獵）／北宋・蘇軾

老夫聊發少年狂，左牽黃，右擎蒼，錦帽貂裘，千騎捲平岡。

為報傾城隨太守，親射虎，看孫郎。

酒酣胸膽尚開張，鬢微霜，又何妨。

持節雲中，何日遣馮唐？

會挽雕弓如滿月，西北望，射天狼。

念奴嬌（赤壁懷古）／北宋・蘇軾

大江東去，浪淘盡、千古風流人物。

故壘西邊，人道是、三國周郎赤壁。

亂石崩雲，驚濤裂岸，捲起千堆雪。

江山如畫，一時多少豪傑！

遙想公瑾當年，小喬初嫁了，雄姿英發。

羽扇綸巾，談笑間、檣櫓灰飛煙滅。

故國神遊，多情應笑我、早生華髮。人間如夢，一樽還酹江月。

臨江仙／北宋・蘇軾

夜飲東坡醒復醉，歸來彷彿三更。家童鼻息已雷鳴。敲門都不應，倚杖聽江聲。

長恨此身非我有，何時忘卻營營？夜闌風靜縠紋平。小舟從此逝，江海寄餘生。

醉花陰／北宋・李清照

薄霧濃雲愁永晝，瑞腦消金獸。佳節又重陽，玉枕紗櫥，半夜涼初透。

東籬把酒黃昏後，有暗香盈袖。莫道不消魂，簾捲西風，人比黃花瘦。

一剪梅／北宋・李清照

紅藕香殘玉簟秋，輕解羅裳，獨上蘭舟。雲中誰寄錦書來？雁字回時，月滿西樓。

花自飄零水自流。一種相思，兩處閒愁。此情無計可消除。才下眉頭，卻上心頭。

武陵春／北宋・李清照

風住生香花已盡，日晚倦梳頭。物是人非事事休，欲語淚先流。

聞說雙溪春尚好，也擬泛輕舟。
只恐雙溪舴艋舟，載不動許多愁。

聲聲慢／北宋・李清照

尋尋覓覓，冷冷清清，
淒淒慘慘慼慼。
乍暖還寒時候，最難將息。
三杯兩盞淡酒，怎敵他曉來風急？
雁過也，正傷心，卻是舊時相識。
滿地黃花堆積。憔悴損，如今有誰堪摘？
守著窗兒獨自，怎生得黑！
梧桐更兼細雨，到黃昏、點點滴滴。
這次第，怎一個愁字了得！

丑奴兒（書博山道中壁）／南宋・辛棄疾

少年不識愁滋味，愛上層樓。愛上層樓，
為賦新詞強說愁。
而今識盡愁滋味，欲說還休。欲說還休，
卻道天涼好個秋。

永遇樂（京口北固亭懷古）／南宋・辛棄疾

千古江山，英雄無覓，孫仲謀處。
舞榭歌台，風流總被，雨打風吹去。
斜陽草樹，尋常巷陌，人道寄奴曾住。
想當年，金戈鐵馬，氣吞萬里如虎。
元嘉草草，封狼居胥，贏得倉皇北

顧。

四十三年，望中猶記，烽火揚州路。可堪回首，佛狸祠下，一片神鴉社鼓。

憑誰問：廉頗老矣，尚能飯否？

西江月（夜行黃沙道中）／南宋・辛棄疾

明月別枝驚鵲，清風半夜鳴蟬。

稻花香裡說豐年，聽取蛙聲一片。

七八個星天外，兩三點雨山前。

舊時茅店社林邊，路轉溪橋忽見。

青玉案（元夕）／南宋・辛棄疾

東風夜放花千樹。更吹落，星如雨。

寶馬雕車香滿路。鳳簫聲動，玉壺光轉，一夜魚龍舞。

蛾兒雪柳黃金縷，笑語盈盈暗香去。

眾裡尋他千百度，驀然回首，那人卻在，燈火闌珊處。

第四課 元曲選

概說

元代散曲作家約二百餘人，作品四千多首，其中小令三千八百餘首，套曲四百五十餘套。較之唐詩宋詞，數量少了許多。由於正統的文學觀念不重視散曲，很少有人蒐集編次成冊，散佚的作品當不在少數。

本課選錄散曲二首，雜劇選段一篇。

馬致遠的〈折桂令・嘆世〉，是藉歷史事件的更迭，抒發功名難憑的感慨，表現遠離功名、放情山水的人生態度。馬致遠，號東籬，大都人。元代散曲家、雜劇家，有「曲狀元」之譽，並與關漢卿、白樸、鄭光祖合稱「元曲四大家」。年輕時熱衷功名，曾任江浙行省官員，晚年不滿時政，隱居田園。著有雜劇十五種，散曲集《東籬樂府》。

第二篇為張可久的〈山坡羊・酒友〉。此曲描寫與朋友相聚，開懷暢飲的情趣。張可久，字小山，集畢生創作精力於散曲上，小令尤著，今存小令八百多首，作品之多，為元代曲家之冠，風格以典雅清麗為主，代表元代後期散曲的最高成就，與喬吉並稱為「元曲雙璧」。

第三篇為李好古的雜劇《沙門島張生煮海》。內容大約敘述潮州儒生張羽寓居石佛寺，與東海龍王之三女瓊蓮相戀，相約在中秋在沙門島成婚。但由於龍王反對，放水淹島，張生便用仙姑所贈寶物銀鍋煮海水，大海翻騰，龍王乃許其婚事。此劇有四折，本課節選第三、四折。李好古，元代戲曲作家，生卒年及生平事蹟無考。著有雜劇三種，都是神仙故事，今僅存《沙門島張生煮海》。本文選自明臧懋循所編之《元曲選》（又名《元代百種曲》），該書為現存元雜劇最大的總集。

(一)折桂令．嘆世／馬致遠

咸陽百二山河❶，兩字功名，幾陣干戈。項廢東吳❷，劉興西蜀❸，夢說南柯❹。韓信功❺、兀的般證果❻，蒯通言❼、那裡是風魔？成也蕭何，敗也蕭何❽，醉了由他。

註釋

❶百二山河：謂秦地形勢險要，利於攻守，二萬兵力可抵百萬，或說百萬可抵二百萬。

❷項廢東吳：指項羽在垓下兵敗，被追至烏江自刎。烏江在今安徽和縣東北，古屬東吳地。

❸劉興西蜀：指劉邦被封為漢王，利用漢中及蜀中的人力、物力，戰勝項羽。

❹夢說南柯：唐人李公佐傳奇《南柯太守傳》說：淳于生晝夢入大槐安國，被招為附馬，在南柯郡做二十年的太守，備極榮寵。後因戰敗和公主死亡，被遣歸。醒來才知道是一場夢。所謂大槐安國，原來是宅南槐樹下的蟻穴。

❺韓信：淮陰人，年輕時曾忍惡少胯下之辱，後來輔

佐漢高祖定天下，為漢朝開國功臣，與張良、蕭何並稱漢興三傑。後被呂后所害，誅夷三族。

❻兀的般：如此，這般。證果：佛家語，謂經過修行證得果位。此指下場，結果。

❼蒯通：漢高祖時的著名辯士，本名徹，史家避武帝諱，稱他蒯通。韓信用蒯通計定齊地，曾勸韓信謀反自立，韓信不聽。他害怕事發被牽連，就假裝瘋。後韓信為呂后所斬，臨刑前嘆曰：「悔不聽蒯徹之言，死於女子之手。」

❽成也蕭何，敗也蕭何：韓信因蕭何的推薦被劉邦重用，後來呂后殺韓信，用的又是蕭何的計策。故云：「成也蕭何、敗也蕭何。」蕭何，沛縣人，助漢高祖劉邦建立王朝，是漢代開國名相。

(二) 山坡羊・酒友／張可久

劉伶不戒[1]，靈均休怪[2]，沿村沽酒尋常債[3]。看梅開，過橋來，青旗正在疏籬外[4]，醉和古人安在哉[5]？窄[6]，不夠釃[7]。哎，我再買。

註釋

❶劉伶不戒：劉伶，晉竹林七賢之一，性嗜酒。相傳妻子勸他戒酒，他假意應承，吩咐她準備酒肉，拜神發誓。祭拜時，向天祝告：「天生劉伶，以酒為名，一飲一斛，五斗解酲，婦人之言，慎不可聽！」說完後飲酒食肉，酩酊大醉。

❷靈均休怪：戰國時，楚國大夫屈原，字靈均。忠君愛國而被小人陷害，其作品〈漁父〉有「舉世皆濁我獨清，眾人皆醉我獨醒」之句。

❸沽：買。尋常債：此處化用杜甫〈曲江〉一詩「酒債尋常行處有」的詩句。

❹青旗：賣酒的店鋪懸掛在門前的青布旗，即酒旗。

❺醉和古人安在哉：謂醉後便和古人一樣都不存在了。

❻窄：語氣詞，表示驚訝。

❼釃：音ㄕ，斟酒。

(三) 沙門島張生煮海（雜劇選）／李好古

第三折

（行者上，云）小僧乃石佛寺行者。前日有一秀才，在我這房頭借住。因夜間彈琴，被一個精怪迷惑將去了。那家童連忙趕去尋他，俺師父葫蘆提也著我去尋。林深山險。哪裡尋他去？不想撞見一個大蟲，張牙舞爪來咬我。小僧連忙將一塊石頭打將去。不知恁般手正，直一下打入他喉嚨裡去了。我見那大蟲楞楞掙掙倒了。小僧一氣走到二百里，拾了一個性命，直走到這裡。那裡著迷一命休，小僧卻是沒來由。不如尋秀才一處同迷死，也落的牡丹花下鬼風流。（下）（張生引家僮上，詩云）前生結下好姻緣，覓得鸞膠續斷弦。法寶煎熬鐺滾沸，爭知火裡好栽蓮。小生張伯騰，早到海岸也。家僮，將火鐮、火石引起火來，用三角石頭把鍋兒放上。（做放鍋科，云）你可將這杓兒舀那海水起來。（做取水科，云）鍋裡水滿了也，再放這枚金錢在內。用火燒著，只要火氣十分旺相，一時間將此水煎滾起來。（家僮云）這等，你不早說，那小娘子跟隨的丫頭送我一把蒲扇，不曾拿的來，把什麼搧火？（做衣袖搧火科，云）且喜鍋兒裡水滾了也。（張生云）水滾了，待我試看海水動靜。（做看科，驚云）怪哉！果然海水翻騰沸滾，眞有神應也！（家童云）怎生這裡水滾，那海水也滾起來？難道這鍋兒是應著海的？（長老慌上，云）老僧石佛寺長老是也。正在禪床打坐，則見東海龍王，遣人來說道：有一秀才，不知他將甚般物件，煮得海水滾沸，急得那龍王沒處逃躲。央我老僧去勸化他早早去了火罷。原來這秀才不是別人，就是前日借俺寺裡讀書的潮州張生。想我石佛寺貼近東海，現今龍宮有難，豈可不救？只得親到沙門島上，勸化秀才，走一遭去呵。（唱）

【正宮】【端正好】一地裡受煎熬，遍寰宇空勞攘，兀的不慌殺了海上龍王。我則見水晶宮血氣從空撞，聞不得鼻口內乾煙熗。

【滾繡球】那秀才誰承望，急煎煎做這場，不知他挾著的甚般伎倆，只待要賣弄殺手段高強。莫不是放火光，逼太陽，燒得來焰騰騰滾波翻浪。縱有那雷和雨，也救不得驚惶。則見錦鱗魚活潑剌波心跳，銀脚蟹亂扒沙[1]在岸上藏，但著一點兒，就是一個燎漿[2]。（做到科，云）來到此間，正是沙門島海岸了。

兀那秀才，你在此煮著些什麼哩？（張生云）我煮海也。（正末云）你煮他那海做什麼？（張生云）老師父不知，小生前夜在於寺中操琴，有一女子前來竊聽，他說是龍氏三娘，小字瓊蓮，親許我中秋會約。不見他來，因此在這裡煮海，定要煎他出來。（正末唱）

【倘秀才】這秀才不能勾花燭洞房，（帶云）好也囉！（唱）卻生扭做香水混堂[3]，大海將來升斗量。秀才家能軟款，會安詳，怎做這般熱忽喇[4]的勾當？（張生云）老師父你不要管我，你且到別處化緣去。（正末唱）

【滾繡球】俺也不是化道糧，也不是要供養，我則是特來相訪。（張生云）我是個窮秀才，相訪我有什麼化與你？（正末唱）俺本是出家人，便乞化何妨。（張生云）若得見那小娘子，肯招我做女婿，便有佈施。（正末唱）則爲那窈窕娘，不招你個俊俏郎，弄出這一番禍從天降。你窮則窮道與他門戶輝光，你哪裡得熬煎鉛汞[5]山頭火？你哪裡覓醫治相思海上方？此物非常。（張生云）老師父，我老實對你說，若那夜女子不出來呵，我則管煮哩。（正末云）秀才，你聽者：東海龍神著老僧來做媒，招你爲東床嬌客，你意下如何？（張生云）老師父你不要耍我，這海中一望是白茫茫的水，小生是個凡人，怎生去的？（家僮云）相公，這個不妨事，你只跟著長老去，若是他不淹死，難道獨

獨淹死了你？（正末唱）

【脫布衫】俺實丕丕要問行藏，你慢騰騰好去商量。將這水指一指翻爲土壤，分一分步行坦蕩。

【小梁州】直著你如履平原草徑荒，（張生云）到那海底去，莫不昏暗麼？（正末唱）卻正是日出扶桑。（張生云）小生終是個凡人，怎敢就到海中去？（正末唱）雖然大海號東洋，休謙讓，（帶云）去來波！（唱）他則待招選你做東床。

（張生云）小生曾聞這仙境有弱水[6]三千丈，可怎生去的？（正末唱）

【么篇】便休提彌漫弱水三千丈，端的是錦模糊水國魚邦。（張生做望科，云）我看這海有偌般寬闊，無邊無岸，想是連著天的，好怕人也！（正末唱）你道是白茫茫，如天樣，越顯得他寬洪海量，我勸你早準備帽兒光。

（張生云）既如此，待我收起法寶，則要老師父作成我這樁親事。（家僮云）那小姐身邊有一侍女，須配與我，不然，我依舊燒起火來。（正末唱）

【笑和尚】去、去、去，向蘭閣，到畫堂，俺、俺、俺，這言語，無虛誑，（張生云）是眞個麼？（正末唱）你、你、你，終有個酸寒相。他、他、他，女豔妝，早、早、早，得成雙，來、來、來，似鴛鴦並宿在銷金帳。

（張生云）這等，我就隨著老師父去。則要得早早人月團圓，休孤舊約也。（正末唱）

【尾聲】則爲你佳人才子多情況，唬得他椿室萱堂著意忙。你貌又軒昂才又良，他玉有溫柔花有香。意相投，姻緣可配當；心廝愛，夫妻誰比方。似他這百媚韋娘[7]，共你個風流張敞，（帶云）去來波！（唱）須將俺撮合山的媒人重重賞。（同張生下）

（家僮云）你看我家東人，興匆匆的跟著長老入海去了，留我獨自一個在這海岸上，看守什麼法寶。若是他當眞做了新郎，料必要滿了月方才出來。我看那小行者盡也有些風韻，老和尚又不在；不如我收拾了這幾件東西，一逕回到寺裡，尋那小行者打鬧鬧去也。（下）

第四折

（外扮龍王引水卒上，詩云）一輪紅日出扶桑，照曜中天路杳茫。雖然弱水三千里，只要無私自可航。吾神乃東海龍王是也。有小女瓊蓮，曾於夜間到石佛寺遊玩，見一秀才撫琴，其曲有鳳求凰之音，他兩個暗面關情，遂許中秋赴會。某家說道，他是凡人，怎生到得俺這水府？不想秀才遇著上仙，授他三件法寶，被他燒得海水滾沸，使某不堪其熱，只得央石佛寺法雲禪師爲媒，招請爲婿。早間已將花紅酒禮，款待那做媒的去了，如今設下慶喜的筵席。兀那水卒，請出秀才和女孩兒來者！（正旦同張生上，正旦云）秀才，前廳上拜俺父母去。（張生云）是。（正旦云）秀才，我和你那夜相別，誰想有今日也！（唱）

【雙調】【新水令】則爲這波濤相間的故人疏，我則怕黑漫漫各尋別路。受了些活地獄，下了些死工夫。海角天隅，須有日再完聚。

（張生云）這龍宮裡面，都是些什麼人物？（正旦唱）

【駐馬聽】擺列著水裡兵卒，都是些黿將軍、鼉先鋒、鱉大夫。看了這海中使數[8]，無過是赤鬚蝦、銀脚蟹、錦鱗魚。繡簾十二列珍珠，家財千萬堆金正。（張生云）是好富貴也！（正旦唱）你自暗忖[9]，則俺這水晶宮是一搭兒奢華處。

（做行禮拜科，龍王云）你二人在哪裡相會來？（正旦唱）

【滴滴金】趁著那綠水清波，良辰美景，輕雲薄霧，霜氣浸冰壺。可則是玉露泠泠。金風淅淅，中秋節序，正值著冷清清，人靜更初。

（龍王云）你與這秀才素非相識，況在夜靜更初，怎麼就許他婚姻之約？

你試說我聽。（正旦唱）

【折桂令】俺去他那月明中信步階除，聽三弄瑤琴音韻非俗。恰便似雲外鳴鶴，天邊語雁，枝上啼烏。他待覓鸞儔燕侶，我正愁鳳隻鸞孤，因此上，要識賢愚，別辨親疏。端的個和意同心，早遂了似水如魚。

（龍王云）秀才，誰與你這法寶來？（張生云）量小生是個窮儒，焉有此法寶。偶因追趕令愛，到海岸上遇著一位仙姑，把與我來。（龍王云）秀才，則被你險些兒熱殺我也！我想這事，都是我女孩兒惹出來的。（正旦唱）

【雁兒落】不想這火中生比目魚，石內長荊山玉。天邊有比翼鳥，地上出連枝樹。

（張生云）若非上仙法寶，怎生得有團圓之日？（正旦唱）

【得勝令】你待將鉛汞燎乾枯，早難道水火不同爐。將大海揚塵度，把東洋烈焰煮。神術煅化的爲夫婦，兒子熬煎殺俺眷屬。

（東華仙上，云）龍神，聽俺分付！（龍王同張生、正旦跪科，東華仙云）龍神，那張生非是你女婿，那瓊蓮也非是你女兒。他二人前世乃瑤池上金童玉女，則爲他一念思凡，謫罰下界。如今償還夙契，便著他早離水府，重返瑤池，共證前因，同歸仙位去也。（眾拜謝科）（正旦唱）

【沽美酒】待著俺辭龍宮，離水府，上碧落，赴雲衢，我和你同會西池見聖母。秀才也，抵多少跳龍門應舉，攀仙桂步蟾蜍。（東華云）你二人若非吾來指引，豈得到瑤池仙境也？（正旦唱）

【太平令】廣成子[10]長生詩句，東華仙看訂婚書。引仙女仙童齊赴，獻仙酒仙桃相助。願普天下曠夫怨女，便休教間阻。至誠的，一個個皆如所欲。（東華云）你本是玉女金童，投凡世淹留數載。石佛寺夜月彈琴，求鳳凰留情殢色。許佳期無處追尋，走海上失精落彩。遇仙姑法寶通靈，端的有神機妙策。配金丹鉛汞相投，運水火張生煮海。則今朝返本朝元，散一天異香杳靄。（正旦同張生稽首科）（正旦唱）

【收尾】則今日雙雙攜手登仙去，也不枉鮫綃帕留爲信物。閒看他蟠桃灼灼樹頭紅，撇罷了塵世茫茫海中苦。

註釋

❶ 扒沙：或作扒扠、扒叉。就是爬行。

❷ 燎漿：或作撩漿、料漿。被水燙或火燒，皮膚上所起的亮泡。

❸ 混堂：浴池、澡堂。

❹ 熱忽喇：忽喇，語助詞，無義。熱忽喇，就是熱。

❺ 鉛汞：道家煉丹用的兩種原料。

❻弱水：古代神話，鳳麟洲在西海中央，四面有弱水環繞，一根羽毛丟上去也會沉底，人無法渡過。
❼韋娘：即杜韋娘，唐代的一個歌妓。
❽使數：奴僕。
❾喑忖：喑，音ㄧㄣ。或作窨忖。暗中忖度的意思。
❿廣成子長生詩句：廣成子，神仙故事中的一個仙人。相傳：黃帝問他長生之道，他說：「不要勞動形體，不要搖動精神，也不要動思慮想這想那，就可以長生。」這種說法，正是道家清淨無為、出世消極思想的一種表現。

綜合討論

第一篇馬致遠的〈折桂令〉，藉秦漢之際的歷史事件，表現對功名事業的厭棄。劉項興亡，不過是夢一場，韓信這樣的功臣卻遭到殺身之禍，當前的功名事業還有何值得留戀的呢？通過對歷史事件的否定，表現對現實政治的反感，「成也蕭何，敗也蕭何」，道出世道險惡，人心叵測。結尾以「醉了由他」突出「嘆世」的主題。

第二篇張可久的〈山坡羊〉，文中作者自比為劉伶，一醉解千愁，流露出人生的失意和不滿。「醉和古人安在哉」最能令人感受到酣飲的暢快。文末幾句獨白，表現出主人的豪爽疏放，令讀者如聞其語，如見其人，妙趣橫生。

第三篇《張生煮海》，則是十分有名的一齣戲劇，是一部歌頌愛情的浪漫作品。在傳統社會中，地位懸殊的男女是難結良緣的，於是人們就把願望化作美麗的神話傳說，加以謳歌。劇中寫龍女對張羽的才學、品德的看重，反映了境況窘迫的元代書生希望自身價值能得到社會的承認和重視；而張羽在和龍女定情時，表現出對富貴的羨慕，也反映了書生不甘於貧賤的一面。唱詞優美，文字通俗，簡練如洗，故事緊湊，有層次地展現人物性格，引人入勝。劇中寫龍女聽琴的情境，真切優雅；寫張羽煮海的場面，生動有趣，都十分精彩。寫龍宮的景色，更是瑰奇變幻，充分表現出神話劇的特色。為世代所傳誦，改編成各種地方戲盛演不絕。清初，李漁又據以改編為傳奇《蜃中樓》。

【附錄】

沉醉東風‧漁夫／白樸

黃蘆岸白蘋渡口，綠楊堤紅蓼灘頭。
雖無刎頸交，卻有忘機友。
點秋江白鷺沙鷗。
傲殺人間萬戶侯，不識字煙波釣叟。

慶東原／白樸

忘憂草，含笑花，勸君聞早冠宜掛。
那裡也能言陸賈，那裡也良謀子牙，那裡也豪氣張華？
千古是非心，一夕漁樵話。

天淨沙‧秋思／馬致遠

枯藤老樹昏鴉，小橋流水人家，古道西風瘦馬。
夕陽西下，斷腸人在天涯。

四塊玉‧恬退／馬致遠

酒旋沽，魚新買。
滿眼雲山畫圖開，
清風明月還詩債。
本是個懶散人，又無甚經濟才，歸去來！

撥不斷／馬致遠

布衣中，問英雄。王圖霸業成何用！

禾黍高低六代宮，楸梧遠近千官冢。

一場惡夢。

水仙子・和盧疏齋西湖／馬致遠

春風驕馬五陵兒，暖日西湖三月時，管弦觸水鶯花市。

不知音不到此，宜歌宜酒宜詩。

山過雨顰眉黛，柳拖煙堆鬢絲。

可喜殺睡足的西施！

天淨沙・魯卿庵中／張可久

青苔古木蕭蕭，蒼雲秋水迢迢。紅葉山齋小小。

有誰曾到？探梅人過溪橋。

賣花聲・懷古／張可久

美人自刎烏江岸，戰火曾燒赤壁山，將軍空老玉門關。

傷心秦漢，生民塗炭，讀書人一聲長嘆！

山坡羊・潼關懷古／張養浩

峰巒如聚，波濤如怒，山河表裡潼關路。

望西都，意踟躕。

傷心秦漢經行處，宮闕萬間都做了土。

興，百姓苦；亡，百姓苦！

水仙子・詠江南／張養浩

一江煙水照晴嵐，兩岸人家接畫簷。

芰荷叢一船秋光淡。

看沙鷗舞再三，捲香風十里珠簾。

畫船兒天邊至，酒旗兒風外颭，

愛殺江南。

黃鐘尾·不伏老／關漢卿

我是個蒸不熟、煮不爛、搥不扁、炒不爆，響噹噹一粒銅豌豆。

恁子弟每；誰叫你鑽入他鋤不斷、斫不下、解不開、頓不脫、慢騰騰千層錦套頭。

我玩的是梁園月，飲的是東京酒，賞的是洛陽月，攀的是章台柳。

我也會圍棋，會蹴踘，會打圍，會插科，會歌舞，會吹彈，會咽作，會吟詩，會雙陸。

你便是落了我的牙，歪了我的嘴，瘸了我的腿，折了我的手，天賜我般兒歹症候，尚兀自不肯休。

四塊玉·閒適·之四／關漢卿

南畝耕，東山臥。世態人情經歷多。

閒將往事思量過，賢的是他，愚的是我，爭什麼！

大德歌／關漢卿

風飄飄，雨瀟瀟，便做陳摶也睡不著。

懊惱傷懷抱，撲簌簌淚點拋。

秋蟬兒噪罷寒蛩兒叫，淅零零細雨打芭蕉。

蟾宮曲．夢中作／鄭光祖

弊裝塵土壓征鞍，鞭倦裊蘆花。
弓箭蕭蕭，一徑入煙霞。
動羈懷，西風禾黍，秋水蒹葭。
千點萬點，老樹寒鴉。

三行兩行，寫長空嚦嚦，雁落平沙
曲舉西邊，近水灣魚網綸竿釣槎。
斷橋東壁，傍溪山竹籬茅舍人家。
見滿山滿谷，紅葉黃花。
正是凄涼時候，離人又在天涯。

單元六

人情的寄託——古代小說選

單元大意

在源遠流長的中國文學史上，與詩歌、散文相比，小說是產生較晚的文體。即使晚出，從「粗陳梗概」的魏晉小說算起，至今也有一千五百多年的歷史。在這段漫長的歲月裡，產生數量眾多的作品，其中不乏傑構佳作，成為文學的瑰寶。

從發展的軌跡和形式的演變來看，古代小說可以粗略分為六朝「筆記體」小說、唐代「傳奇體」小說，宋、元「話本體」小說與明、清「章回體」小說。下文進行簡要的說明，也許對讀者認識古代小說的概貌會有所幫助。

一、筆記體（雛形期）

魏晉時期是個動亂的年代，各種思想得到發展，老莊思想和外來的佛教也日趨興盛。於是產生記載鬼神怪異故事的志怪小說和記載人物瑣聞逸事的志人小說。它們從野史雜傳中分離出來，開始走向獨立的文學形式，展現小說的雛形。這個時期小說的形式比較簡單，只是「粗陳梗概」的筆記體。

二、傳奇體（成熟期）

到了唐代，由於韓愈倡導古文運動的推動和中外文化交流的結果，小說開始成熟，成為獨立的文學形式——傳奇。唐人傳奇的作家是有意為小說，自覺地進行想像和虛構，作品內容從記錄神怪異聞轉向描寫現實的社會人生。在藝術表現上篇幅加長，描寫細節，情節曲折，人物形象也較鮮明，已是成熟的短篇小說。唐人傳奇流傳至今的單篇作品約四十餘篇，專集四十多部，大都收錄宋初李昉編集的《太平廣記》。

三、話本體（轉變期）

古代小說發展到宋、元時代，出現新的飛躍，隨著社會政治、經濟的發展變化和「說話」藝術的興盛，出現一種新型小說——話本。話本就是「說話」藝人講唱故事時所依據的底本，這是古代最早的白話小說。

宋、元話本的體制結構一般由四個部分組成，即「題目、入話、正話、篇尾」。題目是故事內容的主要標記；入話是在正文之前，先寫幾首與正文相關的詩詞或幾個小故事，入話具有肅靜聽眾、聚集聽眾的作用；正話即故事的主要部分；話本一般都有篇尾，往往用四句或八句詩句為全篇作結。

話本小說在宋、元時代數量很多，據《醉翁談錄》記載的篇題，約有一百四十多種。但由於這種民間文學受到正統文學的漠視和排斥，再加上開始時話本多以單篇抄錄的形式存在，無人編輯整理，因此大部分作品都已散佚。保留至今的大約只有四十餘種，主要散見於《清平山堂話本》、《京本通俗小說》和馮夢龍編撰的《喻世明言》、《警世通言》、《醒世恆言》。

四、章回體（繁榮期）

章回小說是由話本中「講史」的基礎上形成的。講史之類的長篇要分多次才能說完，每說一次，謂之一回。每回的主要內容，在講說之前，要用題目向聽眾揭示，這個題目稱為回目，成為元、明、清章回小說「回目」的起源。

章回小說沿著宋、元話本所預示的方向，突破講故事的窠臼，以刻畫人物形象為中心和高度的藝術成就，將小說與其他文學體裁涇渭分明地區分開來。明、清時代章回體長篇小說爭奇鬥豔，出現全面繁榮的局面，一些中國人家喻戶曉的名作，如《三國演義》、《水滸傳》、《西遊記》、《金瓶梅》、《儒林外史》、《紅樓夢》，多產生於這一時期。

綜觀古典小說的發展演變，其基本軌跡是：由文言而白話，由典奧而通俗，由短篇而長篇，由簡而繁，由粗而精，這是符合藝術發展的一般規律。

第一課 韓憑妻（六朝筆記小說——志怪）

晉・干寶

概說

本文選自《搜神記》卷十一，描寫宋康王奪人所愛，迫使夫妻殉情的故事。《搜神記》二十卷四六六則，其中作者「考先志於載籍，收遺逸於當時」（自序）約有二百多則。但這二百多則不是簡單地抄錄，而是經過加工再創造，在原有基礎上提高。本書內容廣泛，包括神仙人鬼、物妖精怪、夢卜感應以及神話和歷史傳說，可謂集志怪之大成。

干寶，字令升，東晉新蔡（今河南新蔡縣）人。生卒年不詳，大約生活於晉武帝太康（西元三〇〇年）中至穆帝永和（西元三四四年）年間。他是東晉初期著名史學家，著有《晉紀》。《晉書・干寶傳》：「性好陰陽術數，留思京房、夏侯勝等傳。」他蒐集「古今神祇靈異人物變化」之事，編成《搜神記》。時人譽之為「鬼之董狐」。

課文

宋康王舍人❶韓憑，娶妻何氏，美，康王奪之。憑怨，王囚之，論爲城旦❷。妻密遺憑書，繆其辭❸曰：「其雨淫淫，河大水深，日出當心。」既而王得其書，以示左右，左右莫解其意。臣蘇賀對曰：「其雨淫淫，言愁且思也。河大水深，不得往來也。日出當心，心有死志也。」俄而憑乃自殺。

其妻乃陰腐其衣。王與之登台，妻遂自投台下，左右攬之，衣不中手❹而死。遺書於帶曰：「王利其生，妾利其死，願以屍骨賜憑合葬。」王怒，弗聽，使里人埋之，冢相望也。王曰：「爾夫婦相愛不已，若能使冢合，則吾弗阻也。」

宿昔之間，便有大梓木生於二冢之端，旬日而大盈抱，屈體相就，根交於下，枝錯於上。，又有鴛鴦，雌雄各一，恆棲樹上，晨夕不去，交頸悲鳴，音聲感人。宋人哀之，遂號其木曰「相思樹」。「相思」之名，起於此也。南人謂：此禽即韓憑夫婦之精魂。今睢陽❺有韓憑城，其歌謠至今猶存。

註釋

❶宋康王舍人：宋康王，名偃，戰國中晚期的暴君。《史記．宋微子世家》說他荒淫酷虐，時有「桀宋」之稱。舍人，諸侯王公之左右近侍，戰國、秦、漢皆設此職。

❷論為城旦：論，判罪。城旦，一種在邊疆築城禦敵的刑罰。

❸繆其辭：即故意使文意曲折隱晦。

❹衣不中手：何氏暗中將衣服腐化，故跳台時左右之人無法抓住她的衣服，阻止其自殺行為。

❺睢陽：即戰國宋都商丘（今河南商丘南）。

綜合討論

這篇小說的題材不是古代常見青年男女追求愛情，因受禮教阻礙不得實現的悲劇，而是已成眷屬的美好愛情，橫遭破壞，導致以死抗爭的結局。

作品的特點主要表現在兩方面：一是夫妻不渝的愛情與反抗康王暴虐相結合；二是故事的結尾描寫男女相殉後，精魂化為兩棵「根交於下，枝錯於上」的相思樹，寄託一種美好的理想。

文中的韓憑妻，面對康王權勢的威逼利誘，始終堅強不屈，最終以身殉夫，以死明志，體現「富貴不能淫，威武不能屈」的高貴品格，十分動人。

【附錄】談生

漢談生者，年四十，無婦，常感激讀《詩經》。夜半，有女子年可十五六，姿顏服飾，天下無雙，來就生，為夫婦。乃言曰：「我與人不同，勿以火照我也。三年之後，方可照耳。」與為夫婦。生一兒，已二歲，不能忍，夜伺其寢後，盜照視之。其腰以上，生肉如人，腰以下，但有枯骨。婦覺，遂言曰：「君負我。我垂生矣，何不能忍一歲而竟相照也？」生辭謝。涕泣不可復止，云：「與君雖大義永離，然顧念我兒，若貧不能自偕活者，暫隨我去，方遺君物。」生隨之去，入華堂室宇，器物不凡，以一珠袍與之，曰：

「可以自給。」裂取生衣裾，留之而去。後生持袍詣市，睢陽王家買之，得錢千萬。王識之曰：「是我女袍，哪得在市？此必發冢。」乃取拷之。生具以實對，王猶不信。乃視女冢，冢完如故。發現之，棺蓋下果得衣裾。呼其兒視，正類王女。王乃信之。即召談生，復賜遺之，以為女婿。表其兒為郎中。

第二課 雪夜訪戴（六朝筆記小說——志人）

宋・劉義慶

概說

本文選自《世說新語・任誕》第四十七則，描寫晉名士王徽之雪夜訪友人的故事。《世說新語》初名《世說》，《隋書・經籍志》列入子部小說家類：「《世說》八卷，宋臨川王劉義慶撰。」然而原書已不存，現今流傳本只分上、中、下三卷，共計一千一百三十則。本書涉及東漢末年至東晉之世的名流達士六百餘人，舉凡文人墨客、清談名家、帝王將相、佛門高僧、書畫大家，林林總總，真可謂一代傑出人物的畫卷。文字雋永，形象清晰，極富文學價值。

編撰者劉義慶（西元四〇三～四四四年），南朝宋彭城綏里（今江蘇銅城縣）人，是武帝劉裕之弟長沙景王劉道憐的次子，後過繼給臨川王道規為嗣，襲封臨川王。《宋書・宗室傳》：「為性簡素，寡嗜欲，愛好文義。」曾任祕書監，掌管宮中圖書，招聚許多文學之士，編著《世說新語》、《幽明錄》、《宣驗記》。

課文

王子猷居山陰❶，夜大雪，眠覺，開室，命酌酒。四望皎然，因起仿偟❷，詠左思〈招隱詩〉❸，忽憶戴安道❹。時戴在剡，即便夜乘小船就之。經宿方至，造門不前而返。人問其故，王曰：「吾本乘興而行，興盡而返，何必見戴？」

註釋

❶王子猷：王徽之，字子猷，王羲之第五子。卓犖不羈，官至黃門侍郎。山陰，今浙江省紹興縣。

❷仿徨：也作「徬徨」，即徘徊。

❸左思：字太沖，西晉臨淄人。有〈招隱詩〉二首，其一云：「非必絲與竹，山水有清音；何事待嘯歌，灌木自悲吟。」

❹戴安道：即戴逵。晉譙國（今安徽省）人，後遷居會稽剡縣（今浙江省）。少博學，好談論，多才藝。性高潔，孝帝時累徵不就。卒於晉武帝太元年間。

綜合討論

王子猷雪夜訪戴的故事，堪稱魏晉風度的典型事例。月中飲酒，賞雪，詠詩，又棹舟訪友，這些詩意的浪漫足以說明子猷是個有情之人，但他又不為情所困，而是以「興」來控制情的釋放，做到揮灑自如。所謂：「乘興而行，盡興而返。」這種舉動不帶有任何功利性的目的，全憑興之所至。子猷在過程中追求生活的真諦，這不僅是對生活的超脫，還表現他行為選擇中的自我主體意識和個性特徵。於是他超脫了有限事物的束縛，達到無限和自由的境界。此中情韻，何等率真，何等通脫，後人詠雪思友每每聯想到王子猷，如李白〈淮海對雪贈傅靄〉詩云：「興從剡溪起，思繞梁園發。」即歌詠此事。

本文實已略具小說雛形，同學是否可以分辨其中有哪些小說的基本要素？

【附錄】東床坦腹

郗太尉在京口，遣門生與王丞相書，求女婿。丞相語郗信：「君往東廂，任意選之。」門生歸，白郗曰：「王家諸郎，亦皆可嘉，聞來覓婿，咸自矜持；唯有一郎，在東床坦腹食，如不聞。」郗公云：「正此好。」訪之，乃是逸少。因嫁女與焉。

第三課　紅線（唐人傳奇小說）

袁郊

概說

本文選自《甘澤謠》，描寫豪俠紅線運用盜取金盒的特殊手段，及時制止藩鎮田承嗣和薛嵩之間的一場血腥爭鬥。

《太平廣記》卷一九五豪俠類，首載〈紅線〉，篇末注：「出《甘澤謠》。」《新唐書・藝文志》刊小說類，僅題：「袁郊《甘澤謠》一卷。」宋晁公武《郡齋讀書志》：「《甘澤謠》一卷，載譎異事九章。咸通中久雨臥疾所著，故曰甘澤謠。」可見此書成於唐懿宗咸通年間（約西元八六〇年）。

袁郊生平未見唐史記錄。晚唐詩人溫庭筠開成五年〈病中書懷兼呈袁郊等人〉詩有云：「捷足皆先路，窮交獨向隅。」可知袁郊於唐文宗開成中（約西元八四〇年）已登科第，後累官至虢州刺史。

課文

紅線，潞州節度使薛嵩青衣❶。善彈阮咸❷，又通經史，嵩遣掌其牋表，號曰內記室。時軍中大宴，紅線謂嵩曰：「羯鼓❸之聲頗甚悲切，其擊者必有事也。」嵩素曉音律，曰：「如汝所言。」乃召而問之，云：「某妻昨夜亡，不敢乞假。」嵩遽放歸。

時至德之後，兩河未寧[4]，初置昭義軍，以滏陽爲鎮，命嵩固守，控壓山東[5]。殺傷之餘，軍府草創[6]。朝廷復遣嵩女嫁魏博節度使田承嗣[7]男，男娶滑台節度使令狐彰[8]女。三鎮互爲姻婭，人使日浹往來[9]。而田承嗣常患熱毒風，遇夏增遽。每曰：「我若移鎮山東，納其涼冷，可緩數年之命。」乃募軍中武勇十倍者得三千人，號「外宅男」，而厚卹養之。常令三百人夜直州宅，卜選良日，將遷潞州。

嵩聞之，日夜憂悶，咄咄自語，計無所出，時夜漏將傳，轅門已閉，杖策庭際，惟紅線從行。紅線曰：「主自一月，不遑寢食。意有所屬，豈非鄰境乎？」嵩曰：「事繫安危，非汝能料。」紅線曰：「某雖賤品，亦能解主憂者。」嵩乃具告其事，曰：「我承祖父遺業，受國家重恩，一旦失其疆土，即數百年勳業盡矣。」紅線曰：「易爾，不足勞主憂。乞放某一到魏郡，看其形勢，覘其有無。今一更首途，三更可以覆命。請先定一走馬兼具寒暄書，其他即待某卻回也。」嵩大驚曰：「不知汝是異人，我之暗也。然事若不濟，反速其禍，奈何？」紅線曰：「某之行，無不濟者。」乃入閨房，飾其行具。梳烏蠻髻，攢金鳳釵，衣紫繡短袍，繫青絲輕履，胸前佩龍文匕首，額上書太乙神名[10]，再拜而行，倏忽不見。

嵩乃返身閉户，背燭危坐，常時飲酒數合，是夕舉觴十餘不醉。忽聞曉角吟風，一葉墜露[11]，驚而試問，即紅線回矣。嵩喜而慰問曰：「事諧否？」曰：「不敢辱命。」又問曰：「無殺傷否？」曰：「不至是，但取床頭金合爲信耳。」

紅線曰：「某子夜前三刻[12]，即達魏郡，凡歷數門，遂及寢所。聞外宅男止於房廊，睡聲雷動。見中軍士卒，步於庭廡，傳呼風生。某發其左扉，抵其帳寢。見田親家翁止於帳內，鼓趺酣眠[13]，頭枕文犀，髻包黃縠[14]，枕前露一七星劍，劍前仰開一金合，合內書生身甲子與北斗神名[15]。復有名香美珍，散覆其上。揚威玉帳，但期心豁於生前[16]；同夢蘭堂，不覺命懸於手下[17]。寧勞擒縱，祇益傷嗟。時則蠟炬光凝，爐香燼委，侍兒四布，兵器森羅。或頭觸屏風，鼾而嚲者；或手持巾拂，寢而伸者[18]。某拔其簪珥，縻其襦裳，如病如昏，皆不能寤，遂持金合以歸。出魏城西門，將行二百里，見銅台高揭[19]，漳水東流，晨飈動野，斜月在林。憂往喜還，頓忘於行役；感知酬德，聊副於心期[20]。所以夜漏三時，往返七百里。入危邦，道經五六城，冀減主憂，敢言其苦。」

嵩乃發使遺承嗣書曰：「昨夜有客從魏中來，云：自元帥頭邊，獲一金合，不敢留駐，謹卻封納。」專使星馳㉑，夜半方到。見搜捕金合，一軍憂疑。使者以馬撾叩門，非時請見㉒。承嗣遽出，以金合授之。捧承之時，驚怛絕倒㉓。遂留駐使者止於宅中，狎以私宴，多其賜賚。明日遣使齎繒帛三萬疋，名馬二百匹，他物稱是㉔，以獻於嵩曰：「某之首領，繫在恩私便宜，知過自新。不復更貽伊戚，專膺指使，敢議姻親㉕。役當奉轂後車，來則揮鞭前馬㉖，所置紀綱。僕號爲外宅男者，本防他盜，亦非異圖。今並脫其甲裳，放歸田畝矣。」由是一兩月內，河南河北，人使交至。

忽一日，紅線辭去。嵩曰：「汝生我家，而今欲安往？又方賴汝，豈可議行？」紅線曰：「某前世本男子，歷江湖間，讀神農藥書，救世人災患。時里有孕婦，忽患蠱症㉗，某以芫花酒下之，婦人與腹中二子俱斃。但某一舉殺三人。陰司見誅，降爲女子，使身居賤隸，氣稟賊星，幸生於公家，今十九年矣。身厭羅綺，口窮甘鮮，寵待有加，榮亦至矣。況國家建極㉘，慶且無疆。此輩違天，理當盡弭。昨往魏郡，以示報恩。今兩地保其城池，萬人全其性命，使亂臣知懼，列士謀安㉙。某一婦人，功亦不小。固可贖其前罪，還其本身。便當遁跡塵中，棲心物外㉚，澄清一氣，生死長存。」嵩曰：「不然，遺爾千金爲居山之所。」紅線曰：「事關來世，安可預謀。」嵩知不可駐，乃廣爲餞別，悉集賓客，夜宴中堂。嵩以歌送紅線，請座客冷朝陽㉛爲詞曰：「採菱歌怨木蘭舟，送別魂消百尺樓。還似洛妃乘霧去，碧天無際水長流。」歌畢，嵩不勝悲。紅線拜且泣，因僞醉離席，遂亡所在。

註釋

❶薛嵩：本傳見《舊唐書》卷一二四，絳州龍門人。唐高宗時名將薛仁貴之孫。青衣，婢僕之稱。

❷阮咸：晉阮籍之從子，善音律。此處指樂器，形似琵琶而圓。

❸羯鼓：羯人所製，形如漆桶，兩頭可擊。

❹至德：唐肅宗年號。至德之後，指安祿山、史思明亂後，其餘黨未盡蕩平。兩河，指河北、河南諸州。

❺山東：太行山以東之地。

❻軍府草創：《舊唐書》代宗本紀：「（廣德元年）閏月戊申以史朝義降將薛嵩為相、衛等州節度使。」三年後，始成立昭義軍。此言軍府草創，指此三年中事。

❼田承嗣：本傳見《舊唐書》卷一四一，平州盧龍人。開元末，曾為安祿山軍前鋒兵馬使。

❽令狐彰：本傳見《舊唐書》卷一二四，京兆富平人。安史既叛，彰輾轉賊中，終獲歸順。

❾日浹往來：浹，周匝也。此言三方使者，彼此往來，無日無之。

❿太乙神名：太乙即太一，或作泰一。道教所奉，尤為神祕，其神名，難以究詰。

⓫曉角吟風：隱喻紅線行動之輕捷。

⓬子夜前三刻：古以漏壺貯水，置箭其中以示刻度。晝夜百刻，隨水漏而見刻度下移。子夜前三刻，約

今之二十三時許。

⑬ 鼓趺：似架足仰臥的姿勢。

⑭ 文犀：犀牛皮的紋理，古人用為器物美飾，如犀枕、犀盒。黃穀，黃色縐紗，以此包頭。

⑮ 生身甲子：謂出生之年月日辰之干支，所謂年庚八字。北斗神名與太乙神名，同為謬悠之說。

⑯ 心豁於生前：生前隨心所欲，無敢違阻，亦即任意作威作福。

⑰ 命懸於手下：生死繫於舉手之間。

⑱ 鼾而嚲：嚲，垂下也，音ㄉㄨㄛˇ。伸，挺直也。此指有人垂首而鼾，有人挺立而寐。

⑲ 銅台：銅雀台也。《三國志．魏武紀》：「建安十五年冬作銅雀台。」高揭，即崇舉也。

⑳ 聊副於心期：副，愜合也。心期，猶言「志願」。

㉑ 星馳：喻飛奔之狀。

㉒ 馬撾：馬鞭也。此言不及下馬，故以馬鞭叩門。非時，謂夜禁方嚴，不通賓客之時。

㉓ 驚怛：驚訝之極。絕倒，猝然仆地。

㉔ 稱是：謂相同於此數。

㉕ 專膺指使句：此言但願接受使喚，不敢復以親家翁自居。

㉖ 奉轂後車句：車過險阻，從者捧轂以過，與在馬前揮鞭者，皆屬僕從之事。

㉗ 蠱癥：《說文解字》：「蠱，腹中蟲也。」此或指消化器官疾病。

㉘ 建極：《書經．洪範》「皇建其有極」，謂建國之規模。

㉙ 列士謀安：文武之士共謀安定和樂之道。

㉚ 棲心物外：心志寄託於世俗事務之外。

㉛ 冷朝陽：生平略見於《唐才子傳》卷四。金陵人。唐代宗大曆四年，進士及第。

綜合討論

清人樂鈞《青芝山房詩集．紅線》詩云：「田家外宅男，薛家內記室。鐵甲三千人，那敵一青衣。金合書生年，床頭子夜失。強鄰魂膽消，首領向公乞。功成辭羅綺，奇氣洵無匹。洛妃去不還，千古懷煙質。」詩文高度概括小說的主要情節，並深情地讚頌紅線的奇異經歷。

唐朝自從安史之亂後，為了鎮壓叛亂，籠絡權臣，到處設置總管軍民財政的節度使，致使藩鎮擁兵割據。藩鎮之間互相鬥爭，除了疆場上兵戎相見，還蓄養刺客，進行暗殺。小說中的薛嵩、田承嗣是以歷史上的真人為藍本。在反映時代方面，〈紅線〉給予讀者一個極其明晰的中唐藩鎮縮影；同時，也在一定程度上反映了當時社會所流行的佛、道思想。（同學可以指出來嗎？）

〈紅線〉與一般傳奇不同之處有兩點，其一是結構層次很有特色，一般傳奇多用傳記形式，按照人物經歷的先後次序來謀篇布局，〈紅線〉卻以故事情節「紅線盜盒」為中心來安排、剪裁紅線的經歷材料，詳略得當，十分得體；其二是小說大量使用駢文句式，駢體文字的比重超過散體語言，如文中紅線盜盒的經過、文末餞別紅線的氣氛，幾乎全用四六句式，這種似駢還散的語言描寫，有著鮮明的節奏音律，給小說沁入一般詩意的芳香。

明代梁辰魚曾據此改編一齣戲曲，名《紅線女》，《醉翁談錄》也曾著錄〈紅線盜盒〉的話本小說（今已失傳），足見〈紅線〉不愧為唐人傳奇中的優秀篇章，得到後世的肯定與讚美。

第四課 碾玉觀音（宋元話本小說）

京本通俗小說

概說

本文選自《京本通俗小說》卷十，描寫身處社會下層，失去人身自由的青年男女，其愛情追求與婚姻自主的悲劇。

《京本通俗小說》為清末民初人繆荃孫所刊，據稱這是他在上海發現的「元人寫本」的殘本，共有九篇，本書刊印七篇。此說多有學者質疑，然而書中所收確為宋人話本則無疑義。《京本通俗小說》出版後，受到學術界的重視，並且產生廣泛的影響。〈碾玉觀音〉在明馮夢龍所編《警世通言》卷八，題為〈崔待詔生死冤家〉，並註明：「宋人小說，題作〈碾玉觀音〉。」故事來源於民間，作者不可考。

課文

山色晴嵐景物佳，煖烘回雁起平沙。東郊漸覺花供眼，南陌依稀草吐芽。堤上柳，未藏鴉，尋芳趁步到山家。隴頭幾樹紅梅落，紅杏枝頭未著花。

這首〈鷓鴣天〉說孟春景致，原來又不如〈仲春詞〉做得好：

每日青樓醉夢中，不知城外又春濃。杏花初落疎疎雨，楊柳輕搖淡淡風。浮畫舫，躍青驄，小橋門外綠陰籠。行人不入神仙地，人在珠簾第幾重？

這首詞說仲春景致，原來又不如黃夫人做的〈季春詞〉又好：

先自春光似酒濃，時聽燕語透簾櫳。小橋楊柳飄香絮，山寺緋桃散落紅。鶯漸老，蝶西東，春歸難覓恨無窮。侵階草色迷朝雨，滿地梨花逐曉風。

這三首詞都不如王荊公看見花瓣兒片片風吹下地來，「原來這春歸去，是東風斷送的」。有詩道：

春日春風有時好，春日春風有時惡。不得春風花不開，花開又被風吹落。

蘇東坡道：「不是東風斷送春歸去，是春雨斷送春歸去。」有詩道：

雨前初見花間蕊，雨後全無葉底花。蜂蝶紛紛過牆去，卻疑春色在鄰家。

秦少游道：「也不干風事，也不干雨事，是柳絮飄將春色去。」有詩道：

三月柳花輕復散，飄颺澹蕩送春歸。此花本是無情物，一向東飛一向西。

邵堯夫道：「也不干柳絮事，是蝴蝶採將春色去。」有詩道：

花正開時當三月，蝴蝶飛來忙劫劫。採將春色向天涯，行人路上添淒切。

曾公亮道：「也不干蝴蝶事，是黃鶯啼得春歸去。」有詩道：

花正開時豔正濃，春宵何事惱芳叢？黃鸝啼得春歸去，無限園林轉首空。

朱希眞道：「也不干黃鶯事，是杜鵑啼得春歸去。」有詩道：

杜鵑叫得春歸去，吻邊啼血尚猶存。庭院日長空悄悄，教人生怕到黃昏。

蘇小小道：「都不干這幾件事，是燕子啣將春色去。」有〈蝶戀花〉詞爲證：

妾本錢塘江上住，花開花落，不管流年度。燕子啣將春色去，紗窗幾陣黃梅雨。

斜插犀流雲半吐，檀板輕敲，唱徹〈黃金縷〉。歌罷綵雲無覓處，夢回明月生南浦。

王巖叟道：「也不干風事，也不干雨事，也不干柳絮事，也不干蝴蝶事，也不干黃鶯事，也不干杜鵑事，也不干燕子事；是九十日春光已過，春歸去。」曾有詩道：

怨風怨雨兩俱非，風雨不來春亦歸。腮邊紅褪青梅小，口角黃消乳燕飛。

蜀魄健啼花影去，吳蠶強食柘桑稀。直惱春歸無覓處，江湖辜負一蓑衣。

說話的，因甚說這春歸詞？紹興年間，行在[1]有個關西延州延安府人，本身是三鎮節度使咸安郡王。當時怕春歸去，將帶著許多鈎眷遊春。至晚回家，來到錢塘門裡，車橋前面，鈎眷轎子過了，後面是郡王轎子到來。只聽得橋下裱褙鋪裡一個人叫道：「我兒出來看郡王！」當時郡王在轎裡看見，叫幫總虞候道：「我從前要尋這個人，今日卻在這裡。只在你身上，明日要這個人入府中來。」當時虞候聲諾，來尋這個看郡王的人，是甚色目人？正是：

塵隨車馬何年盡？情繫人心早晚休。

只見車橋下一個人家，門前出著一面招牌，寫著：「璩家裝裱古今書畫」。鋪裡一個老兒，引著一個女兒，生得如何？

雲鬢輕籠蟬翼，蛾眉淡拂春山。朱唇綴一顆櫻桃，皓齒排兩行碎玉。蓮步半折小弓弓，鶯囀一聲嬌滴滴。

便是出來看郡王轎子的人。虞候即時來他家對門一個茶坊裡坐定。婆婆把茶點來，虞候道：「啟請婆婆，過對門裱褙鋪裡，請璩大夫來說話。」婆婆便去請到來。兩個相揖了就坐。璩待詔[2]問：「府幹有何見諭？」虞候道：「無甚事，閒問則個[3]。適來叫出來看郡王轎子的是令愛麼？」待詔道：「正是拙女，止有三口。」虞候又問：「小娘子貴庚？」待詔應道：「一十八歲。」再問：「小娘子如今要嫁人，卻是趨奉官員？」待詔道：「老拙家寒，哪討錢來嫁人？將來也只是獻與官員府第。」虞候道：「小娘子有甚本事？」待詔說出女孩兒一件本事來，有詞寄〈眼兒媚〉為證。

深閨小院日初長，嬌女起羅裳。不做東君造化，金針刺繡群芳樣。
斜枝嫩葉包開蕊，唯只欠馨香。曾向園林深處，引教蝶亂蜂狂。

原來這女兒會繡作。虞候道：「適來郡王在轎裡，看見令愛身上繫著一條繡裹肚。府中正要尋一個繡作的人，老丈何不獻與郡王？」璩公歸去，與婆婆說了。到明日寫一紙獻狀，獻來府中。郡王給與身價，因此取名秀秀養娘❹。

不則一日，朝廷賜下一領團花繡戰袍，當時秀秀依樣繡出一件來。郡王看了歡喜道：「主上賜與我團花戰袍，卻尋什麼奇巧的物事獻與官家？」去府庫裡尋出一塊透明的羊脂美玉來，即時叫將門下碾玉待詔，問：「這塊玉堪做什麼？」內中一個道：「好做一副勸杯。」郡王道：「可惜恁般❺一塊玉，如何將來只做得一副勸杯！」又一個道：「這塊玉上尖下圓，好做一個摩侯羅兒❻。」郡王道：「摩侯羅兒只是七月七日乞巧使得，尋常間又無用處。」數中一個後生，年紀二十五歲，姓崔名寧，趨事郡王數年，是昇州建康府人。當時叉手向前，對著郡王道：「告恩王，這塊玉上尖下圓，甚是不好，只好碾一個南海觀音。」郡王道：「好！正合我意。」就叫崔寧下手。不過兩個月，碾成了這個玉觀音。郡王即時寫表進上御前，龍顏大喜。崔寧就本府增添請給，遭遇❼郡王。

不則一日，時遇春天，崔待詔遊春回來，入得錢塘門，在一個酒肆，與三四個相知，方纔喫得數杯，則聽得街上鬧吵吵，連忙推開樓窗看時，見亂烘烘道：「井亭橋有遺漏❽。」吃不得這酒成，慌忙下酒樓看時，只見：

初如螢火，次若燈光，千條蠟燭焰難當，萬座糝盆❾敵不住。六丁神推倒寶天爐，八力士放起焚山火。驪山會上，料應褒姒逞嬌容；赤壁磯頭，想是周郎施妙策。五通神捧住火葫蘆，宋無忌趕番赤騾子。又不曾瀉燭澆油，直恁❿的煙飛火猛！

崔待詔望見了，急忙道：「在我本府前不遠。」奔到府中看時，已搬挈得罄盡，靜悄悄地無一個人。崔待詔既不見人，且循著左手廊下入去，火光照得如同白日。去那左廊下，一個婦女搖搖擺擺，從府堂裡出來，自言自語，與崔寧打個胸廝撞。崔寧認得是秀秀養娘，倒退兩步，低身唱個喏⓫。原來郡王當日嘗對崔寧許道：「待秀秀滿日，把來嫁與你。」這些眾人都攛掇⓬道：「好對夫妻！」崔寧拜謝了，不則一番⓭。崔寧是個單身，卻也癡心。秀秀見恁地個後生，卻也指望。當日有這遺漏，秀秀手中提著一帕子金珠富貴，從左廊下出來，撞見崔寧，便道：「崔大夫，我出來得遲了。府中養娘各自四散，管顧不得。你如今沒奈何，只得將我去躲避則個。」當下崔寧和秀秀出府門，沿著河，走到石灰橋。秀秀道：「崔大夫，我腳疼了走不得。」崔寧指著前面道：「更行幾步，那裡便是崔寧住處，小娘子到家中歇腳，卻也不妨。」到得家中坐定，秀秀道：「我肚裡飢，崔大夫與我買些點心來喫。我受了些驚，得杯酒喫更好。」當時崔寧買將酒來，三杯兩盞，正是：

三杯竹葉穿心過，兩朵桃花上臉來。

道不得個「春爲花博士，酒是色媒人」。秀秀道：「你記得當時在月台上賞月，把我許你，你兀自⑭拜謝。你記得也不記得？」崔寧叉著手，只應得「喏。」秀秀道：「當日眾人都替你喝采：『好對夫妻！』你怎地倒忘了？」崔寧又則應得「喏」。秀秀道：「比似只管等待，何不今夜我和你先做夫妻？不知你意下如何？」崔寧道：「豈敢。」秀秀道：「你只道不敢，我叫將起來，教壞了你，你卻如何將我到家中？我明日府裡去說。」崔寧道：「告小娘子，要和崔寧做夫妻不妨；只一件，這裡住不得了，要好趁這個遺漏人亂時，今夜就走開去，方纔使得。」秀秀道：「我既和你做夫妻，憑你行。」當夜做了夫妻。四更以後，各帶著隨身金銀物件出門。離不得飢餐渴飲，夜住曉行，迤邐⑮來到衢州。崔寧道：「這裡是五路總頭，是打哪條路去好？不若取信州路上去，我是碾玉作，信州有幾個相識，怕那裏安得身。」即時取路到信州。

住了幾日，崔寧道：「信州常有客人到行在往來，若說道我等在此，郡王必然使人來追捉，不當穩便。不若離了信州，再往別處去。」兩個又起身上路，徑取潭州。不則一日，到了潭州，卻是走得遠了。就潭州市裡討間房屋，出面招牌寫著「行在崔待詔碾玉生活」。崔寧便對秀秀道：「這裡離行在有二千餘里了，料得無事，你我安心，好做長久夫妻。」潭州也有幾個寄居官員，見崔寧是行在待詔，日逐也有生活得做。崔寧密使人打探行在本府中事，有曾到都下的，得知府中當夜失火，不見了一個養娘，出賞錢尋了幾日，不知下落。也不知道崔寧將他走了，見在潭州住。

時光似箭，日月如梭，也有一年之上。忽一日方早開門，見兩個著皂衫的，一似虞候府幹打扮。入來鋪裡坐地，問道：「本官聽得說有個行在崔待詔，教請過來做生活[16]。」崔寧分付了家中，隨這兩個人到湘潭縣路上來。便將崔寧到宅裡相見官人，承攬了玉作生活。回路歸家，正行間，只見一個漢子頭上帶個竹絲笠兒，穿著一領白緞子兩上領布衫，青白行纏扎著褲子口，著一雙多耳麻鞋，挑著一個高肩擔兒，正面來，把崔寧看了一看，崔寧卻不見這漢面貌，這個人卻見崔寧，從後大踏步尾著崔寧來。正是：

誰家稚子鳴榔板，驚起鴛鴦兩處飛。

這漢子畢竟是何人？且聽下回分解：

竹引牽牛花滿街，疏籬茅舍月光篩。琉璃盞內茅柴酒，白玉盤中簇荳梅。休懊惱，且開懷，平生贏得笑顏開。三千里地無知己，十萬軍中掛印來。

這隻〈鷓鴣天〉詞是關西秦州雄武軍劉兩府⑰所作，從順昌大戰之後，閒在家中，寄居湖南潭州湘潭縣。他是個不愛財的名將，家道貧寒，時常到村店中吃酒。店中人不識劉兩府，讙呼囉唣⑱。劉兩府道：「百萬番人，只如等閒，如今卻被他們誣罔！」做了這隻〈鷓鴣天〉流傳直到都下。當時殿前太尉是陽和王，見了這詞，好傷感，「原來劉兩府直恁孤寒！」教提轄官差人送一項錢與這劉兩府。今日崔寧的東人郡王，聽得說劉兩府恁地孤寒，也差人送一項錢與他。卻經由潭州路過，見崔寧從湘潭路上來，一路尾著崔寧到家，正見秀秀坐在櫃身子裡。便撞破他們道：「崔大夫多時不見，你卻在這裡。秀秀養娘他如何也在這裡？郡王教我下書來潭州，今遇著你們。原來秀秀養娘嫁了你？也好。」當時諕殺崔寧夫妻兩個，被他看破。那人是誰？卻是郡王府中一個排軍，從小伏侍郡王，見他樸實，差他送錢與劉兩府。這人姓郭名立，叫做郭排軍。當下夫妻請住郭排軍，安排酒來請他。分付道：「你到府中，千萬莫說與郡王知道。」郭排軍道：「郡王怎知得你兩個在這裡？我沒事，卻說什麼？」

當下酬謝了出門。回到府中，參見郡王，納了回書，看著郡王道：「郭立前日下書回，打潭州過，卻見兩個人在那裡住。」郡王問：「是誰？」郭立道：「見秀秀養娘並崔待詔兩個，請郭立喫了酒食，教休來府中說知。」郡王聽說便道：「叵耐[19]這兩個做出這事來，卻如何直走到那裡？」郭立道：「也不知他仔細，只見他在那裡住地，依舊掛招牌做生活。」郡王教幹辦去分付臨安府，即時差一個緝捕使臣，帶著做公的，備了盤纏，逕來湖南潭州府，下了公文，同來尋崔寧和秀秀，卻似：

皂雕追紫燕，猛虎啖羊羔。

不兩月，捉將兩個來，解到府中。報與郡王得知，即時升廳。原來郡王殺番人時，左手使一口刀，叫做「小青」，右手使一口刀，叫做「大青」，這兩口刀不知剁了多少番人。那兩口刀，鞘內藏著，掛在壁上。郡王升廳，眾人聲喏，即將這兩個人押來跪下。郡王好生焦躁，左手去壁牙上取下「小青」，右手一掣，掣刀在手，睜起殺番人的眼兒，咬得牙齒剝剝地響。當時諕殺夫人，在屏風背後道：「郡王，這裡是帝輦之下[20]，不比邊庭上面，若有罪過，只消解去臨安府施行，如何胡亂剴[21]得人？」郡王聽說道：「叵耐這兩個畜生逃走，今日捉將來，我惱了，如何不剴？既然夫人來勸，且捉秀秀入府後花園去，把崔寧解去臨安府斷治。」當下喝賜錢酒，賞犒捉事人。解這崔寧到臨安府，一一從頭供說：「自從當夜遺漏，來到府中，都搬盡了，只見秀秀養娘從廊下出來，揪住崔寧道：『你如何安手在我懷中？若不依我口，教壞了你！』要共崔寧逃走。崔寧不得已，只得與他同走。只此是實。」臨安府把文案呈上郡王，郡王是個剛直的人，便道：「既然恁地，寬了崔寧。且與從輕斷治。」崔寧不合在逃，罪杖，發遣建康府居住。

當下差人押送，方出北關門，到鵝項頭，見一頂轎兒，兩個人擡著，從後面叫：「崔待詔且不得去！」崔寧認得像是秀秀的聲音，趕將來又不知恁地？心下好生疑惑。傷弓之鳥，不敢攬事，且低著頭只顧走。只見後面趕將上來，歇了轎子，一個婦人走出來，不是別人，便是秀秀，道：「崔待詔，你如今去建康府，我卻如何？」崔寧道：「卻是怎地好？」秀秀道：「自從解你去臨安府斷罪，把我捉入後花園，打了三十竹篦，遂便趕我出來。我知道你建康府去，趕將來同你去。」崔寧道：「恁地卻好。」討了船，直到建康府。押發人自回。若是押發人是個學舌的，就有一場是非出來。因曉得郡王性如烈火，惹著他不是輕放手的。他又不是王府中人，去管這閒事怎地？況且崔寧一路買酒買食，奉承得他好，回去時就隱惡而揚善了。

再說崔寧兩口在建康居住，既是問斷了，如今也不怕有人撞見，依舊開個碾玉作鋪。渾家道：「我兩口卻在這裡住得好，只是我家爹媽自從我和你逃去潭州，兩個老的喫了些苦。當日捉我入府時，兩個去尋死覓活，今日也好叫人去行在取我爹媽來這裡同住。」崔寧道：「最好。」便教人來行在取他丈人丈母。寫了他地理腳色[22]與來人，到臨安府尋見他住處，問他鄰舍，指道：「這一家便是。」來人去門首看時，只見兩扇門關著，一把鎖鎖著，一條竹竿封著。問鄰舍：「他老夫妻那裡去了？」鄰舍道：「莫說！他有個花枝也似女兒，獻在一個奢遮[23]去處。這個女兒不受福德，卻跟一個碾玉的待詔逃走了。前日從湖南潭州捉將回來，送在臨安府喫官司。那女兒喫郡王捉進後花園裡去。老夫妻見女兒捉去，就當下尋死覓活，至今不知下落，只恁地關著門在這裡。」來人見說，再回建康府來，兀自未到家。

且說崔寧正在家中坐，只見外面有人道：「你尋崔待詔住處，這裡便是。」崔寧叫出渾家來看時，不是別人，認得是璩公璩婆。都相見了，喜歡的做一處。那去取老兒的人，隔一日纔到，說如此這般，尋不見，卻空走了這遭。兩個老的且自來到這裡了。兩個老人道：「卻生受[24]你，我不知你們在建康住，教我尋來尋去，直到這裡。」其時四口同住，不在話下。

且說朝廷官裡，一日到偏殿看玩寶器，拿起這玉觀音來看，這個觀音身上，當時有一個玉鈴兒，失手脫下。即時問近侍官員：「卻如何修理得？」官員將玉觀音反覆看了，道：「好個玉觀音。怎地脫落了鈴兒？」看到底下，下面碾著三字：「崔寧造。」——「恁地容易，既是有人造，只消得宣這個人來，教他修整。」敕下郡王府，宣取碾玉匠崔寧。郡王回奏：「崔寧有罪，在建康府居住。」即時使人去建康，取得崔寧到行在歇泊[25]了。當時宣崔寧見駕，將這玉觀音教他領去，用心整理。崔寧謝了恩，尋一塊一般的玉，碾一個鈴兒，接住了，御前交納。破分請給養了崔寧，令只在行在居住。崔寧道：「我今日遭際御前，爭得氣。再來清湖河下尋間屋兒開個碾玉鋪，須不怕你們撞見！」可煞事有鬥巧[26]，方纔開得鋪三兩日，一個漢子從外面過來，就是那郭排軍。見了崔待詔，便道：「崔大夫恭喜了！你卻在這裡住？」擡起頭來，看櫃身裡卻立著崔待詔的渾家。郭排軍喫了一驚，拽開腳步就走。渾家說與丈夫道：「你與我叫住那排軍，我相問則個。」正是：

平生不作皺眉事，世人應無切齒人。

崔待詔即時趕上扯住，只見郭排軍把頭只管側來側去，口裡喃喃地道：「作怪，作怪！」沒奈何，只得與崔寧回來，到家中坐地。渾家與他相見了，便問：「郭排軍，前者我好意留你喫酒，你卻歸來說與郡王，壞了我兩個的好事。今日遭際御前，卻不怕你去說。」郭排軍喫他相問得無言可答，只道得一聲「得罪！」相別了，便來到府裡。對著郡王道：「有鬼！」郡王道：「這漢則甚？」郭立道：「告恩王，有鬼！」郡王問道：「有甚鬼？」郭立道：「方纔打清湖河下過，見崔寧開個碾玉鋪，卻見櫃身裡一個婦女，便是秀秀養娘。」郡王焦躁道：「又來胡說。秀秀被我打殺了，埋在後花園，你須也看見，如何又在那裡？卻不是取笑我。」郭立道：「告恩王，怎敢取笑。方才叫住郭立，相問了一回。怕恩王不信，勒下軍令狀了去。」郡王道：「眞個在時，你勒軍令狀來。」那漢也是合苦，眞個寫一紙軍令狀來。郡王收了，叫兩個當直的轎番，擡一頂轎子，教：「取這妮子來。若眞個在，把來剴取一刀；若不在，郭立你須替他剴取一刀。」郭立同兩個轎番來取秀秀。正是：

麥穗兩岐，農人難辨。

郭立是關西人，樸直，卻不知軍令狀如何胡亂勒得。三個一逕來到崔寧家裡，那秀秀兀自在櫃身裡坐地。見那郭排軍來得恁地慌忙，卻不知他勒了軍令狀來取你。郭排軍道：「小娘子，郡王鈞旨，教來取你則個。」秀秀道：「既如此，你們少等，待我梳洗了同去。」即時入去梳洗，換了衣服出來，上了轎，分付了丈夫。兩個轎番便擡著，逕到府前。郭立先入去，郡王正在廳上等待。郭立唱了喏，道：「已取到秀秀養娘。」郡王道：「著他入來。」郭立出來道：「小娘子，郡王教你進來。」掀起簾子看一看，便是一桶水傾在身上，開著口，則合不得，就轎子裡不見了秀秀養娘。問那兩個轎番道：「我不知，則見他上轎，擡到這裡，又不曾轉動。」那漢叫將入來道：「告恩王，恁地眞個有鬼。」郡王道：「卻不叵耐。」教人：「捉這漢，等我取過軍令狀來，如今剴了一刀。先去取下『小青』來。」那漢從來服侍郡王，身上也有十數次官了。蓋緣是粗人，只教他做排軍。這漢慌了道：「見有兩個轎番見證，乞叫來問。」即時叫將轎番來道：「見他上轎，擡到這裡，卻不見了。」說得一般，想必眞個有鬼，只消得叫將崔寧來問。便使人叫崔寧來到府中。崔寧從頭至尾說了一遍。郡王道：「恁地，又不干崔寧事，且放他去。」崔寧拜辭去了。郡王焦躁，把郭立打了五十背花棒。崔寧聽得說渾家是鬼，到家中問丈人丈母。兩個面面廝覷[27]，走出門，看看清湖河裡，撲通地都跳下水去了。當下叫救人，打撈，便不見了屍首。——原來當時打殺秀秀時，兩個老的聽得說，便跳在河裡，已自死了。這兩個也是鬼。——崔寧到家中，沒情沒緒，走進房中，只見渾家坐在床上，崔寧道：「告姐姐，饒我性命！」秀秀道：「我因爲你，喫郡王打死了，埋在後花園裡。卻恨郭排軍多口，今日已報了冤讎，郡王已將他打了五十背花棒。如今都知道我是鬼，容身不得了。」道罷起身，雙手揪住崔寧，叫得一聲，匹然倒地。鄰舍都來看時，只見：

兩部脈盡總皆沉，一命已歸黃壤下。

崔寧也被扯去，和父母四個，一塊兒做鬼去了。後人評論得好：

咸安王捺不下烈火性，郭排軍禁不住閒磕牙[28]；

璩秀娘捨不得生眷屬，崔待詔撇不脫鬼冤家。

註釋

❶行在：古代帝王巡幸所居的地方，此指南宋臨安府。
❷待詔：漢代被政府徵辟到京師做官者稱為「待詔公車」。後來引申為對工匠及手藝人的稱呼。
❸則個：表示「希望」的語助詞。
❹養娘：指婢女、丫頭。
❺恁：作「如此」、「這般」解。
❻摩侯羅兒：乃宋俗七夕乞巧時所提供的小塑泥娃娃，是美妙可愛的兒童形象。
❼遭遇：遭逢、際遇。
❽遺漏：失火、火災。
❾轂盆：暖火盆。
❿直恁：竟然這樣。
⓫唱個喏：作揖。
⓬攛掇：慫恿之意。
⓭不則一番：不止一次。

⑭兀自：宋、元人所用的發語詞，意同「這個」、「那個」。
⑮迤邐：曲折連綿的樣子。
⑯做生活：吳俗稱做工為「做生活」。
⑰兩府：宋代稱中書省和樞密院為兩府。
⑱囉唕：亦作囉噪，糾纏、騷擾之意。
⑲叵耐：不可耐也，此有可恨、可惡之意。
⑳帝輦之下：皇帝馬車經過的地方，指首都的所在處。
㉑剴：同「砍」。
㉒地理腳色：居住地址和年齡面貌。
㉓奢遮：了不得的、有本事的。
㉔生受：吃苦耐勞之意。
㉕歇泊：安頓。
㉖鬥巧：湊巧。
㉗廝覷：互相窺視。
㉘閒磕牙：閒談、聊天。

綜合討論

戀愛婚姻是人類最基本的生活內容，中國古代「父母之命」的婚姻制度與青年男女對婚戀自由的追求形成矛盾衝突，釀成許許多多的人生悲劇。〈碾玉觀音〉繼承追求婚戀自由的永恆主題，是話本小說中膾炙人口的名篇。

小說描寫崔寧與璩秀秀的婚姻悲劇。不同於唐人傳奇以上層社會或士大夫生活為對象，這篇小說的男女主角不再是書生、小姐或名妓，而是市民中的手工業者。秀秀善刺繡，崔寧善琢玉，本來可以憑藉手藝自食其力，但因家境貧困，只能賣身為奴，投靠郡王府，淪為被剝削、被壓迫的奴隸階層。因此，秀秀爭取婚姻自主的過程，就是爭取人身自由，反抗命運，反抗主人的過程。這個過程及其悲劇的結局，有力地揭示官僚宰制奴隸的殘酷本質，這是本篇小說在思想上的突出特點，也是它深刻動人之處。

作品成功地塑造一個以往小說未嘗出現過的嶄新女性形象，秀秀大膽潑辣，桀驁不馴，沒有一點矜持和忸怩之態，更沒有道德倫理的負擔。在那個時代，秀秀的言行已達到驚世駭俗的地步。她的行動具有雙重叛逆性質，一是對主奴關係的蔑視和反抗；一是對傳統婚姻制度的背叛。自始至終，她執於追求自由的愛情婚姻，雖然最終無法逃脫郡王的魔掌，幸福被毀滅的時刻，秀秀仍然不放棄掙扎和反抗。如此追求的精神和反抗的性格，正是這篇小說可貴之處。

第五課 紅樓夢（節選）（清章回小說）

清・曹雪芹

概說

本文節選《紅樓夢》第十九回、第二十三回，描寫賈寶玉與林黛玉超越世俗、互為知音的心靈之戀，蘊含豐富的詩意與美感。

「批閱十載，增刪五次」而成的《紅樓夢》，原題為《石頭記》。該書基本定稿只有八十回，後四十回一般認為是高鶚所續。內容描寫賈府一家的榮衰，而以賈寶玉、林黛玉、薛寶釵的戀愛為主軸。全書近百萬言，規模宏偉且結構嚴謹，敘事靈活，涵義深厚，寫實與奇幻融合無間，可謂達到雅俗共賞之最高境界，堪稱前無古人而後無來者的巔峰之作。書中對女子性格的描寫尤為出色而深刻，置諸今日亦罕見其匹；允為中國古典小說中最傑出的作品。

曹雪芹（約西元一七一五～一七六三年）名霑，字夢阮，號雪芹。清滿洲正白旗包衣人，祖籍遼陽。他的曾祖（璽）、祖父（寅）、父輩（頫），先後任江南織造，家世顯赫。雍正時，曹頫獲罪，家產悉數抄沒，曹家遷居北京。乾隆年間又遭巨變，家道頓衰。曹雪芹正好經歷這個家族由盛而衰的變化過程。曹雪芹性格傲岸，不流於俗。由於少年時代生長於貴族家庭，他具有多方面的文藝素養，能詩文，善書畫，通曉音律，這對《紅樓夢》的創作起了很大的影響作用。

課文

第十九回　意綿綿靜日玉生香（節選）

寶玉自去黛玉房中來看視，彼時黛玉自在床上歇午，丫鬟們皆出去自便，滿屋內靜悄悄的。寶玉揭起繡線軟簾，進入裡間，只見黛玉睡在那裏，忙走上來推他道：「好妹妹，纔吃了飯，又睡覺。」將黛玉喚醒。黛玉見是寶玉，因說道：「你且出去逛逛。我前兒鬧了一夜，今兒還沒有歇過來，渾身酸疼。」寶玉道：「酸疼事小，睡出來的病大。我替你解悶兒，混過困去就好了。」黛玉只合著眼，說道：「我不困，只略歇歇兒，你且別處去鬧會子再來。」寶玉推他道：「我往那去呢？見了別人就怪膩的。」

黛玉聽了，嗤的一聲笑道：「你既要在這裡，那邊去老老實實坐著。咱們說話兒。」寶玉道：「我也歪著。」黛玉道：「你就歪著。」寶玉道：「沒有枕頭，咱們在一個枕頭上。」黛玉道：「放屁！外頭不是枕頭？拿一個來枕著。」寶玉出至外間，看了一看，回來笑道：「那個我不要，也不知是那個髒婆子的。」黛玉聽了，睜開眼，起身笑道：「眞眞你就是我命中的『天魔星[1]』！請枕這一個。」說著，將自己枕的推與寶玉，又起身將自己的再拿了一個來，自己枕了，二人對面倒下。

黛玉因看見寶玉左邊腮上有鈕扣大小的一塊血漬，便欠身湊近前來，以手撫之細看，又道：「這又是誰的指甲刮破了？」寶玉側身，一面躲，一面笑道：「不是刮的，只怕是纔剛替他們淘漉❷胭脂膏子，蹭❸上了一點兒。」說著，便找手帕子要揩拭。黛玉便用自己的帕子替他揩拭了，口內說道：「你又幹這些事了。幹也罷了，必定還要帶出幌子來。便是舅舅看不見，別人看見了，又當奇事新鮮話兒去學舌討好兒，吹到舅舅耳朵裡，又該大家不乾淨惹氣。」

寶玉總未聽見這些話，只聞得一股幽香，卻是從黛玉袖中發出，聞之令人醉魂酥骨。寶玉一把便將黛玉的袖子拉住，要瞧籠著何物。黛玉笑道：「冬寒十月，誰帶什麼香呢？」寶玉笑道：「既然如此，這香是那裡來的？」黛玉道：「連我也不知道。想必是櫃子裡頭的香氣，衣服上薰染的也未可知。」寶玉搖頭道：「未必。這香的氣味奇怪，不是那些香餅子、香毬子、香袋子的香。」黛玉冷笑道：「難道我也有什麼『羅漢❹』、『真人』給我些香不成？便是得了奇香，也沒有親哥哥親兄弟弄了花兒、朵兒、霜兒、雪兒替我炮製。我有的是那些俗香罷了。」

寶玉笑道：「凡我說一句，你就拉上這麼些，不給你個利害，也不知道，從今兒可不饒你了。」說著翻身起來，將兩隻手呵了兩口，便伸手向黛玉膈肢窩內兩脇下亂撓。黛玉素性觸癢不禁，寶玉兩手伸來亂撓，便笑的喘不過氣來，口裡說：「寶玉！你再鬧，我就惱了。」寶玉方住了手，笑問道：「你還說這些不說了？」黛玉笑道：「再不敢了。」一面理鬢笑道：「我有奇香，你有『暖香』沒有？」

寶玉見問，一時解不來，因問：「什麼『暖香』？」黛玉點頭嘆笑道：「蠢才，蠢才！你有玉，人家就有金來配你；人家有『冷香』，你就沒有『暖香』去配？」寶玉方聽出來。寶玉笑道：「方才求饒，如今更說狠了。」說著，又去伸手。黛玉忙笑道：「好哥哥，我可不敢了。」寶玉笑道：「饒便饒你，只把袖子我聞一聞。」說著，便拉了袖子籠在面上，聞個不住。黛玉奪了手道：「這可該去了。」寶玉笑道：「去，不能。咱們斯斯文文的躺著說話兒。」說著，復又倒下。黛玉也倒下，用手帕子蓋上臉。寶玉有一搭沒一搭的說些鬼話，黛玉只不理。寶玉問他幾歲上京，路上見何景致古蹟，揚州有何遺跡故事，土俗民風。黛玉只不答。

寶玉只怕他睡出病來，便哄他道：「噯喲！你們揚州衙門裡有一件大故事，你可知道？」黛玉見他說的鄭重，且又正言厲色，只當是眞事，因問：「什麼事？」寶玉見問，便忍著笑順口謅道：「揚州有一座黛山，山上有個林子洞。」黛玉笑道：「就是扯謊，自來也沒聽見這山。」寶玉道：「天下山水多著呢，你那裡知道這些不成？等我說完了，你再批評。」黛玉道：「你且說。」

寶玉又謅道：「林子洞裡原來有群耗子精。那一年臘月初七日，老耗子升座議事，因說：『明日乃是臘八，世上人都熬臘八粥❺。如今我們洞中果品短少，須得趁此打劫些來方妙。』乃拔令箭一枝，遣一能幹的小耗前去打聽。一時小耗回報：『各處查訪打聽已畢，惟有山下廟裡菓米最多。』老耗問：『米有幾樣？菓有幾品？』小耗道：『米豆成倉，不可勝記。菓品有五種：一紅棗，二栗子，三落花生，四菱角，五香芋❻。』老耗聽了大喜，即時點耗前去。乃拔令箭問：『誰去偷米？』一耗便接令去偷米。又拔令箭問：『誰去偷豆？』又一耗接令去偷豆，然後一一的都各領令去了。只剩了香芋一種，因又拔令箭問：『誰去偷香芋？』只見一個極小極弱的小耗應道：『我願去偷香芋。』老耗並眾耗見他這樣，恐不諳練，且怯懦無力，都不准他去。小耗道：

『我雖年小身弱，卻是法術無邊，口齒伶俐，機謀深遠。此去管比他們偷的還巧呢。』眾耗忙問：『如何比他們巧呢？』小耗道：『我不學他們直偷，我只搖身一變，也變成個香芋，滾在香芋堆裏，使人看不出，聽不見，卻暗暗的用分身法搬運，漸漸的就搬運盡了。豈不比直偷應取的巧些？』眾耗聽了，都道：『妙卻妙，只是不知怎麼個變法，你先變個我們瞧瞧。』小耗聽了，笑道：『這個不難，等我變來。』說畢，搖身說『變』，竟變了一個最標緻美貌的一位小姐。眾耗忙笑道：『變錯了，變錯了。原說變菓子的，如何變出小姐來？』小耗現形笑道：『我說你們沒見世面，只認得這菓子是香芋，卻不知鹽課林老爺的小姐才是眞正的香玉呢。』」

黛玉聽了，翻身爬起來，按著寶玉笑道：「我把你爛了嘴的！我就知道你是編我呢。」說著，便擰的寶玉連連央告，說：「好妹妹，饒我罷，再不敢了！我因爲聞你香，忽然想起這個故典來。」黛玉笑道：「饒罵了人，還說是故典呢。」

第二十三回　西廂記妙詞通戲語（節選）

那寶玉心內不自在，便懶待在園內，只想外頭鬼混，卻又癡癡的，說不出什麼滋味來。茗煙見他這樣，因想與他開心，左思右想，皆是寶玉頑煩了的，只有一件，寶玉不曾見過。想畢，便走到書坊內，把那古今小說並那飛燕、合德、武則天、玉環的外傳與那傳奇腳本買了許多，孝敬寶玉。寶玉一看，如得珍寶。茗煙又囑咐道：「不可拿進園去，若叫人知道了，我就『吃不了兜著走』。」寶玉那裡捨的不拿進去，踟躕再三，單把那文理雅道些的揀了幾套進去，放在床頂上，無人時方看。那粗俗過露的，都藏在外面書房裡。

那一日正當三月中浣❼，早飯後，寶玉攜了一套《會眞記》❽，走到沁芳閘橋邊桃花底下一塊石上坐著，展開《會眞記》，從頭細看。正看到「落紅成陣」❾，只見一陣風過，樹上桃花吹下一大半來，落的滿身、滿書、滿地皆是花片。寶玉要抖將下來，恐怕腳步踐踏了，只得兜了那花瓣兒，來至池邊，抖在池內。那花瓣兒浮在水面，飄飄蕩蕩，竟流出沁芳閘去了。回來，只見地下還有許多花瓣。

寶玉正踟躕間，只聽背後有人說道：「你在這裡做什麼？」寶玉一回頭，卻是黛玉來了，肩上擔著花鋤，鋤上掛著紗囊，手內拿著花帚。寶玉笑道：「好！好！來把這些花瓣兒都掃起來，撂在那水裡。我纔撂了好些在那裡呢。」黛玉道：「撂在水裡不好。你看這裡的水乾淨，只一流出去，有人家的地方髒的臭的混倒，仍舊把花糟蹋了。那畸角兒上，我有一個花塚，如今把他掃了，裝在這絹袋裡，埋在那裡，日久不過隨土化了，豈不乾淨？」

寶玉聽了，喜不自禁，笑道：「待我放下書，幫你來收拾。」黛玉道：「什麼書？」寶玉見問，慌的藏之不迭，便說道：「不過是《中庸》[10]、《大學》[11]。」黛玉道：「你又在我跟前弄鬼。趁早兒給我瞧瞧，好多著呢。」寶玉道：「好妹妹，若論你，我是不怕的。你看了，好歹別告訴別人。眞眞這是好文章！你若看了，連飯也不想吃呢！」一面說，一面遞了過去。黛玉把花具放下，接書來瞧，從頭看去，越看越愛，不頓飯工夫，將十六齣俱已看完。自覺詞藻警人，餘香滿口。雖看完了書，卻只管出神，心內還默默記誦。寶玉笑道：「妹妹，你說好不好？」林黛玉笑道：「果然有趣。」寶玉笑道：「我就是個『多愁多病身』，你就是那『傾國傾城貌』！」[12]

黛玉聽了，不覺帶腮連耳的通紅，登時直豎起兩道似蹙非蹙的眉，瞪了兩隻似睜非睜的眼，桃腮帶怒，薄面含嗔，指寶玉道：「你這該死的胡說了，好好兒的把這些淫詞豔曲弄了來，還學了這些混話來欺負我！我告訴舅舅、舅母去。」說到「欺負」二字，早把眼圈兒紅了，轉身就走。

寶玉急了，忙向前攔住道：「好妹妹，千萬饒我這一遭，原是我說錯了，若有心欺負你，明兒我掉在池子裡，教個癩頭黿⑬吞了去，變個大忘八⑭，等你明兒做了一品夫人病老歸西的時候兒，我往你墳上替你馱一輩子的碑去。」說的黛玉噗嗤的一聲笑了，一面揉著眼，一面笑道：「一般也唬的這麼個調兒，還只管胡說。『呸！原來也是個苗而不秀，是個銀樣鑞槍頭！』⑮」寶玉聽了，笑道：「你說說，你這個呢？我也告訴去。」黛玉笑道：「你說你會過目成誦，難道我就不能一目十行麼？」寶玉一面收書，一面笑道：「正經快把花兒埋了罷，別提那個了。」二人便收拾落花。

正才掩埋妥協，只見襲人走來，說道：「那裡沒找到，摸在這裡來。那邊大老爺身上不好，姑娘們都過去請安了，老太太叫打發你去呢。快回去換衣服罷。」寶玉聽了，忙拿了書，別了黛玉，同襲人回房換衣。不提。

這裡黛玉見寶玉去了，又聽見眾姊妹也不在房，自己悶悶的。正欲回房，剛走到梨香院牆角外，只聽牆內笛韻悠揚，歌聲婉轉。黛玉便知是那十二個女孩子演習戲文。雖未留心去聽，偶然兩句吹到耳朵內，明明白白，一字不落，唱道：「原來是奼紫嫣紅開遍，似這般都付與斷井頹垣⑯。」黛玉聽了，倒也十分感慨纏綿，便止住步側耳細聽，又聽唱道是：「良辰美景奈何天，賞心樂事誰家院⑰。」聽了這兩句，不覺點頭自嘆，心下自思：「原來戲上也有好文章！

可惜世人只知看戲，未必能領略其中的趣味。」想畢，又後悔不該胡想，耽誤了聽曲子。再聽時，恰唱到：「則為你如花美眷，似水流年[18]。」黛玉聽了這兩句，不覺心動神搖。又聽道：「你在幽閨自憐[19]」等句，亦發如醉如癡，站立不住，便一蹲身，坐在一塊山子石上，細嚼「如花美眷，似水流年」八個字的滋味。忽又想起前日見古人詩中有「水流花謝兩無情[20]」之句，再詞中又有「流水落花春去也，天上人間[21]」之句；又兼方纔所見《西廂記》中「花落水流紅，閒愁萬種[22]」之句，都一時想起來，湊聚在一處。仔細忖度，不覺心痛神癡，眼中落淚。

註釋

❶天魔星：天魔，佛教用語。為印度古代傳說中的四魔之一，常率眾魔擾人身心、障礙佛法、破壞善事。此處黛玉笑罵寶玉是自己「命中的『天魔星』」，意為纏人的「冤家」。

❷淘漉：淘澄、滌蕩，有提純精製之義。

❸蹭：摩擦的意思。

❹羅漢：即「阿羅漢」，小乘佛教修行的最高品位，但在大乘佛教中，其品位次於菩薩。

❺臘八粥：本為佛教節日供品，相傳農曆臘月初八日為釋迦牟尼佛成道日，寺院取香穀及果實，造粥以供佛，後逐漸傳至民間，久習成俗。

❻香芋：即黃栗，有一種特殊香氣。清人謝墉〈食味雜詠〉云：「香芋，臘蔓生，味甘淡，別有一種香氣，可供茶料，故名香芋。蘇松人家尚之。」

❼中浣：即中旬。浣，洗濯。唐代官制，每十日休息沐浴一次，後因稱十日為浣，每月的上旬、中旬、下旬為上浣、中浣、下浣。

❽會真記：即唐代元稹作的傳奇小說《鶯鶯傳》。因文中有〈會真〉詩三十韻，故又稱《會真記》。金、元把其中的故事演為諸宮調和雜劇，名為《西廂記》。這裡指元代王實甫的雜劇《西廂記》。

❾落紅成陣：《西廂記》第二本〈崔鶯鶯夜彈琴〉第一折鶯鶯唱詞：「【混江龍】落紅成陣，風飄萬路正愁人……。」

❿中庸：原為《禮記》中的一篇，相傳為孔子之孫子思所作，南宋朱熹將其加注與《大學》、《論語》、《孟子》合編為《四書》。

⓫大學：原為《禮記》中的一篇，相傳為孔子弟子曾參所作。

⓬「多愁多病」、「傾國傾城」：《西廂記》第一本〈張君瑞鬧道場〉第四折，張生初見到鶯鶯時唱詞：「【雁落兒】我只道這玉天仙離了碧霄，原來是可意種來清醮。小子多愁多病身，怎當他傾國傾城貌。」傾，傾覆。《漢書．外戚傳》載李延年歌：「北方有佳人，絕世而獨立。一顧傾人城，再顧傾人國。」後常以「傾國傾城」形容女子美貌。

⓭癩頭黿：動物名，爬蟲類，似鱉而大，頭頂紋理斑駁，如人生癩頭瘡。

⓮忘八：烏龜俗稱「王八」，亦作「忘八」。

⓯銀樣鑞槍頭：《西廂記》第四本〈草橋店夢鶯鶯〉第二折，紅娘喚張生去見老夫人：「【小桃紅】……呸！你是個銀樣鑞槍頭。」鑞，鉛錫合金，亮古以充銀，有「中看不中用」之意。

⓰「原來是奼紫嫣紅開遍」二句：《牡丹亭》第十齣〈驚夢〉杜麗娘唱道：「【皂羅袍】原來奼紫嫣紅開遍，似這般都付與斷井頹垣。良辰美景奈何天，賞心樂事誰家院？」奼紫嫣紅，各色嬌豔的花朵。良辰美景，美好的時光和景物，此指春光春景。賞心樂事，稱心如意的事，此指嚮往愛情和美滿婚姻的心事。誰家，哪一家；家與價通，「誰家院」即「誰價院」，與上文「奈何天」相對，意謂還成什麼院落。

⓱「良辰美景奈何天」二句：參見注⓰。

⓲「則為你如花美眷」二句：《牡丹亭》第十齣〈驚夢〉柳夢梅唱詞：「【小桃紅】則為你如花美眷，似水流年，是答兒閒尋遍。在幽閨自憐。」

⓳幽閨自憐：參見注⓲。

⓴水流花謝兩無情：見唐代崔塗〈春夕旅懷〉詩：

「水流花謝兩無情，送盡東風過楚城。蝴蝶夢中家萬里，子歸枝上月三更……。」

㉑ 「流水落花春去也」二句：見南唐李煜〈浪淘沙〉詞下片作：「獨自莫憑欄，無限江山，別時容易見時難。落花流水春去也，天上人間。」

㉒ 「花落水流紅」二句：《西廂記》第一本〈楔子〉中崔鶯鶯閒散心時唱詞：「【么篇】可正是人值殘春蒲郡東，門掩重關蕭寺中；花落水流紅，閒愁萬種，無語怨東風。」

綜合討論

賈寶玉與林黛玉的愛情是古典文學中最優美、最富哲理、寫得最有韻味的愛情。古代的愛情描寫通常是「一見鍾情」或「青梅竹馬」，《紅樓夢》寫的既和這兩種模式相關又完全超越的新型愛情，是建立在共同情趣、共同人格追求的基礎上，兩情相悅，心靈契合。曹雪芹把寶、黛愛情從萌發、成長到成熟的過程，寫得細緻生動，引人入勝。

第十九回〈意綿綿靜日玉生香〉是寶、黛愛情最溫馨、最柔美的篇章。既是耳鬢廝磨，溫柔繾綣，而又天真爛漫，兩小無猜。聲、形、動、氣味、床上的環境，何等迷人。寶、黛親親熱熱，說說笑笑，碰碰摸摸，沒有男女之別的界限，卻又毫不踰矩。這是童年歡樂的高峰，也是寶、黛前途多舛的愛情發展的轉捩點。學者馮其庸在評點《紅樓夢》時曰：「〈玉生香〉為寶、黛情柔意密而天真無邪之一段最純樸文字，其情在有無之間，亦黛玉一生中最為歡暢無愁之時，文章如春花之爛漫，如秋月之朗潔，具無限纏綿之意，有有餘不盡之妙。」

閱讀《西廂記》對寶、黛的愛情有重要意義，它使得兩人的愛情變得明朗而且更有內涵和詩意。第二十三回描寫大自然的春光催發著寶、黛青春的覺醒與萌動，而傳統的戲曲，善用言語賦予這種朦朦朧朧的不自在、不能說的心事，以更鮮明的形式。寶玉在大觀園「桃花底下坐著」閱讀《西廂記》時，遇見葬花的黛玉，兩人在桃花樹下一起讀《西廂記》。當寶玉借戲中張生口吻表達愛慕之情，黛玉雖斥之為「淫詞豔曲」，隨即亦引戲文調侃寶玉，可見寶、黛對愛情劇本的喜歡和共鳴。此後寶玉曾不止一次引用《西廂記》的詞句，表達對黛玉的特殊感情，因為黛玉是知音。

寶、黛的思想、氣質、稟賦自然一致，愛情漸生漸長漸固，直到生死不渝。這種反傳統的愛情觀，成為新時代的曙光，曲折深刻，令人激賞。

單元七

時代的面貌——現代小說選

單元大意

文學的四大門類，詩歌、散文、小說、戲劇，中國傳統重視的一直是前二者；後二類，往往被認為是民間的娛樂，是「閒書」，不入士大夫的法眼。清末，隨著西洋人的船堅砲利，作為西方文學主流的小說戲劇，也大量傳入中國；梁啟超發現小說對於傳播思想，開通民智有重大的作用，於是提倡「新小說」。他說：「欲新一國之民，不可不先新一國之小說。故欲新道德必新小說，欲新宗教必新小說，欲新政治必新小說，欲新風俗必新小說，欲新學藝必新小說，乃至欲新人心，欲新人格，必新小說。何以故？小說有不可思議之力支配人道故。」（梁啟超：〈論小說與群治之關係〉）隨之中國寫小說的風氣開始盛行，在清末達到第一個高潮。

然清末的小說，除仍沿用傳統的「章回」體外，對小說中情節、人物等等藝術場面的經營還比較簡單，不脫「說書」講故事的傳統；其內容也以揭露社會真相為主，並不能深刻塑造人物典型，作品的涵義比較淺露。中國的現代小說，一般認為，還是要從五四運動算起。魯迅可謂現代小說的第一人。

所謂現代小說，與傳統相較，除了題材比較寬廣，不再限於「傳奇」之外，最重要的是，作者有意識地要在作品中反映一種精神，傳達一種對社會人生的洞見或喟嘆，而不再滿足於只是用熱鬧曲折的情節來吸引人。然而受到中國長期戰亂的影響，知識分子憂國憂民，所以五四後的一批作家（所謂「二三十年代文學」），作品都有比較強的「改造社會」的意圖，如魯迅、巴金、老舍、茅盾等人，創作的社會意識極強，甚且流於某種意識形態的宣傳工具，而在文學藝術本身，反而未顯特殊之成就。

中國現代小說真正的成熟，還要等到中華民國政府來到臺灣之後。當然，在此之前，張愛玲在抗戰時期的上海所寫的描繪都市男女情感的小說，其筆觸之細膩、意象之繁複與心理刻畫的準確入微，都堪稱是「里程碑」式的作品。但現代文學的開枝散葉全面豐收，則還是要到民國六七十年代之後的臺灣。臺灣早期在以台大學生為主要作者的《現代文學》雜誌帶動下，出現了一批傑出的作家，其中最著名的非白先勇莫屬了。其他還有王文興、王禎和、陳若曦、歐陽子等。而在學院之外，如本土作家黃春明、鍾理和等，大陸來台作家王藍、姜貴等，軍中作家朱西寧、司馬中原，歷史小說家高陽、科幻小說家張系國、武俠小說家金庸（香港）、古龍等，甚至包括通俗愛情小說家瓊瑤，彼等大量的作品，開啟臺灣小說繁盛的一頁。其後，臺灣出現了一批女姓小說作家，如朱天文、朱天心姊妹、袁瓊瓊、蘇偉貞、蕭颯、蕭麗紅、李昂、施叔青、廖輝英等等，作品質量均佳，取才多樣，加上當時兩大報的文學獎之推波助瀾，為中文小說寫作帶來了新一輪的高峰。民國八十年代後期，由於社會開放多元等諸多因素，文學風氣漸漸不若以往，但仍有如張大春、駱以軍、郭強生等後起之秀活躍於文壇。

而在中國大陸，一九四九年之後，萬馬齊瘖，談不上文學創作。改革開放之後，文學創作漸漸復甦。在小說方面，出了高行健、莫言兩位分別代表體制外、內的諾貝爾文學獎得獎作家。其他如王安憶、蘇童、賈平凹、嚴歌苓等等，均為量多而質精的作家。

在中國傳統中，認為文學是作者人品的延伸，所以詩歌、散文這樣「直抒胸臆」式的文學形式成為主流。若說到對社會人生的複雜性有深入的認識，並有所期望與批評等，往往是見諸哲學、史學之中。這樣的文學（廣義，含史、哲）形式，自有其美妙精到而難以取代之處，但也有一個重要的缺陷，就是門檻極高，非熟讀經史的知識分子不能入其堂奧。自西方文學傳入中國，中國知識分子如梁啟超等，首先發現了「小說」（含戲劇，下同）在啟迪民智上的重要作用。當然，梁啟超等人的認識還比較膚淺，有把「小說」當宣傳工具的意味在。經過一百年的實踐發展，我們發現，像小說這樣的文學形式，確實是最能反映人生、反映社會，並讓人細細品味、咀嚼、反思人世真實況味的藝術。

當然，我們每一個人都生活在真實世界中，每天都在不斷地「認識」這個真實世界，那還需要小說家來為我們展示「真實人生」嗎？殊不知「不識廬山真面目，只緣身在此山中」。現實世界太複雜了，平靜的表面下，永遠有多件事情彼此交織；而小說就像一個特製的濾鏡，能針對某一事情而過濾掉與其不相干的雜質，讓我們看得更清晰；小說又像鋒利精準的解剖刀，能在複雜的機體中發掘出與問題相關對重要的部分，再加以放大檢視。總之，我們其實需要借助小說家的慧眼巧手，將廬山橫看側看、直看斜看，乃至用慢鏡頭、放大鏡的解析，倒轉、快轉反反覆覆，以呈現出「山中人」習以為常而又視而不見、見而不透的真實面貌。所以，細細品讀一部好的小說，確實是有助於我們認識自我、認識社會、體會人生、參透人性，進而了悟人生的價值與意義的。當然，了悟與否，就看每個人的用功程度了，小說家難以負責。俗話說：「師父領進門，修行看個人。」小說作為一種最廣義的文化教育與陶冶，至少在人生課題的「領進門」上，有其無可取代的地位。

本單元選取兩篇小說，相對於當代華文小說的花繁葉茂，自然連「鼎之一臠」也難以企及。然所選兩篇，亦各有其代表性。〈我兒漢生〉沒有花俏的技法，平易好讀，雅俗共賞；作者平鋪直敘地說故事，盡量做到客觀，對文中人物不帶褒貶，是典型的「反映真實人生」式的作品，讀者可由此而有自己的詮釋。而〈自己的天空〉則有主觀的價值取向，寫作手法則明顯帶有張愛玲式的風格，有相當豐富的意象之經營；透過對環境與人物心理細膩的描寫，引導讀者去感受作者想要表達的價值觀。當然，文學與哲學最大的不同，就是這種價值觀的表達，不是條分縷析式的概念，而是具體豐潤有血有肉的真實感情。至於這個能代表價值取向的「真實情感」到底是什麼？如何用概念語言來描述？那就是讀者與文學評論家的事了，而非作者本人所能或所應負責的。

希望讀者能以此二篇風格迥異的作品為階梯，走入豐美的現代華文小說世界，從而對人生人性、對我們所處的時代有更成熟的認識。

第一課　我兒漢生

蕭颯

概說

〈我兒漢生〉可說是女作家蕭颯的成名作。該篇獲得民國六十八年（西元一九七九年）《聯合報》小說獎，並贏得隱地、彭歌、司馬中原、張系國、劉紹銘等多位著名文學家的擊節讚賞。〈我兒漢生〉是以做母親的第一人稱來的主線來描述一個男孩的成長，從不斷惹事的叛逆青少年，到胸懷理想的大學生，再到入社會後不斷碰壁的失意青年……，將青年的意態與父母的心情刻畫入微，極具寫實功力。後並改編為電影，在社會上獲得頗大的迴響。

作者蕭颯，本名蕭慶餘，民國四十二年（西元一九五三年）生，從小愛好文學，自幼便喜讀《紅樓夢》。進入台北女師專後，對白先勇的《現代文學》、尉天驄的《文季》等十分喜愛，接觸了大量臺灣當代作家的作品，並同時開始小說創作；十七歲即結集出版短篇小說選《長堤》。作品多發表於各大報副刊及文學雜誌。除〈我兒漢生〉外，〈霞飛之家〉（電影《我這樣過了一生》）、〈唯良的愛〉（電影《我的愛》）等多部小說被改編拍成電影，並曾獲金馬獎最佳改編劇本獎（《我這樣過了一生》）。作品層面甚廣，發掘人性，描繪人生，深獲各界肯定，被譽為文壇才女；是民國七八十年代文壇重要女作家之一。

課文

漢生大三那年由家裡搬了出去，他不需要太多的理由，因爲他父親贊成一切獨立自主的行爲，而我也不是個守舊的母親。我一直努力著使自己跟得上年代，希望自己仍是個心智活躍的女人，不光是爲了和兒女間去除代溝，也因爲我那只比我年長一歲的丈夫，他一直是個精力充沛、外表漂亮的人物，我總不能才四十六歲就已經是個蹣跚老太太了。正因爲這樣，所有認識漢生的人也都不相信我是他母親。這雖然是很好的恭維，可是逐年的我發覺到，我和漢生間的母子關係也愈來愈趨於稀疏冷淡了。

要做母親的說他兒子小時候有多麼可愛逗人，那是三天三夜也說不完的。尤其是要我說漢生。他小時候好白、好胖、好乖的一個孩子，笑起來眼睛不是眯成細縫，而是睜得又大又圓。那時候我和裕德收入都少，只能租人家樓上一間閣樓樣的小屋子；冬天還好湊合，夏天熱得發慌，孩子身上都長滿了一粒粒通紅的痱子，像個變種的刺蝟，我乾脆不給他穿衣褲，由著他滿地亂爬。裕德晚上在家裡幫出版社翻一些稿子賺取外快，漢生就爬到他腳邊抱著小腿又親又啃，裕德心疼得利害，一手撈起兒子也是又咬又吻，我說他們父子是食人族，裕德總說胖孩子就有惹人去吃掉他的慾望。

孩子就是這樣，等他成了少年，鼻尖上油亮的冒出白頭青春痘，下巴都是粉刺，唇上生著黑褐的鬍鬚粒子的時候，他看人的眼光不再是坦誠信任，而變換成一種充滿了懷疑和不屑的神情。念初中的漢生雖然不曾爲非作歹，卻也開始和我頂嘴，反抗父親。像我們要他繼續他的小提琴授課，他就有一百種理由拒絕。若是要帶他出門應酬親戚，那更是比登天還難；彷彿他這樣的一個人，和我們做父母的及他唯一的妹妹一道走在街上，是像莫大的羞恥一般。

「由他去！這個年紀的孩子都彆扭。」他父親說。

裕德和我對孩子的教育原則，大體上都是希望他們能認眞讀書，考一所好學校，不一定要成爲學者，可是總要有起碼的學識發展所長。我們也知道，每一個孩子的成長，都會爲做父母的帶來一些小煩惱，可是卻沒有料到，漢生帶來的則是極大的困擾。

漢生初中還算是用功，各科成績不錯，順利考上了第一志願高中。那時候裕德已經升調報社的總編輯，我們有自己的房子，生活一步一趨的總算有了點樣子。我辭去做了十多年的圖書管理工作，專心的開始從事自己的專業，而不必只爲了維持家計忙碌。我與朋友合辦一份少年刊物，發行對象是十歲到十五歲間的青少年，我自以爲對這方面了解，而且有足夠的興趣，除了負責編務，也闢了個專欄和孩子們聊天，說理和評論些與他們有關的問題。裕德一直很支持我，他把行動當成一種嚴肅的生活態度。這樣說也許會以爲他是個嚴厲刻板的人吧？其實不然！他仍是個有情趣有夢想的男人，漢生是不是像他父親呢？我一直希望他是。

漢生上了高中，因爲競爭激烈，他不再名列前三名。這原是無可厚非的，可是他高二時後，成績卻低落得厲害，英文、數學、物理、化學沒有一樣及格，我們這才發覺情況並不單純。我也學起一般母親，背地裡臨檢他的臥房，漢生沒有記日記的習慣，不過我卻找到一隻漂亮的木製點心盒，裏面滿滿的信件及照片，原來漢生瞞著我們交筆友，信都是寄往郵政信箱的。他的筆友遍布全臺灣，甚至還有香港和美國的，翻翻那些相片，十七八歲的女孩子剪短了頭髮看著都長得差不多，其中最惹眼的，是個頭髮蓬鬆，衣著鮮麗，笑起來只看見一口白牙的黑妞。

我沒有拿著這件事去責問他，因爲我另外發現他床下的抽屜裡藏了十幾套新舊鑰匙，從高級的西班牙式彈簧鎖到普通的對號鎖，各式各樣都有。這使我想起有回漢生帶了個同學回家來玩，我由雜誌社回來的時候，正巧看到他們兩個鬼鬼祟祟的弓腰貼在我臥房門口，用條鐵線往鑰匙孔裡仔細的掏挖著什麼。我咳嗽一聲，兩個人都嚇了一跳；後來漢生解釋說：「我的同學吹牛說能開任何鎖。」他讓他試試。我當然不疑有他，因爲我房門向來不鎖的，孩子沒有別的理由要故意把他關上再去打開。

可是漢生要這麼多鎖匙要幹什麼？

「玩嘛！」他說。

我曾經念過一篇小說，是說一個十七八歲念高中的孩子，對什麼都不感興趣，只喜歡開鎖玩，平生大志就是能開各種各樣的鎖。難道漢生也有什麼心理不平衡嗎？

「唉呀！不要大驚小怪嘛！」他皺著眉頭，好不耐煩的：「我們班上一半的會玩鎖。這也算一種收集。」

「收集？收集郵票不好嗎？爲什麼要玩這種小偷玩的把戲？」

「媽！你怎麼說得那麼難聽，這可也是一種心智訓練。」

他父親居然贊成這套說法。

除了心智訓練，他們還有膽識實習。學期中的時候，我在雜誌社接到裕德的電話，說漢生在警察局裏，問我要不要一起去保他出來？他們一夥六個，一樣的平頭一樣的黃卡其制服，一樣的一副你永遠猜不透的青澀酸壞表情。

「你們家裡環境都不錯，爲什麼要偷人家書店的書呢？好玩是吧？一個個關上三天不給飯吃，看還好不好玩？」胖警員尤其指著那個來過我們家開鎖的說：「他最有本事，其他的都還揣在懷裡，只有他！抱了一疊十幾本就預備走了。」

回到家，我還來不及說道理，就聽漢生率先破口大罵：

「什麼嘛！死阿榮！要不是他黑心，怎麼會出這樣的錯誤？我們已經去過四家，這是最後一趟了。」

「你……你們怎麼可以去偷人家書呢？」我精疲力竭地跌坐在沙發椅上，想著兒子是小偷，我還是個少年刊物的主編，被人譽爲少年問題專家呢！這不是天大的諷刺？

「哎呀！誰偷書嘛！只是……，只是打賭看誰拿得多。」

我一向主張對孩子要嚴峻施教，漢生小時候拾了支鉛筆回來，我都要他拿去學校交給老師。他四年級的時候，鄰居小朋友來告訴我說潘漢生偷了班上同學的鋼筆，當晚我把他手腳綁牢，用雞毛撢子抽了十幾下屁股，第二天由他父親買了支新鋼筆給他。可是現在呢？面對著長得比自己還高的兒子，我和裕德都覺得頗爲尷尬。

我是早預料到了，孩子到了這一步，接下去總還有事情要發生的。那是學年快結束的初夏，漢生就讀學校的總教官打電話到家裡，正好我接聽的，他要我立刻到學校一趟。

「漢生，他怎麼了？」我本能的反應便是先想到孩子的安全。

「潘漢生沒有什麼，倒是他的同學有了問題。」電話那頭，以一種特別的鼻音，略帶幽默的說著。

趕到學校，紅磚樓長廊底端是間陰鬱的大辦公室。幾個有點年紀的老先生搖頭晃腦的捻支硃筆點作文簿，整座學校唯一的聲音似乎就是辦公室天花板上呼嚕打轉的電風扇，聽得我愈發的背脊出汗。

「您找誰？」

身後冷不防的聲音，倒嚇了我一跳，看他身穿墨綠軍服，寬厚的肩上佩著三朵梅花，我想就是他們總教官了。

「我是潘漢生的家長。」

隨他走進隔壁的教官室，我一眼看到漢生背著手面窗背向門站著，我沒有叫他，只覺得無來由的一陣虛軟，忙向靠牆角的一排沙發椅子坐下來。

「潘太太，您也不要緊張，輕鬆點好。」那總教官十分善意地笑著，左手卻穩健嚴重地推了樣東西到我面前：「這您認識嗎？」

是把寸長的獵刀，刀鋒裹在已經翻毛痕了的黑皮鞘袋裏，刀柄是象牙色的，粗工雕刻了些花紋，只是紋縫早就髒舊得成了褐黑的顏色。我瞧著眼熟，好久才想起來，家裡書房裕德大抽屜裡有這麼一樣的一把，是他少年時代的紀念物之一。

「很像外子……外子的紀念品，不過我不能確定。」

他笑笑，像是說沒關係的，又把那柄獵刀向我推得更近些：

「潘漢生也說是他父親的。」

「他……」

總教官鄭重地點點頭。

「同班的林正義膀子給戳了個窟窿，到現在兩個人還不肯說爲什麼。受傷的已經送去醫院了，不嚴重，不過潘漢生，我想起碼是兩個大過吧！」

總教官讓漢生和我一道回家，車上我們母子倆並坐，卻是一句話也沒說。看他偏向一邊稜角很深的側臉，眼睛冰冷憤懣，我心裡不由一陣寒意，怎麼也想不透，我的孩子有什麼事需要如此憤怒，如此怨毒，如此兇殘……

「為什麼？總可以告訴我為什麼吧？」

我問他，熱切地望著他，甚至想撲過去拍著他背脊親哄，只為了要讓他說出實話，但是我等了很久，在他堆滿唱片、參考書、雜物的臥房裡，似乎整個地球都靜止下來，只為了聽一聽他所以殺人的原因。

「沒有為什麼嘛！」他是在十分不得已的情勢下，勉強地回答我的話：「你不要想得那麼嚴重。」

怎麼不嚴重呢？我打電話通知裕德，要他馬上回家。

「我在開會啊！」

「你兒子已經是殺人兇手了，你還在那裡開會？」

裕德這回是動了氣，他對著不聲不響的兒子足足吼叫了一個鐘頭，說盡天下做人做事的大道理。我也隨著跟進，挖心剖肺地說了兩個鐘點。最後我們知道的，卻是只為了一支香菸——那個叫大頭的不借，還開了句玩笑（至於什麼樣的玩笑，漢生堅持不說），於是漢生怒從心起，抽出刀子在他手臂扎了個洞。

我和裕德對看一眼，彷彿是嫌事情發生得過分單純。

我離開漢生的房間後，裕德仍留下來和兒子談話。我坐在客廳裡側著耳朵細聽，卻一直就只有裕德一個人的聲音，大約半鐘頭後，裕德推門走了出來，他居然面色興奮、神采激昂地告訴我說：「十七八歲孩子都是這樣，誰都經歷過嘛，你也不要太過敏了。」

「我過敏？他把人都殺傷了。」

「他們是死黨！大頭一看膀子流血，脫下卡其襯衣自己裹了起來預備回家，結果還是別的同學叫嚷起來，才鬧到教官那兒。」裕德銜起他的菸斗，手上不停玩弄著那柄老舊的獵刀，以一種彷彿是讚美的語氣說：「他拿去磨過了……這麼多年，我都忘了它，這是我一個叔叔送的，很有意思的一個人，好打抱不平，還差點爲管閒事送了命。」

「怕他送命，你下次給他把槍好了。」

我指的他當然是漢生。

漢生被處以留校察看，爲了減輕他的心理負擔，而且希望他能換個環境，我們爲他辦妥轉學手續。新學校是一所郊區的私立高中，依山傍水環境清雅，學生一律住讀，只有星期假日可以回家。

家裡突然少了個人，大家都很不習慣。漢琳雖然平日和她哥哥不算太親熱，可是也會說：「我還眞想哥哥呢！」

漢琳一直是個乖巧的孩子，在學校是好學生，在家裡是好女兒，在親戚朋友間是最甜美的小公主。她舉手投足，一顰一笑❶，十足被嬌養寵慣的炫麗模樣，就連她的嬌縱，也竟然表現得那麼天眞純潔。她幾乎沒有任何瑕疵好挑剔。可是，這樣的孩子眞令人放心嗎？

「裕德！我看漢琳夠嬌了，你最好少寵她點，以後就算她命好不用吃咱們以前那種辛苦，可是有個天災人變，適者生存的時候，這樣的孩子會首先被淘汰出局的。」

「唉！漢琳是少些韌性，可是你現在打算怎麼樣？把她送去無人荒島上磨練磨練？」

就在對漢琳的再教育也無計可施的時候，漢生新轉去的學校來了封掛號信，通知上直截了當地說明漢生已經被學校開除了，原因是他印行誣衊❷師長的不實傳單在學校公開散發。

「你要辦報紙嗎？你爸爸在報界這麼多年，你要辦報紙可也先找他商量吧！」

「我不是要辦報紙！」漢生額角纍暴著青紫的筋脈，他一個字一個字地說：「我只是爲了正義，說大家不敢說的話。侯正群不配當我們導師，沒有學問沒有品德，兼課外活動組長的時候只知道汙校刊的錢，這種人！敗類！」

「這關你什麼事？不念你的書！這關你什麼事？」

「怎麼不關我的事？我要接下去辦校刊，怎麼不關我的事？」

他握牢了的拳頭像是隨時會迸出火花一樣，好一頭憤怒的小乳獅。可是他卻又知道我這做母親的感受嗎？我的憤怒早已經不只針對他的某一件罪行了，我真爲他以後的前途擔心，他早踰越出常軌，我不能想像，這樣的孩子可能正常地成爲一個成功的男人嗎？總之，我喪氣透了，想著自己竟有這樣兩種不同個性的孩子，這可能正是裕德和我一生的最大失敗。

以後漢生留在家裡的那段日子，因爲他要念書以同等學歷報考大學，裕德和我都很少打擾他，兩代間自然又少了可以溝通的機會。七月放榜，漢生敬陪末座地擠進一所大學的社會學系，裕德和我失望之餘也盡量往好處想，到底大勢已定，可以稍感安慰的是漢生好歹就要念大學，是大人了，以後總不至於再出什麼差錯了吧？

果然，進了大學之後，漢生表現得極爲奮發積極，他變得愛看書，只要有關人文科學的他都有興趣。旁敲側擊的，我們知道他交了個姓黃的女朋友，是同班同學。幾次要他請女朋友回家吃飯，漢生總是不肯，表情曖昧不明，不知道是害羞呢？還是不願意我們做父母的插手。對於這一點，裕德和我一向開通，絕不干涉；而且我們總以爲，男孩子交了女朋友，正表示他有心穩定自己呢！

兩年後，漢琳以第一志願考進外文系，裕德提議全家慶祝一番，漢琳便說上圓山飯店吃牛排。出去吃吃飯，花費個一千、八百全家高興一下雖說是常事，可是上圓山飯店吃牛排還是屬於非常奢侈的；就是裕德升社長的時候，也只是在天廚叫了一桌，請來所有親戚朋友算是家宴。不過這回又不同，爲了女兒嘛！裕德可是毫不心疼地滿口答應了。難得漢生也在家，我和女兒忙不急地打扮起來，一家四口歡歡喜喜地開車上圓山。

那年圓山飯店還未翻蓋成摩天大樓❸，麒麟、金龍、翠鳳三座紅木雕樓各自依勢聳立山腰間，姿態典雅，古色古香。金龍廳幾乎是三廳門户，大廳正中是隻五爪金龍盤旋在古幽的水池之上，屋頂到地板一派的金碧輝煌，男女進出，衣香鬢影，走在其中，自然而然地會想著自己該昂首挺胸嫻雅款步，不要失了儀態才好啊！

西餐館，可又是一番清純氣派，白色桌巾、柚木高背絨椅，一桌子銀光閃爍的刀叉餐具。我們選了張臨窗的檯子，只見山下燈火螢動，甚至可以隱約地辨認出光影閃耀的淡水河。

「媽！這裡的景觀太棒了！我們那天該來住一晚。」

「傻話！還有人沒事住旅館的？」說著又想起來提醒裕德道：「禮拜天韓家娶媳婦在二樓川揚菜館。我晚上要給雜誌社吳先生餞行，你抽空到一下吧！」

「這禮拜天？不行！報社也有一對結婚，我是證婚人。我看漢生和漢琳一道去吧！怎麼樣？」

「好啦！」

漢琳勉強應著；漢生不搭聲，直瞪著遠處一對年輕派頭的男女看著。

「看什麼你？」我問他。

「沒什麼！看他們這麼年輕就一副勢利相。」

裕德點了飯前酒，四份T骨牛排❹，給孩子要了牛尾湯、沙拉，我和他是清蚵湯。

我對西餐的胃口一直缺缺，尤其像是牛排之類簡單的煎烤烹飪更覺得乏味，不過西餐廳的恬雅氣氛總給人帶來安適、羅曼蒂克❺的感覺，難怪有人說吃西餐就是吃氣氛。我們家裡最適應這種氣氛的人選，自然首推漢琳，她優雅地在麵包籃中選喜歡的小麵包，輕盈點著頭讓侍者將蔬菜塡進她的鐵盤，一切進行得中規中矩。漢生便不同了，他始終皺著眉頭，吃得也不多，我想剛才也許該請他的女朋友一道來才對吧！

晚餐出來，漢琳由車後一把摟住她的父親的脖子親個不停，我猜她又有花樣了，果然聽她嬌癡地說：

「爸爸，我們去跳舞好不好？」

「讓你爸爸好好開車，多危險！」我硬把她的雙手由裕德頸間扯了下來。

「好不好嘛？媽！」這回她將目標轉向了我。

「問你哥哥吧！」

其實我這也算是答應了，多久沒有跳舞了，趁著興致好一家樂樂也好。

可是誰也沒料到地，漢生卻直著嗓子說：

「我不去！」

「去嘛！好哥！去嘛！」

「不去！天下再沒有比跳舞更無聊的事了，有那個時間不會做些有意義的事嗎？」

「哼！漢生最掃興了！他什麼都看不慣！」

「我就是看不慣！」漢生因爲剛才喝了口酒，激動起來臉孔通紅，就像是掐得出血一樣：「你們大概還不知道！我們剛才吃的一頓飯足夠普通人家過半個月的日子了。」

我怎麼會不知道呢？當我想辯駁的時候卻已經晚了，沒有人再開口，大家鐵青著臉。胃底一陣翻攪，剛才的牛排變成了酸腐的氣味凝聚在喉頭，我搖低窗子，看街道上川流閃耀的霓虹燈在行人臉上映成一抹抹不眞實的顏色。

而我們車子流利地在南京東路口轉彎，直駛回家。

那晚裕德和我都沒有情緒細談。第二天醒來看著大好的太陽光，想著有多少事還沒處理，也就不願意再把孩子無心的言語誇大成一種論調再研究了。

星期天，漢生拒絕參加韓家的婚宴。一個禮拜後，他隨學校社團發起的社會服務活動到東部走了一趟。他回家的第三天也是合該有事，晚飯桌上，我說起孩子表姨最近從鄉下接了個十一二歲的小姑娘回家幫忙做些簡單家事，聽說給了她家裡五萬塊錢。

「那不是販賣人口嗎？」漢生皺著眉頭，一副難以下咽的嫌惡表情。

「胡說！說好了十六歲送她回去。管吃管住，學規矩，教她做事，有什麼不好？小姑娘來了還不想回去呢！」

「媽！那你也養一個幫洪嫂做事好了！家裡多個人也熱鬧！」漢琳說。

「胡鬧！不可以做這樣的事。」

本來我也沒有意思要這樣一個小姑娘，可是見裕德這麼鄭重其事地說，也就不得不爲孩子的表姨申辯兩句：

「其實孩子留在我們這種人家，總比讓她混帳父親賣到下流的地方去好吧？我倒覺得……」

「媽！你不覺得這樣做不道德嗎？」

我從來沒想過自己會是個不道德的人，尤其這話出自我兒子的嘴裡。

「那你以爲由她父親送她進火坑道德嗎？」我第一次武裝起自己，像對付一個對手一樣地同自己兒子說話。

「我們可以建立更好的社會制度來淘汰、改進這樣的事，要做積極的努力，不能就這麼消極地將買賣人口做雛妓升格成童工就了事了。」他是那麼地莊嚴而嚴肅的：「這正是現在社會普遍的不關心現象，每個人都自私自利只看見自己，從來不替別人著想，同情那些比我們生活差的同胞。坦白地說，我也看不慣你們的作風……假如，有一天你們知道別人一餐只有一點鹹菜、肥肉的時候，你們會比較了解我的意思……」

漢生的話，使我一下子恍惚覺得自己原來是個養尊處優、浪費、淺薄又少思考的社會寄生蟲；他父親則是個一擲千金吃頓牛排，從不關心社會，自私卑劣的「中產階級」。

那個卑鄙惡劣的父親終於開口說話了：

「漢生！你母親和我都覺得，你最近好像對這個家十分不滿意，我不能說你是錯的，你還年輕，還有太多日子要過，你可以慢慢地過，不要著急，你可以去做你要做的事情，可是不要包括攻擊，尤其是攻擊你自己的家。」

夜裡，裕德和我都沒有睡意，坐在二樓陽台上看遠處清浩的月亮，我忍不住去抱怨——我們怎麼不懂什麼是苦日子呢？生下漢生不久，裕德給派到南部半年，爲了節省開支買奶粉，我幾乎餐餐就醬菜、魚鬆吃饅頭、稀飯。懷漢琳時候裕德人又在美國受訓，孕婦總是嘴饞，買不起好的，一塊錢花豆領著漢生吃一下午。漢生、漢琳都在酒泉街的小木樓上長大的，吃飯、睡覺就那麼五坪大小地方，孩子不記得了，我們還記……

「說這些幹什麼呢？」

「漢生說話不公平！……」

「由他去！孩子大了，各有各的想頭，我們也不能說他是錯了。暑假後開學不久，漢生搬了出去，說是離學校近上圖書館方便些。」家裡固定地給他費用，他也兼有家教，生活上是過得去了。至於他和這個家的關係，因爲接觸少，自然愈發疏遠而客氣了，裕德和我在很少聽到他的不滿和抨擊，星期六晚上成了全家性的聚餐，第二天一早漢生就又走了。我們做父母的，表面上不干涉他的行動，可是背地裡總免不了關心。經朋友介紹，我們輾轉認識了漢生學校的訓導長李先生。由李先生所述，我們兒子是個有熱誠、有愛心、有幹勁的好青年，他活耀於學校社團之間，尤其熱心社會服務，是所學爲所用呢！

漢生畢業的時候，我們全家去爲他祝賀，他領了不少大小獎狀、獎牌，連我們做父母的都覺得與有榮焉。漢生又領我們參觀他租賃的房間，這是我們第一次獲准進入他的天地。屋子窄長狹小，一張兩人用上下鐵床外，進門就看見牆上貼著史懷哲[6]的大海報照片，再就是凌亂的書籍、簿本、衣服，和他同住的孩子姓陳，長像細瘦、眼睛精亮，很聰明卻有些壞心眼的樣子，不過我並不十分地以貌取人，所以不覺得有什麼不妥。

晚上在家裡吃飯，裕德問漢生畢業後有什麼打算？我們都已經知道他無意出國深造。漢生搖著他一頭少修剪的長頭髮，說服完兵役再打算，他想自己找事，言下是暗示他父親不必爲他做任何安排。

漢生抽中的是兩個月補充兵，服兵役回來仍然住回原來的小房子。他那位姓陳的同學也因爲體位丙等不用服兵役，一直住在原處。兩人經學校師長介紹，到一所社會教育協進機構服務，月薪四千塊錢，聽說工作輕鬆，做做調查和統計而已。但是問題就出在工作太過輕鬆，兩個月後漢生因爲受不了這樣單調的作業，決定離開另行謀事，力圖發展他奉獻社會、爲民服務的宏願。

不久，漢生又進入一所傷殘服務中心，專門幫助那些身體上有缺陷的可憐人們去除心理障礙，或是職業訓練、工作介紹等。漢生做得似乎很起勁，原以爲這可能就是他決定奉獻一生的事業了，卻不料三個月後，他又換了工作，這回是有關礦業人員福利的機構。他告訴我：

「不是我不喜歡傷殘服務的工作，我覺得和他們談談能幫他們對人生有新的認識，是很有意義的事。可是，我實在受不了一些同事，成天抱怨薪水低沒有前途，而且總存著私心，把好的工作機會留給他熟的人或是他喜歡的人，從不替那些眞正需要工作的人著想。看著生氣，還不如離開他們遠些。」

「不會都這樣吧？」

「有幾個就受不了了。」

「那你這不是抱怨？」

我問他。漢生呆了半晌，然後堅持地說：

「我抱怨的只是在那裡只能爲某些人、少數人服務。我想我現在的工作比較適合我，我希望能爲更多的人爭取福利。」

就在漢生上任不久，卻聽說他和交往多年的女朋友鬧吹了。原因是那位黃小姐不能再支持漢生崇高的理想，她眼見同學們出國的出國，結婚的結婚，她也需要有所決定，可是漢生卻三天兩頭換職業，彷彿一事無成。他令她失望透了。

黃小姐一怒去了日本，漢生自然沮喪得厲害，回家來總是一言不發生悶氣，我們誰也不敢去招惹他，總想過一陣子工作會撫平他的創傷。卻不料不久他還是辭職了，原因說是什麼處處受上司牽制，不能放手做事，覺得沒意思。裕德和我都原諒他正是情緒低落時期，也就沒有多說什麼。

漢生失業了兩個月，看他一蹶不振的模樣，裕德託朋友爲他在廣播公司安插了一個很好的職位，卻是漢生一聽便翻了臉，霍的扔下碗筷奪門而去。

在台北不靠關係覓職並不是頂難，只是要找個適當又合興趣的工作就不容易了。漢生託同學、寫履歷，幾乎報紙上所有像樣點的徵職廣告他都試遍了，最後他決定勉強去應徵一家人壽保險公司。

「爲什麼不再等等？」我盡力地去勸說，「也許可以找到你適合的工作。」

「有什麼好等的？還不是一樣？」他近乎自暴自棄地說。

裕德不贊成他拉保險，說那是一種不實在的勾當，保險公司多半只利用應徵者的人際關係賺他們自己的錢。不過，他還是投保了二十萬的意外險。另外，漢生又四處奔波，看來拉保險不是他想像的那般容易，一個月下來無甚成績，最後還是裕德暗地幫了他些忙，才算湊足了一百萬的成績。可是看漢生一副受盡委屈的樣子，我猜這行業他也是幹不長的。

果然，公司要的不光是這點分數，可還要績效哪！不久，又找了幾個外務員任漢生調度，這回是由他去榨取別人。漢生最後是拍著桌子，指說公司欺騙的情況下離開保險公司的。不過裕德的保險費卻仍得按月繳付啊！

後來漢生又考進了一家廣告公司做市場調查員，待遇尚好，工作也簡單，剛去時他對這樣的新環境還算滿意，同事相處也頗新鮮有趣，可是不多久，他又開始嫌工作枯燥無意義，回家來總抱怨他們經理對下跋扈❼，對上奉承諂媚；科長陰險搶人功勞；同事一個個牛鬼蛇神❽急功好利，只要有一點點好處，個個削尖了腦袋窮鑽營。

「廣告公司這種地方啊！弱肉強食，最要不得了。」

「哪兒不是一樣呢？」我說。

「我就不信！」

沒多久，漢生又辭職不幹了。

說實在的，我並不擔心漢生的倔強。不求人幫忙不依靠誰，這是有志氣的。裕德和我當年除了靠自己，可沒靠著誰過。裕德隻身來臺灣，半工半讀念完大學，碰破頭地自己找事情做；我娘家也不富裕，結婚陪嫁就是一床棉被和枕頭。兩個人租人家後院搭蓋一間木板屋做新房，後來還是因爲漏雨房東不修才搬走的。我們又靠過誰呢？我眞正擔心的，倒是漢生他到底心底有沒有一點計畫？他是不是知道自己將來做一個什麼樣的人？將來握一番什麼樣的事業？裕德和我當初雖然並不是十分具體地知道這些，可是我們從不輕易懈怠，因爲我們知道稍一鬆弛，你所有的夢想都必定成爲灰塵。我想，這是很重要的觀念，我不知道漢生是否能夠了解，可是如果我現在教他，那是太晚了，因爲這只是一種精神，而不是教材。

「媽！漢生和爸說他決定去開計程車了，你最好勸勸他！」漢琳一種見怪不怪的口氣告訴我，一時間我卻根本搞不清楚發生了什麼事。

「你爸爸說呢？」

「爸說隨他！」

這便是漢生的計畫？

漢生和他那位也一直沒有找到滿意職業的陳姓室友連名做會頭，邀集了好友、同學，成立一月三千塊的互助會，首期會款六萬多塊錢，買了輛二手的計程車，再噴漆裝冷氣，兩人便開始營業了。

「你考上執照啦？」

我抑制住驚訝，反而問了個最沒有意義的問題。

「嗯！營業執照難考，連考了三回。」他毫無愧色坐在我對面，老高地翹起二郎腿，因爲頭髮剪短了，年輕的臉上神采飛揚的：「我不知道你和爸怎麼想，也許覺得丟臉沒有面子，不過這對我來說等於創業，我們需要賺錢，賺了錢可以做自己眞正想做的事。」

「做別的事不能賺錢嗎？」

「有像開計程車一樣不受制於人又不需要太多本錢的事嗎？媽，自食其力有什麼不好呢？」

「自食其力是沒有什麼不好。」我努力修正自己的觀念，有個念完大學去開計程車的兒子並不可恥。不過我還是要問明白：「你就打算一輩子開計程車了？」

「我當然不打算一輩子開計程車。等賺夠一筆錢，我和阿陳計畫先開家像樣的書店——書店總是文化事業吧？」他幾乎很鄙夷❾地這樣問我。「書店經營起來了，可以再有關係企業，像書店樓上就可以開家很家庭式、親切的咖啡室；或是搞出版、辦雜誌，講我們要講的話，供給這個社會眞正需要的知識……」

我不能否認，他的計畫雖然不夠周密，卻十分遠大。

漢生開業的第一個笑話，他回來講給全家共享。原來他碰上的第一位乘客，竟然是同班同學，結果自然是免費服務了。

漢生和阿陳白天晚上輪流開一輛車，聽說一天一個人都有八九百的生意，如果下雨、逢年過節，可又更不止了。漢生每天的收入，除了留一小部分零用外，都如數地交給會理財的阿陳保管。阿陳每個月負責上會錢，繳一千多塊的寄行費，還有上萬的油錢，另外還有半年一繳的各種稅費，剩下的錢不多，卻也全存了起來。等兩年後，他們不但不欠人家錢，還有盈餘的存款和自己的車子。

「那時候我們把車租給人家開，每個月還可以固定地收租錢。」漢生興高采烈地算給我聽。

背地裡，漢琳總笑著對我說：

「他這不也是剝削嗎？」

不管怎麼說，我和裕德總是希望這兩年能夠快些過去，好早點看見漢生形容的美麗遠景。但是實際情況卻又永遠不會只是單線推進。半年後漢生回來說他和阿陳搬家了。搬家自然不是什麼大事，可是我們卻輾轉聽說，他們搬去和一對姐姊花舞女同住。

「這是怎麼一回事？」他父親暴跳著，這是我第一次見他生這麼大氣：「他要幹什麼我們都依他，可是不准有這樣下三濫的勾當。你！你去給我搞清楚。」

裕德紫青著臉，一個晚上悶在書房裡不理任何人。第二天他雖然照常上班，可是卻仍然沒有一絲好臉色。也難怪裕德生氣啊！孩子任性倔強沒有關係，甚至愚笨無能也是我們的孩子，可是卻絕不能學下流。

下午，我直接由編輯室出來，按著地址找到的是幢四層樓公寓房子，樓下斑鏽壞透了的鐵門，一扇早就橫躺下擱在牆角，另一扇則顫巍巍地虛掩半邊。走上三樓，對著門一樣的兩戶人家，釘著十八號門牌的沒有裝電鈴，我拉開黑褐汙灰的紗門，敲扣了好一陣，才聽見裡面有了反應。

門連著鐵門開了一吋的細縫，看不清處裡頭的半張臉孔，只知道是個女人。

「找誰？」

「請問，潘漢生是不是在此地？」

「他不在！」

女人正想關門，我使勁按住了。

「我是他母親。」

裡頭沒了聲音，門關上，抽了鐵門又打開，女人披著粉紅薄紗的睡袍，裡面是件黑緞襯裙，很好的身段，卻因爲剛睡醒，兩眼酣倦臉孔浮腫，一頭染成褐黃色的頭髮兀自蓬散亂雜地攏在耳後，很容易讓人聯想起一隻甜腐餿酸了的水蜜桃。

「你怎麼會是他媽媽呢？看不出來啊！你這麼年輕。」

「不年輕了！」

我背著陽台落地窗坐下，客廳連飯廳，一覽無遺，因爲家具少，地方顯得寬敞，只是好久沒人清理，地板、桌椅上一層灰垢，報紙、畫刊散亂得到處都是，餐桌上還有吃剩的李子核、西瓜皮、空罐頭、可樂瓶，牆角幾隻探頭探腦的蟑螂來回竄動窺伺，叫人看著反胃。

「阿巴桑要到星期六才來，我們這裡一個禮拜清潔兩次，蠻髒的。」她聳聳肩，說得像別人家的事一樣，又逕自走進廚房，取了個大號紙盒裝牛奶和兩隻玻璃杯：

「喝一點吧！」

「不客氣！小姐貴姓？」

「叫我安妮好了！」

撕紙盒時牛奶濺到手指上，她自然地放進嘴裡吮了吮。

「漢生不在？」我又問了一次，只爲了引起話題。

「這禮拜小潘開白天，晚上才回來。阿陳開晚上，到現在還在睡呢！」

「安妮小姐在舞廳上班？」

「是啊！」

安妮毫不自卑地坦率使我覺得愉快，接下去的談話想必也容易得多。

「安妮小姐，先要請你相信的，是我絕對沒有惡意。」

「喔？我沒有覺得你是惡意的啊？你要問什麼，我知道的一定會說的。」

「我想了解一下漢生和你的確實關係？」

「小潘和我？我們沒有任何關係啊！」她放縱地笑了起來，笑得前俯後仰兩眼淚汪汪的：「不過，不過她和我妹妹海倫不錯，海倫出去了。」

我正覺得失望，安妮捻起桌上的長壽菸，爲自己點著了，濃濃吐出一口，說：

「其實他們也不會有結果的。」

「爲什麼？」我這樣急切地追問，就像是我很希望他們有結果似的。

「這很難說，反正不會就是了，我很了解我妹妹，她不容易動眞感情的，你可以放心啦！」

我訕訕地笑著，一時也不知道該再怎樣說。安妮卻十分健談，詳細告訴我他們是怎麼認識的——先是海倫搭車認識了阿陳，經常叫他的車，又認識了漢生。後來愈來愈熟，反正房子空著，就叫他們一起來住，晚上家裡有個男人增加點安全感。

臨走，安妮又再三向我保證，漢生和海倫一定不會有結果，叫我放心。另外，還告訴我說，漢生和阿陳好像有了財務上的困難，詳情她不清楚，要我自己去問漢生。

晚上，我們在家裡請友寧夫婦吃飯。友寧、瑞臻、裕德和我是大學時代的至交，裕德畢業後入了報界，友寧出國修學位，第二年瑞臻也跟著去了。住在小木樓的時候，日子清苦，人也特別氣短，我總嘆著氣說：

「我們和友寧、瑞臻大概也是到此爲止了，人家回來是博士、教授，可是不一樣的人啊！」

誰又想得到，我們現在可也有著一幢樓上下四十多坪的房子招待客人。雖然不是陽明山上的豪華別墅，卻也是直得安慰的成績。

瑞臻除了額頭上添了些皺紋，化妝更濃外，可仍是當年爽朗的好丰采；友寧和裕德一樣發胖了，我笑他們應該繼續從前的網球單打，好保持身材。他們從前在學校打網球，還是校隊水準哩。

餐後友寧一再誇讚我主廚的菜可以比美他回來吃的幾家大餐館。裕德說等他退休了，我們乾脆到紐約開中國餐館。友寧馬上接口：

「裕德啊！這可不是開玩笑喲！很多搞文化的在美國發揚中國吃的文化噢！」瑞臻很喜歡漢琳，說他們正興在美國長大，中國朋友不多，希望漢琳能和他通信交個朋友。

「下次該一起回來的，聽說正興十九歲就拿到學士學位？現在有兩個博士頭銜！眞是不錯啊！友寧！我們是老了！該退休把路讓給孩子們走了。」

這是我第一次聽到裕德說了服老的話。

「哪兒的話？我們可還是壯年！不行！不行啊！……」

友寧雖然說的不是什麼笑話，可也惹得大家哈哈笑個不止。笑聲中，我聽見門鈴響，洪嫂去開門，進來的是穿著廉價運動衫、牛仔褲，腳踏涼鞋的漢生。頭髮又是好久未清理，既長且亂，還有一腮幫子未刮的鬍鬚碴子，看得大家都嚇了一跳。

「漢生！來見秦伯伯和秦伯母。」還是裕德先招呼著說話。他像是已經忘了白天的事，可是我知道他沒有忘。

「怎麼叫伯伯呢？我記得還比你小半年，來！」友寧站起身伸手和漢生樂烈握著：「叫叔叔！長得眞壯啊！現在做什麼啊？」

「開計程車啊！」漢生像是故意和誰賭氣般地宣布。

大家還是繼續笑談；可是我總覺得笑聲沒有剛才自然了。

友寧夫婦走後，爲了避免裕德父子間有火爆場面，我獨自到漢生房裡。

「找我爲什麼不打電話呢？」

漢生橫躺在彈簧床上，手臂遮著臉，他看來十分疲倦。

「想看看你住的地方，也想看看海倫，結果沒遇上。」

「我和海倫沒什麼。」

「漢生！」我坐在床沿，溫柔地就像對待初生的嬰兒一樣：「不是媽媽說你，爲什麼不振作些？做番眞正的事業。像這樣下去，不是辦法啊！」

我等了許久也沒等到回聲，正想著在說些什麼，卻聽見那隻粗壯手臂下一陣唏噓和哽咽。我簡直不敢相信耳朵，心慌意亂的，不知道怎麼是好。我決定就這麼等下去，等他哭個暢快。當他眞正平靜下來，我才湊近他，幾乎親著他的濃髮小心翼翼地問，就深怕問重了會再沒有了反應。

「什麼事？告訴媽媽好嗎？」

「沒什麼！」他一下子坐起來，偏過臉去揉眼睛，就和小時候在外頭受了委屈回家又不肯說一個模樣。

「聽安妮說，你們有財務上的問題？」

「安妮這個女人，碎嘴！」漢生走下床來，找了疊衛生紙擤鼻子：「誰爲這個哪？無聊！」

他雖然不爲這個哭，可是到底還是有著相連關係。我費了很大力氣，總算問出了一點眉目。

「阿陳不知道搞什麼，他說他三個朋友標走的死會倒掉了。這筆錢我們做會頭的一定要賠出來，問他存的錢夠不夠？他說我們根本沒有存什麼錢。上了會，又是油錢，又是保養，又是……呀！反正一團糟？搞得我也沒心情開車，又有人來逼著要錢，阿陳說把車子賣了賠人家，這，這從何說起……」

「那把車賣了吧！」我委婉地建議著。

「賣了都還不夠！……想想眞是窩囊，白浪費我半年的時間，早知道還不如在廣告公司待下去，好歹一個月七千塊錢，結婚總沒什麼問題？我是天字第一號大笨蛋！無能！蠢貨！」

漢生第二天早上就走了，我們都不知道他又去忙些什麼。我和裕德商量結果，是等他賣了車，如果錢還不夠，替他賠上，另外把現在住的這幢二層樓房抵押出去，爲他在忠孝東路開家書店，樓上是咖啡室，隨他意思裝潢成家庭式的風格。問題就在他是不是願意呢？我們都無法確定。而且裕德和我心底都有一樣的矛盾，我們多希望他願意，順順利利地創造出自己的事業；可又眞怕他就這樣同意了！這似乎不像當初那個正義凜然，要奮鬥！要自力！要爲社會做楷模的漢生。

❶顰：音ㄆㄧㄣˊ，皺眉。

❷誣衊：造謠毀損他人名節或聲譽。或作「誣蔑」、「汙蔑」。誣：陷害，誹謗。衊：音ㄇㄧㄝˋ，捏造罪名，陷害他人。

❸台北圓山飯店的十四層大樓於民國六十二年（西元一九七三年）落成起用。由此可知，這一段的故事背景在民國六十年左右。

❹T骨牛排：即今日所慣稱之「丁骨牛排」，在大塊牛肉中有T型的骨頭。

❺羅曼蒂克：romantic的音譯，意即「浪漫」。

❻史懷哲：（Albert Schweitzer，西元一八七五～一九六五年），又譯「施韋澤」、「薛維澈」等。德國人，二十世紀人道精神的代表人物，曾獲一九五二年諾貝爾和平獎。史懷哲精通哲學、神學、醫學與音樂四大領域；既是醫生，又是哲學家與巴哈音樂研究者、管風琴演奏家及維修專家。終身信奉「尊敬生命」的哲學，並以此批評西方文明的墮落。一九一三年到非洲迦彭，在原始叢林邊建

立醫院，本著人道主義精神從事醫療援助工作，奉獻終身，成為全世界「義工」的精神典範。

❼ 跋扈：形容人態度傲慢無禮，舉動粗暴強橫。「跋扈」一詞最早見於漢代崔篆〈慰志賦〉、《文選・張衡〈西京賦〉》，原意為「勇壯」的意思，後轉為驕橫強暴義。「跋」本義為「踐踏」，「扈」本義為「隨從」，與「跋扈」詞義不甚相關；故其構詞的原因，今已不甚明了。

❽ 牛鬼蛇神：指各種奇形怪狀的鬼神，泛指形形色色的壞人。

❾ 鄙夷：輕視、瞧不起。鄙：鄙薄。夷：鏟平、消滅。

綜合討論

本篇小說作者用第一人稱方式寫作，使全篇透過敘事者（漢生母親）的眼光來呈現。這樣的寫作方式，代表了作者本就不打算直接表達自己的意見，有而意增強了故事的客觀性。全篇平鋪直敘，娓娓道來，並盡量減少使用象徵或隱喻等等小說技法，更可看出作者有意隱藏自己的主觀意見，而留給讀者更多的詮釋空間。

故事的主角漢生，自幼便不喜歡追逐潮流，自主性與自尊心（也就是判逆性）都比較強，不但不是討喜的乖寶寶，而且還頗會為大人招惹麻煩。尤其他看不慣「不正義」的事，辦校刊伸張正義，更影響了他的求學過程。但到了大學之後，他「變得愛看書」，課內外的表現也備受師長肯定，漢生父母原以為一切朝著正面發展，但漢生「反社會」（或說「正義感」）的性格，在圓山飯店的一場聚餐中表露無遺，不但暴露了親子間的隔閡，也突顯了漢生父母與漢生之間溝通的困難。接下來，一連串的故事，在在說明漢生的「眼高手低」，讓自己不斷地遭到「失敗」。不過所謂的「眼高」，並非一般的好高騖遠，而是在「理想性」上的高標準，使他對許多工作都充滿批判而不屑「同流合汙」。這使得父母雖不以為然，但也願意全力支持。但到了最後，漢生的受騙上當，認人不清，使他自己也不得不放下高傲的自尊，承認：「我是天字第一號大笨蛋！無能！蠢貨！」漢生失敗了嗎？這是誰的過失？他最終會走向哪裡？漢生的困境，其實也讓父母深陷於矛盾之中，成了父母的困境。

全篇自然是以漢生為主角，但也附帶塑造了漢琳的角色（一個追隨潮流的成功者，缺乏深度的價值追求；裕德的朋友友寧一家，也同屬此類），作為對比。另外，就是父母親本身所代表的：既同情漢生的內在，卻又滿意於漢琳的外在；既不失正義感（父親在報社工作，母親辦刊物，關心親子教育；靠自己的努力而非人際關係以獲致成就；對漢琳的嬌縱也頗不以為然），卻又成了漢生眼中自私的中產階級；這樣一種似乎帶點帶點矛盾的角色。三種角色的對照，使小說的內涵更為豐富，有更多可以討論的空間。

小說反映了生活的真相，反映了人生的問題，但卻不必負責提出解答。作為讀者，我們不免要問，這一切，到底錯在哪裡？難道漢琳代表的才是人生的正途？漢生的悲劇是自找苦吃嗎？還是他的性格所造成的？以他的性格，能避免這場悲劇嗎？

當代著名哲學家牟宗三先生曾經說：合理的人生態度，當是「順而逆」的。第一個「順」，指的是在現實生活層面；現實縱有種種不甚合理之處，但我們必須去適應它，在一定程度上遵守現實的規範與種種或明或暗約定俗成的規則，以求得生存的基礎。但是在價值層面上，我們必須堅持自己的獨立判斷，不能隨波逐流，而保有公正道義的理想以批判現實，進而改造現實。此即是所謂的「逆」。如此，成功了，可以成為兼善天下的賢士；即便不成功，亦不失為能夠獨善其身的君子。

如果我們不是「順而逆」，而是採取「順而順」的態度，那就不僅是在現實生活上順從社會潮流，更在價值層面上順從社會的功利取向，則即便成功，也恐淪為「內多慾而外飾以仁義」的偽君子；若不成功，恐成為拍馬逢迎唯利是圖的勢利小人。

如若採取「逆而逆」的人生態度呢？則不僅在人生理想上逆反世俗的功利潮流，也在現實在違逆世俗規則，不與現實妥協；那麼，恐不免碰得頭破血流；就算最後成功了，也難免是個悲劇英雄；如若失敗，則只是個不為人所知、甚至為俗人所輕賤的悲劇小角色了。

當然，最可怕的則是「逆而順」的態度，表面上高舉改革、正義的大旗，抗議現實的不公；但在實際上，則是追逐功名富貴，圖個人的權力名位。如此，成功了，只能梟雄、是魔頭，淆亂黑白是非，給社會製造更多的矛盾；而不成功者，則淪為敢於作亂犯上、為達私利而不擇手段的奸佞之徒。

如此看來，漢生的悲劇，正在於他「逆而逆」的人生態度。但漢琳等所謂的「成功者」，其「順而順」的態度其實是不足取的，她對漢生的取笑（如說「這不也是剝削嗎？」），其實正好暴露了自己在理想上的空虛。至於漢生的父母（即敘事者所表達的），似乎比較代表「順而逆」的精神，可惜自覺不足，自立有餘，卻不能「立人」，無法點化漢生，以開啟他正確的人生之路。最終，不免隨著漢生的失敗，而隨之陷入了難解的矛盾。（希望漢生妥協以過平穩的日子，還是希望他不妥協而堅持原有的理想？）

小說就在這樣的矛盾中結束了。漢生的下一步該怎麼走？已不是漢生的問題，而是讀者的問題了。小說的結束，正為讀者留下了深入思索的空間。

第二課 自己的天空

袁瓊瓊

概說

〈自己的天空〉是小說家袁瓊瓊的成名作，曾獲得民國六十九年（一九八〇）《聯合報》短篇小說獎，被認為是臺灣女性主義文學興起的代表作。小說敘述了一個被丈夫遺棄的少婦的故事，以極淡的筆觸交代情節，卻用大量的筆墨描寫細微的動作，「具有玲瓏剔透的觀察力」，「處處可見張愛玲的痕跡」（劉紹銘語），「用諷刺的手法，表現出一種深通世故的內涵」，「是難得一見的好小說」（王文興語）。

袁瓊瓊祖籍四川眉山，民國三十九年生於臺灣新竹，畢業於台南商職。民國五十六年在校刊上發表第一篇小說。六十五年起專事寫作。六十九年獲《聯合報》小說獎後，聲譽鵲起，此後成為各大文學獎上的常勝軍。後於七十一年年赴美參加愛荷華（The University of Iowa）國際寫作班研究。作品主題多環繞都會男女情愛，後期作品則雖然仍以女性為主，但多有鬼怪或凶案等驚悚恐怖的情節。著有《春水船》、《自己的天空》、《隨意》、《滄桑》、《鍾愛》、《兩個人的事》、《袁瓊瓊極短篇》、《蘋果會微笑》、《情愛風塵》、《恐怖時代》以及長篇小說《今生緣》等等。民國七十年代後期起，長期參與電視及電影劇本寫作，較著名者如《大城小調》、《紅男綠女》、《家和萬事興》等。現則多用力於研究星相算命。

她一下就起來了。

良三抿緊了嘴坐著，已經不準備再說了。她看著他，眼淚啪啪流下來，流到頰邊癢癢的。不知怎麼，光留心了那癢。良三不知道是什麼看法，面對著哭哭啼啼的女人。還有良四跟良七。三個大男人一溜圍著她坐著，看她哭。眼淚搞糊了視線，光看到三個人直矗矗的人頭，看不清表情。

「嫂嫂。」是良七叫了一聲，他那個方向的人影動了一下。靜敏垂下頭來，在手袋裡找手帕。她擦眼淚的時候聽到良七又喊了一聲：「嫂嫂。」

她答應：「嗯。」

視線又清楚了。良三跟涼四都垂著眼，面無表情。良七年紀輕，還不大把持得住自己，坐在那兒，臉都迸紅了。

靜敏看他，他突地立起來：「什麼嘛！」他說，聲音都變了腔：「還找我幹麼！」

良四拉他：「你坐好。」

良七坐下來了。靜敏看到他眼睛紅紅的，她嫁過來的時候，良七才念小學，一直到上高中，同她這嫂子感情最好。現在好像也只有他同情她。她心一酸，眼淚又下來了。

良三慢慢地說話：「前頭不是講好了嗎？叫你不要哭。」他停了一下，仍是上對下的口吻：「這又不是家裡。」

靜敏抹眼淚。

良四的角色是調劑雙方的氣氛的。他當下應話：「嫂嫂，不要哭，三哥又沒說不要你。」

良三說：「是呀！」他一點也不慚愧：「只是暫時這樣。現在她鬧得厲害，騙騙她。」「她」是指那舞女。

他說那女人的時候，嘴角悄悄地迸了朵笑，只有那一剎那。靜敏看得清楚，不懂他怎麼這麼寡情，總算是夫妻七年。他現在或者是種控制住局面的得意吧！別的男人有外遇，總弄得雞飛狗跳的，只有他，一切安排得好好的。完全拿她不當回事。現在還要她把房子讓給那個女人，而且算定了她會聽話。

良四說：「三哥給你租的那房子，雖然小些，是套房，什麼都齊全的。」

良三說：「住起來很舒服的。」他皺著眉，不是苦惱，是種嚴峻，決定性的表情：「我每個禮拜都會去看你。」

沉默。靜敏拿面紙擦眼淚，極輕的沙沙的聲音，還有他自己吸鼻子，一吸一吸，氣息長長的，像害了病。

良七抱著手膀，很陰沉地盯著她，好像突然成了她的敵人。良四一向是家裡最滑溜的，這時候臉上是適當的凝重表情。良三則呆著臉，好像要睡著了。他難得有這樣和氣的表情，或者他也有良心的，也在這件事上頭感到一點點不忍。

靜敏終於說話了：「爲什麼？」

三個人都看著她，靜敏又不說了——她垂下頭來整理一下思緒，有點驚奇地發現自己沒有想到什麼。

這也算是女人一生的大事。男人有了外遇，現在要跟自己分居。可是她想不出一些別的什麼來，連哭都不大想。爲什麼剛才會哭，也許只能歸因於她一向愛哭。也許她給嚇到了，想不到自己生活裡會出這種事。也許她覺得不高興，這種事應當在家裡講。結果把她帶到這裡來，四個人圍個大圓桌子，就像馬上要開飯。他們兄弟圍著圓桌的那邊，這裡只有她一個人坐著，好像她跟他們全不相干。

她應當有點合適的想法才對，比如指斥一下良三的忘恩負義，「我做錯了什麼，你要對我這樣。」電視上演過很多。至少也該一下子暈死過去。可是她光是健康地不痛不癢地坐著，手在桌子底下絞手帕，絞得硬硬的再轉鬆回來。她看到地毯上讓菸燙了一個洞，那是深紅底黑紋的地毯，不仔細還不大看得出來。她又拿手帕擦了一下臉，估計現在臉上是沒有樣子了，恐怕鼻子都肥了起來。她忽然很慚愧，要分手的時候，讓他看到自己這樣醜。

良三說：「她六月就要生了，需要大一點的房子。」

靜敏灰心起來。她應聲：「哦。」一談到孩子，她就覺得灰心乏味，她跟良三沒有孩子，可是她不知道他是怎麼想孩子的，他從來也不說什麼。她忽然又想哭了，又開始亂七八糟掉眼淚，男人們都安靜著。她分明地見著了眼淚落在裙子上，眼淚聲音好像很大，真是啪答啪答落雨一般。

雅室的門呀地推開，服務生現在才進來，也是這家生意太好。靜敏垂首坐著。良三說：「還是吃點什麼吧！這店子是出名的。」

他靜靜地翻著菜單，平穩地徵求其他人的意見：「來道蝦球好嗎？」

服務生刷刷地記在單子上。

良四說：「來點清淡的，三哥，你這是不成的，小心血壓高。」

良三點了四菜一湯。

服務生離開。靜敏垂頭說：「我想上洗手間。」

良三說：「去吧！」

靜敏離座，窸窸窣窣在皮包翻東西，終於決定連皮包一起帶去。那三個男人寧靜有禮地坐著。良四甚至做了個微笑。

靜敏合上門。隔著門是那一家三個男人，叫她妻子叫她嫂子的，可是這下她是給關在門外了，她一下有點茫然，忘了自己要做什麼。她發了一會兒呆。聞到飯館廚房飄過來的香氣，熱烘烘的。她沿著通道走，通道底是廚房，看到廚師的白帽子、白圍裙和不鏽鋼廚具。轉過彎來是餐廳，隔著許多張桌子椅子和人群，自動門就在那兒。自動門是咖啡色，映出來的外面像是夜晚。靜敏看著，很想走出去，人聲嗡嗡的。但是走出去又能怎樣呢？她覺得有點心煩，結婚七年來一直依賴著良三，她連單獨出門都沒有過，這地方還不知是哪裡。而且她還沒帶什麼錢，因爲總跟著良三。現在是給他帶到這裡來講這些事。相信他，他就把人不當回事。

她又氣自己不爭氣，怎麼連錢也不帶呢？她沒辦法的事多著，向來出門是良三把車子開來開去，她懷疑自己就算坐了計程車，能不能把地方指點給司機聽，總之是無能，不怪人家要來用張舊報紙樣地甩掉自己。

她只好去洗手間。在鏡子裡看到自己果眞是花容零亂。她洗了臉，對著鏡子描妝。眼睛哭了一陣，倒是清清亮亮的。她注意鏡子裡的自己，覺得過於精神了，不像是剛受到打擊的女人。可是爲什麼要把這件事當作是打擊呢？她覺得自己並沒有那麼愛良三。他們的婚姻是媒人撮合的。是很平靜不費力的婚姻。或許良三對那女人的感情還深些，他一說起那女人，有很特殊的表情。

可是她剛才哭那麼多，良三恐怕要以爲她崩潰了。他全部的心思只想到要震懾她安撫她，不願她糾纏不放以致失態。他可不知道她根本不在乎。她一直哭，因爲怕。而且想到自己要三十歲了，突然變成被遺棄的女人。早幾年的話她還年輕些。年輕時被遺棄比較上有什麼好處，她一時也想不清楚。不過一切事年輕時總要好些。她開始有一點點恨良三，彷彿正暖暖地泡在熱水池裡，良三過來澆人一頭冷水。過後她開始細細地打扮，爲良三，她一直是爲良三打扮的。又把眼線擦掉了，也是爲了良三，顯得太容光煥發，良三也許要難過的。他一直認爲他在靜敏心裡頭有分量。

回到房間裡，三個人已經在吃了。良三抬頭瞄她一眼，說：「吃一點吧！」

這又是很家常的感覺，一家人坐著吃。良七完全不看她，靜敏不知怎麼，感覺道他那強烈的羞愧感覺，彷彿席上眾人，光他一個做錯了事，她知道良七同情她。良四也許也同情，可是他沒有那麼強的道德感，他很挑剔地夾了塊荷葉蒸肉，小心地用筷子把荷葉翻開來，良三一吃起東西來總是心情很好。他慢慢地談是如何發現這館子的。像尋常一般指點著菜對靜敏說：「靜敏，你研究一下這道菜，人家做得是眞好。」

良四問：「她這方面不大成吧？」他不看靜敏，不是說她。「她那種出身。」

良三略微遺憾了：「就是呀！」

靜敏默默坐著，有些難過，當著她，就這樣談起那個女人來了。

良三像要安撫她：「靜敏的菜做得好，那是難得的。」

他賞識她也許就這一樣，良三非常講究口腹的。事實是他們家的男人全是。想到良三那個女人是不會燒菜的，靜敏一下子同情他了，不知怎麼，一下看他是別的男人，同情他妻子不好，忘了他是自己丈夫。靜敏說：「以後你吃不到了。」

良三停下筷子看她：「什麼？」

「我的菜呀！」靜敏慢慢應道。她忽然有種鬆懈的感覺：「我不想分居。」

良三頭一下抬正了起來，彷彿有點變了臉：「剛才不是說好了嗎？」

「我們離婚吧！」

靜敏也覺著了一點得意，那是那三個人一下全抬了臉，都看著她的時候。雖然表情不一樣，而且良七瘦，良三是個圓臉，可是他們家男人長得眞像。

靜敏是這樣子離了婚，說出來人總罵她：「哪有那麼笨的。」

劉汾也罵她：「哪有你那麼笨的，你跟人說那麼清楚幹什麼，誰也不會同情你。」

劉汾比她還小兩歲，也離了婚。她的婚姻是另一種，念高中時懷了孩子，迫不得已結婚，婚後過不慣就離了。滿二十歲以前，女人這輩子的大事全經過了。現在孩子養在娘家。她保持得好，看不出來生過孩子，跟前夫還常有來往，她說：「不要他做丈夫，我就覺得這個人眞是可愛。」

分手的時候，良三給了點錢，就拿這點錢開了家工藝材料行。店子小，沒有用人，平常忙不過，劉汾會幫著招呼一下，她在對面開洋裁店。閒的時候愛過來聊天，兩個人一塊坐在店面前的台階上，像小學生。巷口有風送過來，下午，涼涼的。

劉汾慣是一屁股做下去，兩腳一叉，天熱了她穿短褲，就手「啪」打了靜敏一下：「你怎麼這樣秀氣，我以爲哪兒來的大小姐。」

靜敏是抱著膝蓋，腳縮到裡面的坐法。拘束慣了，一下子敞開不來。

劉汾心不大在，邊看巷口，她兒子快放學了，念小學四年級，已經好大的個子。劉汾呱啦講著報上登的崔苔菁的新聞：「離了婚怎麼還那麼恨他。我跟小丙一離婚我就不恨他了，嘴也不吵了，架也不打了。」小丙只大她一歲，夫妻倆火氣都大。到現在都不算是夫妻了，小丙來過夜的晚上，他們樓上有時候還是一樣乒乓亂響，隔天垃圾桶裡盡是砸壞的東西小碎片。「小丙今天來。」她漫漫地說，心裡有事。

「是呀！」靜敏應她，「最近你們是不大吵了。」

「咦！」劉汾驚詫，「那算什麼吵架，你不知道我們從前，簡直像我是男的，跟我打咧！」她下結論：「小丙現在成熟多了。」

巷口有人進來，劉汾眼尖，看出來了：「喂！謝小弟又來了。」

她是用調笑的心理喊良七「謝小弟」。坐在台階上懶懶地啦嗓子喊：「嗨！謝——小——弟。」

良七臉僵僵的過來，劉汾不管，拉他坐台階上：「喂，好久沒來了。」

良七先越過劉汾跟她打招呼：「靜敏姐。」

忘了他是什麼時候開始改口叫靜敏姐的。靜敏應：「我拿杯冰水給你。」端了兩杯冰水出來。靜敏留心到良七的背影，他很明顯的瘦了，襯衫裡空蕩蕩的。

坐下來就問：「怎麼瘦了好多？」

劉汾代他回答：「他考試，熬夜。」

她喝光冰水，回自己店裡去了。

靜敏跟良七一塊坐在台階上，中間是劉汾離去那塊空白。風吹著，有奇怪的感覺。彷彿坐得很近，又有距離。

良七常來看她。謝家的人唯有他一人過不去，總是心事很重的，講起話像跟自己生氣：「要滿月了。」

良三那兒生了個女兒。良七垂頭看著自己鞋子：「三哥本來想兒子。」

「哦。」靜敏柔和回答，「男人都這樣。」

良七耍抗議：「我不會。」他說著把臉轉過去。

「你還早吧！」靜敏笑他。臉對著良七的後腦，他頭髮老長，厚厚雜雜的一大絡❶。她說著手就伸過去，拉著良七的髮尾：「頭髮好長哦。」

良七吃了一驚，胡亂應道：「誰給我剪！」

「我給你剪好不好？我手藝不錯啦！」她是雜誌上看來的，眞正動過手的只有劉汾跟她自己。她把腦袋轉給良七看：「你看我的頭，我自己剪的。」

轉過臉來時，良七正凝定地看她。憋住什麼的神氣，眼睛裡汪汪亮亮的，靜敏情不自禁地愛嬌起來，她偏臉問：「好不好嘛！」說完了自己先詫起來，良七向來是自己的小叔，看著他長大的，可是那一下，他是個男人。

她仔細地直找了張床單把良七渾身圍起來，怕他熱，拿風扇對著吹。先用噴壺把頭髮噴濕，頭髮濕透了貼著腦門，頭一下子小了許多。良七乖乖坐著，渾身包起來、光剩個腦袋任她擺布。靜敏先用夾子夾頭髮，跟良七說：「像個女生。」她垂眼笑著，良七翻著眼向上看她，頭不敢動。

她說：「你記不記得小時候我老給你洗頭呢！」

良七說是。不知爲什麼要答得這樣正式。靜敏光是想笑，以前接觸良七時，他還是個橫頭橫腦的小男孩。現在他眞是長大了。大半期末考忙的，連鬍子也沒刮，黑色那麼明顯小椿椿。年輕男孩的皮肉潤潤的，給人好乾淨的感覺。良七抿嘴坐著，這孩子慣愛擺這種臉。

剪下來的頭髮有菸味。靜敏嗔：「多久沒洗頭啦！」

良七說：「沒人給我洗嘛！」

「你的手呢？」

「被你包起來了。」他的手在白色被單下動了動。

靜了半晌，靜敏說：「反正我不給你洗哦。」又說：「懶。」是放學的時辰，巷口漸漸有學生進來。有學生來買線，女孩子一群巴著櫃檯前，靜敏去招呼。她這店子的生意總這樣，一來一大群。女孩們有跟她熟的，咕咕猛笑：「老闆娘，你會剪頭髮呀！」

良七愣頭愣腦坐在櫃檯裡，頭上還夾著夾子，他閉了眼，像生氣，怕是眞窘了。靜敏喚：「良七，你去坐裡面。」裡面是她自己住的，良七到後面去，她跟人解釋：「我小弟。」又跟另一個女孩解釋：「我小弟啦！」其實人家沒注意她的話。她教了幾個人針法。把顏色和花編本子攤出來給人看。忙了半天才對付完。一忙完就進裡面去。店堂與內室只拿簾子擋著。她掀簾子進去，喚：「良七。」

良七已經把被單解下來了，坐在床上翻電視週刊看。簾子從背後嘩啦垂下來，是她自己編的木珠簾子。世界在外面，可以看見，是零零碎碎的。

房子裡單擱了一張梳粧臺裡，一張單人床，一張椅子，角落擱著材料和紙箱。良七坐在裡面。她忽然覺得房子小了。她有些拘束，背貼著簾子站著：「良七，你生氣啦？」

「沒有。」良七把書放下：「靜敏姐，你變了，變得比較能幹。」他把手一擺，突然帶點陶氣：「不是說你以前不能幹哦。」

「來剪吧！」

現在就把良七推到妝鏡前，剪了半天，她發現良七光在鏡子裡看自己。遂停了手問：「怎麼啦！」

「什麼怎麼啦！」

「你一直看我。」她把臉板起來，做潑辣狀。良七是她看著長大的，她不怕他。

良七說：「那不然我看誰？」

「看你自己呀！」

良七又答是，兩人是撐不住地要笑。靜敏小心地問：「有沒有女朋友呀！」

「還沒有。」他連笑都抿緊嘴，顯得孩子氣得厲害，靜敏在鏡子裡望著他，突然的有點心亂。良七那清楚的五官，也許是照在鏡子裡，異常的明亮，他的下巴是狹狹削過來的，極平滑的輪線，很漂亮。手底下他的頭髮一搭搭，全是濕的，絲絨似地黑亮。她覺得自己沒有辦法控制似的，要癱到良七身上了，她的頭沉了沉，良七的氣味泛上來，是菸燥帶汗臭，全很淡。她這裡簡直就沒男人來過。

靜敏怕自己。

她說：「我看看外面。」掀了簾子出去。

良七跟了她出來，他把被單又解了，頭上是夾子。靜敏想笑。又掀簾子進去。良七又跟進來。

他忽然就說了：「靜敏姐，我喜歡你。」

他自己抵著門簾站著，世界就讓他擋著了。那麼滑稽、濕的，沒剪完的頭髮，夾子是灰白色，像頭上棲著大飛蛾。他也害怕，說完了抿緊嘴站著，也是個大人，卻一下子瘦寒得厲害，讓人想摟著在懷裡哄。

他也許這件事想過許久了，說出來了像繃緊的弦突然鬆開。臉上不笑，神色像定了心。

兩個人都不知該怎麼辦，只是站著。最後是靜敏講：「過來剪吧！」良七過來安坐在鏡子前。

她開始哭。這一點大概一生都不會變。良七要站起來，她按他坐下。一邊眼淚滴答掉著，落在他頭髮上。她一邊剪一邊抹眼淚。良七發急道：「靜敏姐，我，對不起。」

「沒關係，我就是愛哭。」

良七給嚇著了。靜敏覺得自己可怕，又不是很兇猛的哭法，光是無聲的，一下子眼裡蘊了淚水，像是日子過得多幽怨。其實不是，離了良三，她覺得自己過得挺好，男人也不是頂重要的。她一鬧情緒總要哭，看書報、電視、電影，總哭得好傷心。她自己想著又笑了。良七在鏡子裡看她，放了心，害羞地回了個笑。

靜敏說：「我就是愛哭，跟你沒關係。」

她仔細地剪他的頭髮。她有點喜歡良七，可是沒有喜歡到那程度，他還是小，看他那放了心的樣子。她氣自己，離婚還不到一年，聽到男人說喜歡自己，居然還哭了呢！

「良七，你亂來。」靜敏說。覺得口吻不大正派，於是拿剪子敲了他一下頭：「我是你三嫂吔！」

剪好頭髮，她幫他洗頭，窄窄的洗澡間，兩人擠在一塊，良七彎了腰，頭髮浸在洗臉池裡。靜敏左手越過去夾著他的腦袋。這麼親近的一個男人，像弟弟、愛人，像兒子。

流水嘩嘩，涼涼滑動的水，流過她手指尖，她手指尖是他一條一條的髮，黑色小蛇般蜷在手背上，浸在水裡的髮漂開來，絲絲絡絡，非常整齊美麗。她也許一輩子記得這些。下午，室外沒有人聲。老風扇在前面店堂裡轉，轟轟過來，又轟轟過去。浴室裡是房子本身的舊，帶著腥腥的腐味，上面浮著洗髮精的草香。良七本身的汗濁氣。他低著頭，給水澆濕了，觸得到的部分全是涼的。他很乖，安靜著，可是好大聲地吸著氣，她曉得他在憋著，她自己也憋著，小心地屏息著，一次只呼吸一點點，可是憋不住的時候就又幽又長地冒出來，像嘆息。兩個人緊張地貼擠在一塊，良七大聲喘著氣，好像曖昧了，可是沒有。

這以後她就不大能安定。總是心惶惶的。把店頂了出去。開始給保險公司跑外務，只有這個工作好找。

每天夾了大包包，見人笑臉先堆起來。她都不相信自己會幹這個。她也並不是能說會道，可是長了張誠實的臉。拉保險時並不跟人強推強銷，只是坐著，資料全攤出來，老老實實唸相關的部分。人說什麼，她都光是答應：「是的。」緩緩地，拉長音調講。讓人覺得她有話說，不敢講。客戶很難避免這種憐恤的心情，如果拒絕了她，總過陣子又打電話來。她業績很好，開始往上爬，做到了主任。

她現在黑了，也瘦了。穿著牛仔褲，因爲方便，變得比較不那麼拘謹。眼睛亮亮的，也會坐著時把腿擱得老高。她的笑容是熱誠明亮，老實不帶心機，讓人見了戒心先去一半。

跑保險時碰到了屈少節，兩人不久就住在一塊，這次是她了，她是那另一個女人。她知道他結了婚。可是她喜歡他那副倔倔的樣子。四十來歲，給寵壞了的男人，到現在都還不知道要怎麼生活。他在家貿易公司做經理，靜敏闖進去。那是間發亮的辦公室，全是玻璃、不鏽鋼、壓克力、塑膠、鋁與鐵。秩序而明亮。屈少節坐在桌子後頭，乾淨的臉、頭髮，西裝筆挺。他根本不耐煩她，臉繃著，倔倔的，他保過險了。他不需要保那麼多的險。他不願意談這件事。對不起，他還有業務要處理。

他維持了禮貌，送靜敏到門口。他身上甚至噴了香水，是青橄欖的味道。

靜敏決定自己要他，那時候她三十三歲，在社會上歷練了四年，開始變成個有把握的女人。除了她自身的修飾裝扮，她學會運用人，懂得什麼人要怎麼應付，懂得什麼話會產生效果，她心思細密，肯靜靜聽人說話，結果學到了體會別人的感情波動，能窺測別人的想法。

她明白屈少節是什麼樣的人。

她第二次去，打扮得極女氣，薄紗的衣裳，頭髮貼著腦門。她只占了他十分鐘，並不談保險。

後來她經常去，坐的時候長了。有時候一塊去吃飯。她那時整個愛上他了，突然全無腦筋，什麼也不考慮，就光想見到他。她的把握全失去了，她每天打扮得漂漂亮亮，輕飄飄地到他辦公室。她端莊地坐著，腿縮在椅子下。盯著他，整個人流麗。任何人都可以看出她滿得像裝實了的水瓶，一碰就要溢出來。只除了他，他那頂好看的濃黑眉毛，倔倔地蹙起來，他是個煩惱的人。見面總把眉一抬：「又來拉保險？」

靜敏自己受不住了。她發現自己當眞戀愛起來，反倒怕了，她擔不起這樣認眞。她愛他愛到覺得自己全身洞明❷，在他面前，她靈敏得像含羞草，一點點動靜她都縮起來。都這麼大了，玩這些不是太老了麼？她停止去看他。彷彿把他全忘了，但是不能死心。她終於又去了，決心把這件事澄清下來，她就連他對自己什麼想法都不知道。

屈少節還是老樣子，像這麼久的時間，他釘死一樣坐在辦公室桌後，一步也沒離開過。他抬頭，濃黑眉毛一跳一跳：「又來拉保險？」

他連詞也不改。靜敏又哭了。

她終於拉到了保險。不久他們就同居在一起。

這麼多的事，講給劉汾聽，好像又很簡單，三兩句就交代了：「我要他保險，他老不保呢！我天天去纏他。」手上抱的是劉汾新生的兒子，又胖又重，墜得手痠，她換個手抱。劉汾接過去，「我來吧！」

她問：「後來呢！」

靜敏說：「後來我們就熟了，他也保了險啦！」

劉汾看著她，下斷語：「我看你現在過得很好。」她解釋：「你看上去很漂亮。」

「哦。」靜敏失笑。

劉汾又跟小丙結了婚。兩人在市區裡開了餐館。劉汾現下是坐鎮櫃檯的老闆娘，發了福，坐在櫃檯裡，白白胖胖像剛出籠的饅頭。她把小孩放在櫃檯上，給他抹口水。

靜敏逗他：「我們別的不要，光要吃這個小豬哦！」啃那孩子：「吃一口，吃一口。」

有客人進門，服務生招呼不來，老闆娘親自下海，劉汾嚷嚷：「坐這裡！要點什麼？」

這孩子下地就認了靜敏做乾媽，熟得很，孩子給逗得直笑。靜敏懷疑自己是不是不能生。或者是年紀到了，她極想要個孩子，少節的孩子。

劉汾過來拍她背：「靜敏，那桌客人問起你。」

「哪一桌？」這是常事，她本來見過的人多，跑保險跑的。

「我帶你去。」靜敏笑咪咪的，抱著孩子，一張張桌子擠過去。那桌上坐了對夫妻，帶兩個孩子。那位太太老遠就盯著她看，很謹慎的。那男人給孩子擦手，偏著臉，直到靜敏走近了……才抬起頭來。

是良三。

靜敏喊：「是良三。」確實有點驚喜。雙方都各自介紹過。劉汾把孩子抱走。靜敏熱烈地又說：「好久不見了。」

是這麼多年的閱歷練出了她這種見面招呼，良三詫了一下，帶了笑，他一樣客氣的：「你變了很多。」兩個人這時候是沒有過去的。良三也像初識的人，靜敏覺得忘了許多事了，良三過去不是這樣，可是她記不起良三從前的樣子。

她扶著椅背站著。他們一家四口正好占了桌面四周的椅子，毫沒有讓坐的意思，靜敏於是老實不客氣地挨著那個大女孩坐下來。這也是過去的靜敏沒有的舉措。她看到良三那奇怪的表情。良三又說了一遍：

「你變了很多。」

「人總是要變的。」靜敏笑。她現在怪異的感覺到出現了兩個自己。她很少想到過去的自己是什麼樣子，但是守著良三，從前的自己就出來了，她忽然強烈地感覺到了現在的自己和過去的自己許多差異。

她笑，托著臉，懶散的。知道自己使那個女人不安：「良三，你也變了。」

「沒有。」良三連忙否認。

「胖了。」

「沒有。」還是否認。良三突然老實得有點可憐。

兩人談了些近況。良七出國了，小妹嫁了。靜敏爲了面子，謊稱自己結了婚。良三聽了直了眼問：「那是你兒子？」

他是指劉汾的小孩。

靜敏半眞半假的：「是啊！」

良三突然衰頹了，掙扎半天，他遺憾地說：「想不到你也能生兒子。」

桌面上有另外三個女人，良三的妻和良三的女兒，她們安靜地發著呆。靜敏很了解做良三的妻子是什麼滋味。她帶點憐恤地看那女人。穿素色洋裝，非常安靜溫順。她認識良三時是舞廳裡最紅的，現在也還看得出人是漂亮，可是她有點灰撲撲的。

那就像那個女人代替靜敏在良三身邊活下去，灰暗、溫靜、安分守己。或許她也很快樂，靜敏從前也不是活得不好。因爲那個女人，她現在在過另一種生活。她覺得自己現在比過去好。她主動跟良三的妻子微笑，善意，可是管不住自己想胡調❸一下。她問：「良三晚上睡覺還不愛刷牙嗎？」

良三夫妻都變了臉。良三笑：「呵呵。」那女人氣了。她也許不像表面那麼溫馴。她這下又是她自己了，不是另一個靜敏，她也沒有要哭的意思。或許回去她會跟良三吵鬧。

靜敏回到劉汾這兒。她特爲叫廚房吵一盤敬菜❹給良三夫婦，向廚房走，從廚房飄來白色的熱氣，廚師的白衣，亮晃晃的餐具，在許多年前也有這麼個印象，爲什麼飯館的廚房都是一個樣子。

可是她現在不同了，她現在是個自主、有把握的女人。

註釋

❶絡：音ㄌㄧㄡˇ，計算絲、線、髮、鬚等的單位；許多絲線合成一股稱一絡。

❷洞明：洞察明白。

❸胡調：調音ㄉㄧㄠˋ。胡調即任意擾亂別人，任意調戲。

❹敬菜：餐館裡給客人準備的不收錢的菜。

綜合討論

〈自己的天空〉故事、人物都十分簡單，作者不甚著重情節的敘述，甚至對於重要轉變的來龍去脈也不仔細交代，而寧願以極冷靜的筆觸，用慢鏡頭加細部特寫的方式去展示細微的心理變化；加上刻意經營的意象，為我們呈現了一個女子的蛻變：如何從一個「以夫為尊」而缺乏獨立自主性的女子，逐漸變成為「有把握的女人」，並擁有了「自己的天空」。

故事可分為三個階段。一開場就是主角（靜敏）在哭，地點在餐廳，因為她先生有外遇，而第三者要生小孩了（她一直沒有生孩子）。所以先生似乎十分有理地要與她分居，還十分「負責」地要照顧她的生活。然而，出人意外地，靜敏不要分居，要求離婚。

這一段最重要的意象，就是「哭」。事實上，「哭」貫串了全文，三個段落都有「哭」，但每次哭的原因都不同。這一段的哭，並不是因為先生的背叛，其實她心裡「連哭都不大想」，「他（良三）可不知道她根本不在乎。她一直哭，因為怕。」所以，這裡的哭，是因為靜敏沒有獨立生活的能力，連出門怎麼坐車都不知道。然而，她毅然選擇了離婚（別人都笑她傻），拒絕了先生的照顧，走出了邁向獨立的第一步。

第二段，靜敏開了家小店獨自生活。此段加入了一個與靜敏對照的劉汾。劉汾也離了婚；坐姿是穿著短褲卻大喇喇地叉開兩腿，而靜敏則是「抱著膝蓋，腳縮到裡面的坐法」。而良七（靜敏前夫的弟弟）念高中，來找靜敏，兩人之間有一點點曖昧的情愫。良七說：「靜敏姐，我喜歡你。」靜敏聽了又哭了。並不是因為她喜歡良七，「她有點喜歡良七，可是沒有喜歡到那程度」，而是「她氣自己，離婚還不到一年，聽到男人說喜歡自己，居然還哭了呢」！

前一段哭，是因為經濟上不能獨立，對前途感到害怕。這一段哭，則是感情上還不能獨立。

然而，靜敏喜歡良七，表示她開始有了感情上的主動權。但是，她還是太重視男人了；在這裡，作者用了「門簾」的意象：「簾子從背後嘩啦垂下來，是她自己編的木珠簾子。世界在外面，可以看見，是零零碎碎的。」「他（良七）自己抵著門簾站著，世界就讓他擋著了。」所以，她要衝出門外，離開這個地方。

第三段，靜敏變身為能夠賺錢、能領導部屬的都會上班女性了。經濟的獨立已毫無問題，現在面對的是感情的獨立自主。她遇到有婦之夫屈少節。「靜敏決定自己要他，那時候她三十三歲，在社會上歷練了四年，開始變成個有把握的女人。」但一旦陷入戀愛，她似乎又要失去自主性了。「她那時整個愛上他了，突然全無腦筋，什麼也不考慮，就光想見到他。她的把握全失去了，……」靜敏對此十分自覺，她似乎感覺到獨立性比愛情更重要，於是「她發現自己當真戀愛起來，反倒怕了，她擔不起這樣認真。……她停止去看他。彷彿把他全忘了，但是不能死心。她終於又去了，決心把這件事澄清下來，……」靜敏再去找屈少節，顯然並非沉陷在「愛情」的漩渦中，而只是因為她不死心，要有一個了斷，好「把事情澄清下來」。然而，屈少節還是那個老樣子，她又哭了。

這一次為什麼哭？作者並沒有交代。（你認為呢？）不過，最後的結果，似乎還不錯，因為劉汾看到她之後，「下斷語：『我看你現在過得很好。』她（劉汾）解釋：『你看上去很漂亮。』」靜敏經濟自主之後，似乎也過了最難的「感情自主」這一關。

最後，靜敏又碰到了良三一家，還是在餐廳裡。（在哪裡跌倒，就要在哪裡站起？）一樣有亮晃晃的不鏽鋼餐具。（在第一段的餐廳以及屈少節的辦公室裡都出現過。這代表什麼？男性世界的秩序？）他調侃了良三（這個始終沒有變化的男人）。她是個勝利者嗎？似乎也不是（讓良三感到挫折的是她也生了小孩。但事實上那是劉汾的孩子），她根本沒有必要去爭勝，因為那還是在男人的價值觀之下的遊戲。重要的是，「她現在是個自主、有把握的女人。」

對這篇小說，有一點最值得我們注意的是：作者為為什麼要讓靜敏去愛上有婦之夫呢？我們要知道，這篇小說的主題，並不是婚姻與愛情，而是女性的獨立與感情自主。所以，小說並不描寫靜敏被先生的外遇所打擊（因為她與良三是媒妁之言的婚姻，本來就沒那麼愛良三），而是描寫靜敏因此而有的蛻變。同樣地，靜敏愛上屈少節，也並不是說她的愛情圓滿或修成正果，而只是突顯她在「感情」這件事上的自主性。願意去愛一個有婦之夫（她也可以選擇不去愛的。原先只是為求一個「澄清」），顯然比愛一個正常的對象更能顯現出她在感情上的勇敢與自主；至於道德不道德、適當不適當，就不是本篇小說所關心的問題了。附帶一提，在這裡，我們可以看到文學的特殊性：在現實生活中不能分割看待的事情，在文學之中卻可以。「攻其一點，不及其餘」，這是文學特有的方便。

本篇寫作於三十多年前，其女性意識的主題鮮明突出，為作者贏得了廣泛的注目與稱譽。此外，在意象營造上，也有不少值得稱道之處。除了「哭」、「門（簾）」、「不鏽鋼用具」之外，還有像做菜、洗頭、地毯、小孩、狹窄的室內等等，都可以構成一些意象，給人聯翩聯想，有助於體會小說的整體氣氛與主題。此外，張愛玲式的敘述風格，也被認為運用得十分成功，與女性心理的主題相互呼應。總之，本文可謂是臺灣小說史上的一部有「標誌性」意義的作品。

單元八

性情的春光——現代散文、現代詩選

單元大意

現代文學

所謂「現代」，指的是現在所處的時代，故在時間上，相對於古代而有著革新與進步的寓意。「現代文學」乃相對於古典文學而言，一般以西元一九一七年《新青年》刊載胡適〈文學改良芻議〉與陳獨秀〈文學革命論〉為分水嶺。「文學革命」一開始走語體的改革，主張以白話文取代文言文，故又稱為「白話文運動」。繼之以內容的革新、技巧的轉變與西化的影響等訴求，逐漸形成現代散文、現代詩、現代小說、現代戲劇四大文類，現代文學遂呈現著絢爛多彩、百花齊放的萬千姿態，陳義芝形容為：「詩似朝曦，小說似赤日，散文如夕照，戲劇好比星空。」學者為了研究所需，又將「現代文學」按照時間劃分為兩個時期：自文學革命始，至一九四九年國共分治止，一般稱為「現代文學時期」；一九四九年以後則稱為「當代文學時期」。就區域而言，當代文學包含了臺灣當代文學與大陸當代文學。另外，由於特殊的歷史背景，臺灣日治時期（西元一八九五～一九四五年）的現代文學，深刻展現了此時的臺灣經驗與精神，亦卓然可觀。

現代散文

所謂散文，在古代本與駢文相對，強調其散體性與非韻性，故方祖燊將散文定義為：「散文，就是無韻而句式不整齊的文章。」清末民初隨著西方文藝思潮的傳入，散文吸收了西洋小品文（essay）的概念，強調隨筆而寫、自然親切、幽默風趣等特質，產生了不同於古典散文概念的現代散文。

過去將現代散文簡單地按照體裁區分為記敘文、論說文、抒情文、應用文。除開應用文乃是因應日常生活或社交所需而產生的實用性文體外（例如書信、日記、柬帖、公文、契約、廣告、演講稿……），當前作家們為了顧及寫作時的需求與變化，創作時多半融敘事、說理、抒情於一爐，使得現代散文兼具知性、理性與感性之美，可用張春榮的「四言」來概括其特色，亦即「言之有物」、「言之有序」、「言之有趣」與「言之有味」。具體而言，鄭明娳主張現代散文應該是作家們有自覺的創作，其要求有三：

一、內容方面的要求：必須環繞作家的生命歷程及生活體驗。

二、風格方面的要求：必須包含作家的人格個性與情緒感懷。

三、主題方面的要求：應當訴諸作家的觀照思索與學識智慧。

上述說法可視為現代散文創作或鑑賞時的參考指標。

現代詩

現代詩，或稱為「白話詩」，或稱為「自由詩」，或稱為「新詩」。「白話詩」相對於文言詩而言，強調語體的改革，呼應了白話文運動；「自由詩」相對於古典格律詩而言，強調隨心所欲，不受拘束；「新詩」相對於古詩而言，強調鼎新革故、以新代舊的精神。而「現代詩」一詞，廣義上是指「現代人」所寫的詩，也就是「現代」的詩。如前所述，由於「現代」寓意著日有所新，日有所進；再加上現代文學的四大文類：現代散文、現代詩、現代小說、現代戲劇並列的觀念深入人心，故以「現代詩」為其通稱較為適宜。此說亦符合了張雙英所稱：從「白話詩」而「新詩」而「現代詩」，應是中國與臺灣詩歌發展史上，一條雖然曲折卻也是生氣勃勃的道路。

中國是詩歌的民族，傳統強調「詩以言志」，認為詩是用來表達自己的心志意向。現代詩也不例外，入門之法則在於蕭蕭所謂「詩以文字形成意象」，詩人心中的「意」，必須轉化為「象」，才能傳達到讀者的心中；讀者再經由此「象」還原出詩人心中的「意」，所以說「意象是詩的第一個面貌」。有了意象的概念後，現代詩的寫作，可簡單依循下列步驟進行：一、選定主題；二、想像感興；三、組織斷句；四、修飾成篇。

最後要說的是，臺灣現代詩的走向，一日千里！不論是周慶華等人所說的現代詩從「前現代寫實性的模象詩」，演變到「現代新寫實性的造象詩」，再到「後現代解構性的語言遊戲詩」和「網路時代多向性的超鏈結詩」；抑或是丁威仁簡單地歸結成「從現代與本土走向都市與網路」；現代詩在形式與內容上不斷地推陳出新，未來是否還會出現重大的變化與發展？值得我們持續觀察，翹首期盼。

臺灣當代散文與當代詩

本單元收錄臺灣當代散文與詩歌，期望年輕學子跟上時代的脈動，傾聽在地的聲音；在取材上，則以「青春」為題，選擇新生代以迄中生代作家，作品內容含括他們對於青春的經歷或理解，以求貼近學子的心靈。〈我想有個家〉寫遷移，寫歸宿，主訴年輕人對於經濟安定與生活平穩的幸福期許；〈在最孤單的時光〉寫孤單，寫寂寞，透露青春期不被理解與渴求認同的幽微心事；〈路過時，我會在妳門前道晚安〉寫失戀、寫相思，描摹愛情的不可捉摸與難捨難棄；〈在隔壁〉寫死亡，寫親情，牽涉了生離死別的經驗與生命的不可逆轉；唯一較為不同的是〈人文是為了追求連結〉一篇，是從「也曾青春」的大人角度，告訴年輕學子人文素養與專業學識的差別，希冀他們能夠正視人文的重要性，進而把握青春歲月，充實人文內涵。

俗諺有云：「過了青春無少年。」青春是踏入社會前後的過渡時期，此時的青少年，外表看似成熟，內心卻又保有童蒙的天真；渴望擁抱世界，卻又害怕被現實所傷。他們可能敏感纖細或被稱做是多愁善感；也可能天真無邪或被誤認是懵懂無知，所以他們憂鬱，他們吶喊，他們憤怒，他們哀傷，但他們也同時擁有無限的想像與希望，是以果戈理說：「青春終究是幸福，因為它有未來。」是的，未來！

子曰：「後生可畏，焉知來者之不如今也。」自古英雄出少年，與所有青春飛揚、芳華正茂的你共勉！

第一課　我想有個家

凌性傑

概說

本文選自《靈魂的領地：國民散文讀本》一書。本書是由凌性傑與楊佳嫻合力編著，精選現代散文，含括成長、情感、飲食、移動、文化抒寫五大主題，希冀打造多重觀點角度的散文讀本。故在選文之外，於文末附錄編者的「閱讀筆記」與「作家小傳」，以求開闊讀與寫的更多空間，讓每個國民透過閱讀而得以觸動靈魂深處。本文收在第四章〈移動〉，書寫的是作家的「歸宿之夢，遠行之思」，是以作者敘述人生迄今「家」的遷移，從兒時的三合院、大二的透天厝、求學就業的租屋地、花蓮的首次購屋與台北即將落成的新居，他一再重複著遷徙遠離，面對多次取捨的惶然，終於即將完成家屋之夢，這一切都可回溯自童年的匱乏。由此看來，挫折乃是成長的養分，在今日經濟不振與社會動盪的壓力下，本文或可稍慰年輕一代面對經濟困頓的鬱結與不安。

凌性傑（西元一九七四～），臺灣高雄人。中正大學中國文學研究所碩士，東華大學中國語文學系博士班肄業，現任台北市立建國高級中學國文科教師，研究領域為極短篇。曾獲臺灣文學獎、林榮三文學獎、《中國時報》文學獎、《中央日報》文學獎、梁實秋文學獎、教育部文藝獎。著有《自己的看法》、《更好的生活》、《有故事的人》、《2008／凌性傑》、《找一個解釋》、《有信仰的人》、《愛抵達》等書。

課文

眾鳥欣有託，吾亦愛吾廬。❶——陶淵明❷

打電話回家跟母親説，我又買了一間房子。這是今年以來做的瘋狂事之一。因爲我已經無法再忍受，住在不屬於自己的屋子裡。年初時有可以老是鄉的心情，迅速地在花蓮購屋置產，似乎想要證明什麼。沒有意料到地，我又一時興起在北城考得教職。爲了解決往後住的問題，匆匆之間，沒有頭期款的狀況下我又做了蠢事，刷卡簽約後才去張羅錢。事後才跟母親報備，我説租不如買，她只有順著我，只是希望我能有定性一點。不要老大不小了，還是改不掉任意妄爲的習性。

那已經是二十幾年前的事了，在舊家的三合院，母親、我與兩個弟弟長期共用一個房間。即使不喜歡，我仍然無法躲避那樣俗濫的成語：相依爲命。直到一九八八年我國中二年級，我們與叔叔一家終於分爨❸，我便接收了叔叔嬸嬸的房間。在那個房間裡，我只有一張小小的書桌，一組木板床，一把吉他、一個塑膠衣櫥、一個人作著簡單的夢。一台CD隨身聽接上兩個小喇叭，就可以聽見全世界的聲音了。

當時潘美辰❹用蒼涼的歌聲唱著〈我想有個家〉：「我想要有個家，一個不需要華麗的地方。在我疲倦的時候，我會想到它。我想要有個家，一個不需要多大的地方。在我受驚嚇的時候，我才不會害怕。」然而在那個家裡，我唯一的願望就是遠走高飛。好幾次我躲進房間，卻沒有辦法不聽見，外頭傳來爭吵、談判的聲音。親族中夫妻婚姻失和、兄弟鬩牆❺、爭產糾紛，不知怎麼的，總是要到我家大廳來說個分曉。公親事主群聚一堂，我只能當作這一切與我無關。大人們是這樣對我說的，進房念書去。書本果然成了我的快樂天堂，讓我找到意義，心靈得以安居。我知道家庭傷人甚深，於是期盼自己哪天經濟能夠獨立，給我的至親一處溫暖的家，以未來的幸福療治過去的傷痛。

我國中時像飼料雞一般，被填塞餵養零碎片段的知識。我相信教育可以讓我翻身，好好念書才有未來。我冷漠地看著新聞，一邊背誦著「朱門酒肉臭，路有凍死骨」❻的解釋與翻譯。臺灣經濟業已大幅成長，國民所得提高。那時都說，臺灣錢淹腳目。然而卻有一群無產的小老百姓，為了抗議當時房地產不合理的炒作、飆漲，以及不健全的房地政策，展開了行動。他們自稱無殼蝸牛❼，在一九八九年八月二十六日，號召上萬人帶著睡袋搭帳篷，夜宿台北市忠孝東路。他們並肩躺臥在台北東區地價最高處，卑微地訴求著，希望有一個自己的窩。我好想知道，當年仰望台北市夜空的他們，如今都找到一處遮蔽風雨的家屋了嗎？又或是繼續在社會最底層拚生活？又或是受不了生活的煎逼，舉家燒炭自殺了？那些美好的願望、社會正義的訴求，還有可能完成嗎？

高中文化基本教材教到孟子時，罹患政治冷感症、十八歲的我對那種囉唆沒有好感。但當讀到滕文公問治國之道，我忽然眼睛一亮。孟子這麼回答他：「民事不可緩也……民之為道也，有恆產者有恆心，無恆產者無恆心。苟無恆心，放辟邪侈，無不為已。」[8]治國的方法，首先是要讓人民能夠活下去，而且要活得安適、有尊嚴，知道只要付出努力便有美好的未來可以期待。有土斯有財，那也的確是一股安定的力量，幫助一個人有信心憑著一己之力換取甜蜜的生活。

高中畢業我便離家，抱著一種能走多遠就走多遠的心情，跟原生家庭保持若即若離的關係。離家以後，我的房間被弟弟接收。寒暑假返家，我敏感地察覺家裡已經沒有我自己的角落了。直到大二時，母親獨力買下一幢透天厝，把最大的主臥室留給我，我的所有物項才又有了收容所。一切各安其位，我慶幸自己是有家可回的人。十多年後的現在想起，那個房間的使用率實在不高。倒是我生命中的重要物件，大都存放在裡頭。高中背的書包、穿的制服、一疊疊相本、不忍棄置的舊衣……在這個空間裡完好地存在著。我隻身在外飄飄蕩蕩，隨身家當越來越多。沒辦法放在身邊的，也統統寄回去堆著。每到填寫託運表格時，奇異的幸福感升起，非但是我，連所有細小事物都有家可回了。

然而，我想有個家，自己認定的家。我與彼時的女友相互承諾，約定白手起家。我向來胸中無甚大志，只要能有一處不被干擾的人世居宅便好。打算大學一畢業就結婚，信誓旦旦不要繼續在學院裡混文憑了。生性不喜受管束的我，喜歡隨意讀書，享受讀書的快樂就行，不需要爲了一張紙念書。對於家屋的想像，卻是無日不有。即使在租借來的空間裡，我仍反覆實驗，東搬西挪，我在哪裡，一堵書牆就隨著我到哪裡。大學還沒畢業，就已經留意山間海濱的教職缺額。打定了主意，不再升學念研究所。我要安穩地過日，隱逸自己於天地一隅。閒來讀書寫字，可以在名利場外自得，不要受任何烏氣。

說來奇怪，研究所的學業持續迄今，從裡頭獲得不少樂趣。一開始就選定在花東執教，六年的後山生活過去，我的確貪戀山風海雨帶給我的種種滋養。那樣天寬地闊的地方，令我願意與這世界一起蒼老。只是、只是，不論我所在的地方多麼邊鄙，我始終無法自外於細密如網的體制。心想與其這樣，不如大隱隱於市。然而心中仍有疑慮，不知道會不會有朝一日興起感慨，像陶淵明那樣嘆氣：「誤落塵網中，一去三十年。」[9]身爲一個人，就得用意義架構自己人世的安宅。找到了它，擁有了它，生命與性靈才得以有所依憑寄託。

帕斯卡[10]（Pascal）說過如此悲傷的話語：「人類一切不快樂都源自於一件事：無法安靜地待在自己的房間裡。」短暫租賃的這個月裡，我把空盪盪的屋子當作只是睡覺的地方。也許此心不安，連睡覺都睡得不好。於是這當下充滿期待，新居即將裝潢完竣，我能擁有一切的快樂。我長久追求的家屋之夢，再不多久便會成眞。長久以來，我總是離家幾百里。不論求學或工作，原生家庭跟我的距離就這麼越拉越遠了。幾年前考博士班，錄取通知都到手後，我毫不猶豫地選擇離家遠的學校就讀。的確是這樣的，說故鄉太沉重。說起生命的起源、此生的根由，也太過沉重。而在每一次遷徙遠離的過程裡，我的家當與記憶越來越多，更需要空間收納安置。我一人背著殼南來北往、東奔西跑，從一九九四年到如今（二〇〇六年），居所搬遷不下十次。每一次都很費力，該捨該留的物件與感情令我惶然。

人對安穩有所求，土地屋宅或許最能提供保障與安全感。我算計著這一年內兩度為了換得安全感，所費不貲[11]。看似衝動盲目的心，實則有一股篤定。因為一切都是心甘情願的。外面的世界太過喧囂動盪，我才更需要有一處讓自己淡泊寧靜的屋宇。政局最紛擾的大時代，張愛玲[12]與胡蘭成[13]訂了終身。婚書上寫著：「願使歲月靜好，現世安穩。」可見安穩的生活如此吸引人。但最後張愛玲再也無法忍受胡蘭成的風流，對胡蘭成說：「你不給我安穩。」感情故事就此告終。我慶幸的是自己的居宅沒有感情故事，也沒有感情事故。

我多麼希望，像王安憶[14]〈烏托邦詩篇〉說的，「一個人在一個島上，也是可以胸懷世界的。」在自己的屋子裡，我可以如同劉伶[15]那樣想像「天地為棟宇，屋室為褌衣」[16]。有酒食、有音樂、積書滿架、早晨飄來咖啡香，我愛我的家。天涼時節我將要進住新居，由落地窗外望，就是這幅景象：「秋景有時飛獨鳥，夕陽無事起寒煙。」⑰那時幸福與安靜，也是滿滿的了。

❶眾鳥二句：鳥兒們因為有樹可棲而欣喜地鳴叫著，我也一樣地熱愛我的這間小草廬啊！典出陶淵明〈讀《山海經》十三首其一〉詩句。眾，「衆」的正體字。

❷陶淵明：一名潛，字元亮，自號五柳先生，好友私諡靖節徵士，世稱靖節先生，東晉尋陽柴桑人（約西元三六五～四二七年）。曾祖侃，官至大司馬，祖父茂為武昌太守，父逸為安城太守，外祖孟嘉曾任征西大將軍，家世良好。早年本欲用志於世；二十九歲起因家貧而出任江州祭酒、鎮軍參軍、建威參軍；中年於彭澤令任上，因「不為五斗米折腰」而辭官歸隱；從此躬耕田園，淡泊餘生。作品有辭賦、文、小說；以詩最為著名，前期慷慨激昂，後期轉為平淡自然、情感真摯，開後世田園詩一派。南朝鍾嶸《詩品》僅列其詩為中品，稱其為「古今隱逸詩人之宗」。梁昭明太子蕭統編其作品為《陶淵明集》。隋唐以後，聲譽日高，成為中國文學史上的偉大詩人。尋陽，一般多作潯陽。據《文選》所收南朝宋顏延之〈陶徵士誄〉，應作尋陽。

❸分爨：同住親屬分居或分家後，三餐各自為炊。爨，音ㄘㄨㄢˋ，用火燒煮食物。

❹潘美辰：出生於臺灣台北（西元一九六九～）。南強高級工商職業學校電影電視科畢業，著名的臺灣創作歌手、音樂製作人，演藝版圖遍及臺灣、中國大陸、香港、新加坡和馬來西亞等華人圈。曾獲一九八七年第一屆「全國青年創作歌謠比賽」演唱組第二名、創作組優勝；個人創作曲〈我想有個家〉（《是你》專輯）獲得一九九〇年第一屆金曲獎年度最佳歌曲獎等大獎。發行專輯無數，如《不要走不要走》、《你就是我唯一的愛》、《我可以為你擋死：新曲+精選》等作品。其兄潘協慶亦為臺灣著名的音樂人。

❺兄弟鬩牆：兄弟相爭，後比喻內部爭鬥不已。典出

《詩經．小雅．鹿鳴之什．常棣》：「兄弟鬩于牆，外禦其務。」鬩，音ㄒㄧˋ，鬥狠。

❻朱門二句：當富豪之家的朱門裡飄出陣陣的酒肉香氣時，道路旁卻還遺留著凍死窮人們的骸骨啊！典出杜甫〈自京赴奉先縣詠懷五百字〉詩句。臭，反訓為香。

❼無殼蝸牛：譬喻無力購買房屋的人。此處是指無殼蝸牛運動，西元一九八九年八月二十六日，為了抗議房市炒作使得房價飆漲，一般老百姓無力購房，「無住屋者團結組織」李幸長等人發起「萬人夜宿忠孝東路」造勢活動；當時李登輝總統為平息民怨，推出六萬元一坪國宅政策，臺灣房價雖未因此停止上漲，但卻暫時緩解了人民的不滿。此運動日後醞釀了兩個非營利組織：「崔媽媽租屋服務中心」與「專業者都市改革組織」（Organization of Urban Reforms, OURs），他們組成「無殼蝸牛聯盟」，持續推動居住人權、關心臺灣住宅問題，並從事相關的工作。

❽民事七句：農事是不能延誤的。……普通老百姓的習性啊，保有恆久產業的人，才會有恆久向善的心志；沒有保有恆久產業的人，就沒有恆久向善的心志。如果沒有恆久向善的心志，那麼種種放縱不正、偏邪放蕩的事，也就沒有做不出來的了。典出《孟子．滕文公上》。恆，「恒」的正體字。

❾誤落二句：我誤落在塵世官場的羅網之中，一離開就是三十年之久。典出陶淵明〈歸園田居五首其一〉詩句。

❿帕斯卡：Blaise Pascal（西元一六二三～一六六二年），出生於法國克萊蒙費朗。著名數學家、物理學家、神學家、哲學家等。在數學上，他提出了射影幾何的重要理論「帕斯卡定理」，介紹了「帕斯卡三角形」，又促成了「機率論」的誕生。在物理學上，他發明了帕斯卡計算器，又闡述了關於液壓的「帕斯卡定律」。一六五四年末，由於宗教神祕經歷的啟發，他轉而專注於沉思，並從事神學與哲學的寫作。他在宗教上屬於詹森教派（Jansenism），人文思想則受到蒙田（Michel Eyquem, Seigneur de Montaigne，西元一五三三～一五九二年）的影響。神學與哲學作品有《致外省人書》、《思想錄》等書。

⓫所費不貲：耗資甚大，無法計算。貲，音ㄗ，計量。

⓬張愛玲：本名煐，出生於上海，祖籍河北豐潤（西元一九二〇～一九九五年）。上海聖瑪利亞女中畢

業，香港大學、上海聖約翰大學肄業。張愛玲是中國現代傳奇女作家，曾獲《中國時報》文學獎終身成就獎。她的家世顯赫，外曾祖父李鴻章、祖父張佩綸皆清末名臣。一九四二至一九四五年，張愛玲在上海發表了一系列小說，如〈沉香屑——第一爐香〉、〈傾城之戀〉、〈金鎖記〉等，驚豔文壇。一九四四年張愛玲與胡蘭成結婚，一九四七年離異。一九五二年張愛玲避居香港，一九五五年赴美。一九五六年與賴雅（Ferdinand Reyher）結婚，一九六七年丈夫去世。張愛玲於一九七三年定居洛杉磯，晚年深居簡出，直至病逝。作品甚夥，包含小說、散文、譯作、電影劇本、文學評論等，皇冠文學出版有限公司編有《張愛玲全集》。

⓭胡蘭成：原名積蕊，小名蕊生，浙江紹興人（西元一九〇六～一九八一年）。杭州惠蘭中學肄業，曾於燕京大學旁聽課程。胡蘭成是中國現代作家與政客，為女作家張愛玲第一任丈夫。對日抗戰時期任汪精衛偽政權之宣傳部政務次長、行政院法制局長，遂被列為漢奸，戰爭結束後逃亡日本。晚年曾應中國文化學院（今中國文化大學）邀請來台開課講學，獲聘為終身教授，後因「漢奸」問題遭文化界圍剿，離台返日，逝於日本。著有《山河歲月》、《今生今世》、《禪是一枝花》、《中國文學史話》等書。

⓮王安憶：出生於南京，原籍福建同安（西元一九五四～）。現任復旦大學中文系教授、中國作家協會副主席、上海市作家協會主席。王安憶是中國著名的當代文學女作家，曾獲上海文學藝術獎、茅盾文學獎、《星洲日報》花蹤世界華文文學獎、上海長中篇小說優秀作品大獎長篇小說二等獎、華語文學傳媒大獎年度小說家獎、《紅樓夢》獎評審團獎與首獎等大獎。她的許多作品被譯為英、德、荷、法、捷、日、韓、希伯來文等多種文字，是享譽海內外的華語作家。著有小說《長恨歌》、《富萍》、《啟蒙時代》、《天香》；散文集《蒲公英》、《劍橋的星空》；文論集《故事與講故事》、《王安憶說》等書。

⓯劉伶：字伯倫，魏晉時期沛國人（約西元二二一～三〇〇年）。曾任建威參軍，晉武帝泰始年間（西元二六五年）罷官。他是竹林七賢之一，生平嗜酒縱飲，放浪形骸，提倡老莊，蔑視禮法。作品現僅存〈酒德頌〉與五言詩〈北芒客舍〉一首。

⓰天地二句：天地是我的房子，房間就是我的衣褲。典出《世說新語・任誕》。褌，音ㄎㄨㄣ，古時稱

褲子為褌。

⑰秋景二句：我欣賞著這片秋景，只見廣闊的天空中，偶爾飛過一隻鳥兒。夕陽西下時，我悠然無事，看著遠處炊煙升起，空氣中彷彿也帶著些許寒意。典出林逋〈孤山寺端上人房寫望〉詩句。

本文按照文意可分為五個部分。第一部分引陶淵明詩，以「吾廬」呼應題目「家」字，從而引出下文。第二部分寫故事緣起，作者敘述自己年初已在花蓮購屋，卻又因為更換工作而在台北買房，一年內兩度置產，這對只領固定薪水的教員來說，真可算是一件瘋狂的事。第三部分作者追憶往事，從兒時老家親族間的紛爭、國中時的無殼蝸牛運動、高中時讀到孟子對於人民恆產的看法、畢業後離家就學再回家的「無家之感」，娓娓道來他對「家」的渴望。直到大二時，作者母親買了一幢透天厝後，又把最大的主臥房保留給他，他從此才有了「有家可回」的幸福感。走筆至此，一切看似圓滿，沒想到作者在第四部分一開頭，卻又大聲呼喊「我想有個家」！原來——「自己認定的家」才是真正的家，也才能讓「歲月靜好，現世安穩」。最後一部分，作者期盼新居落成，在秋涼時節裡，聆賞一室滿滿的幸福與安靜。

臺灣地狹人稠、寸土寸金，在房價持續飆漲的今日，購屋對於年輕人來說，彷彿是個遙不可及的夢想。本文傾訴了年輕人對於擁有自宅的渴望，更重要的是，重新界定「家」的意義，在於安穩度日。為了安穩，所以必須擁有；也為了安穩，家中的陳設、氛圍須由自己主宰，不受他人干涉。這些想法某種程度反映了時下年輕人重視自我意識與個人隱私的社會現況，自易引起讀者共鳴。

作者文筆精鍊，學養豐富，不論是流行歌曲、詩詞歌賦、社會新聞、中西掌故，作者引譬用典，隨手拈來；再加上情感真誠，如訴家常，使得文章兼具理性與感性之美。楊佳嫻於文末閱讀筆記說：「凌性傑無論散文或詩，時常都在尋覓幸福、確認幸福。〈我想有個家〉，大抵是他幸福論的核心了。」是的，就這樣跟著作者的文字，優遊在作者的幸福論裡，年輕人也得以稍窺幸福的天堂。

【附錄】

讀《山海經》十三首其一／陶淵明

孟夏草木長，遶屋樹扶疏。眾鳥欣有託，吾亦愛吾廬。既耕亦已種，時還讀我書。窮巷隔深轍，頗迴故人車。歡然酌春酒，摘我園中蔬。微雨從東來，好風與之俱。泛覽周王傳，流觀山海圖。俯仰終宇宙，不樂復何如？

常棣詩經・小雅・鹿鳴之什

常棣之華，鄂不韡韡。凡今之人，莫如兄弟。

死喪之威，兄弟孔懷。原隰裒矣，兄弟求矣。

脊令在原，兄弟急難。每有良朋，況也永嘆。

兄弟鬩于牆，外禦其務。每有良朋，烝也無戎。

喪亂既平，既安且寧。雖有兄弟，不如友生。

儐爾籩豆，飲酒之飫。兄弟既具，

和樂且孺。

妻子好合，如鼓瑟琴。兄弟既翕，和樂且湛。

宜爾家室（一作室家），樂爾妻帑。是究是圖，亶其然乎？

自京赴奉先縣詠懷五百字／杜甫

杜陵有布衣，老大意轉拙。許身一何愚，竊比稷與契。居然成濩落，白首甘契闊。蓋棺事則已，此志常覬豁。窮年憂黎元，歎息腸內熱。取笑同學翁，浩歌彌激烈。非無江海志，瀟灑送日月。生逢堯舜君，不忍便永訣。當今廊廟具，構廈豈云缺。葵藿傾太陽，物性固莫奪。顧惟螻蟻輩，但自求其穴。胡為慕大鯨，輒擬偃溟渤。以茲悟生理，獨恥事干謁。兀兀遂至今，忍為塵埃沒。終愧巢與由，未能易其節。沉飲聊自適，放歌頗愁絕。歲暮百草零，疾風高岡裂。天衢陰崢嶸，客子中夜發。霜嚴衣帶斷，指直不得結。凌晨過驪山，御榻在嵽嵲。蚩尤塞寒空，蹴蹋崖谷滑。瑤池氣鬱律，羽林相摩戛。君臣留歡娛，樂動殷樛嶱。賜浴皆長纓，與宴非短褐。彤庭所分帛，本自寒女出。鞭撻其夫家，聚斂貢城闕。聖人筐篚恩，實欲邦國活。臣如忽至理，君豈棄此物。多士盈朝廷，仁者宜戰慄。況聞內金盤，盡在衛霍室。中堂舞神仙，煙霧散玉質。煖客貂鼠裘，悲管逐清瑟。勸客駝蹄羹，霜橙壓香橘。朱門酒肉臭，路有凍死骨。榮枯咫尺異，惆悵難再述。北轅就涇渭，官渡又改轍。群冰從西下，極目高崒兀。疑是崆峒來，恐觸天柱折。河梁幸未坼，枝撐聲窸窣。行旅相攀援，川廣不可越。老妻寄異縣，十口隔風雪。誰能久不顧，庶往共飢渴。入門聞號咷，幼子飢已卒。吾寧舍一哀，里巷亦嗚咽。所愧為人父，無食致夭折。豈知秋未登，貧窶有倉卒。生常免租稅，名不隸征伐。撫跡猶酸辛，平人固騷屑。默思失業徒，因念遠戍卒。憂端齊終南，澒洞不可掇。

孟子·滕文公上　第三章（節錄）

民事不可緩也。《詩》云：「晝爾于茅，宵爾索綯。亟其乘屋，其始播百穀。」民之為道也，有恆產者有恆心，無恆產者無恆心。苟無恆心，放辟邪侈，無不為已。

歸園田居五首其一／陶淵明

少無適俗韻，性本愛丘山。誤落塵網中，一去三十年。羈鳥戀舊林，池魚思故淵，開荒南野際，守拙歸園田。方宅十餘畝，草屋八九間，榆柳蔭後簷，桃李羅堂前。曖曖遠人村，依依墟里煙，狗吠深巷中，雞鳴桑樹巔。户庭無塵雜，虛室有餘閒，久在樊籠裡，復得返自然。

世說新語·任誕（選其一）／劉義慶

劉伶恆縱酒放達，或脫衣裸形在屋中。人見譏之，伶曰：「我以天地為棟宇，屋室為褌衣，諸君何為入我褌中！」

孤山寺端上人房寫望／林逋

底處憑闌思眇然，孤山塔後閣西偏。陰沉畫軸林間寺，零落　枰葑上田。秋景有時飛獨鳥，夕陽無事起寒煙。遲留更愛吾廬近，祇待重來看雪天。

第二課　在最孤單的時光

張輝誠

概說

本文選自《我的心肝阿母》，原載於二〇〇八年七月十六日《中國時報．人間副刊》「教科文共和國」專欄。所謂「教科文」在此指的是教育、科學、文化三學門，專欄的推出是為了讓年輕學子透過「讀書」、「行路」廣泛且滿足地吸收「教育、科學、文化」的涵養以達到獨立思考、自我主宰的目的，於是邀請作家們或直接針對「就學」，或間接旁及「啟蒙」，侃侃而談他們的心路歷程（二〇〇七年八月二十八日《中國時報．人間副刊》編者語）。

本文即為此而作，作者自述成長歲月所遭遇的種種辛酸與困境，自剖個人的教育與啟蒙，感謝在那貧窮且孤單的時光裡，面對生命的轉折之際，卻總在家人有意無意的提攜與呵護下、良性或非理性的對話與互動中，協助他走上正途；不致因為些微的貪欲惡念，迷失人生的方向而誤入歧途。

張輝誠（西元一九七三～），出生於臺灣雲林，祖籍江西黎川。臺灣師範大學國文學系博士，現任臺北市立中山女子高級中學國文科教師，研究領域為宋詩。曾獲時報文學獎、梁實秋文學獎、全國學生文學獎等。著有散文集《離別賦》、《相忘於江湖》、《毓老真精神》等。

課文

如果可以，我希望當時可以陪陪他，聽他說說話；如果還可以，甚至也想抱抱他，很緊很用力的那種方式抱抱他。

他開始矇朧懂事後，很早就知道自己的家是極爲弱勢的。還沒意識到父親是外省人居住在全是閩南人鄉鎮裡有何怪異之前，便早一步因他阿母拙於人際應對而導致左鄰右舍有意疏離，經常投以白眼不說，惡口相向也是有的。他很早就學會了如何察言觀色，哪怕事情的爭端常是他阿母自己理虧，但基於母子連心之故，他心裡仍爲自己阿母抱不平，並將疾怒之情蘊藏於胸，如同一座沸騰的火山。好比有一日黃昏，不遠處三合院的國小女同學某甲，她的母親和幾個壯丁怒氣沖沖來到他家門口，他的父親剛從工地操持了一天模板重活兒回到家，邊喘口氣邊在門口水龍頭前刷洗手腳，某甲同學母親忽在門口吆喝起來：「叫阿葉仔出來！」隨著吆喝聲越來越大，不多時便聚集了許多人，他的父親問明了前後事由，聽是妻子買菜途經她家門口胡亂詛咒她全家云云。他的父親喚了妻子出來，他也跟在後面出來了，他阿母還在爭辯什麼之際，他的父親眼見事端有擴大之虞，竟強押著他阿母在眾目睽睽之下，下跪，認錯。他著實錯愕，他想撥開眾人，拉起自己的阿母，在他看來那是奇恥大辱，但他還那麼小，他只能一動也不動地杵在原地，疾視著漸漸散去的人，並且爆裂著全身火山的烈焰。

他憤怒，但無處排解，如同火山口被厚重石頭密密壓住一般。

他猜想他的父親並非懦弱怕事之徒，自然有很多理虧是源自於他阿母。雖說後來還有一回，鄰居小孩央著阿公來他家興師問罪，說是放學途中，他在路隊後面朝前方丟擲小石頭，砸中了孫子後腦勺。他父親叫了他出來，他說他沒有，他父親二話不說便在門口結實賞了他一巴掌，他又錯愕了，他知道他沒有，備受委屈的感覺湧上心頭，但他沒有哭。事後，他的父親隱隱約約說：「我這樣做是為你們好。」

他不懂，他真的不懂。但如果可以，我會想摸摸他的頭，告訴他，那是他父親的處世方式，以退爲和，雖然並不挺好，但日後他會遇著許多事，他會發現，除非有能力決心撕破臉，要不這無疑也是一種勉強可以接受的處世方式。

他家的弱勢具體表現在沒有零用錢習慣以及哥哥姊姊國中畢業後就必須半工半讀養活自己這兩件事上。前者讓他體會貧窮，後者讓他經歷長時間的孤單。他小時候，爲了貼補家用，和阿母及兩個姊姊花了很多時間在好似永遠也做不完的家庭手工細活上，蘆筍一根接一根削，橘子一顆接一顆剝，荸薺❶一粒接一粒去皮，龍眼乾一盒接一盒摘肉、茶葉一桶接一桶挑梗、外銷成衣一袋接一袋剪線頭，他有時只想和童伴一起玩而已，所以經常不耐，但有一回忽然想到會不會一輩子都要重複做這種單調無聊的工作，便倒抽了一口氣，害怕起來。他當時還想，爲什麼父母賺了錢不分些零頭給他呢，這樣做得不更來勁嗎？（如果可以像現在插進話裡，我想告訴當時的他，那些賺來的錢始終都不夠全家使，瓦斯、水電、菜肉，還有四個小孩的學雜費。所以他的父親才跟牛一般在工地裡討賺生活，半刻不敢鬆懈。）

他還經常在第二節下課，跟著同學人潮擠進國小合作社，雖然沒錢可買，但看一眼他也很開心。當時流行的波羅麵包，同學會把麵包上頭的糖塊一個個剝下，吃完白麵包後，再把糖塊集中於塑膠袋底擠壓成紡錘❷狀，留在最後細細品嚐。他非常羨慕這種吃法。就好像他家屋後鄰居，自製豆花冰推往車站兜售，一到傍晚返回社區，殘存冰品自是半賣半送，左右鄰舍簇擁著吃冰，他經常在自家鐵窗後頭隱身偷覷著在馬路上站著吃冰的鄰居、玩伴。他也非常羨慕那種吃法。

有那麼幾次，他阿母從丈夫交代每日一百元菜錢中好不容易省下五元，給他和尚未畢業出去半工半讀的二姊花用。這成了苦惱的難題，照理說二姊輩分較大，她理應取得三元，可他難免有私心，他若有三元就可以多挑一個柑仔店裡玻璃罐內的鹹酸甜，但他不能造次多話，因為她是二姊，且阿母是把錢交給她的。上學途中經過柑仔店，他姊弟倆果眞進到店內，他二姊毫無猶豫，挑了兩個糖果，然後對他說：「弟，乎你三元。」他不知怎的，驚覺和阿母性情一般糟糕且時常與他爭吵的二姊，是發自內心疼愛他的（如果可以，我又會告訴他，他日後會因此而一直長時間幫助他二姊，她會支支吾吾說這個月米粉廠沒工可做，他就馬上跑到郵局限時掛號寄錢過去，一樣毫無猶豫）。

因為沒零用錢，他經常流連電動玩具店時也只能旁觀，不能眞坐下玩將起來，不知怎的常會有種渴望漸漸在內心滋長起來。他第一次有這種感覺，是在國小二年級時，當時電視廣告上頻打舒跑飲料廣告，他忽忽就向同學誇口道：「我們家有好幾箱。」同學不信，他又誇口：「明天拿來請你們一人喝一瓶！」隔天一大早，他潛進父親房間偷得六百元，想買兩箱舒跑。早餐時，他的父親發現錢丟了，遍尋不著，很是不悅。他的阿母沒由來地忽掏摸起他的藍色腰間短褲暗袋，發現了六百元，他爭辯說他沒拿，他父親取回錢，沒多說什麼，只露出非常失望的表情。後來第二回有這種感覺，是他國一時擔任班長，代收班費，第一次擁有那麼多錢，他忍不住想買禮物送同學過生日，頭些回覺得還有壓歲錢可以彌補挪用的班費，後來漸漸支不過了，但他知道停不下來了，最後輪到交接時，他慌了，只好拿著剩下的錢潛逃至台中，過了幾天流浪生活，最終回到他大姊在烏日便當廠半工半讀的宿舍內。他大姊沒有責備他，她一直對他都好，她還在家裡的時候，家務事大都是她一人完成（如果可以，我會告訴他，日後他大姊有許多艱難之處，他也都毫不考慮地伸以援手）。他大姊讓他回家，父親和他好一段時間沒說話，最後終於同他說：「難道一個人的人格用那麼點錢就可以換取了嗎？」他記住了這句話，從此哪怕在電動玩具店或日後又滋生了想偷東西或者想擺闊的欲望，他都忍住了，因為他覺得他的父親的話說得對極了（如果可以，我會告訴他，從那之後他就不再偷任何東西了）。

他的二姊最終也離家半工半讀時，他才國小六年級。從此之後，剩他一個人獨自面對父母每日的爭吵，他在學校沒有要好的同學，他在家裡沒有可以講話的人，父親只會訓話，阿母已經離他心靈很遠很遠了，偶爾他會抱住門口自家養的狗，小花，跟牠傾訴自己許多委屈；他也常在飯桌上和自己玩遊戲，他的父親總是沉默不語，偶爾會說大哥不寄錢回家、姊姊如何如何、這個家又如何如何（如果可以，我想告訴當時的他，那是他父親同他訴苦），但他聽過太多回，厭煩了，他開始幻想吃哪道已然蒸烹多日的菜是有毒的，然後吃哪道也是蒸烹多日的菜接哪道蒸烹多日的菜可以解毒，藉以自得其樂。他很用功讀書，因為他的父親很兇，要求很嚴格。每天晚上九點過後，他的父母都在一樓睡著了，他一個人在二樓讀書，他那時候還不懂得什麼叫做寂寞，但非常想要有人作伴，便把大哥寄回家的卡拉OK機搬進房間，打開廣播聽，有聲音在旁邊就覺得很安心，他甚至開著廣播睡覺，覺得比較不害怕。但隔天一早，父親發現他開廣播一整晚，極嚴厲地罵他：「電不用錢啊，開整晚！」他很想跟父親說他害怕、他孤單。但他沒有，他關掉廣播，一個人在一晚又一晚寂寞的深夜，自己給自己打氣，那時他的父親希望他將來能當老師、做博士，所以他讀書讀累時，總在課本或考卷上一遍又一遍寫上，國立臺灣師範大學學士、碩士、博士。他一點也不知道臺灣師範大學長什麼樣，但這幾個字，讓他在最孤單的時刻覺得有希望。

後來他果真考上臺灣師範大學了，果真就看見希望。

如果可以，我眞的希望當時可以多陪陪他——那個小時候的我，在最孤單而寂寞的時光裡，陪在他身邊告訴他：「沒關係的，你將來會因爲曾經貧窮與欠缺，而更加懂得珍惜與感恩；會因爲曾經犯錯與逃避，學會正直與責任；因爲經歷孤獨與寂寞，將展現出堅強與獨立；更因爲曾處在弱勢之中，你將曉得將心比心，以及奮鬥的決心與勇氣。這些從來都不會成爲墮落與沉淪的理由。」

或者也會告訴他：「沒關係，你將來會是一個很棒的人。」

或者什麼都沒說，只是很緊很緊地，抱住他。

註釋

❶ 荸薺：學名Eleocharis dulcis，莎草科（Cyperaceae）荸薺屬（Eleocharis）。多年生水生草本植物，原產於印度，性喜溫暖濕地或沼澤。地下莖先端膨大為球莖，呈扁圓形，表面平滑，皮黑而厚，肉白可食，口感甜脆而富於營養。又名「葧薺」、「菩薺」、「鳧茈」、「鳧茨」、「烏芋」、「水栗」、「地栗」、「地梨」、「馬蹄」、「芍」。荸，音ㄅㄧˊ。薺，音ㄑㄧˊ。

❷ 紡錘：紡紗、線的手工工具，兩端細而中間粗，利用重力將棉絮扭轉成紗，或紡紗成線。

綜合討論

本文在寫作上採取前後呼應法，按照篇章架構可分為三大部分。第一部分僅有五句，利用想像中「我」與「他」的互動，為讀者留下懸想。第二部分追想「他」的成長過程，細數在漫長的年少歲月裡，他如何從與家人良性或惡性的關係中、愉快或不愉快的經驗裡，成長蛻變，由一個鄉間窮人家的孩子，慢慢接近夢想，看見人生的希望。第三部分在形式上是第一部分的延伸，兩者都用「如果可以」開頭，並以「陪陪他」、「說說話」、「抱抱他」等詞語反襯題目「孤單」二字。在內容上，作者揭露謎底，原來首段的「他」就是小時候的作者；並且再次強調，小時候的種種貧困弱勢與慾望雜念，經過教育與啟蒙，也會成為人生轉變的契機，從而成為現在很棒的自己。

本文之所以動人，歸根究柢，在於「真誠」二字。有別於華人「為親者諱」的儒家傳統，作者坦率記述家人互動，卻不隱瞞人性弱點；故在其筆下，父親彷彿是個不問是非的家暴加害者，阿母是個拙於人際應對的口業製造機，二姊和阿母性情一般糟糕，作者甚至自白自己是個會「貳過」的偷兒！然而細細梳理全文，才知家人都有其溫暖關愛的另一面向：雖然手頭拮据，阿母卻幾次將從每日一百元菜錢中好不容易省下的五元，塞給兒女零花；二姊雖然時常與他爭吵，但面對兩人如何花用五元，卻會毫不猶豫地對他說：「弟，乎你三元。」而那在鄰里爭端中總是以退為和，以致顯得凶神惡煞般的父親，為了全家生計，不惜像牛一樣地在工地討生活。至於作者，歷經兩次的偷錢與擺闊後，在大姊的包容與父親的提點下，從此行「不參過」；長大後，更不吝對家人伸出援手，以回報過往種種。他將成長歲月裡所受到的教育與啟蒙與讀者分享，也只為了啟蒙讀者：「這些從來都不會成為墮落與沉淪的理由。」殷殷之語，如在耳旁，更顯得情意真切而感人。

值得一提的是，如果單單僅閱讀本文，彷彿會以為作者與父母的親子關係疏離；然而，若更進一步閱讀作者的兩本親情書寫散文——寫父親的《離別賦》與寫母親的《我的心肝阿母》——則會發現：所謂的孺慕之情與承歡膝下，並不在於一味的歌功頌德，真實紀錄的點滴生活也許更接近這個有情天地，一如余光中所說：「張輝誠的這兩本散文集，出之於人性的寬容與同情，益之以生動而幽默的筆調，洋溢著孺慕的光輝與赤忱，在人倫價值快速流失的當代，令我們讀來倍感驚喜。」（〈耿耿孺慕——讀張輝誠的親情文集〉）

第三課　人文是為了追求連結

侯文詠

概說

本文選自《不乖——比標準答案更重要的事》，作者透過對於人文的層層書寫與舉例，將人文譬喻為「身同之學」，而與電學、力學、會計學、統計學等以應用為目的的「身外之學」區隔開來。身外之學講究的是是非、好壞等絕對標準，身同之學重視的卻是啟發與感動，由對人文的感動而與別人的生命連結在一起，生命因此變得更為真實且巨大。作者有鑑於人文過去在臺灣的主流學習中一再被忽略，或被當成「知識」系統來教導，易使年輕人錯失了人文的魅力與力量，特以此文發出呼籲。由於他的醫生背景與華文暢銷書作家的雙重身分，本文的立論顯得更為客觀而宏遠，不致流於說教之詞。

侯文詠（西元一九六二～），臺灣嘉義人。臺灣大學臨床醫學研究所博士，曾任萬芳醫院麻醉科主治醫師、臺大醫院麻醉部兼腫瘤醫學部主治醫師、臺北醫學大學醫學人文研究所兼任副教授，專長麻醉學、疼痛醫學，目前專職寫作。侯文詠是臺灣著名的華文暢銷作家，曾連續獲得第五、六、七屆全國學生文學獎，作品《頑皮故事集》榮獲《中國時報》開卷版票選一九九〇年度最佳童書，並入選「臺灣一九四五～一九九八兒童文學一百故事書目」、「臺北市立圖書館好書大家讀第五十梯次故事文學組」。著作豐富多樣，著有散文集《親愛的老婆》、《我的天才夢》等，小說集《侯文詠短篇小說集》、《侯文詠極短篇》等，長篇小說《白色巨塔》、《危險心靈》等，兒童文學《頑皮故事集》、《淘氣故事集》等，有聲書《歡樂三國志》（與蔡康永合著），以及文學評論《沒有神的所在——私房閱讀「金瓶梅」》等書。

課文

大家多少都接觸過一些人文，像是文學、美術、音樂、電影、戲劇、舞蹈……但如果進一步問，什麼是「人文」，恐怕就不太容易有人說得出所以然來了。要是再問：接觸人文可以得到什麼好處呢？答案恐怕更眾說紛紜了。

我大學時代有同學心血來潮，請我跟他介紹世界上最重要的十大名片。我問他爲什麼要看這十大名片，他回答是爲了要：「增加氣質。」因爲多看一點電影、讀一點文學作品，感覺上比較有學問，約會時容易得到女孩青睞❶。

這個觀點很有趣，有「人文知識」的確會讓人感覺「有氣質」，甚至受到多一點敬重。但話又說回來，爲什麼總是靠「電影」、「音樂」或「文學」、「戲劇」……這些人文藝術領域的知識來談戀愛呢？爲什麼「法律」、「醫學」……同樣很有氣質的知識，就很少被派上用場了呢？

另外還有一種人，鼓吹接觸「人文」的理由則是產業、經濟的理由。這樣的理由邏輯很簡單：由於科技以及生產技術進步了，到了最後產品之間功能差異性變小。因此，銷售的競爭力越來越決定在設計、包裝、美學、行銷、廣告這些「人文」、「美學」嗅覺的掌握。因此，人文、美學的修養是未來越來越被要求的競爭力。

這些說法固然都沒錯，也都言之成理，但不管「氣質」說也好，「產業」說也好，我覺得最大的問題是把「人文」當成靜態的知識或功能。這樣的認定，不但失之片面，同時也太小看了「人文」的力量。

清末民初的的詞人王國維❷曾寫過一首叫〈浣溪沙〉❸的詞，其中一段是這樣的：

試上高峰窺皓月，偶開天眼覷紅塵，可憐身是眼中人。

這是我很喜歡的詞之一。當我們的目光隨著作者來到高峰上，作者筆鋒一轉，讓我們跳脫地理的觀點，忽然從高處得到一個類似「天眼」的角度看著山下人間的紅塵萬丈、熙熙攘攘。這樣的觀點，讓我們感嘆起來，原來人生無非是關於生老病死的一場大夢。固然，這樣的感嘆讓我們有了種「天眼」般的感動和頓悟，但驀然回首，原來我們自己並沒有跳脫「身是眼中人」的悲哀，我們也同樣都是必須承受生老病死的凡夫俗子。

一首動人的詞，讓作者把自身的處境跟紅塵的「眼中人」連結起來，也把作者的心情和我們這些讀者的心情連結了起來。在那樣的時刻，我們全被某種同樣負擔著「人的命運」的情感連結在一起，受到了同樣的感動，發出了同樣的喟嘆。

在那樣的時刻，人文的力量也就開始發酵了。

在我看來，包括約會看電影，談人文話題，無非都只是藉由對人文的感動創造出「連結」的小小例子。事實上，人文能創造出來的力量相當驚人，從數萬人的偶像演唱會，數百萬、千萬人的革命思潮，乃至於影響上千年的思想、宗教……無一不來自這樣的「感動」與「連結」。因此，人文最特別之處不來自「氣質」，也不來自「經濟」，它動人的力量還在於那樣的感動所創造出來的連結。

從這個觀點來看，這樣的「人文」和過去我們在學校學的大部分的知識，是很不一樣的。

讀電學、力學，讀會計學或統計學，這些「身外之學」時，我們很少會一邊讀書，一邊感動地流眼淚。爲什麼呢？因爲「身外之學」的目的是爲了應用，因此，感不感人其實是其次的。但「人文」完全不同，它是一種「身同之學」。我們接觸它時，感受到的是對別的人生的理解、對自己內在情感的觸動。「身同之學」如果沒有造成啟發、感動，哪怕體系再龐大、再完整，其實是一點價值也沒有的。

身外之學講的是是非、好壞這些絕對標準，但是人文卻沒有。當我們感動時，沒有人會計較這個感動是好的還是壞的，同樣地，當我們愛上一個人時，我們也不說這個愛是對的還是錯的。

更進一步說，對人文的嚮往也就是一種對連結的追求。當人受到相同的情緒、想法感動時，彼此便被同樣的信念、感動連結起來。而當連結發生時，它開始發生一種很神奇的力量，改變、影響世界、歷史。這樣的力量，正是人類所知道的力量中，最強大、也是最無與倫比的力量。

可惜這麼重要的力量，在過去主流的學習中要不是被忽略，就是被當成「知識」系統來教導。這當然使我們很容易就錯過了人文的魅力與力量。

你認識你自己嗎？

如果進一步要問，「人文」能給我們帶來什麼改變，或者，更露骨一點，什麼好處呢？

一定要回答的話，我覺得人文最初步，也是最重要的，就是可以幫助我們認識自己、瞭解自己，並且連結自己。

一定有人覺得這話聽起來很奇怪。自己不就是自己嗎？難道還不認識自己、不瞭解自己嗎？爲什麼還說要連結自己呢？

事實上，大部分的人認識的自己，多半是片面的。

舉例來說吧。

我家樓下有個廣場，廣場上有各種圓形、方形平台，方便行人坐在上面休憩。每次寫作累了時，我習慣去買杯咖啡，坐在廣場，看著來來去去的人。

就這樣過了不知多久。有一天，我忽然注意到，好幾年下來，我休息時，幾乎是坐在圓形的平台上，很少坐在方形的平台上。

於是我開始想：我爲什麼總是坐在圓形平台，而不是方形平台上呢？

一定有人會問：「你自己去坐在那裡，難道你自己還會不知道爲什麼嗎？」

說起來，這個看似沒有問題的問題，還眞是問題重重。

首先，似乎我應該知道爲什麼才對，但老實說，我「並」不知道。

比第一個問題更棘手的是第二個問題：

如果連我自己也搞不懂爲什麼自己坐在圓形平台上，那到底是誰決定我去坐在那裡的呢？

爲什麼那個「我」的思考邏輯我一點都不知道？

就像被問到：「你睡覺時鬍子到底都放在棉被外面還是裡面？」後開始失眠的于右任[4]一樣，那之後，我走到廣場時再也不是原來的心情了。

我在方形平台坐坐，又在圓形平台坐坐，試著猜想各種可能。

理由是因爲我比較喜歡圓形？不對。

因爲圓形離我家近？離咖啡店近？

因爲圓形的景觀好？都不對。

就這樣被自己煩了很久之後的有一天，我忽然在廣場注意到年輕人在圓形平台練習單車爬台階。

我一時興起，就問他們：「你們爲什麼不去爬方形平台呢？」

沒想到他想也不想就丟過來一句話：「我們最好是有那麼厲害。」

「什麼意思呢？」

他說：「你沒看到嗎？方形平台比這裡高很多啊！」

這麼一聽，我立刻衝回家拿尺來量。這一量才發現兩邊高度相差了將近二十五公分。

原來問題出在這裡啊！

圓形平台較矮，坐在上面，像坐在矮凳上，可以把腿伸得長長的；方形平台較高，有點像是正襟危坐地坐在高椅子上。

我恍然大悟，原來坐在方形平台比較「嚴肅」，而坐在圓形平台上比較「輕鬆」，正好適合我休息的心情。於是我不知不覺就跑去坐在圓形平台上。

原來這背後是有道理的。

這麼一想，我立刻明白：

原來有很大部分的「我」，是我們平時不能察覺，但卻主宰了我們的行爲。心理學上稱這個部分的我叫「下意識」或「無意識」。很多時候，就像我坐圓形平台一樣，這個下意識甚至在意識知覺到問題之前，就已經幫我們「決定」好了。好比說，因爲不想再當第三者了，所以下定決心要和那個男人分手，可是見到人之後，又說不出口來，結果反倒又和對方纏綿了一夜……

或者，明明告訴自己不要緊張，可是一上台卻又什麼都忘了……

再不然，就是明明告訴自己不要對小孩發脾氣，要好好跟他說，但是一看到小孩嬉皮笑臉的態度，忍不住又失控了……

大部分的時候，別人不瞭解自己固然造成傷害，但更大的傷害卻往往來自連我們自己都不瞭解自己。

因此我才說，追求人文，最基本，也是最重要的，就是要和自己連結，認識、瞭解那個連自己都不知道的自己。

「可是，」也許讀者不免要問，「連自己都無法看見的自己，靠著閱讀別人的故事、心情，怎麼可能更瞭解自己呢？」

當然可能啊。人之所以會在別人的故事裡流著自己的眼淚，唯一的理由當然是——我們也有著相同的情感。換句話，當我們被感動時，我們就和這個共同的經驗、情感連結上了。也因爲這樣的連結，當我們看到別人的同時，也看到了自己。

我在醫院上班時，有一部分工作是末期癌症疼痛控制。曾經有過一段時間，我對於自己無法治療不斷過世的病人感到非常無能爲力。情況最糟糕時，我發現自己竟然甚至害怕走進病房去看病人。那樣的感覺持續了好一陣子。我知道自己不太對勁，可是又不清楚到底問題出在哪裡。

有一天，我看了史蒂芬史匹柏[5]（Steven Allan Spielberg）導演的電影《辛德勒名單》。

電影中有一幕，是德國商人辛德勒跑到火車站，拿著水管對被關在開往集中營火車裡悶熱不堪的猶太人沖水的場面。最初，德軍以爲辛德勒在戲弄猶太人，都樂觀其成，不過漸漸他們發現了，事情並非如此。

在辛德勒的內心深處，那是一種不忍之心。同樣是人類，爲什麼可以對自己的同類做出這樣的事？設身處地地想想，如果換成我被關在那密不通風的車廂裡，擔心著未來、擔心著分散的親人的安危，是怎麼樣的心情？

辛德勒用他的行動展現出來的是：人內心深處，最終、最底線，能夠相互連結、感受彼此的靈魂。哪怕有那麼多的民族主義偏見以及種族情仇，作爲人的連結，使辛德勒不顧一切地拿起了水龍頭，對著即將被火車載往集中營的猶太人噴水沖水。

即使對於猶太人的命運無能爲力，即使降溫的效果再短暫，這樣的作爲，卻是同爲人類最起碼、最退無可退的底限了。

霎時間，一種鋪天蓋地的「人道」精神把我完全震懾住了。

我的眼淚就那樣開始流下來，完全無可抑遏地流個不停，連我自己都被自己嚇到了。

事過之後，我慢慢理解到，我之所以會那麼受到震撼，實在是因爲電影的內容，某個程度正好反映出了我內在對自己工作的無力感和挫折。

電影的情節，把我從自己與病人的關係，連結到辛德勒與猶太人的關係。辛德勒的人道精神，讓我進一步看見了自己的懦弱，也給了我全然不同的啟發。

我之所以流淚，一方面被辛德勒感動，另一方面也爲自己的退縮感到難過。辛德勒的故事給了我一種啟發，讓我領悟到，哪怕我的病人不久於人世，我也應當竭盡一切地爲他們緩解痛苦。

於是，從那時候起，再回到醫院面對我的病人時，我的內在世界開始有了一種新的力量。這個來自外在世界的連結，讓我發現了自己的處境，也讓我發現，面對人生，我其實是可以有不一樣選擇的。

帶著一百雙眼睛看世界

除了讓我們看見自己之外，人文藝術也帶著我們用他人的眼睛看見世界。法國作家普魯斯特❻（Marcel Proust）在《追憶似水年華》裡曾寫過一句很動人的話，他說：

真正的旅程只有一種，沐浴在青春之泉的方式也只有一種，不是探訪奇鄉異地，而是藉由別人的眼睛來看這世界——一百雙眼睛就有一百種天地。

為什麼在自己的旅程裡，還要藉由別人的目光來看這個世界呢？因為自己的目光是有限的。因此，普魯斯特才會說一百雙眼睛，就有一百種天地。藉著外在的書籍、作品，別人的目光。我們對外在世界的認識，有了更深刻的可能。

這讓我想起最近讀到「澠池之會」的體會。「澠池之會」說的是戰國時代秦王和趙王在澠池舉行外交會面，一起吃飯的故事。席間，秦王吃藺相如老闆趙王的豆腐，要趙王彈瑟給秦王聽。趙王一時失措，便彈了兩下。沒想到秦王讓史官記錄起來了。趙國的藺相如不甘老闆受辱，捧了個缻跪倒秦王面前，請秦王也敲缻。秦王不賞臉，藺相如就威脅秦王，五步之內，我可以殺死你（或自殺），搞得秦王無可奈何，只好也敲了幾下缻。藺相如也叫史官記錄，這才扳回了一城。

這個故事的傳統觀點是：因爲藺相如的果斷和大智大勇，因此保全了趙國的顏面。

但最近我讀到的歷史卻記載：在這次澠池之會前，秦國正分兵二路，大舉伐楚。秦軍擊潰了楚國的主力，正利用這個時機乘勝擴大戰果，秦軍大部分主力此時也正陷在楚地戰場苦戰。因此，這頓外交飯基本上目的是爲了安撫趙國的友好會盟，否則如果此時和趙國鬧翻，秦軍根本無力兩面開戰。只是秦王忍不住還是想開玩笑，戲弄一下趙王……

這個新的體會，讓我又有了新的樂趣：原來過去我們看到的，關於藺相如大智大勇的故事，只是事情的表象。透過了新的目光、新的觀點，我們發現表象底層還有更眞實的眞實。

也因爲對這個眞實的理解，我們和這個世界，就有了更深刻的連結。

也許你要問：膚淺、無憂無慮地過人生，難道不行嗎？

當然也可以，只是，膚淺，不代表可以免於無知。嬰兒時期開心的笑容固然很珍貴，如果到了成人時期對世界還是同樣的理解，那就不一定能夠那麼無憂無慮了。

這也就是說，年輕時的天眞、純潔是好的，但如果人生是一場旅程的話，到了一定的年紀，不展開探索、冒險是不行的。這些探索、冒險，當然會讓我們面臨許多選擇，甚至是更變得不再單純，但複雜本來就是人生的常態與必然。我們也只有在旅程中，經歷、累積了足夠的智慧之後，慢慢在複雜的人性中學會了豁達，在險惡中擁有了智慧，才能慢慢又回到某種無掛礙的天眞。

因此，既然說人生是一場旅行了，帶著一雙目光看這世界，當然不如帶著一百雙、一千雙，甚至是更多的目光看世界。

與人類共同經驗連結

我曾經看過一部名爲《與狼共舞》的電影。那是由凱文科斯納❼（Kevin Costner）自編自導的一部電影，故事敘述美國南北戰爭之後，戰爭英雄鄧巴因緣際會被派到西部邊疆鎭守。在這個遠離主流戰場的偏遠地帶，他意外地認識原住民部落蘇族人，並且培養出深厚的情感。當他用蘇族人友情、善良的價值觀重新看待世界時，他發現過去他所引以爲傲的美國主流價值，原來是充滿了侵略與掠奪的。這樣的目光，當然顚覆了他原有的價值，甚至改變了他的想法、行動，甚至改變了他的人生……

我當時看電影時，只覺得有趣，從沒想過會和我的人生有什麼關係。可是隨著我進入職場，變成了醫生、作家之後，許多的經驗都讓我發現，在我身處的環境中，不管是醫療、教育、媒體中許多的主流價值與想法，其實也需要反省的……

當然，這樣的反省也包括了我自己。

我們多少都曾經相信過，如果你能在競爭中贏過別人，你就能贏得更多的名氣、金錢和權力，贏得更多的名氣、金錢或權力，你的人生就會比別人更幸福。（是吧，這是無所脫逃的主流價值與神話。）

然而隨著進入社會的時間越久，我慢慢發現，其實正是這樣的想法，讓每一個人變得更不自由、更不幸福……

對我來說，《與狼共舞》這部電影，某個程度，變成了我的人生旅程的另外一雙眼睛，另外一個觀點。在我的人生面對迷惘的時刻，凱文科斯納所扮演的鄧巴這個角色，他的心情、反思，甚至是行動，對我來說，變成了另一種參照的對象。

我常在想，如果不是曾經有過像鄧巴那樣的角色，有那麼多「不務正業」的閱讀經驗、人文感動的記憶在我腦海裡，在我還沒有足夠的資源與自信前，我應該是不會有那麼大的勇氣，敢去衝撞那個本來安穩妥帖的一切，甚至後來選擇離開了醫師的工作，成爲一個專職作家的。

是這些不同的目光以及它提供的更深刻的觀點，使我在面對我的外在世界時，很快就理解到問題的脈絡，以及我能有的選擇。

後來我在小說《危險心靈》中創造了謝政傑這個角色。

謝政傑在故事一開始時，是一個學業成績還算優秀，也遵從主流的學生。很意外的，他在一次上課中，因爲看漫畫被老師罰在教室外面上課。這本來只是一件小事，但種種擦槍走火導致摩擦越變越大，捲入了家長、學校行政人員、媒體、政客……最後演變成了一場全面性的抗爭與爭辯。

謝政傑在我的筆下，從一個主流教育價值的追隨者，變成了一個主流教育價值的懷疑者。

讀書是爲了學習，還是競爭呢？

我們受教育，到底是得到的更多，還是失去的更多呢？

隨著一波又一波高潮的掀起，抗爭越來越不可收拾，在這個過程中，謝政傑認識了一群過去被認爲是「壞」學生的朋友，在和他們交往以及一起抗爭的過程中，更多的熱情、眞誠、關懷不斷湧現，這些都不停地顚覆了他原來的價值……

這個受到許多讀者喜愛的故事，後來被搬上了電視螢幕，又引起了更多人的討論，更多的呼應。

很久之後的有一天，我突然驚覺到，謝政傑的故事，其實正是《與狼共舞》這個故事的延伸。繼而再想下去，不論謝政傑的故事也好，《與狼共舞》的故事也好，他們對主流價值的懷疑，對於人生的選擇，不也正是我自己人生經歷的故事嗎？

就像神話學大師約瑟夫坎伯[8]寫的：

（人的）主題永遠只有一個，我們所發現的是一個表面不斷變化卻十分一致的故事。其中的奧祕是我們永遠體驗不完的。

這也就是說，人生必須經歷的困境、疑惑、抉擇，從原始時代直到今天，很可能都是大同小異的。我們只是換成了不同的場景與對象，經歷著相同的挑戰與抉擇。

我從別人那裡，得到經驗與智慧，同樣地，也把我自己體會到的，再藉由故事傳給別人，和別人的生命連結。而與這個龐大、深刻的共同記憶與經驗，就是我所謂的人文。

追求人文，說穿了，也就是追求與這樣的記憶與經驗的連結。

這樣的連結，給了我們一種老靈魂般的智慧——一種關於人生尊嚴與開闊的智慧。讓我們明白地感受到，不管命運加諸於我們的是好是壞，我們都並不是唯一經歷，或者是那個最孤獨、最無助、最驚慌失措的人。當外在的挑戰用同樣的面貌一再出現時，我們不但是我們自己，同時也是帶著曾經存在的那些共同的經驗、情感，和命運交手過無數次的所有人。

唯有成爲這個龐大的深刻的一部分，我們有限的、渺小的生命才可能擁有那種從容不迫的氣度，優雅地選擇，不管發生了什麼，都能歡喜平和地承擔。

超越此時此刻的生命限制

在電影《心靈點滴》[9]中，艾瑪湯普遜[10]扮演的文學系女教授，在罹患癌症躺在醫院痛得不得了時，止痛藥對她來說幫忙已經不大了，她痛得哭起來了。

護士小姐問她：「你需要冰棒嗎？」（冰棒對臟器性疼痛的確有緩解的效用。）

她點點頭。

護士爲她拿來冰棒。

女教授在拿到冰棒一口一口吃著時，漸漸安靜了下來。

這個安靜寓意深遠。女教授想起她的人生曾經有過的美好，曾經有過的歡樂、想望……當她開始這樣想時，她不再只是被困在病痛中的這個肉體，而是一個自由的靈魂，一個帶著她活過的生命記憶的靈魂。

那些記憶中的美好經驗，用此時此刻的眼光來看，其實已經消失了。可是如果用更宏觀的目光來看，這些其實一直都存在的。

正因爲只是此時此刻的人生太單薄了，因此我們都得具備超越「只是此時此刻」的目光，擁有一種鳥瞰自己生命的能力。非如此不行，因爲只有擁有了那樣的超越和鳥瞰，我們才變得完整。

少了那樣的能力，生命只是被限制在此時此刻的牢籠中的囚犯，只有當我們具備了鳥瞰自己生命的能力時，我們才得以逃脫我們的限制。

我的外祖母在過世之前的最後幾年，是一個畏光、視力不好、而且行動不便的寡婦。她只能待在二樓的一個幽暗的小房間。每次去看她時，都有種感覺，覺得她的身體彷彿是被命運逼到了一個退無可退的角落。

可是不曉得爲什麼，我的外祖母有一種說不上來的能量，吸引著我們不斷地想去看她。

她擁有七個女兒一個兒子，還有幾十個孫子。她全部的世界，就是關心孩子、孫子們的世界。雖然看不見，但是她能無誤差地分辨他們的聲音，記住每一個人的生活動態。每次去看外祖母，除了跟她說自己的近況外，少不了都要聽她轉播其他表兄弟、姐妹的近況。有時她也會告訴我們某個表哥最近心情不太好，指示我們有空去陪他吃頓飯，給他一些意見之類的事。

那時我一邊從事醫院工作、一邊攻讀博士學位，同時還要忙寫作、演講，常有種心力俱疲的感覺，但奇怪的是，每次看完外祖母離開時，就覺得自己充滿了能量。

當時我不明白，爲什麼像我這樣一個身體健康、生命充滿可能的人，反而要從我的外祖母——一個生命被逼到死亡角落的老太太，得到能量？

慢慢我理解到，我的外祖母只是身體被逼到了角落，可是她心裡的那個世界並沒有。

因爲她的關愛，因此，那個關愛幫她連結了一整個熱鬧、豐富的世界。對她來說，只要她的孩子、孫子都存在，她也就存在了，只要她的孩子、孫子都好，她也就好了。

那樣的連結，給她的生命帶來了一種不可思議的超越，超越了她肉體、超越了所有此時此刻的生命限制。儘管病魔把她逼到生命的角落，但她心中仍然連結著一個美好、充滿愛與關懷的世界，在那個世界裡，有著她最心愛的人、最關心的人，她關心他們，而他們也愛她。

外祖母要離開我們時，她說：我累了。現在我要去找你們的外祖父了。那時，她沒有恐懼，也沒有擔心。

從某個角度來說，我相信我的外祖母的世界，是一直跟那個最美的、最溫暖、最巨大的人文世界連接在一起的。天堂（或極樂世界）這樣的概念，如果存在的話，我常常在想，應該就是我外祖母心中的那個世界吧。

因為人文我們存在

奧地利著名的哲學家維根斯坦[11]曾經問過一個很有趣的問題，他問：「當一個人牙痛時，另一個人眞的能夠感受到嗎？」

畢竟你的牙痛是你的，我的牙痛是我的，就算我有牙痛的經驗，我感受到的疼痛也是我自己，而不是你的。這問題就像莊子與惠子著名的辯論一樣。

惠子問莊子：你不是魚，怎麼知道魚快樂？

莊子反問：你又不是我，怎麼知道我不知道魚快樂？

不管是惠子還是莊子，沒有人能知道，對方知不知道魚快不快樂的。這構成了當我們說「連結」或「感同身受」時最有趣的矛盾——根據維根斯坦的看法，他認爲我們只能從觀察別人的行爲中，推測出對於其行爲的內在經驗，卻不可能「眞正」地感受到別人。

從理性的角度來說，人生下來就是孤獨的，我們所有的經驗、內在的情感，都只有我們自己能夠眞正感受到——無論我們怎麼努力，眞正連結別的心靈都是不可能的。我們每個人，都像是生活在自己身體裡面，彼此相互隔絕的人，我們儘管聽得見對方的聲音，彼此卻無法眞正碰觸別人的心靈。

但無法用理性證明的，果眞就代表它眞的不存在嗎？

有個童話講了一個關於王子的故事。這個王子之所以存在是因爲有人記得他、還愛他、想念他，如果有一天，不再有人愛他、想念他，這個王子也就消失、不存在了。

從某個角度來說，人文講的就是這樣的一個關於存在的故事。

在有限的物質世界裡的我們，一旦死亡了，生命也就消失了。可是在那個王子的世界裡面，只要我們還記得住彼此的故事、情感，只要我們還被彼此感動，我們就能夠相互連結，繼續存活下去。

從某個角度來說，我們都是那個王子，那個王子也是我們之中的任何一個人。因爲人文，我們連結在一起。也因爲連結在一起，我們超越了有限的自己，生命變得更眞實、巨大。

——本文出自《不乖》，侯文詠著，皇冠文化出版有限公司。

註釋

❶青睞：重視。睞，ㄌㄞˋ。

❷王國維：字靜安，一字伯隅，號觀堂，清末民初浙江海寧人（西元一八七七～一九二七年）。清末秀才，後留學日本。曾任清華大學國學研究院教授，精通文學、美學、哲學、經學、史學、古文字學、金石學、考古學等學術領域，是中國著名的國學大師。著作等身，如《《紅樓夢》評論》、《靜庵文集》、《人間詞話》、《宋元戲曲考》、《觀堂集林》等，後人編有《海寧王忠愨公遺書》、《海寧王靜安先生遺書》。

❸〈浣溪沙〉：詞調名，本唐代教坊曲名。雙調，四十二字。此處所引為王國維所作之詞，其詞曰：「山寺微茫背夕曛，鳥飛不到半山昏。上方孤磬定行雲。　試上高峰窺皓月，偶開天眼覷紅塵。可憐身是眼中人。」

❹于右任：原名伯循，字誘人，後以「誘人」諧音

「右任」為名，晚號太平老人，民國陝西三原人（西元一八七九～一九六四年）。于氏本為清末舉人，後提倡革命，加入同盟會，為中華民國開國元勳之一。曾任國民政府委員、審計院院長、監察院院長等職。他又精通書法，尤擅草書。外貌上長髯飄飄，號為當世美髯公。著有《右任詩存》、《右任文存》、《右任墨存》、《標準草書》等書。

❺史蒂芬史匹柏：Steven Allan Spielberg（西元一九四六年～），出生於美國俄亥俄州辛辛那提市。猶太人，著名的好萊塢電影導演與製作人。兩度榮獲奧斯卡金像獎最佳導演獎，另獲頒美國電影學會終身成就獎、金球獎終身成就獎，並被美國《時代》雜誌列入世紀百大最重要的人物之一。曾拍攝多部影史經典名作，如《E.T.外星人》、《侏儸紀公園》、《辛德勒的名單》、《搶救雷恩大兵》等電影。

❻普魯斯特：Valentin-Louis-Georges-Eugène-Marcel Proust（西元一八七一～一九二二年），出生於法國奧特伊市。著名作家，開意識流小說之先河。曾獲法國龔古爾文學獎。著有《歡樂與時日》、《追憶逝水年華》等書。

❼凱文科斯納：Kevin Michael Costner（西元一九五五～），出生於美國加利福尼亞州。著名的好萊塢電影演員與導演。曾獲奧斯卡金像獎最佳電影獎與最佳導演獎、金球獎最佳戲劇類影片與最佳導演獎、柏林影展獨立個人成就銀熊獎等大獎。主演過《與狼共舞》、《俠盜王子羅賓漢》、《誰殺了甘迺迪》、《強盜保鑣》、《未來水世界》等多部作品；導演過《與狼共舞》、《未來水世界》等電影。

❽約瑟夫坎伯：Joseph Campbell（西元一九〇四～一九八七年），出生於美國紐約市。莎拉・勞倫斯學院（Sarah Lawerence College）名譽教授。坎伯是著名的神話學大師，他對於神話的詮釋涉及人類學、考古學、文學、哲學、歷史、藝術、心理學、宗教學、大眾文化等各領域，從而開啟了神話學研究的新進路。著有《千面英雄》、《神話的智慧》、《神話》〔與莫比爾（Bill Moyers）合著〕等書。

❾電影《心靈點滴》：原名*Patch Adams*，西元一九九八年上映，美國環球影業（Universal Pictures）發行，湯姆・薛狄艾克（Tom Shadyac）導演，羅賓・威廉斯（Robin McLaurim Williams，西元一九五一～）主演。本片根據真人真事改編，

闡述醫病溝通與人道關懷的理念，曾獲金球獎最佳音樂及喜劇類影片與最佳男主角獎提名。

⑩ 艾瑪湯普遜：Emma Thompson（西元一九五九年～），出生於英國倫敦。著名的女演員與編劇。曾獲奧斯卡金像獎最佳女主角獎與最佳改編劇本獎、金球獎最佳戲劇類電影女主角獎與最佳劇本獎、英國電影學院獎最佳女主角等大獎。主演過《此情可問天》、《長日將盡》、《以父之名》、《理性與感性》、《大夢想家》等多部作品；著有《理性與感性》、《魔法褓母麥克菲》等電影劇本。

⑪ 維根斯坦：Ludwig Josef Johann Wittgenstein（西元一八八九～一九五一年），出生於奧匈帝國時期的維也納，德國納粹併吞奧地利後轉入英國籍。曾任劍橋大學哲學教授，研究領域主要在數學哲學、精神哲學和語言哲學等方面。維根斯坦是二十世紀重要的哲學家，分析哲學及其語言學派的主要代表人物。著有《邏輯哲學論》、《哲學研究》等書。

綜合討論

本文按照內容可分為六大部分。第一部分作者以自身的經驗說明人文的力量在於藉由對人文的感動而讓彼此連結起來，進而發生一種神奇的力量，從而改變、影響世界或歷史。第二部分則說明追求人文最基本，也是最重要的，就是和自己連結，幫助我們認識自己、瞭解自己。第三部分則進一步告訴我們人文藝術可以帶著我們藉由他人的眼睛來看這世界，宛如帶著一百雙眼睛看這世界一樣，我們和這個世界就有了更深刻的連結。第四部分再次強調追求人文，也就是追求與人類共同的記憶與經驗相連結，從而成為這龐大、深刻的人文體系的一部分，也才能從容、優雅地選擇人生，承擔人生。第五部分則藉由電影與祖母的例子，告訴我們只有當我們具備鳥瞰自己生命的能力時，我們才能超越此時此刻的生命限制，生命也才能變得更為完整。最後一部分則告訴我們因為人文，我們得能連結在一起，從而超越有限的物質世界，超越死亡，超越自己，生命也因人文而能繼續存在。

在《不乖——比標準答案更重要的事》一書卷首，侯文詠引用了美國作家馬克・吐溫（Mark Twain，西元一八三五～一九一〇年）的雋語：「二十年後，你會懊悔更多的是那些現在沒做，而不是真的做了的事。所以，拋開繩結，駛離安全的港灣。掌握好你的風向，勇敢地探險，夢想，發現吧。」這便是本書寫作的意旨所在。侯文詠希望以本書顛覆社會上一味順服主流思考的價值觀念，他勉勵年輕人：「別擔心，只要相信你自己，繼續努力、用力讓自己長大成心中想望的樣子，一切都會很好的。」（〈序——如果我一直很乖……〉）故從本書篇章安排來看：〈不乖〉、〈認真是拚不過迷戀的〉、〈成功哪有失敗好〉、〈想事情要用自己的腦袋啊〉、〈知道是一回事，做到又是另一回事……〉、〈別讓快樂輸在起跑線上〉、〈從眼界到視野〉，作者一再用著輕鬆的口吻、風趣的筆調、生活的故事，告訴年輕人「不乖」的道理：「我相信，就像我的老師講的一樣，所有要我乖的人幾乎都是很善意地為我好。我也相信，聽話的人的確會有前途。那時候我並不明白，不聽話的人，長大一樣會有前途的——差別只是，聽話的有聽話的前途，不聽話的有不聽話的前途。」（〈序——如果我一直很乖……〉）然而，作者在本書終章以〈人文是為了追求連結〉一文壓軸，由作者放棄了醫生、博士頭銜，目前從事專職寫作的身分細想，不難得見內中深意。

第四課 路過時，我會在妳門前道晚安

陳巍仁

概說

本詩選自《催眠師的Fantasy》，詩中描繪對於過往愛情的眷戀難捨，展現了極度的哀傷與無奈。情之為物，本自惱人，尤其是在深夜時分，相思襲來，教人輾轉難眠，卻又沉迷其中，難以自拔。

陳巍仁（西元一九七四年～），臺灣新竹人。臺灣師範大學國文學系博士，現任元智大學通識教學部助理教授，研究領域為現代文學、詩學、文學理論。曾獲竹塹文學獎小說評審獎、竹塹文學獎文學理論首獎、倪匡科幻小說獎首獎、國科會科普獎。著有詩集《催眠師的Fantasy》、評論集《臺灣現代散文詩新論》。

課文

回憶在凌晨出走了
沒有遺下一點方向的訊息
而我暗想
它必然經過我小愛人的窗前

他曾如此眷戀你的豢養
舔舐著我的哀傷

所以我得遠行
沿循通往黯淡的窄軌
路過一個個名爲落葉或
疲倦的小站
張貼用薄淚描成的找尋啟事

風信雞[1]啼叫的時候
我草稿著旅程的模樣且
不能抑止地
對著一排排屋頂啜泣起來
我勢必要隨著意識
自妳的台階前離開
路過時，我會在妳門前道晚安

❶風信雞：顯示風向的指標裝置，西方傳統多作雞形，故名。

綜合討論

本詩按照內容可分為三個部分。第一部分寫夜半相思，愛情的回憶湧上心頭，使人哀傷不已，無法入眠。第二部分寫主角的心情隨著回憶的思緒上下起伏，那種種千迴百折的惱人模樣。第三部分寫破曉時分，主角必須自回憶中抽離，回歸現實；末句展現了告別已逝戀情的絕佳風度，也點出了箇中的痛苦與無奈。

詩題脫胎自舒伯特（**Franz Seraphicus Peter Schubert**，西元一七九七～一八二八年）的聯（連）篇歌曲集《冬之旅》（*Winterreise*, op. 89/D. 911）第一首〈晚安〉（Gute Nacht）。《冬之旅》全曲共計二十四首歌，以獨唱的形式配以鋼琴伴奏，是舒伯特為德國浪漫主義詩人穆勒（Wilhelm Müller，西元一七九四～一八二七年）的詩歌《冬之旅》所譜寫的一系列歌曲。全曲以第一人稱講述了一個青年的悲傷情事，在失戀的打擊下，青年孤獨地踏上冬天的旅程，漫無目的地流浪於村莊、河邊、荒原、墓園……各處，緬懷過去與心上人相處的甜蜜回憶，對照眼前冬日的蒼涼景色，更顯現了絕望悲痛的心情。序曲〈晚安〉敘述來自異鄉的青年因失戀而選擇離去，他在舊日情人的家門口默默道別，以一句晚安開啟了黯淡晦澀的流浪之路。

全詩創作靈感雖然源自舒伯特與穆勒的《冬之旅》，卻不僅僅只是單純的模仿之作，而是有所傳承，亦有所創新：落葉、小站、薄淚、風信雞……等詞語皆出自《冬之旅》的歌詞，在詩人的生花妙筆下，巧妙地將二十四首歌曲的意象連綴起來；另一方面，詩人善用隱喻，寫回憶出走而去找尋，實際上正暗示著失戀無眠的現狀，從而帶出這傷神的一夜。其用字之精鍊，正呼應了詩人對詩的自我剖白：「我習於讀詩，深知生命如何被詩人精確無比的語言所影響；我練習寫詩，藉此淘洗我最底層的渣滓。」（《催眠師的Fantasy‧〈自序〉催眠師豢養的獸》）

在讀完本篇後，同學們不妨聆賞舒伯特聯篇歌曲集《冬之旅》，看看音樂與歌詞的意境，是否與本詩有所關聯？

第五課　在隔壁

陳大為

概說

本詩選自《盡是魅影的城國》。作者回憶少時親身經歷外公去世時的場景，生動捕捉在至親離別與死亡的陰影下，種種恐懼、悲傷、疑惑與無奈的心情。華人傳統忌諱言死，導致詩中年幼主角必須單獨面對死亡，無人在旁引導，亦無人可以傾訴，內心的痛楚與不安，溢於言表。

陳大為（西元一九六九年～），馬來西亞霹靂州怡保市人，祖籍廣西桂林。臺灣師範大學國文學系博士，現任臺北大學中國文學系教授。研究領域為現代詩、現代散文、亞洲華文文學、現／當代中國文學史。陳大為是臺灣著名的馬華文學作家，曾獲時報文學獎新詩及散文評審獎、《聯合報》文學獎新詩及散文首獎、《星洲日報》文學獎新詩及散文推薦獎、教育部文藝創作獎新詩第一名、臺北文學獎臺北文學年金、新聞局金鼎獎推薦優良圖書獎、世界華文優秀散文盤房獎等大獎。著作甚勤，曾自言：「寫作就是對『境界』的無止境追求。」（《靠近羅摩衍那．後記：半手工業》）著有詩集《治洪前書》、《靠近羅摩衍那》、《巫術掌紋：陳大為詩選1992-2013》，散文集《流動的身世》、《火鳳燎原的午後》、《木部十二劃》，論文集《存在的斷層掃瞄：羅門都市詩論》、《亞洲閱讀：都市文學與文化》、《風格的煉成：亞洲華文文學論集》等書。

課文

在隔壁　我聽見
死亡被床放大的掙扎
一吋一吋
吃掉恐懼可以躲藏的距離
吐出幾根發抖的
形容詞　和它撞倒的文句

我清楚聽見　淚
漣漪了舉室凝固的空氣
生命的螺絲鬆脫
緩緩的
像風繞過唯一的燭火
那麼小心　那麼猶豫

難道只有五十克嗎

靈魂的淨重❶
連記憶
都得細心挑選
我很想稱稱其中有沒有
三兩克
屬於我童年的

外公就帶走
這僅僅一團鵝毛的淨重嗎
隔著厚厚一道
八年的牆壁
聽見　我的小名
被喊得十分隱約

（一九九八年三月）

註釋

❶靈魂的淨重：西元一九〇七年，美國麻薩諸塞州Duncan MacDougall醫生（西元一八六六～一九二〇年）分別在American Medicine與*Journal of The American Society for Psychical Research*中，發表名為Hypothesis Concerning Soul Substance Together with Experimental Evidence of The Existence of Such Substance的研究結果。文中提到他利用六名瀕死病患嘗試測量人死瞬間的體重變化，並認為第一名病患的實驗數據最為準確，減少了四分之三盎司，約二十一公克——這就是靈魂的重量。此說頗為流傳，如西元二〇〇三年有電影《靈魂的重量》（原名21 *Grams*）上映。

綜合討論

本詩共計四個段落：第一段敘述外公彌留之際，主角被孤絕在隔壁房間裡，對於死亡的無知與恐懼留下深刻的印象；第二段描繪隨著時間的過去，主角面對外公生命一點一滴流逝的哀戚與傷感；第三段書寫年輕的主角對於死亡本身與死後世界的種種疑惑；末段輕輕點出主角與外公之間依戀難捨的深厚情誼，雖是死亡，亦無法阻絕，突顯了親情的偉大力量。

死生本為大事，天人永隔尤其令人難以接受，華人文化忌諱言死的傳統更導致一般人的成長過程中鮮少機會接觸死亡教育，第一次認識死亡可能就在至親好友的告別式上，造成生命的巨大衝擊，亦可能留下強烈的心理創傷！對於「不識愁滋味」的青春少年來說，更是生命中永遠無法承受的痛！箇中問題，值得我們好好省思與正視。

國家圖書館出版品預行編目資料

科大經典文學——基本篇／霍晉明主編.
－－初版.－－臺北市：五南，2014.09
面：　公分
ISBN 978-957-11-7841-7（平裝）
1.國文科　2.讀本
836　103018343

1XBL 國文系列

科大經典文選——基本篇

作　　者 — 吳奕蒨　吳璧如　李燕惠　周明華
林桐城　張靜宜　郭美玲　曾潔明
楊惠娥　劉玫瑛　蔡秀采　霍晉明
發 行 人 — 楊榮川
總 編 輯 — 王翠華
主　　編 — 黃惠娟
責任編輯 — 蔡佳伶
封面設計 — 賴志芳
出 版 者 — 五南圖書出版股份有限公司
地　　址：106台北市大安區和平東路二段339號4樓
電　　話：(02)2705-5066　傳　　真：(02)2706-6100
網　　址：http://www.wunan.com.tw
電子郵件：wunan@wunan.com.tw
劃撥帳號：01068953
戶　　名：五南圖書出版股份有限公司
法律顧問　林勝安律師事務所　林勝安律師
出版日期　2014年9月初版一刷
2015年9月初版四刷
定　　價　新臺幣450元